一个人的乡愁

王张应 著

时代出版传媒股份有限公司
安徽文艺出版社

图书在版编目(CIP)数据

一个人的乡愁/王张应著.—合肥:安徽文艺出版社,2017.1
ISBN 978-7-5396-5921-3

Ⅰ.①一… Ⅱ.①王… Ⅲ.①随笔-作品集-中国-当代 Ⅳ.①I267.1

中国版本图书馆CIP数据核字(2016)第252810号

出 版 人:朱寒冬
责任编辑:岑 杰 宋晓津　　装帧设计:褚 琦

出版发行:时代出版传媒股份有限公司 www.press-mart.com
安徽文艺出版社 www.awpub.com
地 址:合肥市翡翠路1118号 邮政编码:230071
营 销 部:(0551)63533889
印 制:合肥创新印务有限公司 (0551)64456946

开本:700×1000 1/16 印张:20.75 字数:360千字
版次:2017年1月第1版 2017年1月第1次印刷
定价:38.00元

目
录

第二辑　邂逅乡愁

序言 一个人和他的乡愁/阎雪君

王张应是一位热衷并且擅长书写乡愁的作家。在他已经出版的两本诗集、两本散文随笔集和一本中短篇小说集一共五本书中，没有哪一本书里没有写到乡愁，这就深深地打动和感染了我。

这个于二十世纪六十年代生在乡村，八十年代走出乡村的人，人是早已离开了乡村，心却依然留在乡村，生命和情感的根系仍旧深扎在乡土之中。有人说，爱情是文学的永恒的主题。其实，乡愁也一样，被诗人、作家们从古写到今，常写常新。王张应这个选择了与文学为伴的人，同时又是如此迷恋他的乡土，或许，命中注定，作为作家的他，一辈子也走不出他那浓浓的乡愁。乡愁，是他文学创作长期的命题。

王张应出生在皖西南潜山县的一个名叫“黄土岭”的村子里，他的家乡真可谓是一块富有灵性的乡土。在那个村子里，曾经产生过一位家喻户晓、妇孺皆知、红极一时的大作家。大约在一百年前从这个村子里走出了一位读书人，他就是写过《啼笑因缘》《金粉世家》等脍炙人口的小说作品的那位通俗小说大家，他叫张恨水。王张应上的小学校，就是张恨水先生当年念私塾的那间旧祠堂。

展开文学地图，我发现，在大别山东麓、长江以北、皖西南的那块土地，的确是一块最适宜耕种文学的沃土。如果以张恨水当年念私塾的那间旧祠堂，也就是后来王张应上过的小学校为圆点来画一个圆圈，把半径定在30公里上，在这个圆圈里面，就可以找到好多位现当代著名作家的出生地，比如诗人海子的家乡高河镇查湾村。再把半径拉长一点，扩大到50公里，在这个圆圈里，也许人们会在不经意间发现朱湘、宗白华、朱光潜等文化名人早年留下的痕印。甚至，还可以觅到两百多年前"桐城派"代表人物方苞、姚鼐、刘大魁等人活动的踪迹呢。

一方水土养一方人，一方水土当然也养育了热爱这方水土的作家。王张应就是这方水土养育出来的又一位当代作家，他深爱着这方水土。王张应直言，他的文学基因来自家乡的这方水土，没有这方水土，也就没有他的文学创作。有人说，有故乡的人总想回到故乡，没有故乡的人只好寻找天堂。这话确有道理，王张应是一个心中装有故乡的人，故乡是他梦中的天堂。

如今的王张应，早已离开了他心目中那块神圣的乡土，生活和工作在安徽省会合肥，在一家银行业金融机构从事高管工作。进入银行业之前，王张应做过几年中学语文教师。他的文学创作起步很早，始于他在师范学校上学期间，但中间有过一段漫长的沉寂。在那种看似休眠的状态中，王张应一直在对生活、对人生保持着冷静的观察和思考。直到两年前，他终于卷土重来，重返文坛，令他身边许多人瞠目结舌，没有想到。

认识王张应的名字，已经很早了。见到王张应本人，却不是很早，是在去年。从见到他的名字，到见到他本人，相隔了二十几年。

我是从报刊上认识王张应的名字的，最早是在二十世纪八九十年代。那时，王张应在安徽已是一位十分活跃的青年作家。他从1984年开始，陆续在省级以上文学期刊上发表作品。当时他还很年轻，才二十出头。早期，他以写诗为主，也写散文和小说。九十年代的《诗刊》，多次发表过他的诗歌。全国金融系统最具权威的报纸《金融时报·银河》，在二十世纪九十年代曾经发表过王张应大量富于乡土气息的诗歌，还有小说，在拥有千万从业人员的全国金融系统，王张应影响颇大。

真正见到王张应本人，是在去年秋天。在北京小汤山，中国金融作家协会举办的一次培训研讨会上，我们第一次见面。会前，在作协秘书处提交的与会人员名单上，我对王张应的名字感到了似曾相识，但又不敢确定他是不是记忆中当年的那位“青年作家”。后来一问，终于对上号了，还真的是他，全国金融系统一位“资深”的“新作家”。

说他“资深”，自有“资深”的道理。他在二十世纪九十年代初期就是安徽省作家协会的会员，是当时全国金融系统为数不多的几位“金融作家”之一。说他是“新作家”，似乎也有理由。他在悄然无声地沉默了二十年之后，突然以井喷的态势重新亮相在文坛上，会让人以为又一颗金融文学的“新星”正在冉冉升起。2015年，他一次推出了八十万字的《一个人的乡音》（系列作品集），包括诗集《那个时候》、散文集《祖母的村庄》和中短篇小说集《河街人家》。无论在安徽文学界，还是在中国金融文学界，均引起了十分强烈的反响。

在北京小汤山的金融作协培训研讨会上，见到王张应时，他让我想起了一句话，文如其人。见到了他，就会想到乡土的率真和朴实，想到乡愁的深刻和悠远。是他提醒了我，乡土和乡愁，这东西并不只是挂在人的嘴上，也不只是写在人的脸上，它可是流淌在人的血液里，镌刻在人的骨子里的。无论在时间上过去了多久，还是在空间上走出了多远，对于一些人来说，他都不会真正离开他的乡土，也永远走不出他的乡愁。

在北京小汤山会后一别，不到一年时间，王张应电话告诉我他又有新作出版。新书是一本散文随笔集，而且旗帜鲜明地以“乡愁”作为主题，书名就是《一个人的乡愁》。王张应嘱我作序时，我没有推辞，也没有犹豫，欣然应承了他，就因为我俩有着十分相似的乡愁情结。

我和王张应一样，都在金融系统工作，文学创作只能在我们的业余时间进行。我是利用了两个星期的休息时间，才看完王张应通过电子邮件发来的书稿。看稿的过程中，我多次发觉我的眼窝子湿润了。是王张应洋溢于字里行间的对家乡、对亲人、对朋友、对世上的好人、对天下的好景、对手头的好书那种真挚的、浓烈的情感，深深地打动了我。

作家书写乡愁，自然离不开书写乡土。乡愁是什么？在王张应看来，有时候，乡愁也许就是乡土之上的一条路。那是一条通往家乡的路，明明看得见在路的尽头就是自己的家乡，可偏偏这是一条走不通的路。家乡在那头，你只能看得见，却怎么也回不去。王张应在《一个人的乡愁》中，花了大量的篇幅，书写了这种“回不去”的愁绪。

在书中的第一篇《对一块土地的忏悔》，作者回忆了儿时的天真与顽劣，回望了少年时代面对成长的渴望与艰难，回想了对于乡土的逃离与牵挂，最终写出了回归乡土的愿望与忏悔。“不知道从什么时候开始，我对那块土地，心里怀有一种深深的愧疚之意。”这是《对一块土地的忏悔》的开篇第一句。“那块土地”当然就是乡土，“深深的愧疚之意”是作者所说的那种“忏悔”，更是一种抹不去的乡愁。这样的开头，是一篇文章的开头，也是一本书的开头，给人一种感觉，乡愁扑面而来，乡愁就是这本书的灵魂。阅读《一个人的乡愁》这本书，也就是在阅读乡愁。

对童年生活的回忆，往往被作家们拿来作为对于乡愁的一种寄托。王张应在《怀念一口池塘》里这样写道：“回想童年时光，总是怀念一口池塘。”对于一口池塘，为什么需要怀念？那是因为如今的池塘，已经不是当年的池塘了。当年的池塘，早已逝去，不见踪影。近几十年来，随着时间的推移，乡村里的人们，生活也许越来越富裕，但生存的环境却越来越糟糕，甚至很恶劣，就连过去随处可取的饮用水，现在都来之不易了。水是生命之源，没有水，人就无法生存。有水的地方，水也不能为人所用了，这难道不是一个重大的命题吗？作者看似在写童趣，在写乡情，在写乡愁，实际上写的也是对整个人类生存环境的忧虑，这种忧虑，恰是一种更高层次上的乡愁。

类似的忧虑，还体现在作者对于乡土之上生物多样性变化情况的追踪上。在《藏匿在岁月深处的鱼》中，王张应这样写道：“或许，鱼，原本就是一种喜欢逆流而上的物种，它们不喜欢顺流而下！……它们都游曳到了河流的上游，藏匿在岁月的深处。”在作者儿时的记忆里，家乡的鱼是很多的，在春、夏两季，只要天一下雨，雨水在田畈上横流的时候，有水的地方都会有鱼，人走在田间小路上，小路突然被浸泡在水中，一不留神就有可能踢翻正在水里游动的一条鱼。也只是几十年时间，变化竟然如此之大，原先到处是鱼的地方，现在，连鱼的影子也觅不见了。人类生存的这个世界，其实也是多种生物的共同家园。尤其是鱼类，它们算是人类最亲密的朋友了，无私地为人类奉献了丰富美味的食物，使得人类的生活更加有滋有味。如今，在这片乡土上，鱼的家园倾覆了，鱼儿遭遇了灭顶之灾。作为鱼类的朋友，人类真的能够袖手旁观吗？作家想说的应该是一个重大的话题了，鱼类的灾难，也许就是人类的灾难！希望鱼类的今天，不要成为人类的明天！通过写儿时的鱼，表达了如此深层次的忧虑，这是对整个人类共同的家园面临生死存亡的忧虑，这难道不是一种更大情怀上的乡愁吗？

王张应笔下的乡愁，绝不是那种搔首弄姿无病呻吟式的小情小调，而是一种贴心贴肺、插针见血的真实体验。在回忆家乡的风物时，王张应会“突然想起牛”。在《突然想起牛》中，作者是这样来写那头曾经是他的亲密伙伴的牛的：“你看，牛的体格硕大，腿壮腰圆。牛，立如一座山，卧如一磐石，行如一艘船。牛的行为举止，向来稳重从容，它不急不躁，不紧不慢，走起路来，一步一个脚印，稳稳实实，从不轻佻，从不虚踏一脚。人，难道不该从牛的行为举止上学点什么？”这哪里是在写牛，分明是在写作者的人生体悟嘛。这些年来，在我们这个世界上正在丢失的不仅仅是牛，更多的还是寄托在牛身上的那样一些美好的品质。

乡愁有时候也会是一抹云彩，来无影去无踪，它不会仅仅停留在乡土之上。飘忽不定的乡愁，常常陪伴着人们的行走，在行走的途中时有时无，若隐若现。人生，其实也就是一次行走。这种行走，总是从家乡出发，历尽千辛万苦，最后又回到了家乡。即便人回不了家乡，他的心也一定回到了家乡。人们总是这样，待在家乡的时候，并不一定能够体会得到家乡的好。甚至还会万般的牢骚，埋怨家乡的种种不好来。一旦走出了家门，离家乡越来越远了，人们就会想到家乡的种种好处来。人们行走的过程，始终会有乡愁相伴，即便走到了天涯海角，也有可能在那里与乡愁不期而遇。所以说，一个人的远行，不是为了走得更远，而是为了更好地回归。

在王张应的《一个人的乡愁》中，有一组书写行走的篇目，看起来只是写一些所见所闻、所感所悟，实际上写的还是他的乡愁。

在《懵懂少年的一次远行》中，作者写出了一对少年兄弟对远行的渴望，以及远行给这对少年兄弟所带来的快乐："走出家门，这一对小兄弟，简直如同久居笼中的小鸟，突然被人给放了出来，一时间天高地远，世界空旷无边，两个少年的心里都有说不出的快乐。"然而，这种快乐只是短暂的。行走的途中，饥饿、寒冷还有恐惧，会轮番来袭，一次次考验着这两个涉世未深的少年。在黑夜里，这对少年兄弟看到了一点微弱的亮光，既欣喜又害怕。欣喜的是认为那里有一户人家，他们于无助中觉得有助了。害怕的是担心那不是人家的灯光，那会不会是狼的眼睛。"我发现，到了关键的时候，总是老天爷在暗中助人。就在我们兄弟俩四顾茫然一筹莫展，不知道该去哪儿找谁的时候，在东边不远处，突然亮起了一小点微弱的亮光。"文章写的是远行，落脚点还在"家"字上。这对少年兄弟就是在这样一次艰难的行走过程中，体会到了人出门在外的种种不易，从而反衬出家的温暖，在家就是幸福。

在《在青海邂逅油菜花》一文中，作者看到了青海的油菜花，他就想到了自己家乡的油菜花。他是这样写的："那里的油菜花就好像我的一位亲戚，或者是邻家的一个女儿，她已经嫁了远方，我和她，在这个异地他乡很意外地相遇了。她突然出现在我的面前，让我吃惊，让我欣喜。"在作者的眼里，他乡的油菜花，也是家乡的油菜花。油菜花已经不仅仅是油菜花了，油菜花已经变成了人，是家乡的人，是邻居，是亲戚。一个在旅途中看风景的人，他把他乡的风景看成了自己的家乡人，这不是乡愁又是什么？

在《长寿村的空气》一文中，作者写出了久居城市的人，对于城市空气混浊的一种无奈，也表达出对蓝天白云的向往："蓝蓝的天空下飘着几朵白云，风吹过，白云缓缓漂移，宛如天边雪白的羊群。儿时常见的情景，现在已经成为遥远的记忆。头顶一块干净的天空，呼吸几口清洁的空气，如今真的不是一件容易事，显得很奢侈。"其实，这种无奈和向往，又何尝不是乡愁！

乡愁不只栖身在乡土，乡愁不只行走在路上，乡愁，也常常隐居在书本之中，被收纳于文字之中。人在读书的过程中，其实，也是在阅读乡愁、品味乡愁。在王张应的散文随笔集《一个人的乡愁》里，有一组文章与读书直接相关。不过，看起来写的是读书，实际上还是在写乡愁。

其中的《乡贤张恨水》，是一组以著名小说家张恨水为对象的文化随笔。作者从张恨水家乡人的角度，对张恨水做了一次多方位、多维度的阅读，写出了《黄土书屋》《心远何以恨水》《张恨水的处女作》《张恨水第一次投稿》《婚姻里的张恨水》及《张恨水其实就是一座山》等章节，这些内容既互相关联、互为补充，合则成为一体，分则独自成章。相信通过阅读这样一组随笔，人们便可以对从黄岭村走出去的张恨水这位誉满民国的通俗小说大师，有一个鸟瞰式的了解。文章写的是名人，实际上写的也是家乡。家乡既是笔下名人的家乡，也是作者本人的家乡。字里行间似有一股淡淡的乡愁，如烟如雾，飘忽不定，经久不息。

一个心怀乡愁的人，他注定就是一个热爱读书的人。人在向往故乡，而又不能回到故乡的时候，他唯有读书，读书方能消解乡愁。从《一个人的乡愁》里，我发现王张应近期除了阅读乡贤张恨水，也在阅读《闲情偶寄》《浮生六记》及《山居杂记》，还有美国人写的《瓦尔登湖》，读过之后还写出了一些很好的读书随笔。这些随笔于落笔之处，不经意间或能闻到一股若隐若现的乡愁味。原来，作者在阅读中寄托着乡愁，他让那些沾染着乡愁的日子同时充满了书香味。

王张应就是这样一个人，乡愁和书香不离他的左右，构成了他生活的底色。他的人生行走，喜欢与书香和乡愁一起，结伴而行。

写到这里，我忽然想到了另外一个问题。在短短的几年时间里，安徽作家王张应以“乡音”“乡愁”为主题，相继推出了四本书，累计超过了一百万字。而且，文体的种类相当丰富，有小说，有散文、随笔，还有诗歌。足见，王张应在文学创作上的准备非常充分。我知道，他为此足足准备了二十年。

目前，王张应在全国金融系统的作家群体里已是颇具实力的骨干作家，创作成果丰硕，在社会各界已具有较强的影响力。面对这种势头，我们完全有理由相信，处于创作爆发期的作家王张应一定会写出更多、更好的作品！期待他在文学创作上产生一个新的高潮，到达一个新的高度！

是为序。

2016年8月15日于北京金融街

注：阎雪君，现任中国金融作家协会主席、中国金融文联副主席、中国作家协会全国委员会委员。在中央、省部级报刊发表作品五百多万字，出版有长篇小说《原上草》《今年村里唱大戏》《桃花红梨花白》《面对面还想你》及报告文学、剧本多部，作品多次获得全国性大奖。2013年被国家文化部、中国作家协会、中国文联和中华全国总工会联合授予“全国优秀文艺工作者”荣誉称号。

第一辑

回望乡愁

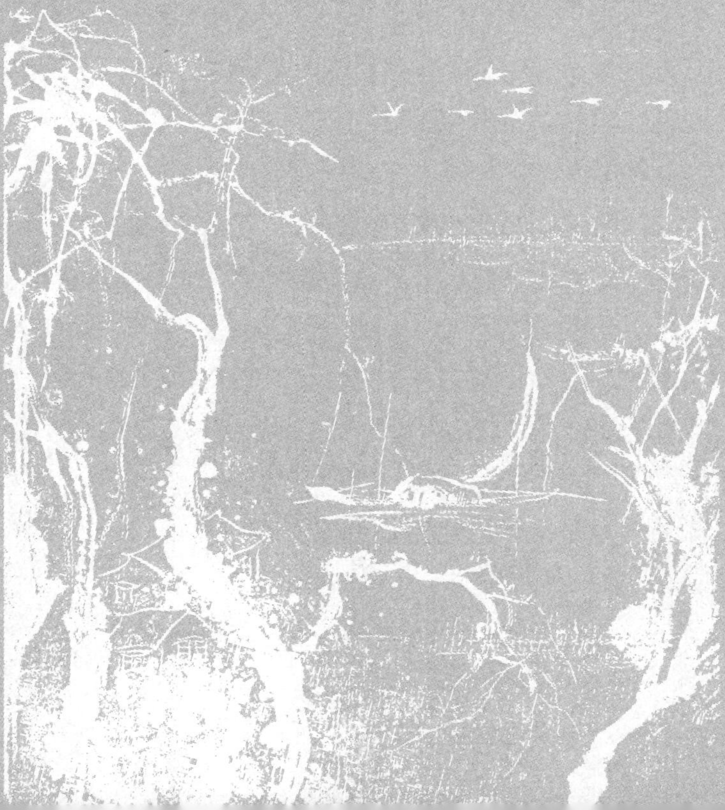

对一块土地的忏悔

01

不知道从什么时候开始，我对那块土地，心里怀有一种深深的愧疚之意。

那是一块以黄土为本质、以丘陵为外形的土地，它有一个直截了当、名副其实的名字，叫作黄土岭。它位于长江以北、淮河以南、大别山东麓，坐落在皖河的岸边，是一个普普通通的小村庄。这样的村庄，在天底下实在是太多了，它的平凡使得它没有任何优势值得张扬，可以吸引远方的、外来的目光。可是，它在我心里的位置，却是独一无二的，它对我的吸引力也是无与伦比的，并且，随着时间的推移，这种力量越来越强大了。它对我的吸引，并不是吸引了我的目光，而是吸引了我的心，让我的心对它形成了一种割舍不断的牵挂。这些年来，它把我的心拴得越来越紧了，用于牵挂的那一根线绳被绷得笔直笔直，丝毫不能松弛和懈怠。

我和那块土地之间的渊源，由来已久。五十多年前的那个春天，一个草木返绿花儿吐红的日子，母亲把我生在了那块土地上。我还记得，在我很小的时候，母亲曾经对我说过，我是幸运的，我躲过了三年困难时期，没有经历那一段让幸存者刻骨铭心、心有余悸的岁月。我一来到这个世界，就面对着一个大地复苏草木葱茏的春天。睁开眼睛，站在春天的土地上，我就感觉到了，我和那块土地上的一草一木，都是兄弟姐妹了。我很喜欢我的这些兄弟姐妹，给那块土地披上绿色外衣的一草一木。它们正在春天里无忧无虑、愣头愣脑地生长，让一个季节充满生机，尽显繁荣。我也曾暗下决心，向我的那些兄弟姐妹学习，让自己的生命迸发出生机，为脚下的那块土地添上我自己的一抹绿色。或许，母亲的本意就在这里，她把我放在那块土地上，就是想让我认认真真、踏踏实实地去做那块土地的儿子，成为那块土地上的一株水稻、一株小麦。或者，哪怕只是人们视而不见、忽略不计的一根草一株木。母亲希望我从头开始，穷尽一生，来陪伴，来伺候，来孝敬脚底下那块黄颜色、多山丘的土地，让我的一辈子与那块土地紧密地粘连在一起，让我同脚下的那块黄色的土地一起度过春夏秋冬，迎送寒来暑往，让我和那块土地同甘苦，共荣枯。

可是，年少的我，短视得很，眼睛只能看到脚背上，再远一点就看不见了，怎么能够理解母亲的那一片苦心？估计，也不单单是我，我的同辈人在那个年代大致都是这样。甚至，我的前辈人也曾经有过这样的经历，包括我曾经追逐过的那个离我很远且朦朦胧胧的背影。那个人早于我将近六十年，从那块土地上走了出去，他叫张恨水。后来，那块土地上的人们一提起他，都称他先生。他曾经在《写作生涯回忆录》里说过，年少的人，总是醉心于物质文明的。当年，让他住在黄土岭，那个依山靠水的乡下祖居老宅里，终日与农夫为伍，他十分牢骚。于是，他从那块土地上十分果决地离开了。

我很早就理解了张恨水这位乡贤当年的选择，虽然我跟他不可同日而语。一提起从那块土地上走出去，我还是情不自禁地想起这位老先生，我一直在那块土地上寻找这位老先生年少时的足迹。

一段时间，我曾经把母亲的话当成了耳旁风，入耳的只是很少的一部分，更多的是擦着耳郭而过。甚至，我还会回敬“母亲”两个字：偏不！母亲让我向东，我偏要向西。年少的我，无知也无畏，心比天高，常常目空一切，自然有过一个叛逆的季节。当时，我还以为，叛逆就是个性，就是标新立异、与众不同，说明我有自己的思想，表示我要把握自己的命运。所以，那时的我对母亲的话，听了很少的一些，丢了更多的一些，没有真正按照母亲的意思去做，没有把自己应该扮演的角色扮演成功，扮演到底。说实话，出于一个少年短浅的目光、浅薄的心理，我曾经对那块土地大不以为然，甚至十分嫌弃。好多时候，我做梦都想离开那块土地，离开得越快越好，越早越好。似乎不离开那块土地，我就不是我了，我就没有出息，我就对不起我的列祖列宗。

现在看来，当年的那种想法多么幼稚可笑。一想到那块土地，我立刻感到后背上的潮湿和冰冷。于那块土地而言，我简直就是一个不肖子孙了。那块土地，当年就像我的母亲一样慈爱，让我匍匐在她的贫瘠瘦弱的身体上，艰难地吮吸着来自那块土地的一点并不丰沛的汁液。那些外表金黄质地雪白的小小颗粒，从那块土地上结晶出来，是一个多么艰难的过程。它的结晶，它的生成，需要一种液体。那种液体是黄颜色的，它是母亲弯腰劳作在白花花的日头底下，流淌出的源源不断的汗水。或者说，当年我的母亲就像她脚下的那块土地一样，为了养育她的一帮孩子，她曾经承受了许多难以承受也不该承受的苦难。她第一次怀抱了那个嗷嗷待哺的婴儿，曾经是病猫一般羸弱瘦小，还特别缠人，让人日夜不得安宁。最初的那段时光，他的嘴巴不能空闲，不能停歇，除了喝奶，就是哭号。到了该他下地行走的时候，他还迟迟不能行走，甚至站立都很困难。幼年时，他在别人的眼里就是一棵多病的秧子，他周围的一些人十分担心他的成活。母亲却视之为宝，不嫌不弃，不辞辛苦，一口一口地喂养他，把他养育成了小牛犊子一般壮硕的少年，这该是多么艰辛的一个过程。在这个过程当中，母亲几乎熬干了自己生命的汁水，满头的青丝渐渐变得枯黄。

而后，那个少年忽然发现，自己的“翅膀”似乎硬朗起来了，能够伸展出去，能够上下扇动。若不扇动几下，就会发痒。身上的羽毛开始渐渐丰满，羽毛的颜色一日比一日亮丽起来。在很多场合，他曾经轻易地博得了别人的夸赞，甚至喝彩。少年的心，不知不觉中也开始长出了一对翅膀。他在那块土地上实在熬不住了，他开始认为他终究不该属于那块土地。他一定要离开那块土地，他想在那块土地之外，去寻求一片属于他自己的广阔天空。他想在另外一片天空下面，施展他的那双翅膀。

02

我不知道，究竟是在什么时候，又是因为什么理由，让那个少年那么武断地认定他的翅膀已硬，以至于对那块土地生出了二心。当初，他可是一心一意地打算和那块土地终身厮守，永不分离。他曾经在那块土地上学步、学语，学着大人的模样说话和做事，心中急切盼望在那块土地上早早地长大成人。而后，也同那块土地上所有的男人一样，日出而作，日落而息，娶妻生子，繁衍后代，终老一生。

至今，在我的身上还保留着那块土地的印记，依然散发着从那块土地上带来的丝丝缕缕、若隐若现的土腥气息。这种气息就是乡音，它就是我生命的胎记，我走到哪里，都改不掉从那块土地上带出来的口音。其实，我根本就不应该改变自己的口音。那块土地上的口音，我自己听起来不一定好听，别人听了却不一样，会觉得那是在唱歌，或者在唱黄梅戏。

我和那块土地上别的大人或者孩子一模一样，有过顽劣的童年，从小穿过开裆裤，玩过撒尿和泥巴的游戏。及至稍长，我也和那块土地上其他半大的孩子一样，在炎热的夏天，把身上的衣服脱光，赤溜溜地钻进门前的池塘里扎猛子，一会将头露出水面，一会整个人沉下水底，顺便从池塘底部的淤泥中摸出一个碗口大的河蚌来。

那个年代，那块土地上的人们尚且不认可河蚌这种人间美味，人们对河蚌不屑一顾，觉得它根本不是人该吃的东西。我从水底摸来的河蚌，全用小铁锤给砸碎了，喂给那些大摇大摆的鸭子吃了。鸭子们很贪嘴，只要给它，它都会吃，似乎总也吃不足。胃囊里面填满了河蚌的鲜肉，一直堆积到嗓子眼里，让脖子粗鼓起来，显得很臃肿。鸭子们嘎嘎嘎地叫着，摇摇晃晃，走来走去，表现出一副很痛快很过瘾的样子。它们走到母亲的跟前，绕在母亲的脚边打转，边转边叫，转了一圈又一圈，讨好卖乖的意味就很明显了。母亲挥舞着扫把驱赶它们，对那些馋嘴的鸭子那种轻浮的举动并不买账，甚至很不耐烦，明显地瞧不起这些贪嘴的畜生，不想把它们惯成这样。

母亲才不稀罕我从池塘水底摸出这几只河蚌来呢，她只希望我离水远一点。母亲多次训诫，人要活在地上，不要死在水里。母亲心里十分清楚，在池塘里嬉水，次数多了，时间久了，绝不是什么好事。说不定哪一天，藏匿在池塘里的“水鬼”忽然动了念头，就会要了你这个不听话的“细鬼”的性命。母亲多次重复了这句话。

终有一次，我乖乖地栽到了母亲的手上。她气呼呼地一把摁住了我，二话不说，立刻把我本来就很柔弱无力的身体，轻轻松松地折成了一个九十度的角，如同折断她手里的一株秸秆、一根柴火。接着，母亲高高抡起她的“铁砂掌”，在我的屁股蛋子上拍下了一块鲜红的五指印痕。

我知道，母亲这样做，不光是要倾泻出积聚在她心中的那股子不满和气愤，更主要的，母亲还是想借机让我长长记性，使得她手下的这块“贱肉”不要健忘，下次切不可继续光着身子往水里钻。我那时也才不过十来岁吧，第一次领教了母亲“铁砂掌”的厉害，屁股蛋子上的印痕里，隐隐地向外渗出了许多血丝和血点，让人疼痛难忍，好久不能消退。在很长一段时日里，我简直是想坐不能坐，想躺也躺不下来了。母亲见了，转过身去，悄悄落泪。有了这样的一次教训，我还能不让自己长记性吗？我当然记得牢了。从那以后，我见到了水，就不再像过去那样想把自己变成一条鱼了，我会与水保持着必要的距离。

那会子，村子里的邻居们总喜欢在我的面前戏称母亲为“铁匠”。我现在似乎明白了，母亲当年的那种“铁匠”手艺，似乎专门为我以及我们兄弟几个练出来的，我该是她手上的第一块“铁”了。因为，我是她的长子，她自然要拿我来练手的。或许，当时的母亲作为一位“铁匠”，总想将她手里的这一块“铁”，通过千锤百炼，锻造成一块好“钢”呢。我现在猜想，当年我被母亲摁在膝上，屁股撅起，整个身体被折成九十度角的时候，母亲的心里一定有一种恨铁不成钢的无奈了。

那次，在“铁匠”得手之前，我曾经在池塘里打着水雷，震得山响，一会潜入水底，一会浮出水面，玩得十分疯狂，简直忘乎所以了。忽听池塘埂上有人大声叫喊：“‘细鬼’，还不快起来！赶快跑吧，你家的‘铁匠’过来了！”我就像个落水狗，急溜溜地逃命似的从池塘里挣扎着爬出来，衣服都来不及穿上，抱在怀里撒腿就跑，那情形，简直就是慌不择路，抱头鼠窜。在我的背后，远远地回荡着“铁匠”那种咬牙切齿、如同铁锤和铁砧撞击的声音：“你这个‘细鬼’！你这个小短命死的！我看你作的，总有一天你会死在水里，你就作死去吧！”

其实，跑是跑不脱的。正如吾乡人常说的那句话，躲得过初一，躲不过十五。当天晚上，夜幕降临的时候，我还是低着头，乖乖地回到了家里。“铁匠”的那只“铁砂掌”，不可避免地落在了少年的屁股蛋子上，一块硕大鲜红的五指印痕应声而生。

03

直到现在，母亲当年骂我的那个“作”字，我才真正理解了。那个“作”字，读的是平声，而不是去声。若是读了去声，那就不是骂人的话了。劳作，或者工作，读的都是去声，都是些比较好听的话语，起码属于中性以上，甚至带有相当的肯定意味，绝没有骂人的意思。从前，孤陋寡闻的我曾以为那个读平声的“作”字，只有我们那块土地上的人才会那样说，是那块土地上的方言，就像母亲当年骂我的话语那样。后来，我才知道，其实不然，人类的语言通常是相通的，天底下还真的就有这个读平声的“作”字。不光在我的家乡那块土地上的人们这样说，在别处，很多人也会常常这么说。

不仅这么说，人家还会这么写呢。有一年，市面上突然冒出来一本别样的小说，很走红，小说名字只有两个字，其中一个字就是“作”。我拿到手一看，也不管读得对不对，是不是吻合作者的想法，我就撇开了通常情况下读的去声，直接把那个“作”字读成了平声。再后来，我还在很多场合听到了许多有关平声“作”字的说法，其中一条就是母亲当年说的那两个字：“作死”。所谓“作死”，人们最直接、最明白地解释为：不作不死，一作就死。

回想起母亲当年的骂语，我终于对于那两个从“铁匠”嘴里迸出来的掷地有声的字语，确定找到了可靠的理论依据，开始深信不疑了。我似乎有了一个顿悟，人这一辈子，“作”什么也不要“作死”。实际上，还不是这么简单。“作”什么，也都是不能“作”的。要“作”，“作”到最后都是“作死”。所以，你只能安心地去“作”。当然，这个“作”字，就只是“劳作”的“作”了，读去声，而不再读平声了。

其实，人的一生，谁都离不开这个字：“作”。关键还是看你怎么读，是把它读成了平声，还是读成去声了。当年，母亲期望我，对于那个字，一生都只能读去声，不读平声。从那一巴掌落在屁股蛋子上之后，母亲说的那两个字，我是始终记得的，至今不忘。今后仍然不会忘记，真可以说，我会没齿不忘的。

就在那块土地上，我已经早早学会了那个“作”字。学习那个字，我学的当然只是去声，我曾经暗下决心拒绝平声，远离平声。现在回头来看，还真的不能小视这一个“作”字的两种读法，会读出两种截然不同的人生结局。这便是那块土地，还有在那块土地上我的母亲、我的其他长辈，最早对我做出的交代。

当年，我也曾和我的父辈们一样，还有那些同我一般大小的孩子，我们一起，在炎热的夏天，在白花花的日头里，光着膀子，只穿一条大裤衩，赤脚下到水田里，弯下腰去，一次次地同脚下的泥土进行着长时间的亲密对话和交流。这样一来，我对那块土地就有了更深一层的理解，我体验到了土地的艰辛和苦涩。土地对我，也曾经给予了极大的宽容和谅解。我还记得，第一次在水稻田里插秧的时候，我把水稻的秧苗插得东倒西歪，横不成行，竖不成列，乱七八糟，很不像个样子。旁边的大人们都有些看不过去了，有人甚至对我不无鄙夷了，说你这熊孩子，怎么干的事？真是做鬼打不死人，你根本就不是做事的哥哥。当然，人家看不过去也好，不无鄙夷也好，那都是对我的关心和爱护。在吾乡人的心目中，人必须自食其力，会干活，或者说会了那个读去声的"作"字，才是一个人立足生存的前提。

也很奇怪，脚下的泥土完全不像泥土上的那些大人，它并不嫌弃一个孩子的笨拙。它不声不响，用了那双深藏不露的大手，在夜间帮助我将那些歪歪斜斜的秧苗一一扶正。后来，这些秧苗竟也同大人栽插的那些整整齐齐的秧苗一起生根拔节，一起灌浆抽穗，最后一起进入成熟期，被一起收割，颗粒归仓。那时，那些秧苗竟然给了我很大的成就感，让我有信心做好那块土地的儿子。我曾经非常感激脚下的那块土地，是它宽宏大量，包容并且修正了我当年那种不上路子的劳作。后来，我才意识到，正是有了那样一段面朝泥土背朝天的生存经历，我才对那个该读去声的"作"字有了更加刻骨铭心的认识。我的后背上当年尚且白嫩的皮肤，曾经在日头里晒红、晒紫、晒黑、晒死，脱掉了一层又一层皮。因此，对于那个与脚下的土地联系在一起的"作"字，对于它的去声，自然成为我最初的而且最深刻的人生体验了。

04

距离产生美。这话不知道是谁最先说出来的，说得太精彩、太准确了。这简直就是一个天才的发现，它几乎囊括了天底下所有的情况。在我和那块土地之间，对于这句话，我是深有体会的。那些时候，我对脚下的土地，对于跟土地连在一起的那个读去声的"作"字，距离太近了，彼此间太过了解对方了。因而，双方都产生出越来越浓重的疲劳和厌倦。

疲劳和厌倦，看似寻常，不伤筋骨，无关痛痒，没有什么大碍。实际上，这东西的出现，真是太可怕了，它足以毁掉人世间的一切美好。谁都知道，恋爱中的俩人，如果彼此间出现了疲劳和厌倦，不能消除，反而加剧，那样还能最终走到一起吗？十有八九，牵手将会成为放手，曾经的花前月下也只能成为一段美好的回忆了！夫妻两口子之间出现疲劳和厌倦，也很多见，若是消除不了，长时间存在，相濡以沫就会沦为传说，婚姻就会死亡。要么解体，劳燕分飞；要么成为一枚好看的贝壳，名存而实亡。

后来，我才发现，正是这种疲劳和厌倦的悄悄出现，并且长时间地存在于我和脚下的土地之间，才导致我渐渐生出了去意。并且，随着时间的推移，我的个头越来越高，块头越来越大，嘴唇上下黑色的绒毛越来越粗壮。从外表看，我越来越像个男子汉了。因而，这种去意就越来越强烈了。最终，正是这种因疲劳和厌倦产生的去意才迫使我痛下决心，让我从土地上直起腰来，从泥水里抽出了腿脚，借着稻田里并不清澈的水，勉强洗掉了腿杆子上的泥浆。

于是，我赤脚走在南方的水田埂上，我开始步步远离曾经拥抱过我的一双赤脚的水田，我终于走出了我曾经日出而出、日落而归的村庄，我的脚步越来越快地离开了那块有些烫脚的土地。似乎，就在离那块土地不远的地方，有一驾命运之神驾驶的马车，停在路边，静静地等候着我呢。于是，我脚步匆匆，行色匆忙，我必须搭上那驾马车，我不能与命运之神失之交臂。我已经懂得机不可失，时不再来的道理！所以，我离开那块土地时，态度是干脆的，甚至十分决绝，我没有犹疑不决，更没有一步三回首。

我不知道，那块土地，对于我的决意离开，有没有过一些失望。我只感觉，它当时表现出了无比的宽容和大度。它对我没有丝毫的怪罪，更没有挽留或羁绊，它只是在鼓励，在催促。它真心实意希望我离开，而且，走得越早越好，走得越远越好。那块土地，很像一位慈悲的母亲，但更多的还是像一位开明的父亲。在那块土地那种宽大的情怀当中，饱含着许许多多的果敢、刚毅和坚强，凸显出了一些富有父性色彩的元素。

其实，产生去意的时候，我也曾考虑到了那块土地的感受。我曾想过，我又不是那块土地唯一的儿子，我在与不在，那块土地也许是不会在乎的。我们这代人还曾经有过一种幸运，出生的时候，计划生育还只是提倡，并没有达到强制执行的地步。等到强制执行了，我们的身边就有了一帮兄弟姐妹。所以，在漫长的成长的过程中，我们不知道孤独是何种味道，因为我们有伙伴，而且伙伴很多。在众多的小伙伴中，往往会出现有你不多没你不少的情况。在这种情况下，走出了我一个，那块土地照样不会孤单，它的身边还有许许多多它的其他孩子。他们会围在它的身边，绕在它的膝下，一起伺候它，一起陪伴它。所以，我曾经想过，这块土地，从来就不会差了我这么一个儿子！

谁知道呢！情况绝不是我想象的那么简单。在那块土地上，曾经一批人接着一批人离开了，有很多人陆陆续续地走了出去。他们各有各的理由，各走各的路径，目的都很明确，那就是要走出去，要离开这块土地。有的人，也像我一样，走出去了，偶尔还会回来看看。有的人，走就走了，人一离开就没了踪影，这块土地已经记不住他的模样了。

如今，在这块土地上，房子比原来盖得多得多了，只要能盖房子的地方，几乎都盖了房子，原先以为不能盖房子的地方，也被人盖上了房子。只是，人却比原先少了很多，尤其是青壮年更加难得一见，村子里，迎面相遇的几乎都是老人、妇女和儿童，好像这个村庄已经不再适合青壮年了。难怪有人戏称，现在，我们的村庄都已经交由“386199”部队把守。村庄，几乎成了一个只有妇女、儿童和老人的世界。

人，已经不似过去的人，这块土地，也不似当年的那块土地了。满眼庄稼的时候少了，撂荒长草的时候多了。走在这块土地上，人的心里难免生出一股酸楚、一种悲哀，感觉在这块土地上，已经完全没有了当年的那股火热的生机。似乎，阳刚之气正在减少殆尽，阴冷之气正在积聚渐浓。

05

当年，在那段由于疲劳和厌倦产生去意的时光里，迅速地离开那块土地，飞快地从那块土地上走出去，走得很远很远，便是我的最为迫切的心情了。那时，我还不知道这个世界到底该有多大，我只知道村子里的那块土地很小，想到外面的世界去看看，这便成为那个少年当时最大的梦想了。“海阔凭鱼跃，天高任鸟飞”这句话，曾经鼓舞了许多人。从另外一个角度看，似乎它也误导过不少人。不是所有的鱼，都能跃得很远。不是所有的鸟，都能飞得很高。反过来说，倒是所有的鱼都是恋水的，所有的鸟又都恋巢。

那些年，出生在那块土地上的人，若要真的离开那块土地，绝不是一件容易事，几乎没有多少路径可走。要么，有幸穿上一身草绿色的新军装，到部队去。那可真是一所大学校，它的确有一种无上的荣光。可是，那种荣光不一定就能够照耀到你的头上，即便你满腔热血正在沸腾，也有可能遭遇一盆冷水当头浇了下来。要么，去“顶替”，在远离泥土的地方，谋求一张桌子、一把椅子。或许，那张桌子上还会摆放一张报纸、一杯清茶呢。多么轻松，多么惬意，几乎快活似神仙了。可是，这简直就是痴人说梦！你能去“顶替”谁呢？人家坐得好好的，凭什么被你“顶替”！能够让你去“顶替”的，除非她是你娘，或者他是你老子。他们不干了，退下了让你。可惜，你出生在那块土地上，就不会有那样的娘，或者那样的老子。到后来，天边终于出现了一道强烈的亮光，差不多把所有人的眼睛都刺得生疼，让所有人同时看到了一种希望，平添了一种信心。在门前的两座大山之间，豁然开朗，出现了一条崎岖小路，已经中断了十年的考试，早已被人们淡忘了，突然宣告恢复的消息，就像二月的梨花，一夜之间，开满了千树万树苍老遒劲的枝头！

自古以来，考试就是国家选拔人才的一个重要法宝，也是寒门子弟离开故土走向外面世界的唯一通道。考成考不成，大家都没话说了，不怨爹，也不怨娘，考得不好，也就只能怨你自己了。所以，为了不怨自己，你自己就得下功夫，就得付出必需的代价。到底，功夫不负有心人，付出了代价，终归有了回报。也许，还是脚下的那块土地一直在疼爱着我。也许，是头顶的苍天在默默地眷顾着我，终于遂了我的心愿。我曾经成为一个时代的幸运儿。在那次千军万马挤过独木桥的时刻，我放低了自己的重心，平衡了自己的身体，稳住了自己的腿脚，不偏不向，不倾不斜，才不至于被人挤到桥下去，终于顺利地通过了那座又高又窄的桥。走过了那座桥，才算走出了那个承载了我十六年的村庄，才算离开了那块哺育了我十六年的土地。

不过，我说的对那块土地的离开，其实，还不是真正意义上的离开。怎么说呢？这个道理直接拿人来说，不一定能够说得很清楚很明白，还不如回到先前拿草木来类比。虽然，自古就有人非草木的说法，但我认为，草木与人是一个道理。或许，我原本就是那块土地上的一草一木呢。譬如，趁着春天，生机勃发的季节，把那块土地上的某一株树苗，照着一个斜切面，一刀下去一分为二，给它切开了。然后，上面的一截让人拿走，在别处的土地上栽插下去，让它在别处生根、长叶，以至开花结果。树苗的这种离开叫作移栽，移的是枝，是苗，而不是根，应该类似于嫁接了。至于剩下的那一段，依然保留在原地，它的根系还是深深地埋藏在土壤里面，没有谁惊动它们。那些大大小小、密密麻麻、弯弯曲曲的根系，仍然同从前一样，死死地怀抱着那一抔已经被根焐热了的泥土，根系们始终不肯松手，怎么也不愿意让自己和怀抱中的泥土分开。被移栽的那株树苗，无论它后来能长多高多粗，它的根还是留在当初那一块土地里。

我想，我应该就是那株被移栽过的树苗了。移栽之后，我对我的离开，确实有过短暂的庆幸，接踵而来的却是漫长的后悔，同时，还有对那块土地的无尽的牵挂。好在我的根依旧留存在那块土地里，我还可以借以自我安慰，尽量不觉着自己是真的已经离开了那块土地。我会经常想到，我还是那块土地上的一草一木，我继续吸收着那块土地给我的各种营养，是那块土地给了我生命的葱茏的本色。我从来不会承认那块土地已经和我没有关系了。我对那块土地的牵挂，不仅一直没有间断，而且随着年岁的增长，越来越加剧。我把这种牵挂，说成魂牵梦绕，真的一点都不夸张。我曾发现一个十分奇怪的现象，我这人不怎么做梦，但只要做梦，那梦必定会以那块土地为背景。梦境中出现的，都是我所熟悉的那块土地上的风物，是那块土地上的人和事。在我的梦境里，从来没有出现过那块土地之外的其他地方。

除了梦，在醒时，我也一样惦记着那块土地。只要有机会回到那块土地上，我就会千方百计地抓住这个机会，从来不会让宝贵的机会白白失去。一旦回到了那个地方，我总喜欢脱掉鞋袜，卷起裤管，像我小时候那样，赤脚站在那块土地上。那时，便有一股暖流从地底下涌了上来，穿越了我的脚心，顺着我的腿杆爬了上来，直接注入了我的内心，把我的心田装得满满的。那种温暖，常常因充盈而外溢。回到那块土地上，我便感到了一种从未有过的心安，我会觉着有一种从未有过的踏实。那一刻，我才真正明白过来，我可不是一泓无源之水，我也不是一株无本之木。原来，我还是有根有源的，我的根和源不在别处，就在这里，我当年离开的那块土地里。尽管，我和那块土地彼此间都有些陌生了，我不知道那块土地如今是否视我为来客，我只知道我从来没有认为此身是客。在外面浪迹天涯客居他乡时，我难免给人谨小慎微、彬彬有礼的感觉，让人一看就知道我是一个腼腆的客人。到了那块土地上，我就完全不一样了。我不用西装革履、油头粉面，我的每一个笑容都如同篱笆上的扁豆花一样，开放得那么真实、那么平和、那么自然。只有到了那里，才是回到了自己的家，我才不会把自己当作外人、当作客人。

实际上，对于那个村庄、那块土地而言，我却已经完完全全、实实在在是个外来客了。那块土地，在我离开不久，一股起源于淮河岸边“大包干”的劲风，由北向南吹到了我的村庄，村子里的田地随风而散，一夜之间到家到户。完全按照人头平均分配，不曾留有丝毫的余地。我当时心有不舍，心犹不甘，最终我还是接受了那样一个事实。我既然已经离开了那个地方，离开了那块土地，那块土地上，自然就没有了我名下的那一份了。如此说来，你看，我还算不算个外人呢？算也好，不算也好，反正，我都不会承认自己是个外人，不会承认此身是客。我这么说话，其实也只是一种耍赖。人能耍赖的机会并不是很多，通常都是在自己的母亲面前。

06

只要有母亲在，你就可以耍赖。耍赖的感觉真好，它能让你回到从前。

似乎，只有这样，耍一耍赖，我才能弥补自己心中的缺憾，才能减轻我因逃离而对那块土地产生的愧疚。这种愧疚，实际上也很简单，远没有别人想象的那么复杂。它不是别的东西，它只是一种矛盾的心情。你既然万般不舍地眷恋着它，却又要费尽心机背离它。你既然毅然决然地离开了它，却又要朝思暮想牵挂它，做梦都想回到它的怀抱。

矛盾，这是一种不可调和的矛盾，一种顾此失彼、两头难以兼顾的矛盾。就在这样一种矛盾中，当年，我曾经恋恋不舍，又义无反顾地离开了那块土地。一旦离开了那块土地，我和那块土地产生了物理上的距离，我才发现自己是多么的愚蠢，原来这一切全都是错，简直是一个天大的错。

错就错在那个少年的自命不凡、自以为是，不甘与泥土为伴，不甘与庄稼为伍，心中向往远方的天空与海洋，向往车水马龙的繁华市井。谁曾料到，真的离开了家乡，真的到了远方，家乡就会成为你梦中的远方。身在市井，红尘压顶，空间逼仄，呼吸沉闷。时日久了，就会思念远在家乡的那块土地，与土地遥相呼应的那片蓝天，就会朝思暮想希望回到原先离开的那块土地，回到那片瓦蓝的天空之下。

我曾经把这种矛盾看成了一个“结”。我以为解开了这个“结”，一切问题都会迎刃而解。我尝试着用了多种方法，试图解开这个“结”。终因我的智慧不够，这个“结”没能在我的面前松散开来，让我释然。我也曾想到去借助外力，企图来解开心中的这个“结”。我请教过一些跟我有过类似经历的人士，问过他们是否也有同我一样的想法。后来，我才知道，他们也是跟我一样，心里都有这样一个“结”。而且，他们也曾把这个“结”从心里拿出来，捧在手里，左瞅右瞅，同样无从下手，谁也无法解开。看来，这个“结”还真的不是个别性质的私人间的小问题呢，这个“结”极有可能就是一个极具时代性和社会性的大命题了。既然是大命题，那就不是我这个缺乏远见卓识的凡夫俗子所能解开的了。这个“结”，还是留给那些登高望远、见微知著的人士来解开吧。或许，再难的事，到了他们手上都会如同庖丁解牛，所向披靡了。对于他们来说，解开这个“结”，简直是人到门开，水到渠成了。

想起了我的朋友徐迅。他也是从那块土地上走出来的。多年以前，他在一篇文章里说过这样一句话，我是这块土地上的一名叛徒，只是我背叛得并不彻底。近年来，随着年岁增长，我的记忆力开始减退，且愈演愈烈，阅读之后能够记住一点东西，实在不容易。但徐迅文章里的这句话，我可是牢牢记住了。最初，读到这句话时，我曾经心头一震，感动万分。现在想起来，我仍然感受到了来自自己心灵的一股强烈的颤动。这哪里是写他呀，这分明就是在写我嘛。如此看来，我对于当初从那块土地上的离开，就应该重新定位、再做定性了。按照徐迅的说法，我当初从那块土地上的离开，就不仅仅是一种简单的离开了，那是对那一块土地最残忍的离弃，更是对那一块土地最无情的背叛。

如今，当我把自己和那块土地的关系，重新定位定性之后，上升到了这种逃离和背叛的高度，我的心里立刻充满了一种强烈的愧疚。这种对于那块土地的愧疚，让我的灵魂背上了一副沉重的十字架！

那个被压迫在十字架下面的灵魂，不会自暴自弃，坐以待毙，他一定会想方设法自我救赎。自我救赎不就是一个自我救治的过程吗？其实，心中的愧疚，也就是一个致命的心病。这个心病重于磐石，死死地压迫着人的心灵，让人沉闷至极，累得人连一口气都很难喘出来。心病不除，人活着就不会轻松，甚至，人会在一种疲惫中慢慢地窒息死亡。可是，治疗这种心病，还真的没有找到什么特效良药，唯有一种东西可以让它稍微缓解，避免它的骤然发作，阻止它继续加深加重。在无法根治的情况下，哪怕只是缓解一下症状也是好的。对此，我想谁也不会轻言放弃。这种药物不是别的，它就是一种忏悔！于我来说，这种药物就是我对那一块黄颜色、多丘岭的土地，无穷无尽的深深的忏悔！

谁也说不清究竟从什么时候开始，住在城市里的一些人，如同我当年那样，开始纷纷离开城市，寻找远方和诗意，传说中的桃花源一时成为众多人梦中共同的家园。大家都在悄悄地羡慕陶渊明笔下的那个武陵人，苦苦寻找武陵人当年的足迹。那个武陵人捕鱼为业，缘溪行，忘路之远近，忽逢桃花林，芳草鲜美，落英缤纷。现在的许多人，都想试一试自己的运气，希望在远离城市的地方，找到那一片林尽水源的桃花林。在那里，田畴平明如镜，屋舍俨然如画，鸡鸣犬吠可闻，人影难得一见。即便找不到这样的地方，哪怕找到一个土砖泥瓦的农家小院，也能心满意足。你看，低矮的土墙上开满了喇叭花，院内有一小块菜地，地里种满了蚕豆，在初夏的阳光里，开出了满地紫色的蚕豆花。花蕊里，有蜜蜂悄悄潜伏。院子里洋溢着不同种类花香的混合氤氲气息，这种气息常常会让人联想到人世间某些美好却又秘不示人的事情。坐在这样一个小院里，闻着花香，看蜜蜂在花间忙碌，嘤嘤嗡嗡，起起落落，飞来飞去，该是一种多么令人惬意的事情。这样惬意的生存模式，曾经装点了一代又一代人的梦境。现如今，生活在城市里的人，谁不如饥似渴梦寐以求呢！

07

或许，因为我来自乡野，出身低微，十分容易满足。我这人对生活一直没有什么过高的要求，也就没有太多的想法。当城市里的噪音和浮尘，日复一日地淹没了我，磨损了我的听力和视力，使其一天天地下降和减退，我这个人早已没有了青春年少时期的敏感，越来越多地出现了与年纪并不相符的迟钝。冷静想想，我才知道，这种迟钝是因何而起，它究竟从何而来。它让我想起了早年在那块土地上，曾经产生过的那种疲劳和厌倦。此时，我还能作何种奢求呢？我根本不会去想那个武陵人忽逢的桃花林，我也没有去想那些个开满紫色蚕豆花的子虚乌有的农家小院。我想到的就是那块以黄土为本、以丘陵为形的土地，我再一次想到了逃离。如同当年逃离那个村庄、那块土地，我想离开这个雾霾笼罩之下的城市，离开这个车水马龙、川流不息、噪音不绝、天空低沉、烟尘障目的喧嚣市井，回到那天空瓦蓝、风带花香，听得见鸡啼犬吠、鸟鸣蛙鼓的宁静乡村，那块黄颜色的土地上。

只是，我也十分清楚，这一次，仅仅只是想一想倒也是可以的，真的做起来可能就比从前那一次更加困难了，甚至，几乎就不可能了。因为，现在是现在，过去是过去。现在的你早已经不是当年那个鲁莽少年了。少年人血气方刚，往往说干就干，做事不计后果。如今的你，肯定无法做到这一点，你早已没有了当初那个少年的勇气和锐气，你遇事一定会思考再三，犹犹豫豫，患得患失了。这大概就是你所谓的成熟的标志了。你当真能够舍弃，你置身其中的那个既妩媚妖艳又面目狰狞巨大的怪兽一般的城市吗？还有，就算你能够舍弃眼前的一切，你真的下得了那个决心？你完全拿得定那个主意？你真的铁了心肠，要逃离你所置身的那座城市？你对那座城市毫无眷恋？但是，你想过没有，这一次逃离，你的目标是什么？你能够逃到什么地方去？你一定会不假思索地说，我的目标很简单，能不能找到桃花源都不要紧，别的地方我都不想去，我只想回到曾经生我养我的那个乡村、那块土地。你知道吗？那也只是你的一厢情愿！你曾经逃离的那个乡村、那块土地，在你离开以后，已经有了颠覆性的变化。如今村子里，人早就不是原先的那些人了，地也早已不是原来的那块地了。过去人们总爱说物是人非，在这里我只能说物也不是，人也非了，那里的一切完全不是你记忆中当年的那个样子了，这个乡村、这块土地早已不再属于你了。

那块曾经对你万般宽容却又被你无情背叛的土地，如今，你以为它还会像从前那样包容你、宽恕你？它如何能够接受一个浑身稚气的少年瞬间沦为暮气沉沉的华发老者的残酷现实？你以为它能够接纳你如同接纳一个街头流浪者，看你满身尘埃灰头土脸地归来吗？它还会在你原先离开的地方，给你辟出一小块立足之地，让你安身立命吗？对于这一切，我劝你想都不要想了，纵使想了那也是白想。人，一旦从家乡的土地上离开，时间久了，事实上，你的家乡就会在不知不觉中变成了你的故乡，这该是一种多大的悲哀！在这个世界上，水，从来都是不能倒流的。同水一样不能倒流的，还有时间。这已经不是什么新鲜话题，早在两千多年前孔老夫子就曾经临水感喟："逝者如斯夫，不舍昼夜！"希望回到从前，的的确确是许许多多人的美好愿望，却从来没有见到有谁真的做到了，真的从今天回到了昨天。我只相信，从昨天来到今天，从今天进入明天。所以，几十年后的今天，你这个身陷市井没于红尘的人，千万别再一次轻言离开。你要知道，你这一次想到的逃离，谈何容易！比起少年时代的那一次逃离，困难多了。现在的你，想想当年的那次逃离，你就应该意识到，你在当年就已经断掉了你自己的后路！

08

还能怪谁呢？你呀，你这个曾经的乡村的逃兵、土地的叛徒！逃离乡村、背叛土地之后，你已经彻头彻尾地沦为了市井的俘虏！如今，没有谁能够帮助你，去彻底纠正一个曾经的无知少年于懵懂之中所犯下的浅薄之错。你先就这样吧，宗教信徒一般终日做着忏悔的功课，你只有忏悔得越持久、越深刻，才能说明你越有诚意！在远方，在高处，或许，就在你的头顶的三尺之上，那个无处不在的上苍，正在睁大着眼睛，默默地察看着你的表现呢。等你忏悔够了，你的内心红尘涤净，纯洁如婴，你的灵魂完全回归乡村皈依土地，你终于用你的诚意彻底地打动了上苍。或许，在你头顶之上的那位上苍忽然高兴了，它就会原谅你当年因年少无知所犯下的那次寻常可见的过错了。

当年那个忠厚善良的乡村，当年那块母亲一般仁慈、父亲一般宽厚的土地，能够再一次做到母不嫌子丑、父不嫌子笨，再一次体现那种大人有大量的宽广胸怀吗？或许，它会看在上苍的面子上，同时念你有了真诚的悔改之意，会给予当年的那个莽撞少年一次纠正错误的机会。甚至，它会给你以极大的宽恕和包容，认为你当年的执意离开，不过是一个不谙世事的孩子所犯下的最常见的简单错误，在它的眼里，那只是人之常情，根本就不算个错。这样一来，它就会让你如愿以偿，重新回到那块土地上来。它会给你那个疲惫不堪、满目疮痍、昏昏欲睡、日渐苍老的灵魂，提供一块休养生息、颐养天年的福地呢！

现在，你就掐掉你心里面其他所有的念头吧，像园丁保护花木薅除杂草那样，清除你心里长短不齐高下不一的私心杂念，让你的心地成为一块净土。其实，你的其他任何想法都已经毫无意义，纯属多余。所以，你不必多想，无须费神。在你的面前，原本就没有摆放出多种选择。这道试题，答案是唯一的。所以，你只有一条路径可走。那条路径就是忏悔，是对那块土地的忏悔。

你已经无须继续等待什么，现在就该动身出发了，夜以继日，风雨兼程，回到你梦中的那个村庄。站在春天的田野上，近距离地面对着那块正在生长水稻的土地，像一株成熟的水稻那样，以沉默和俯首，表达出你的忏悔之意。或者，你根本就不需要在乎那种外在的形式，你只需把你的忏悔之意悄悄地安放在自己的心里。这样，你就无须回到那个村庄，在那块土地之外，在远方，在你赖以栖身的红尘市井，你时刻遥望着那个村庄、那块土地吧，做出你真心实意、持续不断、锲而不舍的忏悔！

2016 年 3 月 12 日写于合肥

怀念一口池塘

回想童年时光，总是怀念一口池塘。

很近的一口池塘，就在老宅的门前。它曾经是一个村庄的饮水之源，一口池塘滋养了一个村庄。也曾是一个童年快乐的天堂，池塘里盛满了一段悠远的记忆。

那是一口圆形的池塘，面积不过一亩大小。它坐落在村庄的中心，村庄，几乎就是围着池塘而建。早晨，家家户户的木门，吱呀一声，次第打开。陆续有人担着两只半人高的水桶，走到水塘边的石头跳板上，弯下腰来，左边倾斜一下，右边再倾斜一下，两只水桶便在池塘里灌满了水。担水的人直起腰身，两只水桶晃晃悠悠，桶里的水，有些激动不安的样子，不断地荡起水花，清亮亮的水花就会沿着乌黑的水桶外壁流下来，在那灰白的土路上，画出一条清晰的路线图。沿着那条线，你就知道池塘里的水去了哪户人家，这家人一天的生活，便会从这两桶水开始。之后，在那些黛青色的瓦屋顶上，飘起了袅袅的炊烟、米饭的香味，就开始环绕水塘，在一个村庄里面流传开了。村子里的人们喜欢端了饭碗出来吃饭，摆上一只小马扎，面对池塘而坐，仿佛池塘就是一张圆形的餐桌，一个村庄的男女老幼，都围坐在这个巨大的餐桌前。这些人一边在三心二意地吃饭，一边在有口无心地叙话，不时地开心一笑。东南西北的谈笑声，都给池塘里的鱼听见了，鱼们也乐了，一不留神就跳出了水面，又钻进了水里，在空中划出了一道银亮的弧线，吸引了池塘周围所有的目光。

记忆中的池塘，总是满盈盈的，只要水浅了，老天爷就会殷勤地给补上，池塘很少有枯竭的时候。池塘给了那个童年这样一个错觉，水，取之不竭，用之不尽。也许，不只是那个童年才有这样的错觉，估计那个年代的童年大都有过这样的认知。

那些年，池塘里的水总是清凌凌的，站在塘埂上，一眼可以看透塘底。晴朗的日子，池塘的底上，铺着蓝天白云，水中的游鱼和空中的飞鸟，在这里很难分得清，谁是鱼，谁是鸟，谁在水中游，谁在空中飞。人们常常产生错觉，游弋在水里的是鸟，飞翔在空中的是鱼。几只淘气的麻鸭，把头埋进水里，将尾巴朝上竖起，在池塘里表演倒立技艺，向它的主人卖弄自己的本事，似乎想告诉主人，它的本事大了，功夫长进了得。可惜，主人并不买账，不给它赞许的眼神，更没有夸奖的言语。那麻鸭自讨没趣，不玩了。从水里抬起头来，突然张开两只翅膀，伸长了脖颈，贴着水面低飞，边飞边用翅膀拍打着水面，从那又长又扁的嘴巴里发出了嘎嘎嘎的鸣叫声，惹得池塘里的水动荡不安，一圈又一圈地荡漾着波纹。坐在池塘岸边的主人，看着麻鸭在水上表演，开心一笑，轻描淡写地说了句，这畜生已经肥了。正在旁边吃饭的孩子，一听这话，劲头就上来了，口水泉涌，一碗饭三口两口被他吃完。

在池塘的周围，有许多古老的水杨树。这些树，临水而立，树的根须一半扎在岸边的土里，一半浸泡在池塘里，弯曲遒劲的树身整个地倾斜在水面上，在水里映下了一个清晰的倒影。让人看到，岸上有一棵树，水里也有一棵树。大胆的鱼虾，游到树荫底下就呆立不动了，好像是要栖息在水底里的树枝上。平日里，鱼们都很羡慕鸟。鸟在空中飞，或者立在枝头，享受浓荫。这回，鱼们也做到了。鱼们一个个爬上了枝头，在枝头享受浓荫的时光。夏秋两季，水杨树上潜伏着许许多多的蝉，它们拉长着嗓子，开展歌咏比赛，此起彼伏，你方唱罢我登台。一阵风吹来，密集的蝉鸣声雨点似的洒落到水里，深深地打动了这口年迈的池塘。池塘原本心静如水，这会子竟也心旌摇曳了。池塘岸边，树荫下面，三两个顽童抬头朝着树枝上，张望、寻觅，彼此之间指指点点，交头接耳，很有些鬼鬼祟祟的样子。不一会，就有人悄悄地爬到树上了，顷刻，一只蝉的鸣叫声，直接从浓郁的抒情意味转变为惊恐、挣扎，甚至是逃命的求救信号。从树上下来的顽童满脸欣喜，小心翼翼地松开自己握紧的一只手，谨慎而又自豪地向同伴们展示自己的成果。那东西是可以吃的，放在火上烤熟，吃起来喷香。因此，顽童们常常觊觎着那东西，除了好玩，还有好吃的因素在里面。就是现在，许多地方的美食谱上，还是经常有蝉的身影出现。

或许，是因为人的生命原本就是从水中来的。未出娘胎时，母亲总是将胎儿养育在那样一种温热宜人的水中。所以，人一出娘胎，见了水就特别亲热，总想把自己的身子放在水里浸一浸、泡一泡。于是，老宅门前的那口水塘，就对一个村庄的孩子们形成了巨大的诱惑。尤其在夏天，大人们一转背，就有几个顽童光着身子，泥鳅一般钻进水里，在水里扑腾嬉闹，忘乎所以地闹出了很大的动静。很快，就在怒不可遏的呵斥声中灰溜溜地爬了上岸。而后，顽童的屁股蛋子上，就会留下一个红红的五指印痕。那种印痕的痛痒一直在提醒着顽童，池塘里水深，水里面藏有“水鬼”。那“水鬼”专门在水底拽扯小孩的腿脚，把小孩拽到水底，作为自己的替身。把小孩留在水底，“水鬼”自己便可以大摇大摆地上岸了。这就是村子里所有的大人阻止孩子嬉水的理由。知道了这个理由之后，再想去泥鳅般嬉水时，那孩子就会想起自己屁股蛋子上的印痕，还有写在印痕里的那个有关“水鬼”的故事。是不是还要下到池塘里面去，孩子们就会考虑一下。至少有所犹豫，不会如从前那般果敢了。

后来，不知道从什么时候开始，池塘里的水就不再清澈了，很浑浊，漂浮着丝丝缕缕的青苔，且有些腥臭味。孩子们对池塘渐渐疏远起来，让他下到水里去，他都不愿意，嫌脏。村庄里的所有人都嫌弃它了，不再从池塘里担水回家烧饭煮茶。人们宁愿挑着水桶跑到一里开外，从那荒无人烟的山冲野塘里担水回家煮茶烧饭，只有那里的水还算干净。

再后来，家家户户都不用再到池塘里担水了。估计，在村庄的附近也已经无水可担了。一根塑料水管把自来水送到了各家各户，自来水来自远处的水库。水库里的水，本是纯净的山泉水，细心的人却尝出了鱼饲料的味道。鱼是给人吃的，鱼饲料是给鱼吃的，人绕过了鱼，直接吃了点掺杂在水里的鱼饲料，估计也不会有什么大碍。村子里的人们就是这样想的，想一想也就放心了，觉得比池塘里的那点死水好多了。

老宅门前的池塘终于在人们的淡忘中干涸了。大家这才知道，池塘原来并不是很深，池塘里的水说枯就枯了，龟裂的塘底上，长出了半人高的蒿草。围拢在池塘边的那个村庄，也不知道自哪年哪月开始渐渐地溃散了，拆了原先的土坯瓦房，在远离水塘的地方盖起了新的楼房。

都说时光催人老，其实，老去的不光是人。一切东西都会老的，就像老宅门前的那口池塘，被人遗忘之后它就老了。而且，它老得很快，比人老得还快，怎不令人惋惜和怀念？

2015 年 8 月 29 日晨写于合肥

藏匿在
岁月深处的鱼

我的家乡坐落在大别山东麓，淮河以南，长江以北，那一片丘陵地区。其实，那地方就是大别山区与江淮平原的过渡地带。在那里，有一条河流，源自大别山腹地，流失在长江北岸。那条河，名叫皖河。从水系上说，我的家乡属于长江支流皖河流域。可以说，我是喝着皖河的水长大的。

每次跟外地的朋友谈起自己的家乡时，我总是不无自豪地说，那可是一个鱼米之乡。的确，有了皖河水系的恩泽，我的家乡水田多、旱地少，自古以来盛产稻米。同时，有水的地方就会有鱼，河流、水库、池塘、沟沟渠渠乃至那些水稻田里，随处都可以见到鱼们鲜亮的身影。

儿时的我，对捕鱼情有独钟，而且常常出手不凡，回手不空。我抓到第一条鱼，是在我三岁的时候。那年秋旱，为保晚稻收成，乡亲们把我家门口的池塘放干了，从满满的一塘水，放到只剩下半塘，最后终于让池塘见底了。塘里的水一离开池塘，很快就消失得无影无踪，稻田里的裂纹，那些越张越大的嘴巴，把池塘里的水吃得干干净净，片甲不留。塘里的鱼随水流跑掉了一些，但多数还留在塘底。水越放越少，水里的鱼就越来越多了，很稠密的，你挤着我，我挤着你，活蹦乱跳的，一派欢腾的景象。大伙儿都高挽着裤管，赤脚下到塘底去抓鱼。人群里，夹杂着一个很小的孩子，他光着脚丫，步履蹒跚地走到了塘底，在塘底的淤泥中，深一脚浅一脚地往前走，步步逼近塘底中心那一点残存的水洼。忽然间，在大人们踩过的脚窝里，那个孩子的脚踩到了一个东西，那东西在孩子的脚下不断地拱动，差一点将孩子拱倒在淤泥里了。孩子挪开脚，弯腰一看，原来是一条藏在泥里的大鱼，差不多有一尺长吧，估计得有两斤重。孩子俯下身去，双手逮住了那条鱼。那条倒霉的鱼，因为离开了水，它已无法兴风作浪，就连推波助澜，它也无力做到。但它并不甘心，它不愿意束手就擒，拼命挣扎着，想逃脱那孩子的手心。毕竟那孩子的手劲还很有限，仅凭双手难以拿下那条鱼。那孩子灵机一动，将那条沾满泥浆的鱼贴上了自己的胸口，然后双手箍住抱紧。那条鱼便动弹不得了，被那孩子抱上了岸来。站在堤岸上看热闹的老人们，见到这个浑身上下都是泥巴的孩子，不禁皱起了眉头，嗔骂道，你这个细鬼，夹在人群里面瞎凑什么热闹呢？待看清孩子的怀里抱着一条大鱼时，老人们转而啧啧赞叹，我的乖乖，这个细鬼还真不孬呢，你也逮到一条大鱼了！这鱼要是站立起来，怕是跟你这细鬼一般高了。

那个浑身泥浆的“细鬼”，就是三岁的我了。那次抓鱼的壮举，便成为我儿时的一段佳话，被村子里的老辈人谈论了好多年，赞赏了好多年，我也因此骄傲了好多年。

回顾儿时的生活，在有关鱼的记忆里，如此“竭泽而渔”的机会并不多。实际上，“竭泽而渔”并不是一个好办法，只是一个笨办法，许多时候它都是一种没有办法的办法，有了别的办法，就不会选择它了。我和当年的小伙伴们出去逮鱼，自有妙招。招数里面，钓鱼就不用说了，人尽皆知，如今还成了竞技项目上了赛场。我要说的是另外两招：一招是引鱼，一招是照鱼。

引就是吸引，甚至还可能是勾引。引鱼的原理，就是利用了鱼的贪食特性，不贪食的鱼，引是引不到的。引鱼的方法很简单，拿一只帮子较深、缝隙较密的竹篮子来，在篮子的提手上拴上一根绳索，在篮子底部放上一些饭食，且放进一个大石块，能让竹篮迅速沉底。然后将篮子轻轻放入水塘里，使其沉入水底。大约过了可以去某个僻静无人处撒泡尿的工夫，引鱼的人便可以回来“收网”了。将那根拴在岸边树上的绳索拎提起来，迅速收回，使劲地将竹篮提出水面。在竹篮的沿口露出水面的时候，那可是最激动人心的时刻了。仅仅才是竹篮的沿口露出了水面，整个竹篮还淹没在水中，那时就会看到，在竹篮里那块小小的水面上，有几条小鱼，惊慌失措，左冲右突，来回逃窜，它们想逃离竹篮，却怎么也逃不出去。竹篮子被越提越高，渐渐露出水面，直至最后离开了水面，几只小鱼儿就在竹篮的底部反复蹦跳，表现出一副大不甘心、大不情愿的模样。竹篮上岸的那一刻，那个少年的一颗心伴随着篮子里面的鱼虾一起，蹦蹦跳跳，一样不能平静。脱离了水的鱼虾，总归是要蹦跳的，但也只能蹦跳那么几下子，再往下去它们就无力蹦跳了，很快就会认命的，老老实实地躺在竹篮底上，眼睁睁地看着那些高大的人类，带着喜形于色的表情擒获了它们。据说，鱼的眼睛从来都是睁开的，就是死了也不会闭上眼睛的。看来，鱼这种生物，从来就不会甘心，它们真可谓是“死不瞑目”了。

说过了引鱼，再说照鱼。照鱼当然是要用灯来照的，时间自然在夜间，一般选择在春夏两季。听说，现在还有人在照鱼。现在人照鱼用的是蓄电池强光灯，效果非常好，只要照见了，那鱼就逃不脱了。那个年代可没有现在这么好的条件，照鱼的灯，通常只是个火把，逮鱼的工具是一个长把子的竹木钳子。那种钳子通常是由三根竹木片组成，钳子的开口处，用刀刻有一些锯齿，便于夹得住照见的鱼。平时，鱼们都是很机灵的，在水里游来游去，而且速度很快，有时快得简直就跟闪电一般。可是，夜间的鱼，就不一样了，尤其是被灯光照见了的鱼，简直就像傻了一样，一动不动，任人随意捉弄。

我年少时照鱼，主要是在水稻田里，有时也到小河沟里，或者是水塘边上。在水稻田里照鱼最简单了，人站在田埂上，将火把朝稻田里伸过去，火光照亮了一小块水面。稻田里的水很浅，能清楚地看到水田里的鱼，它们静静地趴伏在泥土上，尾巴都不摆动一下。这时，只需将那长柄的竹木钳子悄悄地探过去，稻田里的那条鱼也就手到擒来了。在稻田里照鱼，收获最多的是泥鳅，还有黄鳝。至于，在小河沟里，或者在水塘边上，就不一样了，往往还会遇见“硬货”。常有老鳖或者乌龟，在夜间悄悄地从泥水里爬出来，它们爱吃草丛里的小虫，也爱吃些新鲜的露水。在灯光的照射下，这些家伙就将那尖尖的脑袋，退缩到自己随身携带的房子里，把自己深深地隐藏起来，它们以为这样很安全。可是，它们错了，这样一来，恰好是方便了它们的对手。于是，照鱼的人便抄起那把竹木钳子，张开钳子口，一半在下一半在上，轻而易举地把那座坚硬的“小房子”给夹住了，顺手拎了起来。

用现在的话来说，那个时候，我们引到的鱼，或者是照到的鱼，都是野生鱼。那些鱼，味道极好，无须其他作料，只用“河水煮河鱼”，就能让人吞下自己舌头了。那年头，人们还没有野生鱼的概念，因为大家所见到的鱼都是野生的。

现在想想，在我的家乡，那时候的鱼也实在是太多了，走错了路都能遇见鱼。特别是在夏天，一场大雨之后，朝着田畈上望去，一片汪洋。人走在田埂上，一不留神，可能就会踢翻一条鱼。尤其是在田缺的淌水处，水从高处田里流淌到低处的田里去，会在田缺的下方形成一个小小的瀑布，瀑布的下面是一个小小的水潭。那个水潭，可就是鱼们的天堂了，四面八方的鱼都会跑到这个水花四溅的地方，似乎这个入水口就是一个巨大的磁场，把那些大大小小的鱼从远处吸引了过来，它们聚集在入水口，争先恐后地往上挤。鱼们那种逆流而上的勇气，那种不进则退的毅力，在这个小小的入水口处，这一扇窄窄的“门”的跟前，淋漓尽致地发挥出来。少数性急的鱼，许是觉得挤不过人家了，索性腾空而起，跳了起来，在空中划了一道银亮的弧线。

其实，我的家乡稻田里的那些鱼，也不一定都是在稻田里生息繁衍。田里的鱼，大都是从皖河里逆水游上来的。皖河里的鱼，绝大多数又都是从长江里游上来的。鱼们就有这样的本事，只要有水流动，它们就能从低处上到高处来。

多少年后，我只要看到或者听到“鲤鱼跃龙门”这个词语时，脑海里立刻浮现起那样一副画面。在我的少年时代，家乡雨后的田畈上，一个田缺所形成的小小的瀑布，瀑布下面一方小小的水潭，那些性急的、一跃而起、在空中划出了一道道优美弧线的飞鱼。

现如今，居住在城市里的人们，菜品越来越丰富，吃鱼早已不是什么难事了。但是，我却不怎么吃鱼了，原因是我觉得现在的鱼怎么也吃不出儿时鱼的味道来。每次有了这种感觉的时候，我的眼前立刻就呈现出了另外些个场景。

炎热的夏天，乡亲们戴着大口罩，背着农药机子，在绿油油的稻田里来回走动，喷洒着雾状的农药水。之后，走在那气味呛人的田埂上，你就会看到稻田里的水面上，漂起了许许多多白色肚皮朝上的小鱼。

在那条流水淙淙的小河里，不知是谁在河的上游倾倒了一瓶药水，或者是向深潭里轰的一声投放了一颗土制的炸弹。于是，一段时间里，这条河流的一段，水面上的死鱼，或者是那些半晕不死的鱼，翻露着雪白的肚腹，仰浮在水面上，如同秋风扫下了河岸边的柳叶，纷纷飘落在河面上，不知漂流向何处。

放药下河，叫“闹”鱼。投炸弹下河，就是炸鱼了。当年，这样“闹”鱼和炸鱼的情景，我见得多了，便有些麻木，甚至有些见怪不怪的感觉了。

几十年后的今天，想到这里，我似乎突然间明白了什么。如今，许多地方，即便有水，也不见了鱼的踪影。那是因为儿时的鱼，并没有随着岁月的河水流淌，顺流而下，游至今天。

有时，我也曾傻傻地反问自己，儿时的鱼，那么多的鱼，没有顺着岁月的流水，游弋到今天，它们都是因为什么原因又游到哪里去呢？

或许，鱼，原本就是一种喜欢逆流而上的物种，它们不喜欢顺流而下！所以，在我们的眼前难得一见它们的身影，它们都游弋到了河流的上游，藏匿在岁月的深处。

2015年11月7日写于合肥

一间 茅草屋

每次回到黄岭村，我总要情不自禁地站在家门口的那片空地上，朝着东南方向眺望。那些时候，在我的面前，总是那片一望无际的稻田。春夏两季，是满眼的碧绿；秋天，是遍地的金黄；冬天，是无边的空旷。

在五彩缤纷的色彩当中，我最喜欢看的，还是碧绿和金黄那样两种常见的色调。但是，我站在门前远眺时，还不仅仅就是为了看那永远看不足、永远看不厌的碧绿和金黄。每次站在门口，我都想从那些碧绿和金黄中间，寻找到我的一段遥远的记忆。

我的记忆，还不是田野里的碧绿和金黄。它只是坐落在碧绿和金黄当中，田畈中间晒场上的一间茅草屋。它就像一艘小船，漂浮在碧绿和金黄两种颜色交替出现的波浪之中。

现如今，多少陈年往事都已经如烟似雾，随风飘去，杳无踪迹。唯有家乡的那间茅草屋，我一直记得清清楚楚，怎么都忘不了。

几十年来，我的脚印曾经留在远远近近的许多地方。有一个习惯一直跟随着我，走过许多地方。所到之处，我会看山看水，但看得最多的还是人家的房子。每到一处陌生的地方，我总是习惯于首先观察当地的房子。曾经拜谒过一些古老村庄里的百年老宅，也曾经在这个城市里，近距离观赏过某些跨洋过海“迁移”过来的西式洋房，甚至，还曾经搭乘电梯登上了这个城市里某栋高耸入云的摩天大厦，在城市的高处一览了众多矮小的楼房。那些在我眼前曾经出现过的房子，都没有留下多少印象，过目即忘了。唯独对一间乡野茅草屋，一直耿耿于怀，始终念念不忘。

那间茅草屋，如果还健在，那它一定比我还要年长。可惜，它早就不在了。我不知道它诞生于哪一年，它诞生的时候，我还没有诞生。我也不知道它消失于什么时候，在它消失之前，我已经离开了村子，没有目送它的离开和消隐。我回到村子的时候，它已经从我的视野里消失了，消失得无影无踪，我不知道它到底去了什么地方。

那是一间端坐在田畈中间的茅草屋。茅草屋的门前，是一块巨大的晒场。在我的家乡长江中游北岸皖河流域那块地方，晒场不叫晒场，叫作稻床。床，当然是用来睡觉的地方。顾名思义，稻床，那就是用来给稻子睡觉的地方了。那些成千上万的密密麻麻的稻子，如同赶集一般，从四面八方聚集而来，挤挤挨挨，躺在那个巨大的稻床上睡觉。当然，稻子睡觉的时候，必须选择晴天，阳光越强烈越好。人要让稻子睡觉，却又不能容忍稻子睡懒觉，隔不了一会，就有人去打搅那些躺在稻床上的稻子，不会让稻子睡得太安稳。人用自己的双脚，如犁头翻土一般，翻动着正在睡梦中的稻子，让头顶白花花的日头，尽快晒干稻子梦中的泪痕。人就那么接连不断地去打搅稻子，将稻子翻来覆去，让火一般炙热的阳光关照到每一粒稻子。稻子们便是这样，像是很听话，很懂事，很知足的孩子一样，只要你给了他一点阳光，它的脸色就会很快褪去晦暗，立刻灿烂起来。间或，有人卸下了肩上的担子，撩起搭在肩膀上的毛巾，抹一把脸上的汗水，走到了稻床中间。他宛若一副当家人的模样，弯腰抓起一小把稻子，尖着两根手指头，捡起一颗，放进嘴里，用牙齿将那金黄的稻子咬出了一声嘎嘣的响声。连续了几个嘎嘣的响声之后，那个当家人的脸上，立刻呈现出稻壳颜色一般的笑容。

当年，那个经常打搅躺在稻床上的稻子的人，就是我，一个十四五岁的少年。我的任务，就是要让稻床上每一粒稻子的脸色，从阴暗变成金黄灿烂。然后，我会见到那些个当家人的脸上露出了稻壳的颜色一般的笑容，我就觉得自己完成任务了。

那个季节的日头特别厉害，转眼的工夫就把稻子的皮肤晒黄了。人在太阳地里，用不了多久，日头就会悄无声息地把人的皮肤晒红、晒紫、晒黑。甚至，还有可能不声不响地就把人的皮肤晒爆了，晒出水泡来，让人脱掉一层皮。当年，那些挑着沉甸甸的稻子，从远近的水田里上来，往稻床上奔走的汉子，大都不穿上衣的，只穿一条大裤衩，浑身上下，百分之八十的肌肤都裸露在太阳底下。那些汉子的皮肤，也不知道脱过多少层皮了。似乎是因为脱皮的次数多了，才使他们的皮肉变得更厚实，更坚韧。汉子的皮肤是黑色的，黝黑黝黑的，黑得放光，黑得流油。那黑，好像不仅仅黑在一层表皮上，甚至就连皮肤下面的肌肉也都黑透了。要说这些汉子的皮肉是怎么变黑的，当然只有头顶的日头最清楚了，是日光的力度塑造了这些汉子的坚强形象。

我那时还没有资格被人称作汉子，甚至连个男人也还算不上。那些真正的男子汉，他们似乎有些嫌弃我。曾经有人撇着嘴角说，瞧他那样一副学生腔，斯文调，能是个做事的哥哥吗？他们觉得我在水田里做事碍手碍脚的，根本不是他们需要的那块料子，实在让他们看不上眼。实际上，真正的原因还不是这些，他们更多的还是在心疼我、照顾我。于是，我就被那些皮肤黑透到肉里的汉子，从水稻田里给驱赶到稻床上来了。让我待在稻床上，天天陪护着那些刚刚送过来的湿漉漉水淋淋的稻子，直到稻子们通体金黄。

成天活动在稻床上，比劳作在水稻田里，不光是轻松多了，重要的是皮肤就不会被日头晒红、晒紫、晒黑、晒爆了，更不会一层又一层地脱皮了。因为，稻床边上有那样一间茅草屋。低矮的草屋，就跟村子里关牲口的棚子没有什么两样。三面是带泥砌的土砖墙，一面敞开着，算是门了。三面的墙上都留有窗洞，应该是用于通风或者瞭望。因为，在收获季节的晚上，汉子们会轮流在那间茅草屋里睡觉，守护着那些堆放在稻床上小山一般的稻子。屋顶上盖了一层厚厚的稻草。说是茅草屋，其实，盖的并不是茅草，茅草屋实则稻草屋。那间牲口棚一般的茅草屋，实际上，在那些赤日炎炎的季节里，真可谓是人间天堂了。于那些黑皮肤的汉子而言，从烫脚的太阳地里走进阴凉的茅草屋里去，该是一件多么惬意多么奢侈的事情。在茅草屋里面，阴凉地里，汉子们安静地坐上一小会，该是多么幸福的时光。

那个时候，这种幸福时光于我来说，来得就有些轻而易举了。我在太阳地里晒过一会，也就走进了那一小块阴凉地里。在那间茅草屋里，有我从家里带来的一把茶壶。那种茶壶，其实就是一只泥瓦罐子，由黑色的陶土烧制而成，工艺很粗糙，现在早已见不着了。在当时，那可是个好东西，放在那里，可以说是人见人爱了。因为这样，我带的那把茶壶，更多的时候都是帮着别人带的。那些皮肤黝黑的汉子，端起茶壶就往嘴里灌，吞咽茶水的声音，简直如同黄牛饮水的声音一般响亮。三下两下的咕咚之后，我的泥瓦茶壶就见底了。放下了空荡荡的茶壶，也许是怕我不高兴，黑皮肤的汉子露出了一口黄牙，满足而又歉疚地笑一笑。然后走了，走出了茅草屋，离开了稻床，他们的身影，在田畈上越飘越远。

茅草屋里，除了那把泥瓦茶壶，还有一本卷角的书。也不是什么好看的书，只是一册中学课本。茶壶是摆在明处的，书本却藏在暗处，不是藏在地上的乱草堆里，就是塞在低矮的屋檐下墙砖缝隙里头。藏下了那本卷角的书，实际上，也就是在那个人间天堂的茅草屋里，藏起了一个少年的梦想。直到梦想成真，那个少年在最后的那个炎热的夏天里，才离开了那间天堂般的茅草屋子。

在我离开村子之后，那间茅草屋子，很快就跟随着那块巨大的稻床一起消失了。茅草屋去了哪里，再也寻不见了。稻床还原成了一块稻田，它原本就是一块稻田。还原成稻田之后，它被分配给了某一户人家，归属到了某一位黑皮肤的汉子名下，被栽插了一片水稻。

这间茅草屋，我眼见它在田畈中间，顶烈日，披风雨，打坐了十多年。至今，它在我的脑海里，已经打坐了将近四十年了。我敢说，它在我的记忆里不会丢失，还会一直打坐在我的记忆深处。

只是，如今回到村子里，站在自家门前眺望，在田畈中间，那间茅草屋影子都没有了，我还是有些怅然。走在村子里，忽然发现，当年那些黑皮肤的汉子也越来越少了，见到一个都不容易，会感到特别亲切。他们也跟当年那间茅草屋子一样，于不知不觉间，就不知道他们都跑到哪里去了。

2015 年 11 月 16 日深夜雨声中写于合肥

黄土岭的中山岗

一次偶然的机会，我忽然发现，我的家乡黄岭村，是一种鲤鱼状的地形。中间有一道隆起的山岗，两边各有一条小河。河的两边，就是大片的水稻田了。那山岗像是鲤鱼的脊背，两侧的水稻田则是鱼的腹部了。

山岗有个名字，叫中山岗。两条河却不是全都有名字，只有西边的那条河有名字，叫亭子河。东边的那条河则没有名字，乡亲们就一直叫它小河，许是因为它比亭子河小。言外之意，亭子河才是真正的河。这就有点类似大人和小孩了，大人都会有自己的名字，小孩就不一定了，可能暂时被叫作阿猫阿狗什么的。不过，这一大一小两条河在向南流淌了十来里地的地方，有了一个共同的名字。在那里，它们汇合了，融入了一条更大的河。那条更大的河，名叫皖河。皖河源于大别山的腹地，流经岳西、潜山两县后，在怀宁县境内注入长江。这样一条通江达海的河流，自古以来就是皖西南地区的一条黄金水道。旧时，乡人去芜湖、南京、上海，必走这条水路。看似不起眼的河流，却把一个偏僻的小村庄与外面的世界连在了一起。

山岗是一道平缓的黄土岗。土色黄如鸭蛋黄，土质很黏。我没有考证村子名字的来历，但我从小就猜测过，村子名叫黄土岭，当与这地方的地形地貌有关了。因为，这道黄土岗上还真的有一道坡岭。以前没有铺路时，这道坡岭真的非常难走。晴天无所谓，翻个岭，无非出点力，流点汗，多喘两口气。雨天可就作难了，上下都很困难，地滑，赤脚走在上面，脚丫子使劲地朝地里勒，还不一定走得稳。一不小心，脚下的泥地里就会印上人像了。乡人幽默，把摔倒在泥地里，叫作照相。

山岗取名中山岗，与一般意义上的“中山”两字，没有丝毫关系。实际上，在这个地名里，它只是强调了一个“中”字，是因为这道山岗在黄岭村处于居中位置。

中山岗是一道南北走向的山岗。从南到北不过五六里地，从头到尾栖居着不少村庄。最南端的叫陈庄，最北端的叫华庄，中间还有中庄、徐屋、杨屋、汪屋、储大屋、刘大屋、单大屋等好多个村庄。这些村庄的名字，看起来简单，都是以姓氏命名。实际上，也有些奇怪，有的村庄根本名不副实。比如，在华庄，怎么也找不到一户姓华的人家。还有，在单大屋，除了储、韩、张三姓，就没有他姓了，何来单姓?

村庄多，当然人口就多了。在我的印象里，二十世纪八九十年代是中山岗上人口最多的时候，足有两千人吧。我们这代人兄弟姐妹多，最多的有八九上十个呢，少的也有两三个。孩子多了，于父母来说，不光是生活困难，甚至取个名字也很费劲。我记得在我的儿时伙伴中，有几个孩子从小被喊为老八、小九、小十，因为他们在家排行八九十了。当然，老八、小九、小十这样的名字，也只是被父母叫出来的小名，到了学校里，老师们就不认他们的小名了，给他们一一取了大名，多叫红旗、胜利，还有建国、建军。一个时代人的名字，总会打上那个时代的烙印。

人口多的时候，中山岗上的房子就多。弟兄伙子都大了，就得娶媳妇，然后分家，另立门户，原先的老屋就会不够住。所以在八九十年代，中山岗上先后冒出了不少新房子。其中，有些人家是从山岗两侧的小河边，或者是从田畈中间迁到山岗上来的。乡人都靠种田吃饭，特别爱惜田地，没有谁愿意在能够种庄稼的地方，毁了田地盖房子。

如今，当年的那些房子大多被拆了，没拆的也没人住了，门上落了锁。中山岗上的人少了，比原先少多了。在岗子中间有一所学校，是我上初中时建起来的，砖瓦当中也许还存有我们师生的汗迹。我上学的年代，学校里还专门开设有劳动课，估计是从“学工学农”那个时代传承下来的。在劳动课上，大家干得最多的活儿是挖土、挑土，因为那个时候学校正在兴建呢，正好一举两得。

我在岗子中间上学那会，学校是中学，名叫黄土岭中学。黄土岭中学是一所初级中学，当时在县里是一所很有名的初中。因为它的升学率很高，每年有不少学生初中毕业直接考上了中专。那时的中专生，是转户口，吃商品粮，毕业了国家包分配工作的。乡人不一定都知道那叫中专，谁家的孩子考上了中专，谁都觉得那是考上了大学，高兴得杀猪摆宴。不过，那些初中毕业考上中专的孩子，真的很不容易，他们都是班上最优秀的学生，最好的学校，一个班才考上三五个，“剃光头”的学校也屡见不鲜。当时上了重点高中后来考上大学的学生，当初的考试成绩都排在中专生的后边呢。所以，考上了中专的学生，之后大多会后悔的，但后悔也没用，这就是那个年代一段特有的历史了。

当年，在黄岭村，中学之外有个黄土岭小学。小学坐落在黄岭生产队，那里是现代小说大家张恨水的祖居地，小学校的对门就是张恨水故居。校舍是一座古老的祠堂，学生时代听老师说那是查家祠堂。我在《张恨水写作生涯回忆录》里，看到张恨水提到了一个名叫储家祠堂的地方。我开始怀疑当年老师们说的查家祠堂有误，小学校所在的地方，会不会就是张恨水笔下的储家祠堂？有关这个问题，在我的心里还是个悬案，今后我会继续考证。后来，那座祠堂被拆除了，小学迁到了中山岗上，与中学在一起。再后来，黄土岭中学被撤销了，校舍全归了小学。如今，小学里也没几个孩子了，原本就很少的几个孩子，还不愿意就近上学，宁可多跑些路去镇上。甚至，父母在镇上租了房子，陪着孩子在镇上上学。这所小学校，估计也不会存在多久了。都到了三位老师教两个学生的时候，学校还叫学校吗？就连私塾都不像了，一位私塾先生还得教几个学生呢。我为我的母校担忧了。

我知道，在中山岗，在黄岭村，对于孩子上学一事，人们绝不会迁就和敷衍。这里有个传统，自古以来人们非常重视“耕读”二字。这里的人们历来不擅商贾，大家非耕即读，把读书与耕种同样看成了头等大事。远的我就不太清楚了，近一点的我还知道。自恢复高考以来，从中山岗上走出去的大中专学生足有几百人吧。可能这也是这个地方人口减少的一个原因。

只是，人口迅速减少之后，家乡就显得有些陌生了。再说了，对于一个地方来说，人口减少可不是一件好事，可能会意味着萧条和荒凉。一个人家，乃至一个地方，谁都希望人丁兴旺吧。

2015 年 12 月 17 日凌晨五点写于合肥

天寒地冻一碗菜

在我的家乡大别山东麓，皖河的上游，那是一片丘陵地带。回想童年时代，在有关冬天的记忆里，我首先检索到的总是“寒冷”二字。

那时，雪的白，是一个季节的主色调。冬天一到，下雪是再寻常不过了，雪是一场压着一场下，厚厚的积雪，如同一床巨大的棉被，把旷远的山岗和田野覆盖得严严实实。田地里，越冬的小麦和白菜，被捂在雪的下面，很长时间难以露头。小麦不怕被雪压，雪下得越多，压得越重，来年的麦秆子会长得越粗壮，结出的麦穗会更加丰硕。白菜却不一样了，被雪压了，会受伤的。一场雪落下来，十天半月都是化不干净的。人家的屋檐上，长时间地挂着一排长长的亮亮的冰挂子，惹得一群孩子总是踮起脚尖，举起手来，甚至蹦跳起来，想摘下一根“溜溜子”，拿在手里玩一玩，送到嘴里尝一尝它的冰冷。在我的家乡，乡人不知道它叫冰凌，就一直十分形象化地叫它“溜溜子”。“溜溜子”挂在屋檐上的时候，离过年的时候就不远了，所以孩子们特别乐意见到它。那自然是一年当中最冷的时候了，屋子里烧着红红的炭火，门外是天寒地冻，旷野上白雪茫茫，万籁俱寂，总会让人自然而然地想起“千山鸟飞绝，万径人踪灭”的诗句。

积雪覆盖了菜地，冰冻封锁了池塘。在那些寒冷的日子里，家乡人想吃一口新鲜的蔬菜，都是很不容易的。首先，蔬菜长在雪地里，用手扒开积雪，将那些已经冻伤了的蔬菜采起来，不容易。其次，就算是从菜地里采起来了，想在池塘里洗洗干净，也不是一件容易事。果真砸开了那一层厚厚的冰冻，在池塘里洗过蔬菜，人的十个手指头必定成为透明的胡萝卜了，红红的，而且僵硬得握不起拳头来。

不过，天再冷，乡人的日子也不会过得冷冰冰的。乡人善于自己给自己温暖，把日子过得暖暖和和。吃不上新鲜的蔬菜，乡人也不会为难自己。总是还会有那样一碗菜，会适时地出现在餐桌上，温暖着那个冰天雪地的冬天。乡人早就准备好了，大雪封门的时候，谁都不会惊慌失措。

最寻常的那碗菜当是腌萝卜了。这东西家家户户都不会少储存，腌制起来很方便，都是大缸大坛的。通常是当年腌制的轮不上当年来吃，得等来年才吃。隔年吃起来反而味道更好。隔年的腌萝卜，才会熟透，通体很软很烂，无须刀切，用筷子一夹就开了。里面会有一团黑色的芯，极像是腌制过头的咸鸭蛋，蛋黄由黄色变成了黑色。而且，那种熟烂的腌萝卜，气味也很像是咸鸭蛋的气味，闻起来有一种淡淡的臭味，但吃起来，却是别样的香味。前些年，曾经在家乡的一家小饭馆里还吃过这碗菜。不过，到了饭馆里，那碗菜就不再是当年那个臭名昭著、让人掩鼻的名字——“臭萝卜”了，有人给它取了一个很美好的名字，叫作“千里飘香”。

不过，现在的人对于养生之道懂得多了，看得更重了。害怕在那种不错的味道里面暗藏了某些于人体有害的化学成分，人们就不再轻易吃这碗菜了。其实，当年在村子里，常吃这碗菜的人，活到七老八十岁的，也不在少数。也许，在乡人的心目中，从来就是生死由命，富贵在天。他们的日子过得很自然，很坦荡，大家的心中都没有太多的禁忌。其实，有些事情，或许还真的不是书上所说的那么简单、那么绝对。乡人认为，适合自己的才是最好的，总归还是有些道理的。

当然，就算在过去，谁家也不会天天都吃那种名叫“千里飘香”实则又咸又臭的腌萝卜的。果真天天都吃，那人就不是平凡人了，估计会吃成一副仙风道骨呢。腌制的菜，只能偶尔吃吃，调调口味，不能作为当家菜，吃久了肯定不行，人会腻的。乡人自有办法给自己换换口味，另外一碗菜就会不声不响地登场了。这碗菜不再是腌制的，乡人有着自己的智慧，除了备有腌菜过冬，常常还会制作一些干菜，丰富冬天的餐桌。不合时令的干菜，从来都是稀罕物，特别是在寒冷的冬天里端上了桌子，人的眼睛就会为之一亮。最常见的干菜是干豇豆、干扁豆之类的。这种菜储藏起来十分简单，在乡村谁都能做。趁着旺季菜多的时候，采摘一些新鲜的豇豆或者扁豆，洗净，然后下锅焯水杀青，用开水将其烫成八成熟，捞起，沥干，放太阳底下晒个三两天，待其变硬变脆后，就算是干透了，可以收藏过冬了。

这种干菜，怎么吃都方便。只要用水浸泡发开，煮烂了就可以吃了。单独煮了吃，原汁原味，有股甜丝丝的清香味道。若是配上些猪肉一起烹煮，味道就更加醇厚鲜美了。这种猪肉烧干菜的吃法，在一些地方至今还保留着。现在的合肥城里，见过好几家土菜馆，还有这碗菜在卖呢。

除了腌菜和干菜之外，还有一种“炉子锅”，也算是冬天里的当家菜了。所谓“炉子锅”，只是一种形象的直观说法，它是一个组合，有炉子，有锅。说的是它外在的形式，这碗菜是装在瓦锅里烧煮的，在瓦锅的下面还有一只泥巴炉子。炉子里，生有木炭火。红艳艳的炭火，从灶膛里被掏出来，放在炉子里，看起来斯斯文文的毫无脾气，没有张扬的火焰，它却是挺暖人的。一只“炉子锅”端上了桌子，炭火始终不声不响，瓦锅却沉不住气了，咕噜咕噜地从腹底里翻腾起来，响个不停，还大口大口地喘着袅袅的热气，一家人围坐在桌子边，不知不觉就从心里面暖和起来了。实际上，锅里的内容，比外在的形式会更加暖人。那样一种简单的搭配，颜色黑白相衬，味道咸淡互抵，一锅细碎的腌菜叶子，加上两块白豆腐，放在炭火上慢慢煨煮，一种纯朴的菜香味扑面而来，就着滚烫的炉子锅吃饭，乡人三下两下就吃完了一碗饭。冬天的"炉子锅"，当是乡人最喜爱的下饭菜了。

这种用"炉子锅"腌菜烧豆腐的吃法，至今还保存着。在大别山区，冬天一到，上了年纪的乡人在家中闲来无事，总爱烧起"炉子锅"，就着香喷喷的咸菜煮豆腐，抿上几口老烧酒，乡人的眉眼渐渐地舒展开来。那情形，便是一种简单朴素的幸福了。见了，会让人感到，乡人的小日子，过得又安逸又滋润又温暖。

现如今，气候比原先暖和多了，暖冬经常出现，冬天已经不怎么像冬天了，雪花成了稀罕物，"溜溜子"硬是不见踪影了。田地里常见青绿，人家的餐桌上，菜品自然丰富多了，哪天也不愁没有新鲜的菜蔬了。在城里，更是没有过冬的概念了，生长在夏天的菜蔬，冬天一样可以吃上。那些新鲜蔬菜，都来自大棚。有了大棚，就有了冬天里的春天。

可是，每到冬天，我还是情不自禁地想起了儿时的岁月。在家乡，那些冬天的日子里，天寒地冻时，冰天雪地里那一碗让人难忘的菜。

那碗菜，曾经滋养过我羸弱的童年，至今，它还在滋养着我对一段岁月的记忆。

2016 年 1 月 16 日写于合肥

菩萨心

在我心目中，奶奶就是个活菩萨。这不仅仅因为奶奶生就了一副菩萨脸，长相慈眉善目，开口就说一些菩萨话，总是那样不偏不倚，无懈可击，让人不得不听。更主要的，还是因为奶奶怀有一颗菩萨心。

在我看来，菩萨心也就是一颗慈悲善良之心。我记得，在奶奶的口语当中，“菩萨保佑”这句话，奶奶说得最多了。奶奶不是佛教信徒，她说这话，完全是出自内心的真实想法。遇上谁有个小病小灾，奶奶总是一脸的虔诚、满腔的慈悲，十分严肃认真地用着祈祷一般的语气说，菩萨保佑，早些安好！

在我小的时候，谁家的孩子在顽皮嬉闹中摔倒了，趴在了地上。奶奶见了，就会快速挪动着自己那双并不灵巧的来自晚清的三寸小脚，朝着那孩子奔赶过去。扶起地上的孩子，摸摸孩子的脑袋，拍拍孩子的屁股，看看孩子怎么反应，借以了解孩子伤着没有。也许，孩子摔得并不重，没有摔痛自己。那孩子仅仅是被猛然摔倒的动作给惊吓了一下，孩子还没有想起来要哭。奶奶上来之后，又是轻拍，又是抚摸，嘴里头还不停地发出那种让人觉出极为心疼的“哎哟哟”。惹得那孩子不想哭竟也哭了起来，哭得哇哇大叫，惊天动地，好像要让一个村子人都知道似的。不过，那哭声一般不会持续多久，孩子很快就会破涕为笑，擦擦眼泪，转过身去，一溜烟地跑开了。那一刻，只有奶奶还站在原地，呆呆地望着渐跑渐远的孩子，一脸慈爱和友善的笑容。

奶奶的慈爱和友善不仅对人，对身边的所有生灵也同样充满了爱心。我记得，奶奶喜欢养猫，家里有一只养了好些年的老猫，在人的脚边跑来跑去。一到吃饭的时候，奶奶自然就想起了老猫，从来不会忘记，总是喵喵喵地呼唤着老猫。那只老猫一听到奶奶的呼唤，就会从远处一路狂奔而来，来到奶奶的跟前，用它那毛茸茸的身子在奶奶的脚边蹭来蹭去。奶奶常常把自己碗里的饭菜拨了一半，倒在了装猫食的那只豁口的碗里。老猫立刻奔跑过去，十分欢快地享用它的大餐了。

那年头，许多人家的粮食都很紧缺，人经常吃不饱饭，奶奶却总是惦记着家里养的那只猫，把自己的饭食省下一些来，给猫吃了。当时，我们这些小辈见了奶奶的举动，很有些不解，觉得奶奶有些傻。甚至，埋怨过奶奶不该那样做。奶奶似是解释，又似乎是告诫般对我们说，长嘴的生命都要吃饭。别心疼老猫吃的那点饭食，那可是天经地义理所应当的，是老猫没日没夜地帮着咱守护着仓廪里的粮食。若是没有这只老猫，家里的粮食还不知道要被那些老鼠贼糟蹋掉多少呢！说不定，我们都没有饭吃呢！奶奶说得一点不假，那只老猫的确是家里的功臣呢！它时常突然从某个黑暗的角落里逮出一只壮硕的老鼠来，叼在嘴里。那只老猫很聪明，也很有趣。它逮到了一只老鼠，并不急于一口咬死老鼠，更不会一张嘴一口气吞下老鼠。老猫总是把受伤的老鼠带到主人的面前来，让主人亲眼看到它的赫赫战果。而后，老猫就当着主人的面，尽情地戏弄那只倒霉的老鼠。直到老猫发现那只老鼠完全动弹不得的时候，老猫才觉得这家伙已经没有戏弄玩耍的价值了，顿时胃口大开，开始撕咬咀嚼，大快朵颐，享用着又一顿前世修来的美味大餐。

那些时候，奶奶总是在一旁远远地观看着猫和老鼠玩的游戏。我发现，奶奶的眼睛里流露出的是一种非常复杂的眼神。当中，有对那只老猫的机智和骁勇给予的肯定和褒奖，也有对那只在暗中偷嘴的老鼠的厌恶和憎恨，同时，似乎还有一些别的什么，应该是对老鼠最终下场的悲悯和无奈吧。奶奶的眼神，在那个年代里，仅凭我有限的阅历和见识，是无法理解的。

奶奶对那只老猫特别疼爱，那只老猫也特别黏着奶奶。我还记得，小时候，家乡的冬天特别冷，下雪以后，在一个天寒地冻的日子里，奶奶很心疼那只老猫，担心老猫在地上被冻坏了，就主动把老猫请到了自己的床上，让老猫卧在她的脚边。老猫很懂事，而且乖巧，每天早早地跳到了床上，找好了自己的位置，像一个心疼奶奶的小孙子一样，提前给奶奶暖着被窝呢。后来的冬天，那只老猫就不愿意在地上挨冻了，天一冷，它就悄悄地溜到了奶奶的被窝里，蜷缩成一团，卧在奶奶的脚边。有时候，老猫还会把奶奶那双缠着裹脚布的小脚抱在怀里，呼噜呼噜地打着响鼾呢。

除了对猫，奶奶对其他的家禽家畜也同样充满了爱心。在我的印象里，奶奶喜欢养猪、养鸡，每年总得要养上一两头猪，养上前呼后拥的一群鸡、鸭、鹅。家禽家畜们对奶奶都特别亲。家里养的猪，只要见到了奶奶，立刻抬起头来，哼哼哼哼叫个不停，向奶奶表示着亲热。那群鸡就更加缠人了，奶奶走到哪里，它们就跟到哪里，总在奶奶的脚边打转，叽叽咕咕地吵个不停，就像些贪嘴的孩子，嘀嘀咕咕吵着要吃零食呢。奇怪的是，奶奶喜欢养猪、养鸡，却又害怕杀猪、杀鸡。遇上了杀猪、杀鸡的时候，一向勤快的奶奶，不仅不肯过去搭一把手，帮帮忙，相反她总是躲得远远的。

一家人忙乎了半天，鸡汤或者猪肉都已经烧熟了，香喷喷的，端上了桌子，奶奶却还是躲在自己的房间里，迟迟不肯出来。

一家大小盼了很久才盼到了这一天，能够痛痛快快地打一顿牙祭。为了照顾到大家的情绪，奶奶在家人的一再邀请下，最后才会慢腾腾地坐到饭桌边来。奶奶端坐在饭桌边，不住地吸溜着鼻子，嗅着满屋子里飘逸的鸡汤或者猪肉的香味，就是迟迟不肯端碗动筷子。

等了半晌，奶奶终于动碗筷了。饭桌边的一家人，这才稍微轻松一点。谁知道，奶奶端起了饭碗，拿起了筷子，并不是立即开始吃饭。奶奶紧紧闭着眼睛，嘴里面念念有词，小声地反复嘀咕着：猪呀，鸡呀，千万莫要怪，你天生就是人间一碗菜！

原来，在奶奶那颗菩萨心里，除了慈悲和友善，还有一种敬畏。哪怕是对那些生来就是人之食物的生灵！

2016 年 2 月 2 日夜写于合肥

我对锅心怀敬意

假如世上没有了锅，人们的日子又该怎么过？是不是还要回到从前的茹毛饮血的时代？

我不知道别人有没有这样想过，反正，我曾经这样设想过了。因为，对于锅，我一直在心里怀有深深的敬意。

说起对于锅的敬意，其实也很简单，这种敬意最早只是来自锅的造型。面对一口锅时，谁都不至于一副昂首挺胸的姿态吧！总会情不自禁地弯一弯腰，俯下身去。我是凡夫俗子，吃着五谷杂粮长大，面对一口装盛了食物的锅，当然会毫不例外地俯身颔首。那个时刻，锅的那种半球形的凹状，如同我仰面时看到的苍穹差不多就是一个模样了。如果不分俯和仰这两种姿态，我几乎分不清哪个是锅，哪是苍穹了。人说，头上三尺有神灵，我以为然。依我看，苍穹就是最大的神灵。因此，我对锅的崇敬，路径就很清晰了。由神灵到苍穹，由苍穹落到了锅上。或者，先由一口锅到达苍穹，再由苍穹到达神灵。反正，在我的心目中，锅，就是罩在人头顶之上的苍穹，也就是一尊至高无上的神灵了。

应该说,我对锅的这种类似于膜拜神灵一般的敬意,始于我的童年时代。自从我在心里把灶台上的那口半球形的黑色铁锅，跟头顶上的苍天联系在一起的时候，便有一股敬意在我的心里油然而生。也就是从那时开始，我才处处留意有关锅的事情。

我记得有一年，家里要重新搭个锅台。那时，祖母还不算太年老，仍在当家理事。搭锅台的事，在祖母看来，该是家里一件很大的事了，祖母必须亲力亲为。首先，是要选择时日，那时的说法叫看日子。择得吉日吉时，非祖母自己能力所及，她必须去求助地方上的“高人”。祖母蹒跚着她的一双木陀螺一般的小脚，去两里开外一个叫上庄的村庄，找一位风水先生。在我半大不大的那几年，祖母出门，总喜欢带上我。我是她最疼爱的头孙子，说是她的心头肉一点都不夸张。有些时候，我还是她手边的一根长了眼睛的活拐棍呢。所以，祖母到哪里，总是离不了我。出门带上我，不仅一路上不会闷，有个说话的伴了，更重要的是遇上了过桥、过沟渠，还可以让我搀扶着她，牵引着她，慢慢地走过去，比起她自己拄着一根拐棍战战兢兢地走过去，祖母的心里会踏实很多。毕竟，上了年纪的人都会眼睛不好，腿脚不便。

那天，到了上庄，祖母找到了风水先生家，与那位白发白眉白胡须身材瘦小的老先生交谈着，说的都是些子丑寅卯之类的话，我全然不懂，我也不想听，就跑了出去，找了上庄村子里几个陌生的孩子玩耍。人在年幼时，有时会认生，有时却又不会认生，尤其是遇见跟自己差不多大小的小伙伴时，就不会认生了，从来都是自来熟。我和上庄的孩子们很快就由生到熟了，玩得正欢时，祖母喊我回去了，我还恋恋不舍，不想离开上庄。我陪祖母跑的那一趟，虽然，我只是在和当地的孩子一起玩耍，并没有听明白祖母与风水先生说了些什么，但我还是大概知道了，祖母在操办一件大事，是一件很大的事情。而且，这件大事还不是别的，是与一家人吃饭的锅灶有关。

择好了时日之后，还得挑选一位瓦匠师傅。其实，搭锅台这活儿在泥瓦匠的活儿里，算是最简单的事情了，一般的泥瓦匠都能干好，根本不用挑三拣四。但是，祖母不想随便叫个瓦匠来做，她对搭锅台还是颇有讲究的。我还记得，那天，在家里，我无意中听到了祖母和我母亲婆媳之间的一次对话。祖母说了那样一句没头没脑的话，还是让张庄的张老大来吧，他的家里父母健在，儿女双全，而且，他的名字也叫得好听，必定是个多福的人。我那时已经知道，张老大，就是住在张庄的一位姓张的泥瓦匠，在家排行第一，人称老大，或者大师傅。现在，回想起来，我算是明白了，在祖母心里，搭锅台是家里的一件大事，要请泥瓦匠，并不是随随便便可以请的，得请个福气圆满的人。或许，祖母当时的那种讲究和计较，并不一定真的有道理，更多的还只是体现了祖母对生活的那种认真态度，对儿孙，对家庭的高度负责精神。正因为这一次，我亲眼见了对于家里搭锅台这件事，祖母的认真态度。祖母认为搭锅台的事非同小可，丝毫马虎不得，把它上升到了在一个家庭里难得一见的高度，这就让我格外加重了对锅的崇敬。

后来，在我成长的过程中，我曾经陆陆续续地从祖母以及身边乡邻长辈们的口中，听到了许许多多有关锅的说法。

祖母在世时，总爱说这样一句口头禅，头顶锅儿卖，人情大似债。这话，我年幼时听了只是觉得好玩，并未解得其中的深味。现在，对于这话我该是能够领悟了。这人一旦穷了，遇上点事儿，那就得变卖家什了，但是，卖什么也不能卖锅呀。锅都卖掉了，这个家里还能剩下什么呢？果真什么都卖掉了，最后要轮到卖锅了，那也不能随手提着锅儿出去叫卖，一定是要将锅顶在头上，让锅像个巨大的钢盔那样罩住人的脑袋。可以想见，到了头顶锅儿卖的时候，肯定有个坎子过不去了，人不得已而为之。那么，到底是什么事情，竟能逼迫着人，要把锅儿顶在头上出去卖掉呢？是天灾，还是人祸，让人走投无路，就连用来煮饭糊口的锅儿都要变卖了？其实，不是天灾，也不是人祸，仅仅只是因为人情。说出来，可能人们都不一定信，在我的家乡，乡人认为，欠下了人家的人情，那就远远大似欠人家的债了。欠了人家的债，到期还不了，尚且能够恳求人家宽些时日，容缓一缓。欠了人情，到了该还的时候，还不了人家，你还能好意思开口，乞求人家给你宽些时日，叫人家再等一等吗？这个口自然是张不开了。何况，人家根本就不会叫你来还这个“债”，是你自己主动想到该还这个“债”，你一定要还，你非还不可。人啊，许多时候苦就苦在这一张脸皮上。脸皮厚了，有些事情也就无所谓了。难怪有人总结说，树活一身叶，人活一张脸。所以，我到现在才算真正理解了祖母当年说的那句话，遇上了偿还人家人情的事情，实在没有别的路子可走时，也就只有头顶着锅儿出门去了。毕竟，欠了人情，那可真是天大的事情！

祖母生前还有一句有关锅的至理名言，让我至今记忆犹新：天下的锅儿，哪个不是仰着烧！这话是什么意思呢？儿时，我只能作儿时的理解。锅儿当然只能仰着烧，绝不能反扣过来烧。若是反扣过来了，那还是锅吗？那时候的锅，就不再是普普通通的锅了，锅就变成了一方小小的天空了。实际上，祖母说锅，言在锅，意却不在锅。她是说，天下的事情，哪件事不难做？从来就没有不难做的事情，大有大的难处，小也有小的难处呢。人在对眼前的事情做选择的时候，大可不必挑挑拣拣，这山望着那山高。只要你踏踏实实，沉下心来，再难的事儿也能做好。后来，我知道了，祖母这句话，应该与家乡的另外一句民间谚语的意思大致相当，那就是，条条蛇都咬人，水蛇不咬人也会吓人。可是，祖母在世的时候却不怎么说这句话。估计，祖母是不愿意提到蛇，她觉得说蛇不好听。祖母最爱说的还是有关锅的话语，她一向喜欢拿锅来说事。锅都如此，其他的还用说吗？在祖母的心目中，锅就该是人的最基本的生存要件了，谁都离不开锅。锅也是一户人家里至高无上的物件，甚至，在某些说法里，锅还带有明显的神圣不可侵犯的色彩。

吾乡人关于锅，还有一种说法，叫砸锅。那就是人在气愤至极时，会拿起砖头去砸了人家的锅。比如说，张三嘴碎，说了李四的坏话，是足以让人颜面扫地、寻死觅活的难听话，而且，那还是些无中生有的不实之词。张三的话，七拐八拐，传到了李四的耳朵里，李四怒不可遏，要去找张三拼命。弯腰从地上捡起了一块砖头，边跑边叫嚷，他要把张三家的锅儿给砸了。很简单，这种去砸别人的锅，无非就是一种复仇式的财产毁灭。应该说，毁坏人家财物的方法和途径该有很多种，为何单单要选择这样一种砸破人家锅的办法呢？我想，除了砸破人家的锅这种办法比较简便易行之外，更主要的还是因为锅不仅仅是锅，实际上它是一种神圣的象征，它象征着这户人家的尊严。你看，就连家里煮饭吃的家伙都给人家砸破了，他这一家人还有什么尊严可谈呢？在吾乡，这砸锅的说法，似是悬在人们头顶上的一尊神灵，对人的言行严加管束。吾乡人说话极讲究口德，当说的就说，不当说的打死也不会说。当然，这种砸人家锅的事儿，也只是那么一说，人们不会真的去做。几十年来，在吾乡，我还没有见过有谁真的砸了谁家的锅呢。

现在回头来看，这些有关锅的说法，不仅仅只是一些简单的说法了，从某种意义上讲，这些说法，其实早已经成为一种文化了。一方水土养育一方人，一方人自有一方人的生存经验和智慧。这种经验和智慧，通过不断的总结和完善，而后，再提高，再升华，渐渐被人借鉴和吸收，一代代流传下来，自然而然就上升到了文化的层面。所以，在我的心目中，锅总是和文化联系在一起的。

我还记得，上学以后，第一次在课本上接触那个象形字“鼎”字的时候，一看到这种字形，我还不认识这个字，也不知道它该读什么音，更不明白它是什么意思，我就十分武断地认定，“鼎”就是“锅”了。后来，查阅字典证实了我先前的认知，“鼎”还真的有“锅”的意思。在字典上对于“鼎”的第一条解释，就是古代烹煮用的器物，有三足两耳。这应该是人类最早使用的“锅”了。后来，在步步深入的阅读经历中，我对“鼎”又有了进一步的认识，我已经知道“鼎”作为炊具的功能其实早已丧失殆尽，“鼎”在很早以前就只是皇权和社稷的象征了。由此，我更加坚定了幼年时代自己对锅的理解，更加坚持了我对锅崇敬的理由。

在这里，我是由“锅”想到了“鼎”，又由“鼎”回到了“锅”。我在想，是不是可以这样来理解，古时候，“鼎”在失去炊具的功能之后，应该说它就是用以伺候皇权的“锅”了。民间的“锅”呢，也该是老百姓心目中的一口“鼎”了。“锅”和“鼎”，其实是一个样子，都是一种天大地大、至高无上的器具。

历朝历代的庶民百姓，最关心的还是自家灶台上的那口锅。“山高皇帝远”。老百姓不会想到他们从来没有见过的那只遥远的“鼎”，有关“鼎”的事情一般人不会去过问。庶民百姓疲于生计，只想种好自己的一亩三分地，养好自家的猪、牛、羊，日出而作，日落而息。如此这般，一心一意，把自家的那口仰面朝天的“锅”烧起来，烧得汤水“鼎”沸，屋子里，热气腾腾，香飘四溢，这一家老小的日子，过得安安稳稳有滋有味了。

2016 年 3 月 8 日夜写于合肥

母亲的谎言

识破母亲的谎言，缘于母亲打来的两个十分意外的电话。

母亲特别恋守我的家乡黄岭村的那一块土地，她一直不愿意离开家乡到城里和儿孙们团聚。我好多次动员她跟我们一起住到合肥。为了让母亲动心，继而动身，跟我一起来到合肥，我曾经列举了合肥这座城市的种种好处。那些时候，母亲总说，我在我的黄土岭生活了一辈子，如今人都老了，我就是这块黄泥地上的一株历尽沧桑的古木了，老老实实地把根扎在自己的地上，兴许还能多活几日，你要是挪动它，让它离开了脚下的土地，十有八九，这株古木也就枯了，活不成的。

母亲没念过几天书，认识不了几个字，她说出话来却能让人心服口服，不服还真不行。原本是我来说服母亲的，不想，却被她的三言两语给说服了。理屈词穷的我，一次次地在母亲的面前败下阵来，乖乖地做让步。我只好听由母亲孩子一般的任性，由着她，继续住在家乡那个叫作黄土岭的村子里。

只要母亲继续住在我的家乡黄岭村，这个黄岭村就一直是我的家，我就不会把它叫作老家。所谓老家，我的理解非常简单，那就是过去的家，曾经的家，而不是现在的家。于我来说，过去的家，曾经的家，在黄土岭。我现在的家，还在黄土岭。因为，我的母亲一直住在黄土岭。母亲住在哪里，哪里就是我的家。估计，这个想法并非为我独有，天下的儿女们都会认同。

家在黄土岭，我就必须经常回到黄土岭去。在吾乡，乡人爱说这样一句话，儿像娘。这话我是信的，我就和母亲一样，也是一个恋乡恋土的人。每年，我总得要瞅准节假日的机会回几趟黄土岭。其实，现在的交通条件好了，出行比过去方便多了，从合肥开车回到黄岭村，也不过两个小时，跑一趟并不难。有空了，我很乐意自己驾车奔跑在回家的路上。

可是，我乐意了，母亲却不一定乐意的。有几次，我刚一到家，母亲就板着脸，一本正经地说，以后你少往回跑。我知道，母亲的不乐意，其实并不是她真的不乐意见到我，她只是不乐意见到我停放在家门口的那辆私家小汽车。我若是坐了火车，再转乘汽车回到家里，估计母亲没有多少意见。母亲的真实想法非常简单，她就是不乐意我开车跑长途。她总觉得我还不具备开车的本领，还不算真正的司机。真正的司机都叫师傅，人家是有手艺的，那手艺都是从小学会的。我这个司机是半路上出家，肯定是个半油篓子，母亲不放心我开车。

于是，母亲终于把话摊开来，挑明着说了，以后你没事少往家里跑，那么远的地方，开着车子来回跑，路上很辛苦，也不安全，让人担心。你要真有心思，有空了，多打几个电话回来也就行了。

可我偏偏是一个不太爱打电话的人，而且还很不善于给人打电话。我给人家打电话时，总是有一说一，有事说事，也就干巴巴的那么几句话。我从来就不会在电话里跟人拉拉家常，嘘寒问暖。有时，打通了母亲的电话，却又不知道该说些什么话，明明听得见母亲在电话那头的声音，还故意连声“喂喂喂”。而后，等母亲开口说话了，我就在电话这头静静地听着母亲说话。为了让母亲知道电话是通的，没有挂断，在电话的这一头，我就一个劲“嗯嗯嗯”地应和着。

这样的情况经历得多了，母亲也不介意，在电话里，我不说话时，她就先说了，而且常常是从头到尾都是她一个人在说，她想说的话都说完了，她就说没事挂了啊，本次通话结束。后来，她干脆不再坐在家里等着我给她打电话了，她会瞅个中午或者晚上，理应是我在吃饭或者休息的时间，主动给我来电话。母亲在电话里讲得最多的，还是关于开车安全的话题。她的意思是我最好不要开车，要开也尽量少开，就在市区里面开开，不要上高速跑长途了。末了，母亲总还是不忘缀上一句话，你看，你都几十岁的人了，咋还那么贪玩呢？那车子你也该坐够了，开够了，老是开着车子东跑西跑的，有什么好玩的！

听起来，母亲是把那辆私家车子当成了我这个“大小孩”的玩具了。我开车从合肥回到黄岭村，来回三百多公里，路上差不多得跑四个小时，母亲当真认为我这还是在玩车子？不会，当然不会。我知道，母亲也只是那么一说，为了阻止我开车，或者奉劝我尽量少开车，母亲总得找出自己的理由。她是故意举重若轻了。

当她发现开车并不好玩这条理由还不足以说服我的时候，母亲并没有知难而退善罢甘休。她又继续寻找新的理由，对我进行阻止，或者劝说。我非常熟悉母亲的套路，她常常先来硬的，强力阻止。实在阻止不了，她就掉过头来和风细雨似的加以劝说，在我耳边灌一灌风，甚至还往我的脸颊上洒上几滴小雨点，目的就是给我一个警醒。她觉得，她那样做非常必要。虽然站在她面前的那个人，两鬓都霜白了，在她的心目中他还是个孩子。估计，自从我买了车子之后，母亲就没有省心过，她时不时就想对我说点什么。所以，近两年来，母亲就让我接到了这样两次匪夷所思的电话。

一次，是在一年前了。那天，我突然接到了母亲的电话，心里还真的有点紧张呢！不知道母亲会说什么事情，我最担心的是母亲的健康问题，毕竟母亲已是七十多岁的人了。可是，母亲却没有说到病痛，甚至都没说到她自己。母亲快言快语，在电话里不遮不掩，直奔了她最关心的主题。母亲用了很高的声调说，我给你算过一次命。算命先生说，你的车子一定要少开，最好不要开。我一听便乐了，禁不住哈哈一笑，回敬母亲说，老人家，这还用算命先生来说吗？我不算都知道，这车子当然是少开为好，不开最好了。你看，少开或者不开，既省钱，又省心，该有多好啊。母亲见我嘻嘻哈哈，没有当真，便急了，对我说，这可不是开玩笑的，你必须听话。嘻哈过后，我也认真起来，对母亲说，老人家，请放心吧！今后我一定少开车，能够不开就尽量不开了。母亲那次电话之后，我的车子果真开得比以前少多了，能坐公共汽车的，我就坚决不开车了。当然，我听信了母亲的话，与母亲说的那些有关算命先生的话，却毫无关系。我当然明白，所谓的"算命先生"，那只是母亲找的一个十分蹩脚的借口。母亲找个借口不容易，能找到这个"算命先生"，也是费了很大劲的。我更加清楚，母亲借口的背面是什么。

还有一次，就在前不久，母亲的生日之前，她的电话又来了。母亲的生日在冬天，农历十一月份，阳历元旦前后，在我的家乡正是大雪纷飞天寒地冻的季节。其实，在母亲的内心里，一定是希望儿子们在她的生日那天，都能回到她的身边去。她每每想到我一回去就会自己开着车子，而且还是在雨雪天里开车上高速公路跑长途，母亲就改变了主意。她总是提前给我打电话，嘱咐我千万不要专门为她过生日跑一趟，那样做不值得，她说那个日子本来就离过年不远了，根本不用跑得那么密，等到过年回来也就行了。之前，有一年，在她生日当天，看到我的车子突然停到了家门口，母亲又是欣喜，又是心疼，不免当场嗔怨了我几句，你看看，叫你别跑，你还是跑回来了！大远路的，还得经过高速公路，你跑回来干吗呢！今年这一次，母亲突然改变了策略。虽然还是用了"算命先生"这个老套的借口，但她不再是直接说算命先生叫我别开车了，而是绕了一个很大的弯子来阻止我开车回家，让我觉得非听不可，不听不行。

这次，母亲的电话没有直接打给我。她把电话打给了她的孙女儿，她认为，她的孙女儿乖，最听她的话了，而且她还相信她的孙女儿有办法能够说服我。有天晚饭后，女儿悄悄告诉我，奶奶打电话给她了，奶奶说给她自己算过命了，在今年农历十一月份这一个月的时间里，奶奶和她的长子两人是不能见面的。若是见面了，就会发生相克相冲，对母子二人都会不利。你是奶奶长子吧？你看怎么办！女儿说过，有点诡秘地笑了。

我一听，也是一笑。不过，我笑得不是开心，笑得有些心酸。我知道，母亲这是给我撒下了一个弥天大谎。她哪里去找什么算命先生，她只不过又找了一条她认为是很充足的理由，来阻止我开车回家。她觉得我可以不听她的话，但我必定会顺从天意。在母亲看来，算命先生说的话，那就是在替天授命。既是上天之命，谁都必须听，她的儿子当然不会不听。其实，母亲和我一样，也是个不会撒谎的人，她无法将她精心设计的谎言说得滴水不漏，就跟真的似的，让人深信不疑。母亲的谎言，很容易让人找到破绽。小时候，我为了贪玩或者偷懒，也会偶尔撒个小谎，母亲总是及时察觉，但她并不一定当场点破。如今，母亲像我小时候那样，有时候，她也很艰难地对我撒个小谎。我一听，当然明白那是怎么回事了，我还能信以为真不能识破？

我也像在我小时候母亲做的那样，将计就计，识破了却不道破。我就顺着母亲的意思去做，在那母亲生日的那一个月的时间里，我忍住了，没有回家。在那个日子里，我从几百里外赶回家里去，见到母亲，无非是为了尽尽自己的一份孝心。但是，“孝”的后面通常还会跟着一个“顺”字。所谓“孝顺”，有“孝”就该有“顺”，只有“顺”从了老人家的心愿，那才是真正的“孝”。若不“顺”从，就是“逆”了，与“孝”背道而驰。在“顺”和“逆”之间，毫无疑问，我自然只会选择“顺”了。

所以，在母亲这次过生日时，我又一次十分顺从地听信了母亲的谎言。因为，我已清楚明白地看到了，在这个简单的、善意的谎言背后，是母亲的一片良苦用心！

我很珍惜母亲的这份心意。这种良苦用心，真的是比什么都珍贵！

2016年1月27日深夜写于合肥

在黄岭村过年

我十六岁离开家乡黄岭村，一晃三十多年过去了。在外再忙，离家再远，到了过年的时候，我的心早早就回到了黄岭村，人也必须回到黄岭村。这个必须，不是别人规定的，是我自己的规矩。猴年春节前，我和往常一样，又一次回到了我的黄岭村。

01

一条熟悉的路，不知走了多少回，走了还得走，好走难走，都得走，必须走。这样的路，肯定不是一般的路了。而且，还只有这一条路，让人别无选择，想绕都绕不过去。这条路，就是一条从他乡回到家乡的路。

下了高速，穿过县城，回到那个一直让我魂牵梦绕的村子里，还要走十五公里的县乡公路。

这条县乡公路，现在只是一条极其普通的柏油马路，车流量并不大。原先，它的规格高着呢，是105国道当中的一段，曾经车水马龙，川流不息，当时是国家南北走向少有的几条大动脉之一呢。

可是，就在这条昔日的大动脉上，近年来，在好长一段时间里，“血”流不畅了。走在这段路上，车子有劲使不出，人的心里就想生出一双翅膀来。这样的情况，偶尔一次，倒也无妨，次数多了，不免让人叹气感喟，身在外地，想回一趟家乡，还真的不是一件容易事呢。

当然，我也知道这样一个道理，眼前路的难走，恰恰就是为了以后路的畅通无阻。因为，那个时候，这条路正在翻修呢，而且是在拓宽，新的路基比原来宽了一倍。这些年，在这个世界上，你见得最多的事情，估计就是修路了，即使走错了路，都有可能遇见有人在修路。看来，修路该是一件必要的事情，即便它暂时给人们带来了很大的不便。尤其是老路已经禁止通行，新路尚未开通的时候，人们可能就觉得无路可走了。许多事情都是这样，在你见到美好之前，得先让你品尝一份艰难。尝过了眼前的艰难，你就知道该如何去珍惜以后的美好了。那些日子里，这一路上，都是些坑坑洼洼，简直就是一个巨大的搓衣板了。开着车走在这样的路上，车和人一起，一直不停地颔首、点头，好似在和路的两边一些熟悉的或者并不熟悉的人，或者对那些站在道路两旁的树木，很亲热地打着招呼呢。虽然，我开的那辆车普普通通，并不值钱，一点也不娇气。但是，长时间颠簸在这样的路面上，我就觉着实在辛苦了这位不知道叫苦叫累的老伙计。明知道受苦受累的只是那种钢铁的身躯，我对它还是有些心疼了。我的心里也像脚下的路面一样，起起落落，很不舒坦。

反复走在这样的路上，我曾经在眩晕中产生了错觉和疑问，脚下这条路，还是我原先走的那条路吗？觉得不像了。如果不是，我回家的那条路又在哪里？当然，错觉，仅仅是错觉，这疑问也就因了错觉而来。

没有想到，这次回家，路上的情况不一样了。到了县城，我偶然接到了一个电话，是家乡的一位朋友的电话。我说，我正在开车，走在回家的路上呢。朋友在电话那头说："这就正好，说明我的电话打得太及时了，太有必要了。我得赶紧跟你说一下，不说，你兴许还不知道呢，会走错路的。"接着，他又说："过了皖河大桥，你就朝右走，那里有一条新修的公路，直接到家，不要再走老路了。原先的那条老路又弯又窄，如今还不一定走得通了。"我一听，心里立刻亮堂起来。说实话，之前，那段十五公里的路，让我的心里一直有一块阴影。就是因为它的坎坷不平，路难行，在很大程度上影响了我回乡的信心，甚至，还曾经逼迫我想放弃某次回乡的念头。一段时间里，我一直在期盼，这段县乡公路，尽快翻修完工，新的路面尽快启用，使得我回家的路早日宽阔平坦，畅通无阻。

这次回家，我终于如愿以偿了。

出了县城，那段县乡公路新的路基已经形成，虽然柏油路面尚未铺就，但路基已经很平整了，无碍行车，南来北往的车辆无拘无束，跑得欢快。

过了皖河上的那座大桥，朝右走，果然有一条新修的柏油马路，笔直、宽阔、平整。走上去，比原先的老路好走多了，且近了不少路。由于是新修的道路，又是第一次走，沿途都是些新鲜的风景，车子跑起来真可谓平原走马，人的感觉简直就是心旷神怡了。

从县城到家，十五公里的路程，花费的时间，比上一次减少了一大半。

回到家里，人的心情就感觉特别轻松。从省城出发，到达家乡，两个小时的车程，旅途上多少还是有些劳顿的。此刻，竟然一扫而光了。

好长时间，我都沉浸在一种喜悦当中。当艰难已经成为过去时，美好也就呈现在眼前了。走在回家的路上，终于遇见了一种陌生的美好。而且，另辟蹊径之后，一路都是美好。

02

出潜山县城，沿着旧时的105国道往北走。车行至原先的岭头乡政府，就该左转，拐上一条村村通的水泥路了。

这次回家，忽然发现，不知道从什么时候起，这段水泥路的边上就有了一排很好看的路灯。而且，路灯并不孤单。它的存在，作为一种资源，没有被浪费。如同路边的树，它不仅有绿荫，还会开花，还会结出果实。我看见，在路灯的杆子上，整齐划一地悬挂着一些引人注目的广告牌。这样一来，村子，就有些小集镇的范儿了。

我故意把车子开得很慢，慢至将停。就像人走在路上，不是行走，更不是赶路，而是悠闲漫步。这样，我就能够很轻松地看到路边广告牌上的文字了。没有想到，那些广告，全是些公益广告，那些广告文字竟然都是令我肃然起敬的书名，诸如《金粉世家》《啼笑因缘》《八十一梦》，还有《夜深沉》，等等。

至此，我才想起，我的家乡黄岭村，还是现代小说大师张恨水的故乡呢。一百多年前，张恨水先生便是从这个村子里走出去的，登上了民国时期的文坛。沿着皖河，顺着长江，他先是到了芜湖，继而到了南京、上海，而后辗转重庆，最后落户到北京，他已经成为那个时期里家喻户晓、妇孺皆知的大作家了。据说，当年鲁迅的母亲都爱看张恨水的小说呢，鲁迅不止一次买了张恨水的小说送给母亲。家乡的许多人，至今还口口相传这样两句话，“民国第一写手”，“中国的大仲马”。虽然，家乡的人并不一定都很清楚这两句话是什么意思。

吃过年夜饭，放过开门的爆竹。正月初一上午出门去拜年，走在中山岗上，路过黄岭村村部时，我不由自主地驻足了，在那里逗留了很久。那里，有一堵墙，还有一个不小的露天舞台，像是有个无形的磁场，吸引了我的眼球，也拽住了我的脚步。

其实，那墙，也很简单，只是黄岭村小学校的一道普通的砖砌院墙。它能吸引人，足见它的不普通了，因为它是一道文化墙。墙上有文字，有图画。文字和图画的内容，都直接指向了一个人，这个人就是张恨水。文化墙上，介绍了张恨水的生平事迹、创作成就，包括世人非常感兴趣的“恨水”这个笔名的来历。

看到墙上介绍，张恨水一生著述4000余万字。我这样一个以侍弄数字为业的人，向来对数字敏感，自以为对数字尚能很好地把持。此刻，面对这个数字，我竟一时大脑短路，无法及时换算出恨水先生平均每天写了多少字。在几十年的阅读经历中，我还没有发现，后来者有谁的写作量超越了张恨水的这个数字记录。

关于恨水的笔名，曾经众说纷纭，人们想入非非。墙上的介绍给他正本清源了，再一次给世人作释疑解惑。原来，“恨水”，也只是“恨水”，并不是“恨谁”。是因为坐落在黄岭村的张家老宅院子里的一棵桂花树，时常让那位年轻的民国才子耳畔响起南唐后主李煜“林花谢了春红”的佳句。继而，那个不堪平庸、追求上进的年轻人，遂以“人生长恨水长东”来勉励自己，切莫虚度了易逝难留、一去不返的光阴。“恨水”，便因此而来。如今，这“恨水”二字，连同它的来历，清楚明白地写在了小学校的院墙上，村子里的后来人，见了它，谁还能无动于衷？珍惜光阴，珍惜大好年华，在张恨水的家乡，这座小学校里，一定是一个历久弥新的话题了。

舞台，是村民们自娱自乐的文化场所，自然就是文化的象征符号了。你看，舞台上还有一道固定的背景墙，那上面端端正正地写着：“黄岭村农民文化大舞台”。吾乡人不无自豪地说，这个舞台经常上演张恨水笔下的故事呢。

看过这道文化墙，还有这个文化大舞台，我的心里踏实而又欣然。仿佛我已经合上了我的乡亲们心跳的节拍了，我已经明白吾乡人如今最需要的是什么了。

在黄岭村，自古以来就有着“耕读传家”的传统。过去的困难年代，曾经流传过父母讨饭也要供孩子念书的感人故事。现如今，吾乡人生活大为改善，衣食住行皆无忧了，人们理所当然看重文化。

听说，我的家乡黄岭村，正在创建文化旅游村。我猜想，外面的游客第一次来到黄岭村，他会不会产生一种错觉，以为自己这是走进了张恨水的小说当中呢？

03

在我的家里，兄弟几个新年的头一件事，多少年来，一直没有变化。

正月初一，吃过早饭，我们兄弟伙子结伴而行，一起去给母舅拜年。

从杨屋到华庄，那是我生来必走的路径，而且，还会继续走下去，直到我不能行走为止。如今，那一条路，我已经走了五十年，我当然希望上苍给我赐福，让我还能再走五十年。现在，走在这条路上，我一点都不觉得累，每走不厌。杨屋就是我的家，我的出生地在杨屋，我的母亲还有几个弟弟一大帮亲人，至今都还居住在这个名叫杨屋的村庄里。华庄则是我的外婆家，外婆早已不在了，那里仍然还是外婆家。母亲出生在那里，母亲的根就在那里，那里也有我的生命的根须。至今，在华庄，一直住着我的舅舅一家人。

小时候，从杨屋到华庄，我总觉得那条路很长很长。最讨厌的是下雨天，地上的黄泥巴很有些欺负人，爱拽人的脚，拖人的后腿，弄得不好，脚抽走了，鞋子还嵌在泥巴里，拔不出来。欺负人的泥巴，尤其喜欢欺负小孩子。动不动就拉扯小孩子的脚，让小孩子摔倒在地上，孩子身上那件只有过年才能穿上的新衣服，立刻沾满了黄泥巴，孩子那种又淘气又无助的模样，让路上的泥巴给照了一次相，逼真的形象印在了路面上的泥地里。

记忆中的那条路，曾经很难走。尤其，途中有很长一段路，两边只有坟冢，没有人家，很荒凉，很阴森。那时，我们年纪还小，最害怕的是一抬头猛然看见在那些坟冢中间，不知什么时候冒出了一堆新坟，坟头上插着五色的纸花，坟前是一堆没有烧尽的衣物。几个不大的孩子，走在那段路上，见到了那样的情况，心中的恐惧感油然而生，不知不觉地加快了步伐，甚至，争先恐后地往前跑。跑过了那一段路，与那个可怕的场景已经离得很远了，还很不放心地回转身来，朝后望一望，担心身后会不会跟着跑来一个刚从坟地里钻出来的妖魔鬼怪呢。

现如今，这条路修宽了，成了一条村村通公路，平坦的水泥路面，有不少车子来回奔跑。这天，走在路上，我就有好几次都退到了路边的草地上，给奔跑的汽车让路。毕竟，村村通公路还是不够宽敞的，车子来了，人就有些不踏实、不放心，自觉不自觉地退避三舍。

路边的人家也逐渐多了起来，到处都是房屋了，不少还是新盖的楼房。

据说，平日里这些房子绝大多数都是铁将军把门。但到了这过年的时候，家家户户门前都有一摊红艳艳的“大地红”鞭炮的皮壳纸屑呢。这些房子的主人，平时，他们兴许在北京，在上海，在广州。到了过年的时候，他们都得回来，和我一样，日夜兼程，风雨无阻，回到了这个名叫黄土岭的村庄。

走了一阵子，我忽然发现，村子里的许多人也和我一样，都是开着车子回家过年的。不同的是，我只开了百十公里，人家从北京、广州回来的人，可都是开了一千多公里的。走在从杨屋到华庄的路上，沿途我看见了好多人家的门口，都停放着崭新的汽车，它们在阳光下熠熠闪亮，呈现了让这个普通的村庄有些惊讶的色彩。许多车子，我都叫不上名字，那些模样比我开的那辆车子排场多了。面对这种情况，我很坦然，而且淡然。在黄岭村，任何方面，我就从来不曾有过，也不希望有那样一种优越感。何况，车子这种身外之物，真的就是那么重要吗？我怎么感觉出大家都在一窝蜂子购买呢，如同从前盖楼一样，也不管用不用得上。别人有的，我也有了。大概，这就是不落后，脸上有光彩吧。

看到车子，我才想起，在家出门前，弟弟曾经建议我开着车子去华庄，给舅舅拜年。我说，何必呢？就这么几步路，车子还没开热，就已经走到场了。后来，我再想想，弟弟说的，也许有他的道理，但跟我想的应该不是一回事了。

这次，走过了从杨屋到华庄的路程，我忽然发现，小时候感觉很远的路，或者很难走的路，现在一点都不远了，一点也不难走了。

随便走走，那个目的地，也就到了。

或许，这就是所谓的人生过程吧，不知不觉中，人就已经不再年轻了。于我来说，不惑早已成为往昔，知晓天命，也是昨天的事情了。我们兄弟几个从孩童时代开始，就走在这条路上，如今，都已经老大不小了。最小的弟弟，也过了不惑之年。

不过，走在这样一条乡间小路上，我们兄弟几个都感觉自己还是年轻的，甚至，还是一群孩子。

04

除夕这天，母亲和几个弟媳妇从早晨开始忙碌，一直忙到天黑，为了一顿年夜饭，整整忙了一天。而且，还不知道之前做过多少准备工作呢。我看着都有些心疼，母亲却是兴高采烈，乐此不疲。母亲总是这样，自己苦点累点都不要紧，只要孩子们开心就好。

热腾腾、香喷喷的饭菜，整整摆满了两个大桌子。对于母亲来说，她可是这一个大家庭的一家之主了。借用一个常用词语说，她就是这个家的“最高层”。从她往下数，第二代，儿子、儿媳妇正好十个人，是母亲心里的十全十美。第三代，孙子、孙女，加上已经有了的孙女婿、孙媳妇，也已经十多个了，后面还会逐步增加呢，会有孙女婿、孙媳妇陆续加入其中。第四代，有蹒跚学步的，还有怀里抱的，目前才两个，这两个宝贝疙瘩时常被人众星捧月似的簇拥着。如果这一家子都到齐了，两个桌子会挤得满满的。平日里，母亲一个人住着四弟家的一栋小楼，空空荡荡的，冷冷清清的。只有过年的时候，大家才会从外面回来，小楼里才会热闹起来。

实际上，过年，于我来说，除了团聚，更多的是意味着休息和放松，但对母亲来说，无疑就是紧张和劳累了。只是，从母亲脸上是看不出来的。似乎，母亲还是真心喜欢这种紧张和劳累呢。一年只有一次，只有在过年的时候，母亲的身边才会聚集了这么多的人。因为这次团聚，母亲心里高兴，她再累也不愿意让我们看到。

做出一桌子菜就很不容易了，何况还是满满的两桌子。我仔细看过了，菜的刀工很是精细，品种搭配也很讲究，烧出来色香味俱全，一点都不逊于城里的某些土菜馆呢。我心里暗自感动，对每一道菜都充满了深深的敬意和尊重，自然不愿意遗漏掉其中的任何一道菜，每一碗菜都想去试一口。

其实，有的菜，也只能吃一口，再吃第二口，就会觉着多了。比如，年夜饭里必不可少的“欢喜团”。它的个头足有包子一般大小，也同包子一样的制作法，外面是皮，里面是馅。甚至，“欢喜团”的馅同包子都一样，有甜有咸，有荤有素。不同的是皮，包子的皮是用面粉做成的，而“欢喜团”的皮却是用糯米粉做成的。母亲做的“欢喜团”，总是与肉食一块烧制。锅里原本在焖肉，母亲就把那种很糍的糯米团子，斜贴在锅壁上，肉烧熟了，“欢喜团”同时也就熟了。因为是与肉食同锅蒸煮，它便有机会饱吸了肉食的色香味，在这团团圆圆的大年夜里，这样的“欢喜团”还能不教人欢欢喜喜吗？它当然是一道必不可少、无以替代的美味了。这道美食，与其说是菜，还不如说它是饭食更准确。不过，我本人包括我的乡人，还是情愿把它当作菜来吃的。若是当作饭来吃，会觉得太粗放了，太奢侈了。因为，这样的菜，好吃，也只能吃一口了。当然，我所说的一口，于“欢喜团”来说，就是一个了，谁也不应该咬了一口又放下，让别人来吃。若是吃了第二个，估计就很难有胃口再去享用桌上的其他美味了。

年夜饭，自然少不了要喝酒。不过，现在的人们喝酒都不是那么豪放了，一般也不会拼酒，很少有一醉方休的豪言壮语了。大家能喝的多喝一点，不爱喝的也就少喝一点，仅仅表个意思，图个吉祥。酒，喝好了，饭菜也吃饱了，我们兄弟几个就要下席了。剩下的环节，就是打扫“战场”的任务了，母亲和几个弟媳妇又急急忙忙地领了回去。

吃饭的时候，我一直隐隐约约地觉得似乎少了某一道菜，但又始终说不出来到底少了什么，因为桌上的菜实在太多了。就在母亲进进出出忙着打扫“战场”的时候，看到了堆在桌上的鱼骨头，我忽然想起来了，原来，饭桌上少了一条鱼，一条有头有尾、有模有样、十分完整的鱼。虽然，刚才我们也吃了鱼，而且还是一条新鲜的大鱼，是剁成大块与豆腐一块烧的，味道鲜美至极。但这条鱼还不是我说的那条鱼，我说的那条鱼，是一条特别的鱼，它有一个十分人性化的名字，叫作“听话鱼”。

我想起了“听话鱼”的事，没有忍住，还是问了母亲一句，妈，今天是不是忙得有点晕了呀，忘记做一条“听话鱼”吧？母亲边擦桌子边笑着说，怎么会忘记呢？早就做好了。我又问母亲，都做好了，怎么不端上桌子？也好让它来听听大家讲的吉言吉语呢！母亲笑着说，大家说的好话，鱼都听见了。鱼的耳朵灵敏着呢！你说什么它都听得见。它现在就躲在厨房里，安安静静地听着大家讲话呢。

我明白了母亲的意思，饭桌上已经放满了菜肴，这条听话鱼就算端上桌子也只是个摆设，谁也不会动筷子去吃的，干脆就不让它挤在一起凑热闹了。过去，明说它是“听话鱼”，留着它听听过年期间大家说的吉祥语，要把这一条鱼长时间地“余”存在家里，图个吉利，象征着年年有余。实际上，在那些年代，这样做还是要让一家老小省着吃，慢慢吃，细水长流，有了好日子得慢慢地过。

我这么说，大家都该清楚了这“听话鱼”是怎么一回事了。当然，这都是过去的老习俗了。从前，我曾在一本书上看到这样的记载，某地无鱼，当地人又恰恰对鱼非常崇拜，在一些重大节庆的宴席上，大家都希望能有条鱼，但又实在没办法弄到鱼。怎么办？人真是聪明，从来就不缺办法。拿一块木板来，将它雕刻成鱼的模样，然后，染上鱼一般的颜色，再撒上烹烧鱼用的某些作料，如葱蒜、生姜和辣椒等，一道色香味形兼备的鱼的菜肴就这样被端上了桌子。当然，这条“鱼”只能用眼睛来享用，是不能用嘴巴去享用的。它的作用，也就类似于我所说的听话鱼了，它是因为它的象征意义而存在。

我记得小的时候，过年吃的鱼，都是来自家乡那几口池塘。池塘是归生产队集体所有的，它的主要功能是蓄水灌田，只是附带着养鱼。若是遇上了大旱之年，为了抗旱保苗，池塘会在秋天干涸见底，过年吃的鱼也就没有保障了。即使不遇上大旱，正常年景里，从那几口池塘里也起不出多少鱼，几十户人家一分配，到了每家每户还能有多少呢？能有个一两条小鱼就很不错了。过年的时候，人家的饭桌上还不能没有鱼，但又实在弄不到更多的鱼，一条“听话鱼”就这样应运而生了。

据说，早先的“听话鱼”，放上桌子时，是不会煮熟的。看着是熟的，实际上还是生的。多半都只是放在锅里打个滚，就被盛起来了。只有这样的听话鱼，才真正能“听话”。否则，烧熟了的鱼，饭桌边上有个不听话的孩子在，那个“听话鱼”，也就跟着孩子学坏了，它立刻就会置身于同筷子们的打打闹闹当中去，不会安安稳稳斯斯文文地听话了。

05

吃过年夜饭，胜利叔就过来串门了。

在吾乡，除夕夜里，凡能上门来的，都是不外的，而且，还都是人家把你看得起。否则，人家不会来的。只要上门来了，不论是谁，都会给以平时没有的礼遇。胜利叔是我的堂叔，他来了，我们兄弟几个自然都会起身相迎，格外客气一番。

招呼胜利叔坐下，敬过茶，递过烟之后，弟弟们就不再拖延时间，直接进入那样一个心照不宣的主题了。

胜利叔六十多岁了，他这辈子就是个吃苦耐劳的人。现在，子女们都大了，孙子辈也渐渐大了，他自己其实也就老了。不过，胜利叔不太拿自己当老人看。他总希望自己还能像年轻时一样下地干活。只是，如今家里的地已经没了，全部流转给种粮大户了。胜利叔还想下地干活，就只好去给人家种粮大户打工了。人家种粮大户也很乐意请胜利叔来帮忙干些田间农活，因为胜利叔好说话，做事又实在。所以，只要有活干的时候，人家首先想到的就是胜利叔。

除了在家门口给人打工干些零活，得闲了，胜利叔喜欢和年轻人一起玩耍。胜利叔没有其他爱好，他的玩耍，没有别的，只是打打牌。而且，他能打的牌十分单调，他不会打麻将，只会打扑克牌。在扑克牌里面，他也不会玩别的，什么“拖拉机”呀、“掼蛋”呀，那些时髦玩意，他一概都不会，他能打的，也就只有早些年曾经风靡一时的“斗地主”了。

现在的人，一般都不玩“斗地主”了，觉得这种玩法太简单了，没啥意思。但胜利叔还在玩，他一直以来所谓的打牌，玩的都是“斗地主”。我们几个晚辈有时也开开他的玩笑，见面了，叫他一声“老地主”。他听了，一点也不恼，反而很开心地嘿嘿笑着。这么一个恋旧的人，对于世事的变迁不管不顾，真的有些孩子般的单纯和可爱呢。

如今的村子里，年轻人平时很少见了。要想找几个能够在一起打扑克牌“斗地主”的年轻人，已经非常困难了。到了过年前，胜利叔就天天巴望我们这几个侄子辈的人早些回家过年，也好有人陪他“斗地主”。虽然我们兄弟几个也不年轻了，一个个都开始鬓发染霜了，但在胜利叔的心目中，我们还是年轻的，还是伢们。对此，我们兄弟几个虽然有些委屈，但是也无奈，谁让我们是晚辈呢！

所以，吃过年夜饭，见了胜利叔来串门，我们弟兄几个心知肚明，都知道胜利叔心里在惦记着什么事情，我们兄弟几个该陪着他干点什么了。

说实话，胜利叔“斗地主”的牌技并不怎的，手中的牌会经常出错。所以，胜利叔在“斗地主”的游戏中，自然就是输多赢少了。因为这一点，我们兄弟几个一直很纠结，不知道到底该不该陪着胜利叔打牌。本来想着陪胜利叔打牌，只是玩一玩，陪他开心的，但又怕他输了钱，反而惹他不开心。虽然，我们玩的也只是一块两块的小彩头，但那毕竟也是钱啊。对于一个生活在农村的老人家来说，每一分钱都来得很不容易。所以，打牌的时候，我情愿自己多输一点，希望胜利叔多赢一点。谁输都可以，别让他输了。他这人脾气很犟，他要是输给你了，你若不要这一块两块的还真不行呢！他会跟你翻脸的，认为你这是看不起他。他这人一直都是这样，从来不占人家的便宜，从不欠人家的人情，用吾乡的土话来说，这样的人叫作“硬睁眼”“棍气”！

因此，每次陪着胜利叔“斗地主”的时候，我总是见“好”就收。见胜利叔赢了钱，我自己输了钱，我就借口有事，不再打了。我知道，再打下去，十有八九，胜利叔那个暂时的赢家就会变成输家了。毕竟，这输赢之事总归是要风水轮流转的呀。世上没有常胜将军，也不会有永远的输家。

除夕晚上，我就很小心地陪着胜利叔打着扑克牌，“斗”着那个让胜利叔怎么也斗不够的“老地主”。我竭力想让胜利叔多赢一点，大过年的，好让他开心些。哪怕我自己多输点都没有关系。往往事与愿违，人想赢的时候很困难，想输的时候也不一定输得成。玩到最后收场的时候，胜利叔和我一样，没有赢到钱，输了，他输得比我还多。他笑笑，一副无足轻重的样子，我真有些为他心疼呢。

在我们“斗地主”的过程中，我无意中听到了一句题外话。

旁边看牌的人当中，有人问弟弟："今年村子里稻田流转的价格是多少？"弟弟的眼睛盯在牌上，不假思索地说："每亩450元。"那个问话的人又问："每亩460元不行吗？"弟弟一边摸牌一边说："不行呀，没人要的。"

我这才发现，原来，除了我之外，在场打牌的或者看牌的人，他们都是真正的"地主"呢。只是，做个真正的"地主"，看来也不是一件容易事。

06

我记得从前有个关于自来水的对子，上联是这样说的：上海自来水来自海上。这个对子让我想起了一个问题，我家的自来水究竟是从哪里来的？想到了这个问题，我还真的问出口了。不过，话一出口，我就后悔了。因为这个问题根本就不需要问，问了便是明知故问。从我出门朝着西北走不远，就有一座水库。现在，这座水库该是方圆几十里人们的大水缸了。家里用的自来水不是来自水库，还能来自哪里！

大年初一的下午，我和霞一道步行两里路去了水库，站到水库大坝上去看水。这次去水库，我觉得至少有三条理由。其一，水库，名叫长春水库，离我家很近，算是我家乡的一道景观了，常有外地游客专门开车来看，作为当地人去看一看，也很值得。其二，在吾乡人心目中，水就意味着财气，有水就有财气，近水就能沾财气。新年的第一天，到水库大坝上去看那浩渺之水，该算是讨个好彩头了。其三，我总觉得几十年来，我对家乡最不放心的就是关于水的问题了。当然，水的问题肯定不单是我家乡的问题，可以说，水的问题已经成为一个全球性的问题。只是，由于我的视野有限，我没去关注全球，我只关注了我的家乡。过去，在我们小的时候，家门口的几口池塘里，一年四季都是碧波荡漾的样子，现在倒好，时不时的都是底部朝天了。那些清凌凌的水都不知去了哪儿，池塘里应该装水的地方，都被一些杂乱的荒草占领了。所以，我对家乡的水总是放心不下。这次去水库，我就想看看水库里的水尚存有几成。我知道，只要水库里有水，吾乡人的心里就踏实。

我和霞都是直接从水库大坝的护坡上爬上大坝的，我们放弃了走那条能跑汽车上水库大坝的水泥马路。护坡很陡，该有五六十度吧，从坝脚爬到坝顶很不容易，两个穿着棉袄的半老人家竟然都累出了一身的汗。何必如此舍易取难？我和霞虽没有相互言明，但彼此都是心里有数的。一来是登上大坝之心迫切，想抄近路。二来也想试试自己的体力，想证明一下自己原来还不算老。

可是，真的站在水库大坝上，我心里就有些失望了。尽管，水库大坝已经加固，且修建得比以前漂亮多了，已经成为一处十分壮观的人造风景了。大坝上，有许多穿红戴绿的年轻人，他们应该都是来看风景的，或者说，沐浴春风，放飞心情。我和他们不一样，我是来看水的。如果硬说我也是来看风景的，那么，我眼里的风景，此刻就是水库里的水了。遗憾的是，这水，已经不是我想象的水了。水库里的水看起来很浅了，浅得让人很不放心。虽然，我也知道，这是冬季，是枯水季节，水本来就该浅。但我还是希望眼前水库里的水能够呈现出一派浩浩汤汤的样子。

在原本不大的水面上，我还看到了一些人工养鱼的设备，那是些浮在水上的网箱。看到了这些养鱼的网箱，我突然对吾乡人的饮水质量产生了不小的怀疑和担心。因为，使用网箱养鱼，总是要向水里投放鱼饲料的。

回去的路上，又偶然在一户人家的墙壁上，看到了一个我所不愿意见到的广告。那是一个打井人留在墙体上的文字，大意是说，他们很会打井，一口一百米深的水井，他们一天就能打成。然后，留下了打井人的手机号码。

有了这个打井广告的存在，就说明此地有了打井人的存在。有了打井人的存在，也就说明在这个地方已经存在着打井的需要。

看来，水的问题还真的已经成为吾乡人生活中一个不容忽视的难题呢！

回到家里，拧开自来水龙头，接了一小碗自来水，像饮酒那样抿了一小口，竟也清凉爽口。仔细品味，还有一股淡淡的、甜丝丝的味道。

如今，许多住在乡下的人家，也和城里一样，用水十分方便了，自来水都直接送到锅台上来了，那些曾经用了千百年的水缸已经不见了。

当年，不大的我们兄弟几个，都学会了用木桶从池塘里挑水回来装在水缸里，煮茶烧饭用的都是它。那水，也像这自来水一样，清冽冽的，有甜味。

07

在家乡黄岭村，过年时，家家户户向来都爱燃放烟花爆竹，如今越放越多了。

从前，日子过得紧巴的时候，人们也放，但放得不多。偶然见到谁家放了一挂大爆竹，地上撒了一层鲜红的爆竹皮，那可是一件很奢侈的事情。周围人都特别羡慕，觉得那户人家的日子过得比自己好，挺精彩的。

我从小就知道，在旧的习俗里面，吾乡人在过年时放爆竹，多少是带有些显摆的意思在里面。虽然，我一直都没有听长辈们说过类似的话，但我还是自己感悟出来了。既然有显摆的意思在，那就少不了有相互比拼的成分了。你家放得多了，我家就要放得比你家的还要多；你家放得响亮了，我家就要放得比你家的还要响亮。一家放得比一家更多，一家放得比一家更响亮。似乎只有这样，才能站到上风头上去，才不至于甘拜下风。过年的鞭炮，谁家放得最多、最响，谁家就讨到了好彩头。

放过了大量的爆竹，热闹倒是热闹了，开心也是开心了，可就是苦了天空，苦了空气，害了别人，也害了自己。原本，乡村的空气是非常洁净、非常清新。过年时，因为家家户户都来燃放烟花爆竹，空气在突然间变得混浊不堪，直呛人鼻孔，让人睁不开眼睛，眉毛头发上全是灰尘，洗脸时毛巾往脸上一抹，白色的毛巾就被染黑了。人啊，就是这样，许多时候都是人在自己害自己。

除夕夜里，吃过年饭，村子里的爆竹声就开始此起彼伏了。除了爆竹，还有烟花。现在的烟花，力量都非常强大，飞射得特别高，都冲到半天云里去了。一声巨响之后，在夜空中画出了一些五彩缤纷的图案。弟弟看着外面的热闹劲，心里痒痒，手也开始痒痒，从家里拿出了爆竹，打算到门口去燃放。我看见了弟弟准备好的爆竹，一下子惊呆了。那挂“大地红”爆竹，盘在一起，足有筛子一般大小了，摊开来，恐怕也有五六米长吧。而且，不止这一个，还有一个很大的烟花，四方柱体的，差不多有个稻箩那么大。我猜想，这家伙飞上天空时，倘若正好有飞机从头顶飞过，那飞机也一定会受到惊吓的。说不定，会像遇见气流那样颠簸一阵呢。因而，我觉得，这事不能干，危害太大了。

于是，一方面，我为弟弟喝彩，称赞他准备得充分，做事大气，让人佩服。另一方面，我又向他表达出自己的担忧。我说，还是拿远点吧，到那空旷的田畈上去放吧。不然，这么大的烟花爆竹，燃放起来，会像下着流星雨一样，门里门外恐怕都是一层灰尘了。弟弟明白了我的意思，就把那只稻箩般大小的烟花收了起来，有点不好意思地说，这个就不放了。连那个盘在一起足有筛子般大小的“大地红”鞭炮，弟弟也是拿出去了，走得很远，拿到了门前的稻田埂上，摊开来，铺在地上。然后，用打火机点燃，那鞭炮就噼里啪啦地响了起来。不过，由于是平铺在地上，那声音就不是很响亮了，灰尘和烟雾也只是紧贴着地面扑腾了一会，无法纷纷扬扬飘得很远。

只是有些委屈弟弟了，他所准备的爆竹，在过年的时候，没有发挥出他想要的令人刮目相看的效果了。

可是，真正受委屈的好像还不是弟弟，是那个没有被燃放的烟花。

过完年，在我离开家的时候，我偶然看见，那只稻箩般大小的烟花，依然完好无损地端坐在堂屋的一角。它坐在屋角里，看着人们热热闹闹地进进出出，它始终默默无语。仿佛，忽然间，我看见了那个烟花的神情了，是那种很落寞的样子。

08

过完年，我们就得离开家，回到城里去上班了。

母亲有些不舍，但又不便挽留，母亲是个很明事理的老人家。她带着一帮老小，站在门口的场地上，为我们送行。

天气寒冷，我不习惯将车子发动了就走，还是喜欢让车子空转，预热一会才起步。我听说开车起步应该这样做，不知道是不是真的有必要，似乎只有这样做了才能放心。

车子发动了，预热了好一会，刚准备起步的时候，母亲好像突然想起了什么，从几米开外朝着我的车门边，快步赶了过来。左侧的车窗玻璃先就降下来了，母亲将头伸进车窗里，她的脸几乎要贴到我的耳朵了。她想对我说点什么。

车子的发动机在运转，难免有些噪音。我怕听不清楚母亲的话，就将头稍稍地朝着窗户边侧了一些，我的左耳朵，差不多就要抵上母亲的嘴唇了。

终于，我听清楚了，母亲对我耳语了两句话。前一句话是母亲在问我："你在外面还喝酒吗？"我轻微地摇摇头，让人感觉不是太肯定地说："不喝了。"接着，母亲又缀上了后一句："那酒是不能喝的！"我再一次轻微地摇摇头，好像有些不太自信地说："我知道了。"

而后，我侧过脸去，对母亲说："我走啊。"母亲说："路上慢一点。"

车子起步了，在母亲的视野里缓缓开出，渐走渐远。我从后视镜里看见，母亲一直木木地站在原地，目送着我驾车离开家门口的场地。直到我拐过了一个弯子，后视镜里才不见了母亲那种伸长脖子远望的身影。我不知道，母亲是不是还是原地不动，站在那里。

回到城里后，好几天来，我的耳边一直回响着母亲对我耳语的两句话。特别是后边那句话，母亲的语气是那么的坚定，不容置疑。甚至，语气当中还夹带着一股我儿时闻之胆怯的威严——那酒是不能喝的！

好像，在母亲的眼里，我竟是一个嗜酒之徒了，离了酒就不能活命似的！由于贪恋杯中之物，就到了管不住自己嘴巴的地步了！

其实不然。母亲清楚我并不是一个酒徒，甚至也不会贪杯。她只是担心她这个儿子，重情义，爱面子，在喝酒的问题上耳朵根子有些软，常常架不住人家劝。正如曾经流行的某个段子说的那样，不喝不喝又喝了，不多不多又多了。其实，母亲不知道，这样都是"老皇历"了。

但是我还是不能忘记母亲的耳语，更不能无视母亲的苦心。今后，对于那个散发着魔幻气息的"酉时之水"，我只能想说爱你不容易了。我这个做儿子的人，如今也是个"半百老人"了，竟然还让一位古稀老人如此挂心，放不下来。我于心何忍？又于心何安？一股愧疚感油然而生！

为了不负母亲，让母亲的苦心不至于白费，我想，是时候了，我是得远离这个让人欢喜让人愁的“酉时之水”了，远一点，再远一点吧。

过完了春节，我就不得不离开黄岭村，回到了我所居住的城市。在很长一段时间里，人在城市，心，还留在黄岭村，还沉浸在过年的气氛里。

2016 年 2 月 15 日写于合肥

在母亲的面前

过完年，母亲终于如约来到了合肥城里，她的宝贝孙女儿一时间欢呼雀跃。

母亲不轻易来城里。这次，母亲算是兑现了她的一个诺言。春节期间，我们一家在黄岭村过年的时候，女儿和她奶奶有过一个约定。奶奶答应她的孙女儿，等天气暖和了，她就到城里来住上一段时间，陪陪她这宝贝孙女儿。

城里的这个家当然也是母亲的家。儿子都是母亲的儿子，儿子的家还能不是母亲的家吗？在这个家里一直留有母亲的位置，留有母亲的房间，备有母亲的睡床。母亲以前也曾来这里住过几次，但还是来得很少，上一次来时，到现在都快两年了。

母亲十分满意城里的家所在的这个小区。她喜欢这里有花草，有树木，还有一块不大的水面，能够见到飞鸟和游鱼。母亲尤其满意这里没有太高的楼房，让她看着头晕。居住环境能让母亲满意，母亲却还是不愿意在此久居，每次住不了一个月，她就会急着要回去。母亲急着回去，总会有她的理由，说得最多的一条理由是院子里的那块地。季节到了，她得回去撒点种子到地里。或者，最近天气旱得很，没有人给地里浇水不行，茄子和辣椒们都会渴得活不成了。

母亲来一趟不容易，她会提前很久做出计划。来的时候，母亲不会空着双手。好像她老人家前世欠了我们似的，不仅欠了儿子媳妇辈，还欠到了孙子孙女一辈的头上了。母亲知道，她的儿媳妇，还有她那宝贝孙女儿爱吃什么，至于她儿子爱吃什么，那就更不用说了。用家乡话说，自己的儿子，自己知道他的小名。母亲一来，总会给这帮大大小小的孩子们一个惊喜。这不，母亲这次是在春天里来的，母亲没有忘记带上那样一种来自家乡春天的吃食——“蒿子粑”。

蒿子是长在田间地头的一种野菜，带有一股山野间草叶的清香味，往深处闻，还会闻出一股中草药的芳香味。蒿子粑是以米粉为主料做成的，配上捣烂成泥的蒿子嫩头，再添加一些剁得很碎的腊肉丁子，贴在锅壁上，用文火慢慢烙熟的。这样做出来的蒿子粑还能不好吃吗？又香又黏，且很有嚼劲。

这种吃食，不光是我这一家子喜欢吃，家乡人，甚至外地来的人，也都喜欢这样吃。我曾经在家乡县城的一个小饭馆里，十分意外地吃到过这样的蒿子粑。觉得很好吃，问老板，蒿子粑是不是很受欢迎？饭馆老板告诉我，蒿子粑卖得可欢畅呢，不仅本地人爱吃，外地来的游客们也很爱吃，自己吃完了还得带上几块回去，给家人尝尝。所以，饭店在蒿子上市季节，做了好多蒿子粑，放在冰柜里，冷冻储存，随要随取，供应好长一段时间。

除了蒿子粑，女儿也爱吃她奶奶做的饭食。有一道菜，女儿最爱吃，但我们不轻易做。嫌麻烦，太耗费时间了。这道菜叫作山芋粉鸡蛋皮。顾名思义，就是将山芋粉和鸡蛋混合在一起做成的。先将山芋粉放在盆子里，加水，溶化，搅拌成稀糊状。将鸡蛋打破，倒出蛋清和蛋黄，搅动，待蛋清和蛋黄搅匀后倒进盆子里，掺入山芋粉里面去，再继续搅动，直至搅匀。然后，撒上些葱花，便可以下锅了。锅要预先烧热，而且锅壁上要浇涂一层油。这时，将搅匀了的山芋粉鸡蛋糊糊，适量地倒进烧热的油锅里，锅里便发出嗤的一声响，锅底立即腾起了一股白色的雾气。不用多久，那层涂在锅底上薄薄的山芋粉鸡蛋糊糊，颜色就会变淡，糊糊变干、变硬，变成一张薄薄的皮。用锅铲子挑起它，翻过来，再放到锅底上，继续文火慢烙，不一会，这锅山芋粉鸡蛋皮就出锅了。之所以说嫌麻烦，主要是因为一次只能烙一张，一碗山芋粉鸡蛋皮总要烙上四到五次。烙的过程中，人还不能性急，性急了会给它弄破弄碎了，那就不好看了，吃来似乎也不是那个味了。所以，这是个慢工细活，非常耗费时间，我们平时不会轻易去做。女儿知道我们平时都很忙，也不好意思提出要吃这个。她奶奶一来，情况就不一样了，她想吃了，就说给奶奶听，让奶奶给她做。奶奶为了孙女，从来不嫌麻烦，总是尽量满足她的要求。

母亲站在灶台前，烙着鸡蛋皮，她的宝贝孙女儿就在她的旁边转来转去。好像有些等不及似的，就想现在吃。母亲对她身边的那个宝贝疙瘩说，你就别转了，转得我头晕。要不，你就站在这里看一看，等你看明白了，以后你就知道怎么做了，想吃就可以自己动手去做了。

母亲来了，妻子自然也是满心欢喜了。除了她能跟女儿一样吃上平时吃不上的来自家乡的美食以外，她还会突然轻松许多，回到家里，她在厨房里耗费的时间少得多了。平时都是由她承担的许多活儿，母亲趁着儿媳妇不在家的时候，不声不响地把活儿给干完了。妻子终于有了时间，去捧那几本她心仪的书本了。平时，她可是这个家里的大人，这下子，她也成了一个孩子。

我呢，当然更加喜上眉梢了。母亲过来以后，我觉得日子过得安稳多了，晚上手机也敢关了，觉也睡得踏实多了。母亲在身边，这个家才算完整了，才真正像个家了。下班回到家，我一进门就闻到了饭菜的香味。屋子里，也比往常整洁多了。在我的家里，最多的东西也就是书了，书房里放的是书，客厅的茶几上堆的也是书，卧室的床头柜上摆的还是书。我读书通常有两种方式：浏览或者阅读。浏览的时候，对书本动得很频繁。一会儿随手拿起，一会儿又随手放下，书摆放得就难免不乱了。这些日子里，各处的书被我动过之后，再次出现在我面前的时候，总是一副整装待发的姿态。很显然，在我出门之后，母亲一一细心整理过了。

我和妻子，还有女儿，都非常珍惜母亲来了和我们住在一起的美好时光，都很希望母亲一直留在这里，跟我们在一起。只有这样，我们这个家才能保持完美。在这个家里，女儿还能继续找到受人宠爱的宝贝感觉。我和妻呢，心态也会陡然年轻起来。在母亲面前，多大年岁的人，也还是个孩子啊。

所以，这次，在母亲跟前，我们三个尽量不提任何有关家乡的话题，也不谈季节。我们都很担心一提起来家乡，或者季节，母亲就会突然想起院子里的那块地，她就要急着回去。季节不等人，趁着春天，把该下的种子播下去。否则，这一个季节也就荒废了。母亲总是这样陈述着她要回去的理由。

是的，母亲说得总是在理。我只是希望时间能够走得慢一些，再慢一些，最好停一停脚步。某个偶然的时刻，我还真的想过，假如世间没有了季节，该有多好。母亲就不会急着回到她那个栽了许多果树、种了许多蔬菜的小院子里去，她会一直留在城里，和她的儿孙们住在一起，做着这个家里唯一的大人。我们几个呢，在母亲的面前就一直做着她的最快乐的孩子。

2016 年 3 月 20 日写于合肥

生日礼物

昨晚吃饭前，女儿很神秘地问我，今天是不是你的生日？我想都没有想，就说不是。我说，怎么可能，我的生日早就过了，是3月15日。我记得，就在那一天，电视台还专门举办了一场盛大的文艺晚会，可热闹着呢。

女儿一听，咯咯咯地笑个不停。乐了大半天，她才说了句，是吧，那场晚会人家可是年年都在举办呢。你看，你年年都这样过生日不嫌奢侈吗？不过，你的生日好像并不真的是3月15日吧，应该是农历二月十五才对，正好就是今天呀。我摇摇头说，才不是。女儿偏着脑袋说，怎么不是？刚才听奶奶说的，难道还会错吗？在女儿心目中，奶奶说的话，才是最有权威的。

我嘿嘿一笑，不再说了。我知道母亲对她的孙女儿说起我的生日，当然不会说错日期了。儿的生日，娘的难日。这个日子，母亲怎么会记错呢？我们兄弟几个的生日，母亲都记得清清楚楚的。我自己肯定也不会记错，我何尝不知道自己的生日是农历二月十五呢？说阳历3月15日，那只是随大流，不记农历记阳历，同时图个方便。农历二月就是阳历3月，至于出生的那一年农历的二月十五对应阳历3月的哪一天，就不好推算了，况且，也不需要那么准确。不过，实事求是地讲，在昨晚，我还真的不知道昨天就是农历二月十五呢。

好多年了，我都不太愿意过生日。尤其是近两年，过了知天命的岁数，我对生日的记忆，有些刻意地淡化，似乎忘记了这个日子，今天的我就还是昨天的我。不过，我不记这个日子，还是有人会记着的。母亲从来就没有忘记过这个日子。要么，她会在这个日子之前，从家乡黄岭村赶过来，陪着我们一起度过这个日子。要么，她来不了，也会从老家给我打个电话来。电话里先是问些身体可好、工作可忙等方面的关心话语，然后叮嘱一番，不要熬夜，不要喝酒之类，临要挂电话之前，母亲才突然提醒说，明天就是你的生日呀，我在家里走不开，去不了，你们自己过呀。谁都知道，放在最后讲的，通常才是最重要的。我能明白母亲的意思，母亲的那个电话，其实就是为最后这句话打过来的。从这个角度讲，我不记自己的生日真是太不应该了，说得严重点，还真是有些不孝的嫌疑呢。你不记生日，似乎就意味着你已经忘记了自己的来时，忘记了自己的来路，你就根本没有把自己的母亲放在心上，这就是你的不是了。我这么说，言重吗？

小的时候，我可不会随便忘记生日的，我对生日一直惦记，甚至是热切期盼着。有一回，才过完年不久，我就忽然想起了自己的生日，跑过去问母亲，我的生日快到了吧？母亲笑着说，哎呀！看我忙的，都把你的生日给忘了呀！早就过去了！你再过生日，要待到明年呢。我那时还小，才四五岁吧，一听母亲说今年的生日给忘掉了，心里就十分失落。小孩子的脸色是一个十分真实的晴雨表，心里的难过，很快在脸上反映出来了，两个嘴角越拉越长，越扯越远，到最后，终于绷不住了，哇哇哇地哭起来。这样一哭，我的生日就又回头来了。母亲伸出了一根手指头，在我的鼻子上轻点了一下，对我说，小好哭鬼，逗你玩的，你的生日还没到呢！不过，也快了，过几天就要到了。那个四五岁的小淘气，竟然抹抹眼泪又笑了。

其实，小时候的我，并不是真的惦记着自己的生日，而是惦记着过生日的那一份礼遇。我说的生日礼遇，实际上，也没有别的东西，只是生日当天吃得穿得会比平常好一点而已。那年头，家家户户日子过得都不宽松，能吃饱穿暖就很不错了，人们对生活自然不会生出过高的要求。年景好的时候，小孩在过生日那天，总会穿上一身新衣服，就像过年那样。不过，跟过年时还是有所不同。过年，是所有的人同时过的。过年的时候，其他的孩子也会穿上新衣，孩子们到了一起了，新衣服就没有了显摆的优势。过生日则不一样，是每个人单独过的。你过生日的时候，其他孩子就不一定也能穿上新衣了，那种显摆的优势尤其突出。除了穿新衣服，生日当天，还有一顿比平时丰盛的饭食，可能会吃上平时少有的荤腥。最不济的时候，孩子的生日也不至于白过，母亲总会弄出一点花样来，给孩子一点欢欣。最常见的做法，就是将大米磨成米粉，经过发酵，做成雪白的泡松的米粑，外加一个白水煮鸡蛋，这就是当年母亲给孩子们的生日礼遇了。据说，让孩子在过生日这天吃上米粑和煮鸡蛋，还是颇有讲究的。吃米粑，是为了“扒魂”，让魂儿附体，不至于丢失。吃煮鸡蛋，是为了“长记性”。“扒魂”的事情，我倒没有体验过。因为，我从没觉得自己丢过魂，我人在哪里，魂就在哪里，魂跟人走。吃鸡蛋长记性的事，我可是领教过了。我到现在还记得，那鸡蛋是要躲在门背后偷偷吃的，千万不能让人看见了。若是不小心让别人看见，将来你的记性就不会很好，该记的东西你就会记不住了。

其实，哪会有这样的道理呢！只是因为那个时候，日子过得很紧巴，孩子又多，连一只白水煮鸡蛋也难以做到“普惠”，无法派发到每个孩子手上，只好悄悄地塞给当天的“小寿星”了，不能让别的孩子看见。若是被别的孩子看见了，会“惹祸”的，别的孩子也会跟着要的，母亲偏又拿不出另外的那些份子，别的孩子就会哭闹不休。这样的事情当然会让人长记性了，谁遇上了，谁就不会忘记。我从那个年代走过来，有过了那样的一段经历，我可是一直记得的。对于这件事，我会从小记到老。

扯远了，还是回到昨天晚上吧。吃过晚饭后，母亲坐到沙发上来看电视的时候，轻声对我说，给你备了一份生日礼物。我当时很惊讶，同时，反应却又很平淡。我故意端出一副成年人说话的腔调对母亲说，我又不是三岁小孩，要什么生日礼物呢？母亲说，你多大岁数也是我的孩子，这份生日礼物你还得收着，这可是妈的一份心意呀。母亲接着说，放在你床头柜上的书里面。我觉得很奇怪，这老太太知道，多年来，我在家里的大部分时间都耗在看书上，没有看完的书，就折起一页做个记号，下回接着看。难道老太太发现了这个情况，为了方便我看书，她才想起了去给我买来一枚书签？放在书里面的东西，不是书签，还能是什么呢？

不过，母亲放在书里的，还真的不是书签。送我一枚书签作为生日礼物，这也太“小资”了，似乎也不该是母亲这位古稀老人能够做得出来的。睡觉前，我拿起床头柜上的书，是一本外国小说，卡夫卡的中短篇小说集。书里面果然夹了东西，现出一道很大的缝隙来。顺着缝隙打开书，露出了一个书签一般好看的物件。拿出来仔细一看，那可不是书签，是一个漂亮的红包。天哪，这老太太，怎么会想起来要送给她的儿子这样一份礼物？红包的主人幸亏是她，是俺的老娘，这事要是外人干的，那还不把人给吓死！谁遇见这事，都会怀疑别人不安好心的！

我气呼呼地走出房间，来到母亲身边，带有兴师问罪的口吻跟母亲理论说，老人家，您为什么要送我一个红包？母亲不紧不慢，轻描淡写地说，你收下好了，先不要激动，等你看看清楚再说吧。母亲这样一说，我还真的有些蒙了，刚才那种向上直冲的气焰顿时回落了下来。好像有错的不是母亲，而是我自己。

愣了一会，我才意识到，用不着去猜想了，直接打开红包看看，一切不都明白了？其实，这红包还需要看的吗？里面装的除了几张吉祥喜庆的红色图案的钞票，还能有别的什么？唉，咱老祖宗留下来的繁文缛节真够累人的。也不知道是从哪朝哪代开始，在家庭内部，在长幼之间，人们就习惯了用红包来表达情感和伦常。逢年过节时，老辈人会给小辈人送红包，以示祝福。我猜想，在我过生日这天，母亲给我准备的红包，准是这个意思，无非是想表达出母亲对儿子的一种关爱和祝福的心愿。

其实，母亲对我的心愿，我的心里一直清楚得很，根本不用看这个红包。母亲对我除了关心，还是关心。现阶段，母亲对于人到中年的儿子，最大的担心是儿子的健康问题。母亲时常提醒儿子，不能喝酒，不能熬夜。这些话，母亲对我说了没有一百遍，足有九十九遍了。对此，我是认真的，母亲说过之后，酒是基本不喝了，一般情况下坚决不端酒杯了。至于熬夜，也得到了很好的遏制，绝不做无谓的熬夜。母亲送我这个红包作为生日礼物，难道母亲还想在我儿时那样，悄悄地塞给我几个零花钱，让我出去买几个糖葫芦回来甜甜嘴巴，也甜甜心里？

带着这些疑问，我快步走回卧室里，准备打开红包，看个清楚明白。我不想当着母亲的面打开她老人家给我的红包，觉得那样做好像是一种不敬，弄得不好，会让母亲很尴尬的。

打开红包原本是一件极其简单的事情，想得多了，就变成了一件难事。我拿着红包犹疑了好久，迟迟不敢打开，仿佛那是一枚炸弹。到最后，红包是怎么被打开的，我都不知道，我只看到了红包里面的内容。天哪，怎么会这样？这红包里装的，并不是母亲给我去买糖葫芦的零花钱，而是一张折痕很深有些发黄的旧纸。摊开来，抚平折痕，隐约可见那张旧纸上还有些文字，只是由于年代久远，墨迹很淡了，字迹显得很模糊。仔细地看下去，纸上的文字勉强还能看见。首先，我看到了自己的名字。之后，我又看到了“语文”和“算术”的字样。最后，我还看到了两个“100”的数字。至此，我方明白，这是一张学生成绩单。我想起来了，这应该是我在黄土岭小学一年级时的成绩单，是我人生的第一张成绩单。

时间已经过去四十多年了，我自己早已忘记了那张纸。母亲却牢牢地惦记着那件事，且把那张纸一直保留到现在。我相信，在这四十多年里，母亲为了保存那张纸，一定花费了不少心思。如今，母亲把那张纸装在一只很好看的红包里，作为生日礼物送还给我了。一时，那些不听话的眼泪出来了，星星点点地洒落在那张发黄的旧纸上。随即，纸上开出了几朵小花，是那种淡雅的小花，让人看了心酸，也有些凄美。

唉，真是可怜天下母亲的心！母亲，她总是在心里装着儿子！她惦记着儿子的生日，她还处心积虑地为儿子准备了一份让儿子意想不到的生日礼物！她想给儿子一份惊喜！

只是，儿子一时还没有真正读懂母亲的心意。中年以后的儿子，收到了母亲送给的这份礼物，见到了自己人生的第一份成绩单，一份十分圆满的成绩单，惊喜之外，又多出了一份惶恐。几十年来，这样十分圆满的成绩单，为什么没有一直保持？除了这一份，你还曾有过几份？不再年轻的儿子，意识到了这是一个让人不得不深思的问题。

那么，母亲的真正用意到底是什么呢？是鼓励？是提醒？或许，还真不是这些意思。不管别人怎么看，在母亲的心里，她的儿子从小就不赖。儿子到了中年以后，曾经听母亲劝慰说，你从小就很努力，后来也一直没有松懈。现在的年岁，也老大不小了，已经比不得年轻的时候了，“得分”的高低已经不是最重要了，你不该那么辛苦。是呀，毕竟岁月不会饶人，人都会从年轻走向年老。可能，母亲想说的正是这个，岁月不饶人，一句体己的真话。

也可能，母亲的想法十分简单，完全没有她儿子想象的那么复杂。母亲只是把她保管的那一页历史，交还给了她的儿子。

2016 年 3 月 25 日写于合肥

一道家乡菜

有次请朋友吃饭，在一家小饭馆的菜单上看到了一个熟悉的菜名——香椿头炒鸡蛋。想都没有想，就点下了。

这是一道家乡菜，见到了就得吃，没见着也想吃。香椿树，在我的家乡皖西南山区，是最常见的一种植物了。人家的房前屋后，冷不防就会冒出一棵香椿树。笔直的树干，婆娑的树冠，绿中带紫的树叶，嫩芽则完全就是紫色了。走在山间的小路上，忽见树枝横在头顶，抬头一看，那可能就是一棵香椿树了。

春三月里，桃花未开，香椿开始露芽了。在树枝梢头，冒出了许许多多紫色的芽嘴，很像是某种紫色的鸟喙。家乡人爱吃香椿头，因为它名副其实，是一道香菜，闻起来香，吃起来更香。吾乡人最爱吃的还是这种鸟喙状的紫色香椿芽，又鲜嫩，又香脆。

乡人爱将香椿头和鸡蛋一块炒着吃。这道菜做出来特别好看，紫色的香椿头，配上金黄色的土鸡蛋，炒熟了，铺放在盘子里。底色是紫色的，是那种类似于丝绒的紫色。上面点缀的是金色，如同迎春花那样的金黄。摊开来的炒鸡蛋，零零碎碎、星星点点，散落在紫色的香椿芽里，似有似无，若隐若现，真的有些“锦上添花”的意味呢。

好看，还在其次，最重要的是好吃。香椿头有一种独有的香味，即便不与鸡蛋为伍，清炒出来，也是一碗好菜，让人尝到一种在其他菜肴上无法尝到的香味。鸡蛋就不用说了，谁都知道，那是一种价廉物美的食品。尤其是农家自产的土鸡蛋，好看又好吃，炒出来，鸡蛋白更白，鸡蛋黄更黄，吃起来是特别香。二者相伴，放在一起炒，岂不是美上加美，好上加好了？

所以，在饭店里见到这个菜名时，我似乎立刻闻到了家乡的山野间那种带露的紫色椿树芽的清香味了。味蕾这东西太感性了，从来就不会理性。那一刻，在嘴巴里面，唾液开始不听话了，一个劲地往外直涌。这道菜，理所当然地成为这顿饭的首选了。

饭前，等待上菜的时间，一般都是比较焦急难熬的。店家聪明，在餐厅里配了一套打牌的桌椅，桌上放了两幅扑克牌。人到了，菜还没有端上来，没关系，可以先打牌。打牌能使人忘记时间。有一种打法叫“掼蛋”，最近几年特别流行，到饭店吃饭，凑齐了四人，必定要“掼蛋”。如今有一种说法很夸张，饭前不“掼蛋”，等于没吃饭。可见，有人把饭前的“掼蛋”看得比吃饭还重要呢。

那天，我们几个当然也在饭前打了“掼蛋”。打牌的时候，我老是心不在焉，总惦记着那道家乡菜，鼻子前面似有一股清香，若有若无，忽隐忽现。

终于，服务员喊吃饭了，菜一盘一盘地端上来。我的目光在桌上巡检，寻找那一道期盼已久的家乡菜。我找了一圈，竟没有发现，便问服务员，香椿头炒鸡蛋为什么还不上来？服务员说，上了呀，菜都上齐了，都在桌上呢。我接着在桌上寻找，还是没有找到。服务员见状，就顺手转动转盘，把一道菜转到了我的面前，抬起手指着一个圆形的菜盘说，你看，这就是香椿头炒鸡蛋。

天啊，这哪是香椿头炒鸡蛋啊，这简直就是一大块鸡蛋煎饼嘛！菜盘里根本就见不着香椿头，看到的都是鸡蛋。当然，这里的鸡蛋不可能是农家自产的土鸡蛋了，它的白，不是那样的白，它的黄，也不是那样的黄，它的香味更是微乎其微了。

说它就是香椿头炒鸡蛋，怎么看着都不像，只有亲自尝尝才知道了。动动筷子，把那只与盘口一般大小的“鸡蛋煎饼”撕开了一个小缺口，夹取了一小块，放在面前的餐碟里，仔细一看，这“鸡蛋煎饼”似是夹心饼，饼子的瓤里面夹杂着一些剁得很细碎的菜蔬。再夹起来，抬到鼻子下面闻一闻，果真有些香椿的味道在，只是很淡了。

吃起来，自然不是那道家乡菜的味道了。夹在鸡蛋里的香椿头，其实并不是香椿头，充其量只是香椿叶，甚至还有一些香椿的梗。剁得很细碎，也能吃出来，很硬，牙齿不好的人，嚼起来不容易。

吃过以后，我才知道，饭店里的这道菜，跟同名的家乡菜，用料是不同的。在家乡，香椿头根本不用栽种，它是跟随着季节自己来的，来得十分容易，人们拿它不当回事，做菜时，自然不会计较了。至于鸡蛋，自家产的，产量又低，吃一个少一个，当然能省则省了。在这城里的饭店里，就不一样了。时鲜的香椿头在菜市的价格是在猪肉之上的，甚至还会翻倍，比起鸡蛋来就更不用说了。何况，这里的鸡蛋又不是农家土鸡蛋，价格就更便宜了。

所以，在这盘香椿头炒鸡蛋里，让鸡蛋唱了主角，香椿头沦为配角，香椿头炒鸡蛋变成了鸡蛋包香椿，自然也在情理之中了。

2016 年 3 月 17 日深夜写于合肥

开门见山

我喜欢开门见山。或许，早已命中注定，我就是一个山里人。这辈子，我走到哪里，都不会离开一个“山”字。

这是我一次十分偶然的发现。

事情的起因是在一条路上，一条连接我的住所和单位的道路。那条路不是很长，每天上班、下班，我步行二十来分钟也就到了。天天必走的那条路，忽然有一天不能再走了。借用黄梅戏里的一句台词说，把路走竖起来了。原来，不是路真的竖起来了，是人家不给走了，修路工人用铁皮板子竖起来当作围墙，把路给堵住了。从那铁皮墙上的告示文字里得知，这条路马上翻新，将由原来的水泥路变成柏油路。原先天天走在这条路上，我从来没有发现，这条路竟然与我还有一层特别的关系。只有在路被堵起来时，看了“告示”我才发现，这条路让我感到很亲切。因为，它让我想起了我的家乡，它是以我的家乡的一座山来命名的。这条路名叫天柱路，路不长，从南端到北端，全长不过两公里，它很低调地栖身于合肥市西边的高新区。

原先，这条路可不是这么低调的，它的名气大着呢。那时，它还不叫这个名字。几年前，我来合肥城西高新区安家落户的时候，这条路还是以人名来命名的。那个人的名字是很响亮的，合肥人听起来觉得很震耳，也很自豪。在我们身边不熟悉这个名字的人，几乎没有。甚至，在这个世界上某一个角落里，说不定都会有人熟悉这个名字。因为他是一位世界级的名人，曾经获得过世界最高奖项诺贝尔奖的科学家。我不知道是在什么时候，因为什么原因，这条路的名字由人名变成了山名。我曾经十分简单地联想到，那些赞成给这条路如此改名的人，一定都是这位科学家的崇拜者了。在他们眼里，这位科学家其实就是一座山，一座擎天一柱的山了。

因为家门口的这条路，我便注意到了门前的另外一条路。这条名为天柱的路，是南北走向。另外那条路，名叫黄山路，是东西走向。两条路以“丁”字形状在我所居住的小区门前垂直交会了。每天出门走在这两条路上，我对它们的存在，已经熟视无睹了。恰好是那样一个偶然的机会，让我发现了一个奥秘，我一出门就能见到两座山，而且还是风光秀美、驰名中外的两座大山。这一重大发现，让我感到很意外，也很惊喜。

与此同时，我还有了一个更加意外的发现。偌大的一个省会城市合肥，也不知道曾经建了多少个环境美好的居民小区。十多年前，我在合肥买房子的时候，偏偏就选中了这样一个当时还算是十分偏僻的城郊小区，原因竟是因为这儿有一座山。山就是合肥市区版图上独一无二的那座山，名叫大蜀山。只是，我在买房的时候，只知道这里有座大蜀山，根本没有想到，就在小区的旁边，不仅有一座大蜀山，而且山外还有山，且都是天下名山，有黄山，还有天柱山。

由此，我更加确信了我与山的不解之缘。

我的出生地，在那个有些内敛的县名里，也是带有“山”字的。名字里有山，那地方还真的有山。而且，那山很高，是千里大别山脉上数一数二的高峰。只是，那不是一座爱出风头的山，它被遮掩在群山之中，终年云雾缭绕，是一座轻易不予示人的山。正如它的名字所言，它是一座“潜山”。所以，多少年来，每到需要填写履历表时，我总在“籍贯”栏里，认认真真地装进去这样一座低调而又自信的山。这些年，无论我在山里还是山外，我一直在阅读这座山。从这座山的身上，我明白了一个道理：因为自信，所以低调。反过来说，一旦有了喧嚣，可能就与自信无缘了。

离开出生地，在乡人的眼里，算是“鲤鱼跳出门”了，但跳出的不是“龙门”，而是“农门”。初中毕业那年，也就是1979年，恢复高考后的第三年，我还没来得及上高中就直接考上了“大学”。不过，那并不是货真价实的大学，它只是一所以“大学”命名的初中专，它的全称叫作“五七大学师范班”。十六岁的我，在拿到录取通知书的那个激动人心的时刻，完全没有想到这所“大学”竟然是隐藏在深山里面。学校所在的那地方名叫白水湾，坐落在天柱山的南麓，潜水河畔。因为那里有个废弃的兵工厂，房子空闲了好多年，县里觉得可惜，曾经在那里办起了一所“五七大学”。恢复高考之后，“五七大学”不能再办了，县里决定在那里新办一所师范学校来解决全县教师严重不足的问题。由于还来不及给新的学校命名，所以在发给考生的录取通知书上用的还是“五七大学”的校名。为了区别于之前的“五七大学”，才在后面加了三个字：“师范班”。之前，那所真正的“五七大学”是没有师范专业的。我还记得，因为这个校名，当年那些年轻学子的心里觉得很憋屈。原先，“五七大学”的学生都是被推荐入学的，也就是历史上的所谓的“工农兵”学员。师范班的这批学生却与推荐无关，他们都是在恢复高考之后统一考进来的。

实事求是地讲，白水湾那个地方还真是个读书求学的好地方，有山，有水，还有东坡先生宁可不吃肉也不能没有的竹子。那里的竹子是成片成林的，当年这帮年轻学子总是三三两两地坐在竹林里读书。读到某些古典诗文时，他们认识了“竹林七贤”，一些人就曾经幻想过，自己也算是这竹林中的一贤了。

至此，我和山的缘分还远未言尽。毕业后，我被分配到了一所山区学校。是在天柱山的北麓，一个很闭塞的山区乡村，我去的时候还不通公路。我是凭着一个年轻人满腔的激情，艰辛地运动着自己的双脚，一步一步地走到了那个小山村。在那里，我一待就是六年。一个不习惯于低头的年轻人，每天早晨，抬头仰视日出东边的山岗，傍晚时分，举目遥望日落西边的山峰。

离开那个小山村的时候，公路已经通了，我是坐着汽车离开的。汽车从山里开出，把我拉到了一座陌生的小城。现在回想起来，真的很巧，那座小城的名字竟然也是带着“山”字的。虽然它并不直接叫“山”，而是在“山”的头上加了一个“丘”字。这样一来，它就不是一般的“山”了，它已经成了一座高大的“山”，这种山理所当然就叫作“岳”了。小城坐落在天柱山的西边。天柱山曾经有过一个“南岳”的名字，那是当年汉武帝南巡到此时册封的，不过后来又被废了。但当地人一直记得这件事，不能叫它“南岳”，就叫它“古南岳”。坐落在它西边的那个小城，直截了当就叫“岳西”了。

孔夫子说，五十而知天命。此话当真。活到五十出头的时候，我才意外地发现，几十年来，我转来转去，倒是转过不少地方，却从来没有真正离开过这个“山”字。或许，命该如此。我本山人，人不离山，开门即见山！

无独有偶，近日在阅读我的乡贤张恨水先生《写作生涯回忆录》时，我曾意外地发现，张恨水除了妇孺皆知的“恨水”这个笔名之外，还曾经用过一个不太为人熟知的笔名，叫作“天柱山人”。看来，“水”也是离不开“山”的。我不知道当年的恨水先生是否也如我这般“开门见山”，但我相信，先生的骨子里面永远矗立着一座山。

2015 年 12 月 27 日写于合肥

突然想起牛

“走在乡间的小路上，牧归的老牛是我同伴。”三十年前，这首曾经风靡一时的校园歌曲，我至今还能耳熟能详。我们这代人，就是唱着这样的校园歌曲，走过了自己的青春年少时代。出了校门之后，我们还常常一路走一路哼唱当年的校园歌曲。只是，走到中年以后，蓦然回首，我才忽然发现，我们这代人在行走的过程中，步伐越来越快了，忽然觉得那些歌词越来越遥远了。在快步行走的过程中，我们终于把一个默默无闻、忠厚老实的老伙计给丢掉了。这位老伙计曾经一直忠心耿耿地跟随着人们往前走，跟随了几千年，行走了几千年。如今，终于在我们这代人的手上，让它跟丢了，它再也赶不上来了。甚至，我们回头去找它，也很难找得到了。

这个老伙计不是别人，只是一头牛，一头长期低着头、拉着犁一步一步向前迈进的耕牛。

阳春三月，山清水碧，坚硬了一个冬天的土地，在太阳底下悄然柔软了。春风拂面之时，我忽然想起一句古老的民谚，九九加一九，遍地是耕牛。来到乡间，放眼一片空旷的田野，春耕的季节已经到了，耕牛却是杳无踪迹，田园里还是一片荒芜。原先，在这块土地上，总是种双季水稻的，现在改了，只种一季。种单季水稻，就不用那么早了，芒种前后栽种就可以了。所以，春耕已经不存在了，春耕变成了夏耕。届时，在田野上忙碌的已经不是耕牛了，那是一种屁股后面冒着黑烟的“铁牛”。“铁牛”是一个不知道累的怪物，跑起来比耕牛快多了。

小的时候，清明节一过，牛就得从牛栏里面走出来，开始下田拉犁了。牛走在前面，拖着一个弯弓状的铁木结构的犁具，人扶着犁具，走在后面。牛，加上犁，再加上人，前后三者组合搭配，构成了一幅古老的春耕图，背景是平明如镜的水田，还有烟雨迷蒙的天空。除了这些，有时候还会有一个小小的点缀。一只大胆的鸟儿，落脚在牛的脊背上，就像一个人站在自家阳台上眺望远方，那么随意，那么自在。鸟儿侧着身子站在牛背上，东张西望，逍遥自在。鸟儿不时回过头来，用坚硬的小喙梳理自己的羽毛。大概，天底下的鸟儿，都很爱惜自己的羽毛。所以，鸟儿一旦歇下来，就会梳理自己的羽毛，保持羽毛的整洁。那头牛向来很和善，它拖着犁，驮着小鸟，在水田里，一圈又一圈地来回行走。虽然，牛在水田里干活很累，但牛并不嫌弃在它背上站立的这个小小精灵，对于小鸟给它增添的重负，牛，从来忽略不计。相反，牛似乎还很喜欢那种感觉，如同皓首老者喜欢逗乐童子一样。小鸟立在牛背上，牛不仅不觉得累，反而觉得小鸟给它增添了许多乐趣，让它觉得那种繁重的耕田活儿在不知不觉间轻松了一点儿。

可惜，这样和谐而又富于童趣和野趣的画面，只能于记忆中去寻找了，或者，偶尔在那些发黄的宣纸水墨画上还可以幸运一见。如今的田野上，再也见不到这样诗情画意的真实情景了。当然，耕牛在田野里消失，并不见得是个坏事，相反，它还是件好事，标志着人类劳动生产力的提高，体现了人类社会的一次巨大进步。但是，若从另外一个角度看，人的心里多少还是有些惋惜。人都是有感情的，常常会恋旧，曾经陪伴着人千百年的老东西、老伙计，忽然间说没就没了，还是让人多少有些难过。某个时刻，我曾经悄悄地想到，咱们这代人，真的太厉害了，也就几十年的工夫，竟然把保留了千百年的老传统给彻底灭掉了。其实，真正厉害的，还不能说是我们这代人，准确地说是我们这代人所赶上的工业文明。工业文明闪亮登场之后，人们的生产生活方式随之一变，面貌一新。曾经辉煌的农业文明渐渐被冷落，最终黯然失色，它还能不退避三舍吗？

估计，现在的孩子，也只有在那样两个时刻才会知道，这个世界上还存在着牛这样一种动物。而且，这两个时刻，还都与吃食有关。一个是喝牛奶的时候，一个是餐桌上遇见牛排的时候。也许，在孩子们的心目中，牛的存在，只是缘于牛奶和牛排。牛，就是装在瓶中杯中那些雪白的奶。牛，就是装在盘中摆在桌上喷香的牛排，那一块十分诱人的肉食。喝着雪白的牛奶，吃着喷香的牛肉，孩子们是不是想见一见他们从未见过的牛呢？孩子们会对那种陌生的叫作牛的动物，怀有一种感恩之情吗？我不得而知。目前，我的膝下没有那么小的孩子，我不知道这些“00后”，乃至“10后”的孩子会是一种什么样的想法。我当然不希望孩子们仅仅只在这样两个时刻才会知道牛的存在，我不希望孩子们仅仅把牛与牛奶和牛肉联系在一起，我倒希望孩子们对过往年代的事情知道得更多一些，了解得全面一点。这大概也是我这些年来坚持书写一些怀旧文字的一个目的吧。现在的孩子，当然无法复制出我们当初的童年，无法体验到我们曾经的生活，他们很难亲眼见到一头牛，特别是耕牛，不能亲眼见到牛是一种什么样的物类。这不是孩子们的过错。我只想告诉孩子们，牛，真的是我们人类最好的朋友。这话可不是我随便说的，它是我的切身体会。牛，曾经是我童年的好伙伴，我从牛的身上学到了许许多多从其他地方根本学不到的东西。

其中，最显而易见的，是这样家喻户晓的三个字：老黄牛。简简单单的三个字，代表了一种形象、一种精神、一种境界，说的就是人像老黄牛那样吃苦耐劳甘于奉献。看来，人以牛为榜样，由来已久了。而且，我还觉得，人在向动物学习的时候，再也没有别的动物比牛更加合适了，更加让人感动，这个榜样非牛莫属。从这个意义上讲，我的这种感动，绝非个人行为，不是一己之见，早已成为一种公众的共识了。

在我的童年时代，我曾经以牛为伴，以牛为友。同牛在一起，度过了许多快乐的童年时光。其实，事情也很简单，在别人的眼里，那个时候的我，就是一个地地道道的小小放牛娃。的确，我那时的任务，就是伺候一头老黄牛。我牵着牛，走在河边的草地上，让牛低头啃吃那些鲜嫩的青草。我牵着牛，站在小溪边，让老牛伸长脖子去饮那清亮亮的溪水。而后，在牛歇息的时候，我会把手中的牵牛绳交给一棵树，系在树干上。牛就会乖乖地就地卧倒，侧卧在树荫底下。牛，从来不会四脚朝天，仰面睡觉，睡觉时总是保持半坐半卧的姿势。只有把牛稳住了，我才有自己的自由。抛开了牛，独自去玩耍一会，但也不会走远，心里面还是惦记着牛。更多的时候，我只是坐在牛的身边，目不转睛地看着那头牛。那个时候，我总觉得，牛的眼睛也在看着我呢。我看着牛，看得最多的地方是牛的嘴巴。牛有一种很特殊的习惯，只要有空闲，嘴巴里面就会嚼个不停，好像总在吃着什么东西。牛一旦歇了下来，侧卧在地上，不能啃食青草，也没有人给它喂饲料，牛的嘴巴里却在不停地嚼动，好像嘴里含着某个好吃的东西，怎么吃也吃不完，怎么嚼也嚼不厌。这差不多就类似于现在的一些人士爱嚼口香糖那个样子了，走到哪里，嚼到哪里，嘴巴一直嚼个不停。牛也是这样，总是自顾自地嚼着，越嚼越有味，越嚼越起劲，嚼得嘴角两边溢出了许许多多的白色浆沫。那时，我还不知道这是为什么，后来，我才明白，牛这样做，是一种特殊的生理现象，叫作反刍。牛得闲了，总是把先前吃下去的草料，一点一滴地倒回来，放在嘴里细细地嚼碎。似乎，只有这样，才能充分品尝草料的味道，才能充分吸收草料的营养，才有益于牛的身体健康。明白了牛的反刍这个道理之后，我就想到，虽然人在吃饭之后是不能反刍的，但这个道理却可以推而广之，适用于人的其他许多方面。我曾经把它借鉴过来，用于自己的读书学习，乃至个人的修身养性。在用于读书学习的时候，我常常会想到孔老夫子的这样一句话：“学而时习之，不亦乐乎？”人的“学而时习之”，与牛的反刍，实在有一种异曲同工之妙。在用于修身养性的时候，我直接把牛的反刍看成了人的反省。牛总在找机会不断地反刍，人呢，难道就不需要经常进行自我反省吗？真的非常有必要！于人而言，自古就有每日三省吾身的说法，今人也该都明白这个道理了。

对于牛的学习和借鉴，还远远不止这样一个反刍的生活习性。有一段时间，我曾经十分痴迷于牛迈步行走的姿态，我总以为，那是一种大智若愚、大音希声、大象无形的气质和做派，因而，我对牛特别崇拜。你看，牛的体格硕大，腿壮腰圆。牛，立如一座山，卧如一磐石，行如一艘船。牛的行为举止，向来稳重从容，它不急不躁、不紧不慢，走起路来，一步一个脚印，稳稳实实，从不轻佻，从不虚踏一脚。人，难道不该从牛的行为举止上学点什么？

有时，我也会对牛有些不理解，觉得牛何必那么善良，善良得几乎沦为软弱好欺了。我曾经为牛鸣过不平，甚至，我觉得牛过于老实，老实得接近窝囊了。那么一个庞然大物，长着一对很吓人的犄角，两只眼睛大得像灯笼，牛若是瞪眼，一定非常怕人，而且，牛的四只脚上还包有一层厚厚的铁一般坚实的蹄壳。就凭这些优越的先天条件，牛应该能够不怒自威了。若是去跟谁打斗，可以说许多动物根本就不是牛的对手。至于某些弱小的动物，牛就完全不用费劲了，一只铁蹄子踩踏下去，某些小动物可能就会尸骨不整只剩残渣了。可是，情况偏偏不是这样。牛，这么一个庞然大物，它只是擅长于埋头干活，却不是一个打斗的好手，就连小小苍蝇和牛虻，牛都莫奈之何。牛在哪里，那些成群的苍蝇和牛虻就不知道从什么地方一下子全飞了过来，死皮赖脸地叮在牛的身上，明目张胆地饱吸着牛身上的鲜血。对于苍蝇和牛虻的吸血行为，牛也很生气，却又拿不出什么好办法。牛的反制措施，不外乎两点，要么是使劲摇摇头，同时，嘴里面重重地喷出气来，表达出自己的不满，做出一副发怒发威的样子。要么是甩一甩它那根长长的尾巴，让其重重地拍打在自己的肚腹上。或许，牛的本意并不是想拍死身上的苍蝇牛虻，只想吓唬一下，驱赶苍蝇和牛虻。结果，却丝毫不起作用，苍蝇、牛虻没被拍着，牛倒是自己把自己拍打得生疼。因为，只要牛的身体稍微一动，苍蝇和牛虻们就会立即从牛的身上飞起，在空中飞转一圈，旋即又落下去，再次趴在牛的肚腹上，重新将它们那只锐利的吸管，深深地插进牛的皮肉里面去，继续汲取牛的鲜血。牛的长长尾巴，对于驱赶苍蝇、牛虻而言，还不如那个少年的一个小小的巴掌管用。我发现牛的身上叮了苍蝇、牛虻，我就会愤愤不平，抡起巴掌就往牛的身上拍打，一个巴掌拍下去，总有一两只苍蝇或者牛虻毙命。在牛的身上，在我的巴掌上，留下了一些鲜红的血渍。那些血液，虽出自苍蝇、牛虻，却是来源于牛的身上。

或许，牛的这种窝囊，并不是真正的窝囊。牛只不过是懒得跟那些不是东西的小家伙计较而已。这种窝囊，其实，就是牛的宽容和大度了。跟一头牛相处日久，我从牛的身上看到的不再是牛的窝囊，我看到的是牛的宽容、牛的大度。那种宽容和大度，常常让我感动不已。

细细想来，牛跟人，有时候实在难以分清。小的时候，生活在村子里，我常听大人骂小孩说："你这个牛变的东西！"你听这话，骂的是人，还是牛呢？当有两说。还有，在孩子们淘气惹祸的时候，大人之间少不了相互宽慰，我总能听到这样的说法："儿孙自有儿孙福，莫把儿孙当马牛。""一头牛，一路草。"这样前后两句话，意思大同小异，都是劝说人家，不用替儿孙们担心，儿孙自有他们的出路。但是，两句话在说法上却是不一样的。前者说，儿孙不是牛，后者却说，儿孙就是牛。那么，儿孙到底是牛还是不是牛呢？其实，是不是牛，都没有关系，根本就不重要。重要的是，人和牛，在许多方面存在着相通的道理。

所以，在又一个本该是"遍地是耕牛"的春天，在田野里无法见到耕牛的踪影的时候，我突然想起了牛，想起了那些曾经埋头于田间拖犁拉耙的耕牛。想到牛，便写下如是文字，用以备忘。在今后，在更远的将来，我和我的后来人因为这些文字还能够知道，牛，究竟是个什么东西，它到底长着一副怎样的模样，有着怎样的习性。

也许，因为这些文字，后来的人虽然见不着牛了，但还可以拿牛当朋友，从牛的身上学习到许许多多从别处难以学到的美好的东西。

2016年4月10日写于合肥

村庄的身上有块伤疤

好多年来，我一直为我的村庄感到痛惜。痛惜的原因，就是村庄身上那块巨大的伤疤。倘若没有那块伤疤，我的村庄在青山绿水的映衬之下，尚且保存着一种古朴的完美。有了那块伤疤之后，我的村庄就有了一个无法弥补的缺憾。一直住在村庄里的人，对村庄的现状早已习以为常，见怪不怪了，不会在意村庄身上的那个缺憾。我曾经做过假设，如果有机会乘坐飞机从村庄的头顶上经过，在空中低头一看，对于村庄身上的那个缺憾就会看得一清二楚了。

村庄身上的那块伤疤由来已久了，迄今已有四十余年了。这块伤疤真是顽疾，这么多年过去了，伤疤竟然还没有痊愈，每年里总有一些日子，它会重新发炎和溃疡，趁着下雨的天气，伤疤还在淌脓滴血呢。

我的村庄究竟遭遇过一种什么样的侵害，致使它的伤痛如此漫长深远呢？

要说，那种侵害，还真可以说是一种天大的伤害呢，甚至那就是一种伤天害理的事情。虽然它直接伤害到的只是土地，但那也是人们对于天理的伤害！那些年，人不知怎的，突然间全都亢奋起来，都有了天大的胆子，有了地大的底气。人们热衷于一个“斗”字，见了谁都要“斗”一番。除了人跟人斗以外，人还要跟地斗，甚至，人还敢跟天斗。那年头，许许多多的人都在以斗为乐。斗起来，才觉得其乐无穷。结果，乐是乐了，乐的只是那些爱斗的人，却有另外一些无辜的人在斗的过程中受到了伤害。伤害极大，有些甚至致命。其实，受到了斗的伤害的不光是人，还有天，还有地。这不，村庄身上那块伤疤就是被人“斗”出来的，至今还让人看着心疼呢。

在村庄的身上，怎么会让人“斗”出了那样一块深重的伤疤呢？这事说来话长，需要对这个村庄以及那个过往的年代做一个必要的交代。

我的村庄坐落在大别山的东麓，长江以北、淮河以南的那块区域。那是大别山的余脉与江淮平原的缓冲地带，从地形地貌上说，它既不是山区，也不是平原。说它是山区，它的确有山，只是山不高。说它是平原，它也是平原，它拥有大片平展的田野；是那种一望无际的田畴，而不是在山区常见的那种步步高升的梯田。准确地说，我的村庄所在的地方就是丘陵地区。

可以说，我的村庄依山傍水。山的来头还是很大的，那可是千里大别山。水也有名有姓，它是长江的一条支流，它的源头在大别山的腹地，它的尽头在长江的北岸一个名叫石牌的地方。由石牌往东去，不远处，这条河流张开了一个巨大的喇叭口。正是这个喇叭口，在长江中游的北岸上撑开了一个巨大的豁口。这条河流，便由此处的大豁口浩浩汤汤地进入长江，与万里长江的滔滔洪流融为一体。

那条河流名叫皖河，它因流经皖山而得名。皖山，乃天柱山也，因古时此地属“皖国”而得名。在这里，河因山而名，山因史而名。这里的河，这里的山，名字都很大气，大到足以代表一个省份，成为一个省的简称。知道“皖”是什么意思吗？从前我也不知道，但我问过《说文解字》。《说文解字》告诉我，“皖”，右边从“完”，意为完美，德行高尚；左边从“白”，意为清白，两袖清风，廉洁干净。仅凭这样一个字，仅凭这个山水之名，家乡的人们都有理由感到自豪。家乡的人有机会时也会开开玩笑说，省是皖省，县是古皖县，家乡所在的“古皖潜山”，理所当然就是全省的“首县”了。虽是玩笑，似乎也不无道理。

在我的村庄附近，有一些连绵的小山岗，有几条流水淙淙的小河，还有大片的水稻田。难怪，人们总爱说，家乡这地方山清水秀，是个鱼米之乡呢。

虽是鱼米之乡，但又不是一个富裕之乡。因为，村庄的地方很小，人口却不少。地少人多，长期以来是这块土地上难以调和的矛盾。为了解决这一矛盾，那年头，家乡的人们也曾想了许多办法，在矛盾的两头都曾下过一番苦功夫。在人口这一头，采取了收紧和控制的措施。只是，当年的计划生育，可能动手有些晚了，想控制的时候，人口已经很多了，即便摁住人头，也控制不住人口的增长。在土地这一头，采取了拓展的办法，只要能够改造成稻田的地方，都改造成稻田了，包括一些人家的菜园地，甚至低洼处的人家的宅基地。乡人一向顾全大局，能够响应动员，需要时就把自家祖祖辈辈居住的老房子给拆了，到附近的山头上重新修建住房。原来低洼处的宅基地就空出来了，将其平整之后，灌上水，那地方就变成一块新的稻田了。

这造田的机会毕竟很少。能够拆迁让位整理出稻田的宅基地并不多见，一个村庄里也就那么一两处，远远满足不了家乡人当时的造田增产的远大愿望，无法承载一个时代人们的豪情壮志。

在一种良好而又简单的造田愿望驱使之下，家乡的人们打起了一座低矮的小山岗的主意。这座小山岗，乡人叫它“林洼”。你看，就连名字当中都带有一个“洼”字，足见它在当地不是一座高山了，只是一处树林茂密的“小山洼”。其实，它还是一座山，只不过它的山岗比较平缓而已。比起周边的田地，“林洼”还是高出了不少。家乡的人当时打它的主意，看起来也是理所当然。大家都觉得，把这座名叫“林洼”的小山岗夷为平地，再灌上水，变成稻田，该是一件利村利民造福子孙后代的大事和好事。何况，那年头，有一种精神就在眼前，它叫作“愚公移山”，有一面旗帜就飘扬在头顶，它叫作“农业学大寨”。有了精神，又有了旗帜，在这世界上还能有什么事情干不成呢？那时候的人们根本不信那个邪，他们坚信能够“让高山低头”“教河水让路”“敢教日月换新天”！至于这个本来就不是很高的“林洼”，人们根本就没有拿它当回事。

在那个年代，想干某件事，只要定下来了，大家都会齐心来干，真可谓万众一心了。同心就会同声，万众一心就会带来万众一声。至于一呼百应，那就更不在话下了。许多时候，人们的耳边都只有一个声音，根本就不会还有第二个声音，即便有了第二个声音也会立即给它镇压下去，甚至予以灭绝。不过，在“林洼”开山造田的问题上，村庄里还真的出现过一点不同的声音。只是，那声音很微弱，很孤独，根本不起任何作用，早已被浩然正气所淹没、吞噬，完全可以忽略不计了。

那个不同的声音，来自一位七十多岁的老妇人。她是“林洼”山脚下一户人家的最年长者。听到要在她家屋后开山造田，她的儿孙二十几口人当中都没有谁站出来反对，倒是这位黄土围到了脖子上的老妇人，一听到消息就感觉不对头，她不想顾忌什么了，立刻站了出来，表示强烈反对。

老人家的反对，自有她的理由。她觉得，在她家的屋后开山造田，破坏了她家的风水，会对她的全家人，乃至子孙后代造成不利。弄得不好，会害死人的！老人家话音未落，很快招致了一顿暴风骤雨般的批评和奚落。现在，关于“风水”，大家可以随便说了，甚至已经作为一门课程进入大学的课堂。那个时候却不一样，“风水”二字是不能公开提及的，人们只能信，却不能说。那年代，“风水”总是无端地被一些人拿来与封建迷信联系在一起。由于提到了“风水”二字，那位老人家很快成为众矢之的，在众口一词的“老封建”“老顽固”的谴责声中节节败退下来。后来，老妇人终日泪眼汪汪，再也不敢开口提“风水”的字样了。在当年，“封建迷信”这顶帽子可不是随便戴戴的，一旦戴上了，可就不轻松了，被人瞧不起事小，还会隔三岔五地被人押到土台上去接受批斗，让她与“地富反坏右”及“牛鬼蛇神”们站在一起。

这次在“林洼”的山岗上开山造田的运动开始后，这位担心她家“风水”遭到破坏的老妇人，每天坐在门前的场院里，眼神十分空洞地望着屋后的山岗被一点点扒开、削平。老人家就像变了一个人，遇见人都不会抬头看人家，别人喊她，她也半天没反应。谁见到这种情况，都会知道这位老人家很伤心，也很无奈。

其实，老人家的伤心才刚刚开始，她的真正的伤心事还在后头。开山造田之后，没过几年，老人家连续送走了三个后人，两个儿媳妇和一个儿子先后病逝。这让一位古稀老人痛不欲生，伤心欲绝。人世间还有什么比这白发人送黑发人更加让人无奈和不堪！老人家原本也是风烛残年了，哪里还经受得住那种接二连三的打击，老人家很快就垮掉了。她一病不起，径直追赶着黄泉路上的儿子、儿媳们的身影而去，她多想以她自己的生命换回了她的儿子和儿媳妇。她觉得，该去的是她，而不是她的儿子、儿媳妇。因为她这个一家之主的无能，破坏了老祖宗留给子孙的“风水”，殃及了子孙后代。她觉得她对不起祖宗，也已经无颜面对子孙了，她唯一能够做的就是让自己去换回儿子、儿媳妇。可是，阎王爷不认她这个理，她去了，儿子、儿媳妇却没有回来。

短短几年时间，一个大家庭里陆续走了四个人，其中的儿子、儿媳妇正值壮年，本不该走的。这个时候，村子里的人们才想起当年这老人家说过的那两个字，“风水”。私下里人们总在悄悄地琢磨这两个字，似乎要从这两个字上找出这个原本幸福的家庭突然遭遇不幸的根源。找到没有，大家不得而知，彼此缄口不言，谁都不愿意说出来。老人家的儿孙们肯定也会想过“风水”问题，只是谁也不知道他们有没有找到其中的奥妙，反正他们当中没有谁说出一句有关“风水”的话来。不过，这种事情，要想说明白，还真不容易。别说在当年，就算在今天，能够把“风水”二字说个一清二楚，让人心服口服，仍然不是一件容易事。

那么，究竟什么是风水呢？实事求是地讲，我也没有进行过深入细致的研究，我对这两个字也说不出个子丑寅卯。仅凭我的肤浅理解，我觉得那老人家当年说的那些话还是有些道理的。挖了她家祖屋后面的那座小山岗，平整过后改造成稻田，紧贴着她家的后墙突然堆起一个土墩子，这怎么能不破坏她家的风水呢？既会影响到她家的“风”，又会影响到她家的“水”。这个比房子还高的土墩子，让人看了就不舒服。

原先，这位老人家居住的祖屋后面是一个很平缓的小山岗。山岗自北向南延伸而来，到了她家屋边时，几乎没有多少坡度了，现出一块平缓的地块来。正因为这样，老人家的祖上才看中了这块“风水宝地”，在此建房落户。从前，老人家的房前屋后无遮无挡，通风、采光都很好。开山造田以后，原来的山岗被削平，高处的土被挖出来填到了低处。这样一来，高处被降低，低处就会被抬高，整个的地块才能接近平整。所以，老人家屋后的地块，明显比原先抬高了许多，站在门前的场院里朝后望去，感觉屋后的土墩子比屋脊还高。这件事理所当然让老人家不开心了，她家的屋子又不是新盖的，住在那个地方都不知道有几辈几代了，一直都住得安安稳稳的。老人家说，她没有招谁，没有惹谁，怎么就突然在屋子后面被人家堆起一个土墩子来？老人家非常担心那些泥土会在某个风雨之夜垮了下来，掩埋了她所居住的老屋。老人家一看见屋后的土墩子就来气，觉得那土墩子太欺压人了。

当然，老人家说的这种被欺压，也只是人对环境变化的一种心理的自然反应，真说欺压，那也只是土墩子欺压了老人家的心理。或者说，是开山造田那件事欺压了附近这一家人的情感。于那位老人家而言，这种欺压是无形的，却又实实在在地存在着。如果把老人家所说的欺压改成影响，那么，屋后的土墩子对于老人家住宅“风水”的影响，还真是有形的，能够看得见，摸得着。

首先，土墩子对老人家所说的“风水”当中的“风”，影响特别明显，以前在没有遮挡的情况下，老人家的住宅可谓是八面来风，风可以随便从哪一个方向吹来。后来却不行了，风开始选择方向了，方向不对头，风就不来了。看着远处的树被风吹得摇头晃脑，不得安宁，老人家的房前屋后，草木们安安稳稳，一动不动，让人感觉一丝风都没有。

其次，老人家说过的“风水”当中的“水”，受到房屋后面土墩子的影响，就更大、更直接了。老人家一家三代大大小小二十几口人了，世世代代就靠门前那口水塘来作为饮用水。一直以来，这口水塘里的水，不像别的水塘里的水，是死水，它可是活水呀。除了下雨时能够补充蓄水外，还有一条小水沟源源不断地注入水塘。小水沟发源于原先的“林洼”山腰上，是一股山泉水，从半山腰上下来，顺着山脚流过来，绕过老奶奶家的屋后，一直流到门前的小水塘里。有了这股山泉水，门前的小水塘的生命总是那么鲜亮。水常年都是满满的，几乎没有枯竭的时候。水色很清澈，水质很纯净，舀起来，可以直接饮用。开山造田以后，屋后的小水沟被挖出来的黄土给掩埋了。其实，就算不被掩埋，小水沟也没有用了，山岗被挖平了，泉水自然也就没有了，那条水沟也就变成一条干沟了。没有了山泉水作为水源补给的水塘，生命的亮色顿失，存水越来越少，水体越来越浑浊。尤其在雨后，雨水从屋后的黄土墩上流下来，把土墩子上的黄泥携带下来，流淌到哪里，哪里就是浑黄一片。最后有一部分必然会流淌到水塘里面去，因为在那一带，只有水塘最低洼了。水从高处流到低处，最后水塘周围的平地上归于那口水塘之中。那时，水塘里的水，就不再是真正的水了，水已经变成了浓稠的黄色泥浆。没过多久，那口水塘就被越来越多的黄色泥浆给填满了，水塘里全是淤泥，再也无法蓄水了。那户人家曾经清除过水塘里的淤泥，一段时间之后，水塘又被淤泥填满了。最后，这户人家只得放弃这口水塘，任由它变成一块沼泽地。

实际上，自从开山造田以来，这户人家就不能再从门前的水塘里取水了。他们家找人打了一口很深的水井，从十多米以下把地下水抽上来饮用呢。之所以清除那口水塘里的淤泥，是因为他们对水塘还不死心，总以为过了一段时间，塘里的水还会变清的。毕竟，那口水塘养育了那个家庭多少代人了，他们对那口水塘是有感情的，不想放弃。

当初，老人家诉说开山造田破坏了她家的风水，村庄里表面上没有一个人赞成或者肯定老人家的话。实际上，人们是怎么想的，彼此之间都不知道，大概只有天晓得了。在公众场合大家只能一本正经且带着批判的口气说那位老人家是个老古董，想的说的都是旧社会的老一套，早已不合时宜了。老人家的意见，自然被人们抛到了一边。没有任何人站出来帮着老人家说句公道话。甚至，就连她的儿孙们也不出面来支持老人家。这究竟是什么原因，外人不得而知。但是，有一点是确定的，她的儿孙们个个都不傻，在村子里他们都算是精明人了，他们都会明白在自家的屋后开山造田，一定会对他们家的生活造成不良影响，甚至构成某些危害。知道归知道，可就是没人说。没人说，也许并不是不想说、不会说，最大的可能还是不敢说。当时，在那股排山倒海的强劲势力面前，所有的个人都显得非常渺小。面对这样的事情，谁出来阻拦，谁也不过是“蚍蜉撼大树”“螳臂当车”罢了，完全无济于事。对于这样的事情，老人家的儿孙们，该不是见得多了，人也学得乖巧了。毕竟，那块土地上的人们还是相信这样一句话，好汉不吃眼前亏！

那次，在那个名叫“林洼”的地方开山造田，是一次大规模的集体行动，并不只是我所在的一个村庄，或者按照当时的说法是我们一个生产队的劳动任务，那是整个大队的集体任务。大队集中了几百号青壮年劳力，经过了几百个日日夜夜的艰苦奋战，才勉强完成了任务。山头被挖开了，把高处的土搬到了低处，原先的山坡变成了一块平地。土壤被翻了个遍，从前山岗上的草木植被全没了。一块树木葱茏、绿草如茵的山地，终于变成了一片裸露的、松散的黄土地。估计，当初人们计划在这里开山造田的时候，忽略了一个最基本的常识，这块新开的黄土地，它就像一个用来筛米的筛子，而不是一只水盆可以盛水。它的底部分布了许多密密麻麻的“小眼”，根本无法存续积水，即使有再多的水放进去也存不住，立刻就会漏掉。所以，山岗被挖开平整以后，也只是一块不能灌水的生疏的黄土地，根本无法成为一块水稻田。不能栽种水稻，甚至也不能栽种其他农作物。稍有常识的人都会知道，农作物的生长，需要熟土。生土变成熟土，不会一蹴而就，它是一个漫长的过程。况且，有些土质，经历时间再长生土也变不了熟土。比如，在“林洼”的山岗上挖出的这种黄颜色的黏土就很难变成熟土，四十多年过去了，它至今依然是一片生土，无法种植任何庄稼。

那些没有植被的黄色黏土裸露在外面，最大的问题是水土流失。天晴的时候，并无大碍，无非就是被风刮起一些黄色的灰尘。下雨的时候，可就遭殃了，满地的黄泥，让行人无法行走。人的脚踩了下去，像是被藏在地下的妖怪咬住了似的，半天拽不出来。那块黄土地本来就是一块高出了周围平地的一个土墩子，天一下雨，水就从土墩子上流下来。土墩子的外壁上挂着无数条细小的河流，那些落差很大的河流，流走的不光是雨水，流走的更多的还是泥土。雨水把土墩子上的黄泥土带到土墩子下面的道路上来，带到道路下面的水稻田里去，带到附近的沟渠、水塘里。很长一段时间，土墩子周围的水体和地面，全都染上了土墩子的颜色，是那种很鲜艳的黄色，鲜艳得如同咸鸭蛋的蛋黄。不过，它跟蛋黄的差别太大了，蛋黄是村里人爱吃的美食，没有人会嫌弃它。这种蛋黄色的黄泥浆，却是一种十分讨人嫌的东西。黄泥浆流到了路上，这条路人们就不愿意走了，大家都情愿绕道而行，离它远远的。黄泥浆流到水塘里，水就顷刻变浑，人畜无法饮用。久而久之，池塘还会淤塞。黄泥浆流到水稻田里，稻田里的土质立即被破坏，酸碱度发生改变，熟土变成半生不熟的土壤，水稻不能像从前那样正常生长，无法正常抽穗灌浆，勉强抽出的稻穗比过去小了很多，稻穗上稀稀落落的几颗谷粒也不像过去那么饱满。这种黄色的泥浆流到了哪块水稻田里，哪块田里的水稻就会减产。村庄里的人非常害怕这种黄泥浆，因为它很像从伤口流出的脓液，流淌到哪里，哪里就会被感染，哪里就会出现肌肤溃烂。甚至，那种黄泥浆就是一种瘟疫，流传到哪里，哪里的草木就不能正常生长，往往会慢慢地枯死。

面对这种状况，整个村庄里的人全都傻眼了，大家扼腕叹息，后悔不已。当初，挖开“林洼”的山岗，原本是想增加一块稻田，多种一些水稻，多收一些稻谷。哪知道后来的情况正好相反，新开的田不仅种不了水稻，增加不了水稻的产量，反倒使得它周边的水稻田稻谷减产。整个大队的人，费了那么多的功夫，流了那么多的汗水，让大家白白地辛苦了一场不说，还给村庄带来了巨大的祸害。那块黄土地，从此就成了整个村子里人们的一块伤心地。村子里，没有人愿意走近它，大家都不想看到它。

可是，大家看不看它，它都蹲在那里，它没有改变，更不会消失。天晴的日子，天一刮风，它就扬尘。下雨的日子，黄色的泥浆四处流溢。好像那块土墩子是这个村庄身上一块长期好不了的伤疤，一到下雨天，它就会犯病，它就会发作，这块伤疤上就会流脓流血。这种伤疤，在天晴时它会结痂，到了雨天它又溃疡。它是好了又犯，犯了又好，没完没了，永无止境。

人们常说好了伤疤忘了痛。言外之意，如果伤疤还没好，痛就不会忘记了。村庄身上的这块伤疤，几十年来，它一直未好，而且可以想见在未来它还是难以痊愈。这块伤疤之痛，在村庄里人们的心中会不会忘记呢？

我这个从村庄里走出来的人，离开村庄已经几十年了，村庄离我越来越远。可是，我从来都没有忘记过村庄身上这块伤疤的疼痛。痛定思痛，人的心中会不会就多出了一份敬畏？这种敬畏，并不是对鬼神的敬畏，而是对苍天的敬畏，对大地的敬畏，当然，也是对生存于天地之间人类生命本身的敬畏。

在天之下，在地之上，在天地无比博大宽容的怀抱之中，人，是不是应该多一些顺从，少一些忤逆？天和地，永远都是整个人类的父母亲。在天地面前，每个人其实都很幼稚，都很渺小，这些幼小的人类不过是些牙牙学语的孩童。人有什么资格，发难于天地，对着天和地指手画脚，甚至，还要肆无忌惮地动手动脚呢！

2016 年 5 月 29 日写于合肥

倒 爬

儿时在乡下，常听到乡亲们开玩笑时说的一句赌咒语：“我要是说错了，我就给你倒爬。”当时，也没有多想，只觉得这话好玩。让人趴在地上爬行，就已经非常好玩了，何况还要倒着爬行，岂不更加让人好笑？

那时我还不知道，其实，这“倒爬”二字，远不是好玩、好笑那么简单，它饱含了一种很大的无奈和不堪于其中。仔细想一想，或许就会明白其中的原委。

对于直立行走的人，如果谁要令他在地上爬行，那该是一件非常有辱其尊严的事情。因为在人们的心目中，以爬的方式来行走的就不是人类了，那只能叫动物。况且，还是倒着爬行。几乎不用想，谁都会理解，倒爬这种动作该有多难。就算人真的能够把自己的人格尊严放下来，甚至完全不考虑还有“尊严”二字存在，直接按照动物的习性来行事，倒着往后爬过去，那也不是一件容易事。动物们习惯于前行，让它们倒着爬行，也就是让其后退了，那除非是动物们感觉到了某种巨大的危险，才不得不退让和躲避。

人类习惯于直立行走，而且还是习惯直着腰身朝前走。若是让人往后退，仅仅退回一两步，倒也没啥问题。退得多了，距离长了，拿后退当行走，那就很有难度了。不信？你试试看！这只是倒行，还不是倒爬！人世间，万事万物皆同一理。爬行的动物，若是让其倒爬，也就非常难为它们了，多半都很难做到，至少，不可能持续地、持久地做到。至于，让人来倒爬，可想而知，难度有多大。

在这个世界上，人们难以做到的事情实在太多了。我的乡人在开玩笑时为何偏偏用了这样一句话来作为赌咒之语呢？“我要是说错了，我给你倒爬！”这种话听起来似乎戏谑，说的人可是认真的。因为，我的乡人对于倒爬这种动作实在是太熟悉了，知道那是一种很苦很累很难做的活儿。同时，还可以说，他们一生中的许多时光还恰恰就是在这种“倒爬”的姿势中度过的。

我这么说，可能有些让人费解了，不妨直说吧，我说的这种倒爬的动作，其实就是我的乡人们，甚至是整个南中国广大地区历代农人每年必须从事的一种传统农事劳作的姿势。或者，简单一点说，他们终生的生存态势，也就是倒爬这个样子。

有人知道以往仅凭手工劳作时，水稻是怎么种出来的吗？现在的青少年，不知道水稻是怎么种出来的，也无怪其然。他们没有种过水稻，甚至，连看都没看过从前那种手工种植水稻的劳作场面。在很多地方，现在的水稻种植，整个生产环节都是机械化操作了。由人来操作机械，机械从犁田开始，把秧苗栽插到水田里，最后把成熟的稻谷收割起来。这种全过程、大规模的农业机械化的推广和使用，也只是在新世纪前后才有的事情。之前，虽然偶尔也有人使用机械化耕种，但更多的人还是使用传统的人力加畜力一起进行的手工劳作。

对于传统农业的手工劳作状态，早就有人做过总结，就是妇孺皆知的那句话，面朝黄土背朝天。乡人的生存状态正是那种弯腰的姿势，向土地弯腰，向粮食弯腰，向人的生存弯腰。正是这种谦卑的姿态，流露出乡人对土地、对粮食、对生存的无比虔诚。这种虔诚，在水稻的栽插劳作上，表现得尤其淋漓尽致。

从那个年代走过来的人也许都知道，手工栽插水稻时，弯腰是必然的、必须的。而且，在这种农事劳作中，人只能后退，不能前进。那种姿态，很有些类似于封建时代的朝臣见了皇帝那样，在行过“吾皇万岁万万岁”的跪拜礼仪之后，退朝的时候，虽然起身了，但不能直起腰来，更不能直接转过身去，把屁股对着皇帝。所以，朝臣们从皇帝面前离开的时候，总是弯着腰，一步一步，慢慢地后退。由此效仿下来，黎民百姓拜官也是这样，该禀报的都禀报了，离开的时候，就会在应诺一声之后，弓着腰身，后退着离开。

手工栽插水稻，其实也就是这个样子，人一直弯着腰，一步一步地往后退去。乡人在栽插水稻的过程中，很难有机会，把腰直起来。一旦直起腰来，就不能栽插水稻秧苗了，手上的活儿就得停下来，人只好站着歇息一会。在我的家乡，过去都是种两季水稻的。早稻的栽插，必须在谷雨之前完成。对于栽插水稻而言，时间不等人，节令不等人。那个时节，乡人们一直在跟时间赛跑，人人都是起早摸晚，劳作时根本舍不得歇息一会，躬身水田，很少直起腰身。大家都巴不得早一分钟把秧苗栽插到水田里。早养儿子早得力，早擦秧苗早生根。乡间流传的这句俗语，说的就是这个道理。

熟悉传统的手工栽秧这种农活的人，都知道插秧是怎么一回事。栽插水稻秧苗的人，在水田里始终只能后退，绝不可能前进一步。因为，在他的面前，永远都是刚刚栽插好的秧苗，有待他栽插的空地，只能等待在他的屁股后面。所以，插秧的时候，人必须后退。这种后退的速度，不能由双腿来决定，它只能由人的双手来决定。手上动作快，秧苗就栽插得快，脚步才能后退得快。仅仅腿快是不行的，腿想退得快，根本快不了，必须和着手上动作的速度往后退，一步一个脚印。

可见，水田里的这种后退，两条腿的作用非常有限，只能作为辅助，不是决定因素。仅凭两条腿的后退，无济于事，无法完成水稻秧苗的栽插任务。在栽插秧苗的过程中，真正起决定作用的当然还是人的那一双手。栽插秧苗的人，左手握住一把水稻秧苗，并且用左手的拇指和食指将秧苗三株五株地分离出来，递给右手。右手接过秧苗，迅速地栽插在水田里。如此循环往复，在水田里，在插秧人的面前，就会出现一行行、越来越多的绿色的水稻秧苗来。一块水稻田栽插完成的时候，插秧的人，自己逼着自己后退到了田埂边上某一个拐角处。最后，插秧的人慢慢地退让着，直至屁股顶上了田埂，这才转身爬上田埂，离开这块已经栽插完成的稻田。

我这么具体细致，甚至不惜使用累赘的笔墨来描述当年乡人手工插秧的动作，当然事出有因。估计，诸君由此都已经联想到了在前边我已经说过的那种动作了，倒爬。插秧的人双脚站在泥水里，双手几乎同时触地，栽插的动作由远及近。这样看来，人的双手也是在一点点地往后退去。插秧的人手脚并用，仿佛四脚落地，一起朝后挪动，这不是“倒爬”又是什么？

可想而知，在过去，这种“倒爬”式的插秧劳作，真是一种非常累人的农活，一般人干不了多久，就会觉得腰酸腿胀。一天劳作下来，人会有一种腰都快累断了的感觉。所以，过去，在吾乡流传着这样的说法，女人怕生娃，男人怕倒爬。这插秧的活儿，几乎与女人生娃一样的痛苦不堪。

说到这里，我似乎才真正明白我的乡人们为什么喜欢拿这样一句话用作赌咒，“我要是说错了，我给你倒爬”。实际上，那是因为那种倒爬式的劳作，让乡人们累够了、苦够了，他们才一心盼望着今生今世再也不吃那样的苦了，再也不受那样的累。所以，在某些场合，对于自己说出的话，为了强调自己所言是真的，证明自己没有撒谎，乡人一时找不到更加合适的赌咒之语，就想到它了，情愿倒爬！

回过头来一想，这种倒爬式的劳作，可谓源远流长了，我们的祖先就是这样倒爬了几千年。从这个角度上说，一部中国农耕史，其实也就是一代又一代农人曾经在泥水里倒爬的历史。

所幸，在新的世纪，这种延续了几千年的“倒爬”的历史，在我的家乡已经基本结束了。我的乡亲们终于直起了腰身，从水田里走了出来。他们恢复了人类正常行走的姿势，正步朝前走，不再继续那种在泥水里“倒爬”的营生。

“倒爬”，终已成为一段悠长的记忆，留存在漫长的中华农耕文明史册之中了。

2016 年 6 月 9 日写于合肥

母亲的小院

母亲住在乡下，一直不肯进城，原因是多方面的。我猜想，其中一个重要原因，可能就是母亲放不下她侍弄的那个小院子。

母亲现在居住的房子，是四弟盖的一幢二层小楼。楼的背后是一座名叫查家虎形的小山岗，楼的前面有一口不大的池塘。房子坐北朝南。南边有一块空地，四弟在空地的三面砌起了砖墙，再加上楼房，一共四面，形成了一个不算太小的院落。

四弟一直在浙江务工，一家人都在浙江。家里的房子空着，没人照应，四弟心里不踏实。他找母亲商量，要把家里的两层小楼，连同那个院子，全托付给母亲，由母亲给他看守，帮他打理。母亲也很乐意，年龄大了，有些怕吵，喜欢清静，希望有一块属于自己的空间。四弟交给她的这个小院，圆了母亲的一个梦想。有了这样一个独立的宅院，平时忙一点、累一点，母亲也乐意，觉着日子过得充实和自在。

母亲接手小院之后，在那个属于自己的空间里下了不少功夫。母亲将小院划分为三个功能区，靠近大门口的那一块，当然是晾晒区，也是人的日常活动区域。那块场地上铺就了一层水泥，便于晾晒谷物，也便于人的进出行走。如果不铺水泥，在下雨天里进进出出是很不方便的，地上的泥巴常常会跟着人走，跟了很远都不落下，人们很容易把路上的泥巴带回家里。花点钱，在家门口铺上水泥，是非常必要的。村子里，家家户户都是这个样子，门前一块水泥地。

在晾晒区的南边，是一个过渡地带。那里栽了一些树，有果树，也有纯粹的花木。果树有桃，有梨，有米枣，有石榴，还有柑橘。花木就是栀子花和桂花树了。在人的居住环境里，千万不能没有树，没有树的地方，人就会觉得荒凉和沉寂，有了树人才觉得有生机。树的叶，树的花，总会给人带来许许多多的乐趣。

春天，小院里的果树们次第开花，开得最早的是梨和桃的花，梨花白，桃花红。白的像雪，红的像火。之后，米枣的花儿也开了。之所以叫它米枣，是因为这种枣子的个头很小，看起来很像米粒。当然这是十分夸张了，它的小，只是相比其他枣类而言。把它跟米粒相提并论，那也只是因为它们的外形相似，而不是说它们的大小。真要从大小上说，米枣比米粒大上十倍、二十倍，又何止！不过，米枣的花的确很小，小得跟米粒一般，颜色白里透黄，给人一种很素净的感觉。看到米枣的花，人们很容易联想到乡下某个名叫枣花的女子，安静而又秀气。在小院的果树里面，石榴的花儿开得最迟了。石榴花儿开的时候，春天早已悄悄溜走了，节令上已经是夏天了。石榴的花也是红色，但跟桃花的红不同，石榴的花红得很深，看上去质地很柔，像绸。柑橘的花期跟石榴很接近，柑橘的花是白色的，但它不同于梨花的白。梨树还没有生出叶子的时候，梨花就率先开放了，所以，梨花非常惹眼。“忽如一夜春风来，千树万树梨花开。”梨花性子急，来得早，去得快。柑橘花却不一样，它很沉稳，不性急，让叶子走在前面，它跟在后面。花开的时候，树叶都长全了，碧绿繁茂，葱茏一片。那些不大的白色花朵，掩映在浓重的绿叶中间，柑橘花的身影总显得若有若无、若隐若现的样子了。这样的花，不但不会引人注目，反倒给人一种朦胧和迷离之感。

小院里，果树的花轮番登场之后，栀子花紧跟在果树的后面开花了。石榴花开，栀子花也开了。栀子花开在端午节之前，那种白绸似的花瓣有一种很大的引力，吸住了人的目光。从花蕊中间散发出来的那种特别的馨香，很浓很重，沁人心脾。最后上场的是桂花，桂花开过，小院里便无花了，有花，也只能等着雪花来了。院子里，那棵桂花树最能沉住气了，它不急不躁，不争春，不争夏，花开的时候都已经临近中秋节了。不过，这样正好，那个季节花很稀少，满眼都是果实。小院里的桃子、梨子早已成熟，被人采摘干净了，到了桂花开的时候，果树上只剩下刚刚成熟的米枣和柑橘了。米枣的颜色是黄中带红，在淡黄的底色上，布有一些细小的深红色的斑点，这东西总能让人想起过去年代里邻家小姑娘脸上的雀斑。柑橘的颜色，在这时还是绿的，跟叶子的颜色一样，不仔细看，还看不出来哪是树叶哪是果实。它不像产自南方的橘子，一旦成熟了它的颜色就黄了。挂在树上，像一盏盏小灯笼，很亮堂，很显眼。

在那个过渡地带，除了这些热热闹闹的植物，还有一些活蹦乱跳的动物。动物是一群小鸡。母亲在树荫底下，用尼龙网围出了一个不小的笼子，把几只小鸡放在笼子里面。小鸡在那里吃地上的草，也吃从树上落下来的小虫子，晒着从树叶间泄漏下来的零碎的阳光，喝着用瓦钵存装的雨水，这很容易让人联想到那些传说中身价高昂的“虫草鸡”。在小院里，我常常隔着笼子观看那些小鸡，看着，看着，我就把它们当成了动物园里的孔雀呢。

过了中间的过渡地带，再往南边去，就是母亲开辟的一块菜园地了。菜地面积不大，最多不过二分地，它的功劳可不小。地里种出的蔬菜，不仅足够母亲一个人食用，我们兄弟几个都跟着沾光了，都从那块地里采摘过菜蔬，甚至我还多次把那些带露的蔬菜捎到了几百里外的城里来吃呢。那些蔬菜，才是让人放心的无公害绿色食品。

小院里的菜地一年四季郁郁葱葱，从来不会荒芜。即便是冬天，地里也有萝卜和白菜。萝卜，是那种个头不大的、圆形的土萝卜。可以生吃，咬上一口，脆生生的，水分很多，开始有点辣舌头，随后便是那种绵长的甜丝丝的味道。地里种的白菜也是土白菜，名副其实的白菜，菜帮是白色的，菜叶是碧绿的。满地的萝卜和白菜，足够供母亲吃上一个冬天。到了立春以后，天气暖和了，地里的萝卜、白菜就要拔掉了，得换上新的菜蔬，诸如大蒜、苋菜、菠菜、莴笋之类。到了夏天，菜园里的内容更加丰富多彩了，有青椒，有紫茄，有豆角，还有丝瓜，几乎同时登场。菜花在早晨的阳光下开放出来，五颜六色，挂着露珠，晶莹闪亮。淡淡的花香熏醉了蜜蜂，那些喜欢飞来飞去嗡嗡鸣叫的家伙，此时都躲在花蕊里面睡大觉呢。

每次从城里回到家里，我总会有不少时间在小院里徜徉、溜达，对于母亲打理过的那个小院，我真心喜欢。但是，我也曾私下里设想过，假如我是这间小院的主人，这个小院子完全交由我来打理，我也能将它侍弄成现在这样吗？我不敢保证。其实，这个不敢保证也就是做不到了。这似乎印证了家乡的某些老话，看别人吃豆腐牙齿快！看花容易绣花难！

由此，我想到了一个问题。时下，有不少人向往农家小院。常听人说，若能给我一个农家小院，让我在那里终老一生，则此生足矣，死而无憾。猛然一听，似有道理，信以为真。后来细想，觉得事情还不是那么简单。真的把自己放在那个小院里，估计多数人都待不了几日，新鲜劲一过去，人还是会弃之而去的，不会和小院子一起留下来。因为，事情原本就是这样，只不过是看起来很精彩，实际上却又很无奈，正如我说的这种农家小院。坚守在小院里，过那种自给自足的农耕生活，需要人能够吃苦，需要人有毅力，有恒心，还需要人能有一种淡泊心态，一种不为外力所动的定力。

看来，借一个农家小院作为栖身之所，去过一种朴素简单的农耕生活，在那里享受一种世外桃源般的怡然之乐，绝不是一件容易事，并非人人都能做到。

不过，生活在农家小院，真的是一种美好而又遥远的梦想。

2016 年 6 月 10 日写于合肥

第二辑

邂逅乡愁

懵懂少年的一次远行

01

近几年来，只要见到我的堂弟先成，我总会想起一件事。我就会对他说，你一定要想方设法找到那户人家，而后我俩一起过去，回访那一家人，向人家表达谢意。

我说这话时，需要感谢的事情已经过去几十年了。事情发生时，我和堂弟先成都还是个十二三岁的孩子。先成，跟我同年，比我小月份，同宗同姓也同辈分，而且还一直是同班同学，从小学同到初中，再同到师范学校。毕业以后，我们又同时从事着教师职业。我俩是一对未出五服的堂兄弟。

事情源自我和先成兄弟于懵懂岁月里的那一次远行，一次十分果敢却又非常盲目的远行。当然，那次出行，拿现在的眼光看来，根本不算回事，也绝对谈不上远行。但在几十年前，在那一对十二三岁的小兄弟的眼里，那次出行就该算是一次远行了。这对小兄弟，在那次出门之前，都还没有离开过他们所居住的那个名叫黄土岭的村子。这次远行的目的地，是县内一个名叫王河的区公所所在的集镇，路程三十多公里。如今，从我们村子坐车去王河镇，大概不会超过一个小时吧，但在那时，这段路程全靠了兄弟俩的步伐来丈量的，两双还不够粗壮有力的腿脚，努力地向前跨去，一步一步地走过去，把整个路程测量出来，留存在了自己的记忆里。成年人走完这段路，怎么说也得六七个小时吧，何况两个十二三岁的孩子，步伐小，耐力弱，走起来时间就更长了。所以，我现在把这次出行界定为远行，应该还是有道理的。对于那两个尚未成年的孩子而言，十几个小时的徒步行程，不能说不远。那个年代，交通还不够发达，车辆很稀少，人们出行用得最多的还是“11”号车。所谓“11”号车，就是人的两条腿了。两条腿一左一右，并排站着，不就像“11”嘛。那两个未谙世事的孩子，凭着他们当时的能力，自然无法借助任何交通工具，他俩也没打算搭上去王河的车辆，一心一意准备靠步行来走完这段路程了。于那两个少年来说，这次出行就是他们人生当中第一次远行了。他们可能缺少经验，缺乏必要的能力，但不缺自信。出门之前，他俩信心满满。

从地理位置上讲，我们村子在县域版图上中部偏北的地方，王河则是在县域版图的南边，东与邻县怀宁交界，南离太湖县境也不远了。自家里出发，前往王河，中间需要经过县城梅城。从家里到梅城，这一段路程有十六七公里。从梅城到王河，原以为很近，紧挨着。后来，走过了梅城才知道，梅城与王河虽是紧挨着，也不近，足有十七八公里呢。甚至，比从家里到梅城的路程还要远。

兄弟俩出行的时候，是在暑假里，立秋过后，八月下旬。当时，白天的气温还是蛮高的，两个少年都是穿着短裤短褂出门的。

那天，我们吃过早饭，不紧不慢，不慌不忙出的门，除了身上的一套短裤短褂外，我们一无所有，什么都没有带上。那会子，我们年少心粗，遇事不会多想，出行说走就走，根本不会做任何准备。无知无畏，应该是对当时的两个少年最真实、最恰当的写照。不过，对于年少的人来说，无知无畏不见得就是坏事，从某个角度看，它也是好事。正是因为无知无畏，两个少年对自己才有了太多的信心，他俩相信凭着自己的一双腿，足以远走天涯，没有到达不了的地方。

02

走出家门，这一对小兄弟，简直如同久居笼中的小鸟，突然被人给放了出来，一时间天高地远，世界空旷无边，两个少年的心里都有说不出的快乐。兄弟俩在村道上一路小跑，很快就到了人民公社所在地的小集镇，那个名叫老岭头的地方。在那里，我们踏上了一条南北走向的大马路。那条路当年还是 105 国道呢，是一条国家级的交通要道。不过，在那个时候过往的车辆并不多，路面不够宽，两车相会时，车子几乎都要停下来才能彼此通过。当时还不是柏油马路，路面是用沙石铺就的，偶尔，有一辆汽车驶过，路面上空立刻腾起一股灰白色的尘雾，顺着汽车驶去的方向，拖曳得老长老长，久久不能散尽。

新鲜感最能够给人鼓劲。一开始，兄弟俩几乎是一阵小跑着前进。好像王河就在眼前，只要跑一跑，马上就到了。事实上，根本不是那么回事，于这兄弟俩而言，王河在他们的心里固然很近，真正走起来还远着呢。用现在常用的计量方式来说，也就三十多公里的路程，在高速公路上只有十五分钟的车程。可是，在当年，拿乡下习惯的传统计量方式来说，足有七十多华里的路程呢，实在不能说路近。少年人的新鲜劲来得快，去得也很快，耐力不能持久。兄弟俩在马路上小跑了一阵，就觉着累了，跑不动了。气越喘越粗，越喘越快，感觉那颗小心脏都快蹦到嗓子眼里了。似乎一不留神，心就会从嘴里面跳出来，离我们远去，它不想跟我们玩了。心可能觉得跟着两个少年一起跑，太遭罪了，太受累了。两个少年第一次远行的兴奋，导致了一阵疯疯傻傻的奔跑，让自己的心跳突然加快，心脏累得无法承受。对于少年的奔跑，心脏首先发出了抗议，给头脑发热的少年泼了一盆冷水，坚决不答应两个幼稚少年这样做。

兄弟俩不再奔跑了，慢下脚步，最后停了下来，坐在路边的大石头上歇息一会。一旦歇了下来，就不单单是累的问题了。仅仅累了，歇一歇，也就可以了，很快就会恢复过来。在路上奔跑时，大口大口地喘着粗气，人的心脏都按捺不住了，总想伺机朝外蹦出来。这样的剧烈运动之后，人的最强烈的反应是口渴，想喝水。稍有经验的人都知道这个道理，但当时的两个少年却不明白。

搁在现在，口渴了，自然不成问题。如今的人出门时一般都不会忘记带水，年纪大的人出门，都习惯带个大茶杯，最好还是保温杯，里面装满了茶水，随时随地都能喝上一口热茶。年轻人的习惯不一样，他们出门时不愿意带个茶杯，觉得那是老土。他们大都喜欢带上一瓶矿泉水，喝完了水，找个适当的地方就把那只塑料瓶子扔掉了，很方便，不累手。但在那个年代，人们都还没有这些习惯，当然，也不具备这个条件。少年兄弟俩出门之前，就根本没有想到走在路上会口渴，还需要喝水。

好在天无绝人之路，老天爷总是在冥冥之中眷顾着那些有难处的人。就在兄弟俩口渴难忍的时候，一抬头，兄弟俩几乎同时发现，前方不远处，路的东边有一口池塘。兄弟俩一个对视之后，没有说话，立即起身，快步往前赶，来到了那口池塘边。这是一口山野间的池塘，附近没有人家。不大的水面，三面环山，一面毗邻稻田。水很清冽，人站在池塘边上，能看见山边树的倒影，也能看见兄弟俩在水底的人影，就连那一群群十分欢快的小鱼儿，在水里跑来跑去飘忽不定的身影，也能看得清清楚楚。兄弟俩蹲在水边，弯下腰去，将脸面贴近水面，双手并在一起，把池塘里的水小心谨慎地捧起来，慢慢地送到嘴里，一次又一次，一直喝到小肚子鼓圆鼓圆。

歇息好了，水也喝足了，兄弟俩继续赶路。沿着沙石马路一直往南走，不久，来到了一个小集镇，名叫余家井，是当时的余井区公所的所在地。在集镇上，两个少年没作停留，继续向南走。出了集镇，没走多远，就走到了余井大桥。站在桥上，把那条传说中桀骜不驯的余井大河踩在了脚底下。余井大河，其实就是皖河，或者更准确地说，它是皖河上游的一个支流。所谓传说，指的是1954年和1969年两次大洪水，摧垮了河堤，一次又一次把原本坐落在河边的余井小集镇夷为一片沙滩平地。两次灾后重建，余井老街基本上没有了，小集镇就逐渐地被迁移到了离河边较远的小山岗上了。1954年的那次洪灾来时，我还没有来到这个世界呢。十五年后，1969年再次暴发洪灾时，我还年幼，没有能力亲自跑过去看当时的灾情。所以，对于余井大河，我最早的记忆，就是来自这两次有关水灾的传说了。

余井大桥，这座横跨在皖河上的公路大桥，是两个少年平生见到的最大的一座桥。在少年的心目中，天下最为雄伟壮观的桥，就是南京长江大桥了。但两个少年没有到过南京，当然无缘见识南京长江大桥。初次见到了余井大桥，两个少年不约而同地想到了南京长江大桥，心中没由来地涌起一股自豪感。

在这以前，兄弟俩都还没有见过那么长的桥，也没见过那么宽阔的河流，从北岸到南岸足有三四百米吧。见到了那条河，看着河里水流湍急，水面上波光粼粼的样子，一个少年情不自禁地哼起了当年一首非常有名的电影插曲——“一条大河波浪宽”，另外一个少年也紧跟着哼唱起来。两个少年都很兴奋，都很忘情，他俩连蹦带跳，在桥上奔跑，跑一会，又停下来，趴在栏杆上朝着河面上望去。随后，把目光从远处的河面上收回来，放到脚底下来。少年发现桥很高，该有四到五丈的高度吧，人站在上面腿杆子都有些发软的感觉。桥下是宽阔的河面，河水很丰满，覆盖了整个河床。水很清澈，在浅水处，能看见水底的石头，甚至还能看得见嬉戏于鹅卵石间的鱼虾。水深处，绿茵茵的一片，深到望不见底。如今，再去余井大河，当年站在桥上的这些所见所感，都已经成为过去了，早已不复存在。虽然，这个地方还有一座桥，但这里的桥早已经不是当年那座桥了，这个地方的桥梁都不知道重新修建过多少次了。现在的桥不像过去那么高了，是因为河里的沙石越积越多，导致河床一直在抬高，渐渐接近着桥面，桥，自然显得矮了下来。河水已不再丰盈，一年比一年更加消瘦。大桥下面是大片裸露的沙石，水流如线，在沙石铺就的河床上缓慢游走。据说，这些年，在河的上游，修筑了一座又一座水库。本来就已经越来越少的河水，还有一部分河水平时不再往下流了，躺在水库里面睡大觉呢！这就难怪河的下游来水捉襟见肘难以为继了。如果没有少年时代的那次远行，我对家乡的这条河流，知道的，甚至说相信的，也就仅限于今天眼前所见的现象了，无法如同我现在这样，能够了解到一条河流的前世和今生。现在回想起来，就冲这一点，我也觉得少年时代的那次远行，真的没有错，很值得。正是那次远行，让少年学会了观察，给少年留下了珍贵的记忆。

那天，兄弟俩在桥上逗留了很久，玩耍了很长时间，直到兄弟俩心中的新鲜感完全过去，才离开大桥。过了余井大桥，天已近午，问题又来了。两个少年几乎同时听见了自己的肚子在咕咕地叫着呢。他俩这才知道，在家千日好，出门一时难。人出门在外时，总是有一个不能回避、难以解决的问题，那就是人得吃饭。兄弟俩在这个时候，什么都不会多想了，他们想的就是能够得到一碗热气腾腾的饭菜。没有菜也行，哪怕只是一碗白米饭。没有白米饭也行，哪怕只是一枚蒸熟了的红薯。可是，在那个人生地不熟的地方，平生第一次来到的完全陌生的地方，到哪里去弄这样一碗热腾腾的饭菜呢？就连一枚蒸熟了的红薯也无法想象。面对现实，对于那种热腾腾的饭食，兄弟俩想都不去想了，两个少年的目光一直在路边的菜地里打着转，一遍又一遍地在那些藤藤蔓蔓中扫描着、搜索着。

那个季节，正是蔬菜换茬的时候，黄瓜和葫芦，还有豇豆，那些藤类的蔬菜已经过了鼎盛期的枝繁叶茂，正在一天天地衰败下来。尤其是黄瓜，衰败得最快。那些缠绕在竹木菜架上的黄瓜，叶子已经发黄、打卷，甚至焦枯，不时地随风凋落下来。原先茂密的叶子渐渐稀少了，架子上裸露出了长满毛刺、青筋绽露的黄瓜藤。两个少年的目光，顺沿着那些衰败的黄瓜藤慢慢爬行，细细搜索，终于在焦枯的黄叶间，发现了几只很小的老黄瓜。那可是一些十分少年老成的小黄瓜哟，估计是被主人遗漏了或者根本就是被主人故意遗弃的黄瓜。从个头上看，似乎还是个小孩，块头很小，没有长大，没有发开。从面目上看，却又像个老者，脸色枯黄，长满了皱纹。这样的黄瓜，从长相上说实在有些对不起它的主人了，被主人遗漏甚至遗弃，想来也是必然了。可是，两个少年见到了这些被它们的主人不屑一顾的黄瓜，却亲热得不行，像是流浪在外的弃儿见到了久别的亲娘似的，少年的双手捧起了黄瓜，将黄瓜渐渐抬起，贴近嘴唇。少年以最快的速度，亲吻了那几只皱巴巴的蔫黄瓜。而后，风卷残云，被亲吻过的老黄瓜就不见了，碎成了一抔黄瓜泥，沉淀在黑暗幽深的那两个不大的胃的底部了。

03

这几只意外出现的蔫黄瓜，给这两个饥饿疲惫的少年兄弟，鼓了一把劲，加了一股油。兄弟俩又出发了，继续向南行走，步步逼近两个少年心中向往已久的"大码头"——县城梅城。那个时候，两个少年并不知道，这座县城为什么名叫梅城，他们也不曾想过这个问题。不过，没有想过为什么，也是对头的，何必要想那么多呢？天底下哪来那么多的为什么？当然，后来他们都知道了，这座县城在历史上还是挺有名的。它不仅是一个古老的郡县，而且还曾经是一个有名的诸侯国，国名叫"皖"。对于这个字，人们一定不会陌生，它不就是如今安徽省的简称嘛。是的，很早我就认识这个字，但我不知道它的确切含义。我曾经自作主张地把它理解为"明亮"和"美好"，因为它左边是"白"，右边是"完"。现在，我知道了，除了"明亮"和"美好"，还应该有个"清白"的意思在。因为"白"，除了"明亮"，还有"清白"。后来，我还听说，县城梅城的"梅"字，与三国时期曹操军队行军途中望梅止渴的典故还有关系呢。在梅城的历史上，还曾经有过国色天香的大乔和小乔，她们风华绝代，曾经是名垂千古的风流人物呢。当年，那一对少年兄弟并不知道梅城的这些历史和典故，他们对"大乔"和"小乔"都还不感兴趣。他俩只知道，梅城就是县府的所在地，在兄弟俩心目中是一个很大的地方。他们正在途中急切行走，紧追快赶，希望早一点到达梅城。

两个少年到达梅城的时候，天色已经向晚，太阳快要落山了。兄弟俩原本打算在梅城那个"大码头""大地方"，好好耍一耍、玩一玩。回去以后，也好跟小伙伴们显摆一下，我们到过梅城了，也算是见过大世面的人了。

抬头看看天色，时候不早了，少年只好作罢。在梅城没有停留，兄弟俩继续赶路，两个少年没有忘记，他们的目的地是位于梅城南边的王河。那个时候，两个少年只知道王河坐落在梅城的南边，却不知道王河是在离梅城多远的南边。关于王河的地理位置，少年只有听说过，没有通过其他途径进行了解。搁在现在，翻翻手机，看看地图就知道了。但在那时，要看地图，在地图上找出类似于王河这样一些小地方的位置，那就不啻为天方夜谭了。两个少年沿着那条穿城的公路一直往南走，很天真地以为只要出了县城梅城，也就到了王河。其实，根本不是那么回事，从梅城到王河还远着呢。王河距离梅城，不比我们村子到梅城近。换句话说，两个少年从家里出发走到了梅城，还没走完一半的路程呢。可是，那时的我们却一点都不知情，我们总以为快了，很快了，马上就会到达我们心目中的王河了。

于是，在那个傍晚时分，兄弟俩像夸父逐日那样，追赶着那一轮距离西山之顶越来越近，眼看就要落山的日头，奔走在夕阳的余晖里。在两个少年的身后，地面上拖着两个长长的身影。不知道是从某一时刻开始，天色悄悄地暗淡下来，两个少年拖在地上的影子不见了。可能是两个影子也已经累了，再也走不动了，就偷偷地停留在身后的某个地方，正在歇息呢。

兄弟俩走得离梅城也越来越远了，在两个少年的心目中，这该是离王河越来越近了，似乎王河就在眼前了。其实，在梅城的南边，紧挨着县城的，是一个名叫罗汉的公社，那还不是王河。罗汉公社还是属于梅城区呢，王河则是一个与梅城区接壤的另外一个区。那天，天黑之前，两个少年并没有走出罗汉公社。也就是说，他俩还在梅城区的范围内。天色完全黑了下来，兄弟俩真的有些焦急了，甚至，还有一股恐惧感，如同无边的夜色一般，从天边渐渐收拢过来，把两个少年包围起来，淹没于其中。两个少年许是想起了从课本上学过的那些英雄的事迹，心里面都会居住着一个英雄，这个英雄一旦现身，少年的胆子就渐渐地壮了起来，一股勇敢的豪气，自脚底生成，冉冉上升，直奔头顶。很快，兄弟俩十分顺利地战胜了焦急和恐惧。虽天色已暗，但少年的心里却是亮堂的，兄弟俩的心里面都亮着一盏灯呢。这盏灯就是一种信念，是一定要到达王河的这种坚定信念。少年凭借着心中的亮光，在苍茫的暮色中摸索着前行。

走到一处坡道时，兄弟俩实在不知道应该往哪走了。也许，人在年少的时候，辨别方向，做出取舍，总不是一件容易事。少年面前的那个地方是一处三岔路口，一处朝东，一处朝南，朝北的则是兄弟俩的背后，是来路，因而不会是去向。兄弟俩要去的王河，到底是向东，还是向南呢？兄弟俩一会儿想应该这样，一会儿又想应该那样，如此这般地争论了一番，到最后，自己都不能说服自己了。实在拿不定主意时，一个少年提议可以去问问别人。似乎就在那一刻，我陡然想起了小时候听奶奶说过的一句话，你要记着，以后出门在外，路就在你的嘴巴下面。意思是说，你不知道面前的路该怎么走了，也不要紧，只要你开口，去问问别人就会知道路该怎么走了。切不可自作主张，想当然地盲目乱走。

当时，天已经完全黑下来了，路上好长时间都不见有行人过往，找人问路可不是一件容易事。兄弟俩站在路口，东张西望，希望能够从四周黑乎乎的夜幕中突然走出一个人来。而且希望那人还是个本地人，熟悉本地的情况，他能够告诉我们，此去王河，应该选择哪条道，还有多远的路程。最好，他也是去王河，好让我们跟在他的后面一起走到王河。那个时刻，兄弟俩的胆子也算够大了，在那样一个漆黑的夜晚，又是在一个完全陌生的地方，这两个从未出过远门的少年，竟然能够站在夜幕下的马路上，等待着过往的行人，借机向人问路。实际上，这正是印证了后来常常听到的这样两句话，无知者无畏，初生牛犊不畏虎。在那个夜晚，由于心里面亮着那盏灯，两个少年根本不知道怕为何物。

当晚，兄弟俩在那个路口处等了好久，却没有等到一个人影出现。站在路口，一动不动，要想时间长久，也不是一件容易事。过了一会，兄弟俩都觉得实在撑不下去了，需要另想办法。在我的家乡大别山东麓、长江北岸的那块地方，立秋过后，白天虽是暑热难熬，到了夜晚天气就明显凉快了。兄弟俩穿的是短衣短裤，露着胳膊光着腿脚，秋后的夜风，吹在身上，初始感觉凉爽，非常舒服，时间一长，竟觉寒意难以抵挡了。再加上还是早上在家吃的饭，中晚两餐粒米未进，人就难免有些虚弱了，凉风吹过，身上遍起鸡皮疙瘩，嘴巴里面，上下两排牙齿在不由自主地打起架来，打得没完没了，难分难解，呱呱直响。我终于意识到，不能再这样干耗下去了，一定得想想办法寻求帮助。我说，兄弟，咱这样下去可不行，不能继续这样傻傻地往下等了，万一这一个晚上都不会有一个人过来呢？我们这样等下去会有用吗？不行，不能等了，咱得主动去找人。不去找人，咱俩就只能在这路边过夜了。即使不至于饿死、冻死，也很有可能成为过路的某个豺狼野兽的一顿美餐呢。

04

在那样的夜晚，主动去找人问路，可不是一件容易事。何况又是在那样一个举目无亲的陌生地方，我们能去找谁呢？上哪儿去找？我们兄弟俩想来想去，没有头绪，感到非常无助。真是天无绝人之路。我又一次发现，到了关键的时候，总是老天爷在暗中助人。就在我们兄弟俩四顾茫然一筹莫展，不知道该去哪儿找谁的时候，在路口的东边不远处，突然亮起了一小点微弱的亮光。起先，我们兄弟俩对着那个豆大的光亮，还有些怀疑，担心它会不会是狼的眼睛。因为我们从小听说过许许多多有关狼的故事，知道狼的眼睛在夜间是会发光的。很小的时候，我就听过一个有关狼的故事，还见过故事里的主人公。原来，在我们村子里，有一个女人幼年时曾经遭遇过狼害。论年龄，她该是我们的长辈了。我对她的记忆，就是一个孩子对大人的记忆。我至今还记得，她的那张脸上，只有半边是好的，她的那双眼睛仅剩下一只了，另外的半边脸，包括另外一只眼睛都成了一大块十分难看的紫红色的伤疤。据说，那女人在一岁多的时候睡在摇篮里，大人仅仅离开了一小会子，她就被藏身于屋边茅草丛里的狼趁机舔了一口。狼，并没有咬摇篮里的那个孩子，它好像想跟那孩子亲热一下。不过，狼的这种亲热是非常残忍的。狼用它那带有倒钩利刺的粗糙舌头，只是在她那张粉嫩的小脸上轻轻一舐，她的一只眼睛顿时就没有了，半边脸蛋上已是一片血肉模糊了。所以，小的时候，在村子里一见到这个女人，我和我的小伙伴们就会立刻想到了狼，大伙儿都对狼有一种恐惧感，总觉得狼离我们很近，似乎狼就躲在我们的身边，稍不留神，人就有可能被狼“亲热”。

想到了狼，再去看那个如豆的亮光，我就有些不寒而栗了。待我静下心来，仔细一想，又觉着不对，认为那个小小的亮光应该不是狼的眼睛。因为，狼的眼睛是一双，亮光就该是两点，而不是一点。再说了，咱兄弟俩都发现了那点亮光有些忽远忽近、明灭飘逸的感觉，很像是煤油灯火被风吹拂过的那种飘忽情状。那年头，农村人家点的还是煤油灯，而且，煤油很紧张，只能凭票限量供应，有钱也不能多买。人家的灯也只好省着点，不能点得太亮。太亮了，觉得浪费，让人心疼。至于电灯，那还是个稀罕物，只有城里才有，离乡下还远着呢。把那个亮光的问题想清楚之后，我对堂弟先成说，不对，那不可能是狼的眼睛，那应该是一盏灯，一盏煤油灯。黑夜里的行人，突然发现前方有灯光，人会感到十分惊喜。有灯光的地方，就一定会有人家。走，我们过去，去找找那户人家。

在黑暗中慢慢地摸索着前行，走了十多分钟，我们终于靠近了那户人家。站在那户人家的窗户跟前，可以清楚地看见窗户里面摇曳的煤油灯火，还有围坐在灯下吃饭的那一家老小。那一刻，我忽然感觉到，在那种昏暗的灯光之下，一家人围坐在一起，一边叙话，一边吃着晚饭，真是一件非常幸福的事情，让人好生羡慕。平时，天天在家里享受了那种幸福，我为什么浑然不觉呢？

想到这些，我忽然想家了，我想掉头回家，不去王河了。我恨不得一步跨到家里。王河是什么地方？就算那里是天堂我也不想去了，我只想回家。但是，我知道，那是不可能的。我从家里出来，已经整整走了一天。现在要回家，同样，少不得还要走上一天。那一瞬间，我陡然觉得我的眼窝子有些热乎了，还有些潮湿感。我吸溜了一下鼻子，稳了稳自己的情绪。这时，屋子里饭菜的香味都已经从窗户里飘了出来，被我深深地吸进了鼻腔里。堂弟先成也已经被屋里的饭菜香味所打动，好像他的嘴巴里在偷偷地吃着什么东西，喉咙里不时地发出咕咚咕咚的吞咽声。其实，哪有什么东西可吃呢？先成吞咽的是自己的口水，那些很不听话源源不断冒出来的口水。兄弟俩这才强烈意识到，我们迫切需要一顿晚饭了。可能，是我们在窗外吸溜鼻子、咽吞口水的动静过大，惊动了屋子里面的人。也可能，是屋子里面的人偶然一抬头发现了窗外的人影，受到了惊吓。屋子里，一个跟我们差不多大的孩子，突然放下饭碗，十分紧张地对他妈妈说，妈，你快看，窗外好像有人。他的妈妈扭头朝窗外一望，大吃一惊地叫喊，谁在窗外？女人的声音明显地带着些颤抖，估计，她被窗外两个模糊的人影惊吓得不轻。

有一句话说，你在明处，人在暗处。从这句话里，你可以领悟关于明和暗的某种关系。人从暗处看明处，会看得清清楚楚明明白白的。若是从明处看暗处，就不是那么容易了，总会模模糊糊，甚至觉得暗处是些魑魅魍魉，让人胆怯。比如这户人家的女主人。这事，完全不能怪人家胆小，怪只怪两个无助的少年过于莽撞。黑夜里，忽见窗外站着人，谁遇见了这等事，谁都会受到不小的惊吓。在吾乡人的心目中，大夜晚上，不在家里睡觉，却站到了别人家的窗前去，一定不是好人，不是鬼，便是贼了。那时，两个少年还不明白这些道理，若是知道这些，他俩绝不会不声不响地站在人家的窗外；至少，会主动地喊上一声“大爷”或者“大娘”；然后，开始向人家问路。

很快，背朝着窗户坐在桌边闷头吃饭的男人，他该是这户人家的男主人了，他起身离开了饭桌。这个男人还算冷静，没有一点惊慌失措的表现。他端着饭碗出了后门，绕到窗户外面，站到了两个少年的面前。他一看，他面前站的是两个半大的孩子，男人的表情更加放松起来，丝毫没有被惊吓的痕迹。

此刻，兄弟俩完全是一副做错了事的模样，见了那个男人半天不说话，不敢抬头看他。这个中年男子，态度很和蔼，一看他就是个很有善心的人。他问兄弟俩，你们都是谁？怎么会在这里？话音未落，堂弟就急急忙忙地用手指头直捣我的后背。我当然知道堂弟的意思，他是在催我赶快说话，别等人家下了逐客令，把我们赶走。那样，在这个前不着村后不着店的地方，我们可就真的一点办法都没有了。其实，堂弟不催，我自己也会急的。黑夜里，顺着一点亮光找到这里来，见到了这一户人家，容易吗？我很清楚，这样的机会，在那样的夜晚只有这一次，不会还有第二次。于是，我就顺着中年男人的问话回答说，大爷，我们兄弟俩不是坏人，都是学生。我们路过这里，是要去王河的。天黑了，我们迷路了，不知道该怎么走了。请问，这里是什么地方啊？离王河还有多远呢？中年男人显得很吃惊，对兄弟俩说，你这两个学生娃，胆子也太大了。天都这么晚了，还要去王河？那地方可远着呢，足有二十里地！咱这里是望虎墩大队，属于罗汉公社，还在梅城区呢。啊？离王河还这么远呀？我还以为快到了呢。我的语气中透露了自己的意外和无助。中年男人似乎看出了我的心思，十分友善地说，进屋里说吧，别站在外面了。

进了屋子，这户人家的女主人，也就是刚才被惊吓的那个中年女人，放下手上的饭碗，立即起身离开饭桌，去倒了两碗茶水，一手一碗，端了过来，递给我和堂弟。我和堂弟早已又饿又渴，一碗热茶到手，已经顾不得什么叫斯文、什么叫客气了，端起碗来，一口气咕咚了几下，就让那只很大的茶碗见底了。女主人见状，看了男主人一眼，于一瞬间，夫妻二人好像对了一个眼神。就在那一瞬，我发现这位女主人的眼神里面充满了仁慈和爱怜。接着，女主人轻声细语地说，哎哟，这两个小兄弟还没吃晚饭吧？咱锅里还有饭呢，我这就给你们盛去。

女主人转身去了厨房。很快，她就从厨房里回来了，手里端了两碗饭，还是一手一碗。是那种蓝边陶瓷碗，碗里的饭装得满满的。碗很大，原本应该是用来装菜的，并不是用来盛饭的碗。那情景，让我们兄弟俩感觉既迫切又非常不好意思了，我心里头还想着要谦让一下，但根本没能把自己想说的话表达出来，我和堂弟就立即同时站了起来，伸手去接过了女主人手中的饭碗。两个少年异口同声地说，谢谢大爷大娘！

饭没还送到嘴边，我就先闻到了一种特殊的饭香，是那种菜饭合煮的香味。低头一看，饭的颜色呈浅紫色，饭米粒中间夹杂着一些淡红色的豇豆皮，还有一些紫红色的豇豆籽。我立刻明白过来，那是一碗豇豆煮饭。是用大米和一些成色很老、结了籽粒的豇豆一起烹煮出来的。煮熟之后，将米饭和豇豆拌匀，用锅铲子反复擂捣挤压，直到把豇豆捣烂，只剩下一些小块头的豇豆皮和豇豆籽，均匀地拌在饭米粒里面。这样的饭食，我以前在家里也吃过好多次，妈妈也喜欢做这样的饭食，吾乡人把它叫作菜饭。那年头，一般人家的粮食都不够吃，只得多种点蔬菜凑一凑数，帮着填饱肚皮。煮一锅菜饭，比起一锅白米饭来，毕竟会节省不少大米。而且，还省时间，又省柴火，饭和菜一锅煮熟了，多省事。习惯于这样做饭的人，在那个年头，必定都是一些很会过日子的人家了。不过，这在当时，也是被形势所迫，是一种没有办法的好办法。

那晚，我和堂弟面对着那碗豇豆煮饭，根本没有多想，端起碗来就扒，三下五除二就扒完了。好像都没使用牙齿，只用了舌头的来回卷动，很快就全吞到肚子里面去了。当时，我只觉得那顿晚饭吃得格外香，吃得特别爽，比以前在家里吃的妈妈煮的豇豆饭，还要香，还觉得好吃。那碗菜饭的味道，让那两个少年感觉到从未有过的好吃。后来，在家里，我还多次央求妈妈做那种豇豆煮饭，虽然也很好吃，但是，吃起来味道还是不一样，根本不是那户人家那顿晚饭的味道了。直到那时，我才意识到，在那户人家那顿晚饭的味道，于我来说，不仅空前，而且绝后了。甚至，在将近四十年后的今天，多少往事都已经随着岁月的流水，不知道流到什么地方去了，记都记不清楚了，更是无法找回。我唯独对那碗豇豆煮饭的味道，一直记得一清二楚，仿佛就是昨晚的事情。如今，我依然觉得，那碗豇豆煮饭才是人间少有的美味。在我的记忆里，它真的是一顿绝无仅有的美食。

吃完饭，那家的男主人发话了。他端着一副长者的腔调说，两个学生娃，你俩今晚不能走了。路途遥远，天又黑了，你俩走在路上不安全，我们不放心，还是等到明天天亮以后再走吧。今晚，你俩就在俺家歇一宿，跟咱小虎子睡一张床。说完，中年男人拍了拍那个和我们一般大小、长得很敦实的小男孩的肩膀，正是那个小男孩首先发现了站在窗外的兄弟俩。那个小男孩就是这户人家的儿子，名叫小虎子，一顿饭的工夫，小虎子就和我们熟络了，眼睛里流露的不再是惊恐，而是友好，是亲热。他的父亲说过之后，小虎子朝着我们兄弟俩看了一眼，莞尔地笑了，脸腮上露出了两个很好看的小酒窝。而后，小虎子对着他父亲点点头。他点得很有力，点的幅度很大。这时，我们兄弟俩又一次异口同声地说，谢谢大爷大娘！

05

第二天清晨，兄弟俩早早地起了床，谢过大爷大娘这两位恩人，又和小虎子紧紧拥抱，三个少年相拥在一起，抱成一团，久久不愿意分开。之后，兄弟俩重新上路，照着恩人指点的东去的方向，快步前行。有了那一顿喷香的晚饭，再加上那一宿的睡眠休整，兄弟俩的体力完全恢复过来了，步行的速度如同头天出门时那么快。几乎是一路小跑了，路上很少歇息。大约是在半上午的时候，我和堂弟终于赶到了我们梦寐以求的王河。那个地方，虽说王河是区公所的所在地，集镇并不大，随便问了个人，就找到了我们需要找的那个人。

对了，前边说了这么多，该是说清楚了两个少年是怎样到达王河的，但是，我还没有说这两个少年为什么要去王河。关于这个问题，我觉得还是应该交代一下。否则，会让人产生错觉，觉得这两个少年，简直是疯了，性子也太野了吧，竟然毫无目的地满世界乱跑。

其实，还真的不是那么回事。那次去王河，兄弟俩真的是有事情，而且还算是个正儿八经的事情。

我们兄弟俩有一个共同的堂叔，他原先在部队服役，后来退伍了，在王河区供销社工作。有一次，堂弟先成于无意中听堂叔说，他们那里有个书店，就在王河供销社的隔壁。书店里有很多书，他和书店里的人很熟悉，一有空他就去书店里翻翻书，有时还借了书回来看。言者无心，听者有意。堂弟在羡慕堂叔的同时，当场就有了自己的主意。他想，一定要找机会去一趟堂叔那里，越快越好，让堂叔帮忙买几本书回来。堂弟怕他一个人的力量不够大，不足以说服他的父母给他放行，于是就拉了我入伙，让我跟他一起去。

恰好此事正合吾意。他跟我一说，我只说了一个“好”字，再没说其他一个多余的字。兄弟俩真的是一拍即合了。那年，我们都是刚刚上初中，看到别的同学有课外书籍看，心里痒痒的，觉得能有一本好看的课外书籍捧在手里，真是太幸福了。所以，有了买书的机会，我们当然不会错过，兄弟俩当即约定了出行的时间。年少的人总归就是这样，遇事说干就干，不能等待，似乎一刻也不能拖延。

放行非常顺利。那天，我们分头回家去向家里大人报告情况时，家里大人也觉得出去买书是件好事，家里不反对。何况，又是兄弟俩一起出门，一路上有个伴，而且还是去王河找自家的堂叔。虽然路是远了些，兄弟俩也都还是第一次出远门，但两家的大人们还是表示放心，愿意让孩子出去闯一闯，就准许了两个少年一起出门。这里面还有一个很重要的原因，我的家乡虽不富裕，但大人对孩子念书的事从来都是看重的，甚至被看成了头等大事。有了这样的背景，关于孩子提出了有关书的话题，大人一般不会说“不”。

在王河供销社的大院里，堂叔意外地见到了这对兄弟时，他一下子完全惊呆了，他是彻底愣住了，好久回不过神来，好像不认识这对兄弟似的。过了半晌，堂叔才问兄弟俩，你们怎么来了？应该说，两个少年这趟远行，完全是冲着他们的这位堂叔来的，一路上又饥又渴又累，在遇到困难的时候，兄弟俩只要想到了“王河”或者“堂叔”这些相关的字眼，兄弟俩总感到热血沸腾，信心百倍。果真到了王河，站在了堂叔的面前，这对少年兄弟俩又突然扭捏起来，只是低头傻笑，半天说不出话来。后来，堂叔已经从惊讶情绪中完全走出来了，他表现出来的完全是长辈的关心和爱护，开始对兄弟俩问长问短。堂叔问一句，这兄弟俩才回答一句，挤牙膏似的，挤一下，冒一点。堂叔终于知道了，这兄弟俩还是在昨天早上出的门，全凭着两双腿走到了王河，而且，半路上，还在一户陌生的人家吃了一顿饭，借宿了一夜。堂叔又是心疼，又是后怕。他略微带有埋怨的口气说，你俩要来王河，我是欢迎的，但也该提前跟我说一下，好让我回去带着你们一道来呀。你们看看，两个小孩这个样子跑过来，要是在路上出了个什么闪失，我可怎样向我的哥哥嫂嫂们交差呢？这样吧，来都来了，就不说了。你们从这里回去的时候，无论如何，我都不能放心任由你俩再走着回去了，我得把你俩安全护送到家。

堂叔留了这对少年兄弟在王河住了两宿，让兄弟俩在小集镇上玩耍了一圈，还带着小兄弟俩到隔壁的书店里，为兄弟俩各买了两本图书。到了第三天，堂叔果真请了假，还找好了一辆过路的顺风车，是一辆前高后低装货的平头大卡车，车厢是空的，我们叔侄三人一起搭车回家。那年代，能搭乘汽车，真是一件快活事，哪怕只是一辆载货的卡车。来时，我们兄弟俩曾经用脚步苦苦丈量了十几个小时，还在一位素不相识的好心人家里借宿了一夜。回去时，搭上了顺风车，还不到两个小时就到家了。

当年堂叔给买的那两本书的名字叫什么，我早已忘得干干净净了。那年头，书店里也不可能卖出什么能让人觉得特别有意义的书。那时的书，内容上无非大同小异，甚至还会千篇一律。

我始终牢记的，是那个黑暗的夜晚，在那个陌生的三岔路口，我突然发现的那一点如豆的亮光。还有，收留我们过夜的那户人家仁慈善良的男女主人，那个接纳我们跟他同眠一床的少年小虎子。尤其是，我们饥渴难忍时，那一碗让我们一饮而尽的热茶，那一碗装得满满的，吃起来特别香的豇豆煮饭。

我至今也忘不了那一碗豇豆煮饭的香味。多少次，在很多场合，我一见到了那种蓝边的瓷碗，立刻就会想起，那样一个晚上，那只蓝边瓷碗装上的满满一碗豇豆煮饭，那种特别的清香的味道。

06

人就是这么奇怪。发生在少年时代的事情，人在青春少年时，往往不以为然，甚至习以为常。只有人到中年了，回想起自己少年时代的某些往事，人才会想到，有一些心愿需要做个“了结”，而且十分迫切。

几十年后，这种想做“了结”的心愿，越来越明显，越来越强烈。所以，每次见到了堂弟先成，我就不能不想起少年时代的那次远行。我多次嘱托堂弟，让他一定要想方设法找到望虎墩的那户人家。我和堂弟先成约好，一起过去回访那户人家，好好地感谢人家当年的关心爱护和救助之恩。尤其，我非常想念那个小虎子，他应该和我们一样，也是早已人到中年了。

可是，他在我的心目中还是当初的少年，一副虎头虎脑的模样，憨厚可爱。我好想再次见到他，再喊他一声好兄弟，然后，再像当年的三个少年那样，紧紧地拥抱在一起，久久也不分开。

这些年来，我曾托过不少人，去打听住在望虎墩那家恩人，反馈回来的消息都让人失望。后来，我还是想到了堂弟，我就把找到那户人家的希望，寄托在堂弟的身上。我很早就离开了家乡，几十年来，辗转在江淮平原上，漂泊在异地他乡。堂弟比我过得安稳，他一直生活、工作在家乡，家乡的人，他熟悉的一定比我多很多。所以，我想他肯定比我有办法，一定会找到那户人家。

懵懂少年的那次远行，陌生之地黑夜里的那一点亮光，恩人赐予的一碗热茶，一碗喷香的豇豆煮饭，三个少年同眠的一张木板床，都给了我不灭的记忆，永远的回味，一生的牵挂，让我感恩终生！

等待，耐心等待。我一直在等待来自堂弟先成的那一个激动人心的消息。

2016 年 4 月 3 日写于合肥

万山头上发脉

记得那是两年前的某一天，我从省会合肥驾车回到我的家乡潜山县。我是在车轴寺出口下的高速公路。车轴寺是个很古怪的地名，在我的家乡潜山县的地图上还找不到这个地名。如果硬要找它，那就只有去邻近的怀宁县地图上去寻找了，说不定会在怀宁县版图的最西边的拐角处找到它。

车出车轴寺收费站，西行不足三百米，就是潜山城外的皖河大桥了。过了这座桥，就算进了潜山县城。一桥分为两县，桥的东边一段是怀宁县，桥的西边一段则是潜山县了。住在车轴寺一带的人，虽然户籍是在怀宁县，但他们心里都把自己当成了潜山人。

因为，他们离潜山县城实在是太近了，同潜山县城里的人，喝的是同一条河里的水，吃的是同一块地上的粮，讲的是同一个地方的方言。出门走上一座桥，还没走过桥，才走到桥当中，车轴寺的人也就来到潜山县的地盘上了。

车轴寺所在的那个乡镇叫作小市乡，也就是汉乐府诗《孔雀东南飞》那个悲情故事的发生地了。至今，那里还保存有一座孔雀坟。小市乡的地名“小市”二字，据说是来自乐府诗中的“小吏”的谐音了。在刘兰芝和焦仲卿所在的那个年代，潜山、怀宁还是一地呢，应是同属乐府诗中记载的那个“庐江府”了。难怪，后来的潜山县、怀宁县以及两百里开外的庐江县各说各话，都说自己就是《孔雀东南飞》故事的发生地呢。潜山县在入城的主要路口树立了一尊“孔雀东南飞”的雕塑，怀宁县修葺了孔雀坟，庐江县更是以“孔雀”为名打造了一个风景名胜区。不管怎么说，一见到家乡县城里的那尊雕塑，我就会想起，我的家乡就是那对“孔雀”的故乡。

那天，过了皖河大桥，一进到家乡潜山县城的地界上，我的眼球立刻被桥头的三岔路口处一尊突如其来的高大的雕塑吸引住了。我不得不打亮车子右闪灯，将车靠往路边，寻找一处合适的地点，用以临时泊车。车停了，定睛一看，这是一尊崭新的雕塑，树立的时间不久。雕塑的是人像，一尊古人的雕像。很大的雕像，高十来米，宽五米左右，那是人的坐像。我一时没有看明白，这雕的到底是哪一尊神仙呢？我的目光遂在雕像的浑身上下游移，打量着、寻觅着。终于，在雕塑下面方形的基座上发现了两个字，但字是篆体，不是一目了然，有点难认，得看看、想想，然后才知道眼前的这座神仙是谁，它就是那位一直存在于这块土地的精气神中的“皖公”。

提起“皖公”，外地的朋友不一定能够听得明白。虽然大家都会知道，皖，即安徽省的简称了，一个意含“美好”的字眼。这“皖公”难道就是安徽省历史上的某一位“公公”？哈哈，这样来理解，未免就太简单、太片面、太狭隘了。

原来，我的家乡潜山县，春秋时期曾经是一个诸侯国，称皖国。那位“皖公”，即是那个皖国的第一位君主了。几千年后的今天，冷不防，就在由省、市进入县城的门户处，树起了这样一尊雕塑，自然不是随意而为了。除了经济方面的考量之外，自有历史文化方面的考量，在彰显地区经济实力的同时，也增加了地区形象的文化内涵。

我没有考证历史，春秋时候的皖国，是在什么时候变成了皖县。至少，在三国时期，皖国这个地方不以“国”称，而以“县”称。这一说法，我曾经于无意中在一个地方得到了印证。那地方，就在湖南省的洞庭湖边，岳阳楼下。有个小乔墓，估计是衣冠冢了。墓前立有一碑，碑文曰，小乔是三国时期皖县人。正好，在我的家乡潜山县城，曾经发掘过一口古老的水井，据考古学家说，发掘古井的地方叫作乔公故址，那口井名叫“胭脂井”，即是当年大乔和小乔对着水井以水为镜梳妆打扮的地方。古时女子的装扮，总是离不开胭脂，对着井水抹胭脂，不知是大乔还是小乔，一不小心将一些胭脂落到井里去了，遂把井水染成了胭脂红。那口井，后来就被人称为胭脂井了。说到这里，会不会有一种嫌疑，人家会不会以为我在这里炫耀自己的家乡自古就出美人了？其实不然。我干吗要炫耀这个，我又不是个女子。若身为女子，或许倒也还有些可能做出一点借光的自恋状。实际上，我仅仅是想论证，我的家乡这个县，古时候真的就叫作皖县。

说到皖县，虽没有炫耀，但自豪感还是有的，而且很足。咱整个安徽省，一共七十多个县，它的简称为什么不选张三，也不选李四，偏偏就选了咱潜山县的古名皖字？这不能不让人产生些许的骄傲。有一年我去黑龙江省的龙江县，有幸受到了龙江县县长的热情接待，那位县长的见面寒暄语就说了这样一句话，我们龙江县可是咱黑龙江省的首县了。那次，我是第一次听到了还有“首县”一说。在这里，我想套用那位县长的话来表达一下我的心中的自豪感吧，我的家乡潜山县，可是咱安徽省的“首县”啊！

在我的家乡这个古名皖县的地方，山水之间，总能觅到古皖的踪迹。山有皖山，水有皖水。皖山自古就是一座名山，山势雄伟险峻，风光奇特秀美。山上有一峰，如一柱擎天，故名曰天柱山。相传，汉武帝南巡时，曾经到此一游，看到山上的美景，不禁龙颜大悦，遂下令封天柱山为“南岳”。后因湖南的衡山成为皇帝新宠，被册封为“南岳”，这个有些失宠的天柱山遂朝后面退了一步，更名曰“古南岳”。昔日的古皖县，今日名为潜山县，细想一下，也有来由。皖山虽高，但它隐没在群山之中，终年云遮雾罩，亦如古皖人的内敛与低调。

皖水就是皖河。这是一条直接到达长江的河流，它的源头在大别山中，因从皖山流出，润泽了古皖大地后便注入长江，遂被称为皖河。

其实，在我的家乡，乡亲们称皖山，不叫皖山，也不叫天柱山，大家习惯于叫它万山。虽然，“皖”和“万”，同声母，又同韵母，仅仅只是声调上不同，但乡人还是分得清楚的。“皖”就是“皖”，“万”就是“万”。乡人叫皖山或者天柱山为万山，其实也是有缘由的。一来“万山”就是高山，天柱山自古被称为“万仞高山”。二来“万山”来自“万涧山”。在天柱山的北麓，有一个村子，名叫万涧村。天柱山旅游尚未开发的时候，人们要徒步攀登天柱山，一般都会从万涧这个村子里经过。若是有人问他去哪里，他会告诉你，去万涧山！其实，万涧山的说法还真形象，从天柱山上发源的溪涧，真的不知道成千上万之多了。

万山就是我的家乡那一带方圆几百里最高的山峰了。在夏天，会不会有暴风雨突然来临，乡人在观察天相时，一般都是先看万山的“脸色”。只要万山的“脸色”变了，变黑变沉了，不一会准会响起雷声，一场暴雨的来临总是不可避免。

在我的家乡，万山脚下，乡人批评某人时，爱说一句口头禅，万山头上发脉！意思是说，某人说话啰唆，不得要领，短话偏要长说，让人半天不明白他在说些什么。

从前，我还从来没有如此详细地述说我的家乡呢。由于想起了乡人的那句口头禅，今天，在这里，我也尝试了一次，从万山头上发脉，拉拉杂杂写下如此有关家乡的文字，聊以表达人在他乡对家乡的思念吧。

2015 年 11 月 6 日凌晨写于蚌埠

我与高原

我喜欢高原。可是，我发现，高原在很多时候都不喜欢我。

这是真的。这些年来，在我和高原之间，发生过许许多多的故事。故事的结局，大多落入了“多情总被无情恼”那个陈旧的俗套。

因为喜欢，所以向往。这几乎成为一个定律了。我对高原的向往由来已久，只要有了亲近高原的机会，我都非常珍惜，从不轻易放弃。除非我已经确认，高原对我不喜欢，它不希望见到我，我只得作罢。

最先去的是蒙古高原。在那里，我眼见了黄沙万里长，也领略到了风吹草低遍地牛羊的诗情画意。无边的沙漠、广袤的草原，让我忘记了自己身在高原。甚至，在沙漠和草原上，我竟然丝毫没有感受到高原的高，我感受到的只有高原的原。因而，在蒙古高原上，只有我对高原的欣喜，我的兴奋，我的激动，完全没有感受到高原对我的不喜欢、不欢迎。后来，我才知道，在所有的高原里面，只有蒙古高原对我最友好。蒙古高原给我的感觉是宾至如归。

其他的高原可就不一样了。比如我去过的云贵高原。在那里，我曾经与彩云之南的云彩离得很近，似乎触手可及了。还曾经取道丽江，登上了玉龙雪山，与山上的积雪，有过短暂的亲密接触。一路上，我有一种如痴如醉的感觉。回到昆明的时候，我还有些晕晕乎乎。那时，我就隐隐感觉到，高原对我，看来是不太欢迎的。虽然，昆明的海拔并不高，还不足两千米，差不多也不过是我的家乡某座著名的山峰的高度。只是，我虽然登临过那座山，却从来没有攀上那座山的峰顶。

其实，在我的心里，我并没有把北方的蒙古高原和南方的云贵高原，真正地当成了高原。我觉得它们只是地理意义上的高原，并非我心目中的高原。我心目中真正的高原，那就是青藏高原了，是整个世界的屋脊。我以为，只有到了青藏高原，才算是真正到达了高原。在整个青藏高原，我又把拉萨视为起点，起码到过拉萨，才算到过了青藏高原。如此说来，我是没有到过青藏高原的。因为，我还没有去过拉萨。不知为何，这些年来，我一直不敢轻言妄动去拉萨。虽然，我曾经有过一两次去拉萨的机会，我对拉萨也一直心向往之。但是，对于拉萨，我还是敬而远之。在我的心目中，拉萨不仅是高原，而且是高地。在没有做好准备的情况下，在没有确认已经得到了高原许可的情况下，我不会轻易去拉萨。

实事求是地说，我是去过青藏高原的，至少到过属于青藏高原的边缘地带。我知道，那些地方还算不得青藏高原的核心地带。因为，我去过了青海的西宁，还有四川的阿坝。也正是因为到过了这样两个地方，我才深切地体会到高原对我的不欢迎、不喜欢。

先是去过西宁。好多年前的事了，记忆却如在昨天。那次去西宁，是和几个朋友一起。途经西安，飞去又飞回，来回一共五天，时间很宽松。

飞机到达西宁上空的时候，我侧着面从舷窗里望下去，感觉飞机离地面似乎很近，能够清楚地看到，地面上全是那种褐黄色的岩土，光秃秃的、赤裸裸的，几乎没有一点绿色植被的遮盖，让人的心头顿起一种苍凉之感，一种悲壮之感。我心想，难道这就是高原？真正的高原就是这个样子？飞机落地之后，走出了机舱，踏上了西宁的土地，心里竟是油然而生一股成就感，甚至还有一种满足感。高原，我终于来了，我终于抵达了真正的高原！

可是，高原对于我的激动、欣喜和兴奋，一概都是不买账的。高原似乎是一位很严肃的老人，面对着我这样一位喜形于色的来者，老人却不动声色、不苟言笑。在高原这位默然的老人面前，我就觉得他有些高深莫测了。我在利用点点滴滴的机会，见缝插针般地打量着眼前的这位老人，仔细揣摩着老人的心思，希望能够读懂老人那些无声的语言。我想从老人的眼神入手，只有读懂了老人深邃的眼神，才算是读懂了高原。我从千里之外穿云破雾而来，还不就是为了读懂我所景仰的高原！

无奈，要想读懂高原，绝非一件容易事。对于高原的阅读，真是一件十分头疼的事情。这个头痛，并不仅仅是一种夸张的说法，它实实在在、的的确确让人很头痛！在西宁的四个夜晚，我是无梦也无眠，整个夜晚都感到脑壳涨裂的疼痛。头痛也就不说了，在我还没有读懂高原的时候，高原却将我看透了，看清了我的五脏六腑，将我看成了一个通体透明的人。后面两个夜晚，我的大部分时间不是躺在床上，而是坐在马桶上。我企图把体内所有可有可无的水分，全部拉出来，几乎把自己拉成了一个空洞的壳。坐在我的面前，那个朝我板着一副威严面孔的高原老人，他让我彻底地水土不服了。甚至，在我有气无力地离开西宁的时候，他竟然不让我带走高原的一粒米、一滴水！告别了这位老人的时候，离开了高原之后，我才真正读懂了高原的那种冷酷！

后来，我还去过阿坝。去之前，我就先犯下了一个错误，我轻视了阿坝，并没有把阿坝当高原。在我的心目中，阿坝，不过是一个风景旖旎的草原。我万万没有想到，美丽的阿坝比起苍凉的西宁，更加不欢迎我的造访。如果说，西宁迎接我的态度是严肃，是冷酷，那么，阿坝迎接我的态度简直就是严厉，是冷峻了。

我去阿坝的时候，是在九月的上旬，节令上已经是秋天。处暑已经过去，白露也快来临了。实际上，在我所居住的这座中东部的省会城市里，大街上还是热浪滚滚，没有一点秋凉的感觉。那些穿着夏装的人，依旧踩着夏天的尾巴匆匆行走，好像在追赶着什么似的。不论在什么地方，季节的变化总归是要反映到人的衣着上来。从人的着装上，对季节的变化往往一目了然。那时，我们在家都还穿着短袖衫。因为经常出门，多少有些经验了，不仅带了长袖衫，而且，我还从衣柜的底部翻出了一件厚的外套，叠好了，塞进了旅行包里，以备临时急用。

可是，面对高原，我的这点小小经验和智慧，就显得捉襟见肘，远远不够用了。下了飞机，上了汽车，当地的向导就特别招呼我们这些到访高原的客人说，这里的海拔已经在三千五百米以上了，车子前方的行程，虽然有上有下，但整体上都是爬坡，而且越走越高。他要求客人在车上不能睡觉。有客人不解地问，为什么不能睡觉？许多人出门在外，可能都有这样一个习惯，上车就想睡觉，下车就想撒尿。我也不例外，上车不久就开始迷糊。向导说，初来乍到，环境的反差太大，在车上睡着了很危险，曾经不止一次有人在车上睡着了就再也没有醒过来。

向导说话那时，我的上下眼皮就开始打架了。而后，在车上我的状态就是似睡非睡了。如果没有向导的那句话，我肯定放心大胆地在车上睡着了。因为有了向导那句话，我想睡却又不敢睡了，就只好凭借自己的一点可怜的自制力，勉强地支撑着。这一路上还有多少美丽的风景等着看啊，谁会愿意坐在车上睡着了就不再醒过来呢！

没有走出多远，车子停下来了，到了一个小集镇。向导说，山上会很冷，前方正在下雪呢。如果衣服带得不多，需要添衣服就只能在这里买了，再往前走就没的买了。天啊，这个时节竟然会下雪？原来，我一直怀疑古人的那句诗，“五月天山雪，无花只有寒”。看来诗人说得并不夸张，竟然还是真的。不仅在天山是这样，而且在川西高原也是这样！

同伴们如梦方醒，这才知道还需要加衣服。我们一行中有位先生太自信了，竟是穿着短袖衫出门的，根本就没有带上备用添加的衣物。一听下雪，我就震惊了一下，才知道我所做的准备也是远远不够的。于是，大家一起挤进了那家专门卖进山衣服的商店，每人买了一套防寒服，直接在夏装的外面加套了冬装，心里才踏实，身上才暖和。

在阿坝的两天，我完全处于醉酒状态，感觉是头重脚轻，而且时常伴有头痛和胸闷。在高原期间，我并没有饮酒，每次见了酒，我就躲得远远的。我只是用鼻孔饮用了那些透明纯净的空气，用眼睛饮用了那些泉水的碧绿和清亮，还有漫山古木的苍翠。我知道，我的醉与酒无关，是那种不饮自醉的醉。其实，那种醉，也只不过是我单方面的自作多情罢了，是我作为一个到访高原的客人过于喧宾夺主了。这位东家主人就是高原大人，他无时无刻不是端坐在我的面前，他一直在对我冷眼旁观呢。

在阿坝的坝上住了两宿，自然是两宿无眠。无眠的夜晚，我的心早已飞下了高原，提前回到了天府之国的成都了。因为，我知道成都的海拔只有五百米，只是盆地，或者平原。而且，那地方是我离开川西高原返程的必经之地，我迫切希望早一点过去，去那里缓一口气。

经过了这样几次经历，与高原有过近距离的接触之后，我终于发现，在我和高原之间存在着一种不公平的关系。许多时候，都是我在喜欢高原，高原却不喜欢我。特别是在最近这一次与高原接触过程中，我的这种喜欢与不喜欢的感受尤为深刻。从川西高原上下来的时候，我差不多就是落荒而逃了。

高原对我的冷漠无情，并没有让我产生对高原的怨恨。我对高原的喜欢依旧，向往也是依旧。假如下次有机会再次去高原，我还会欣然前往吗？这个问题，无须考虑，我还会去的。

因为，我是真心喜欢高原。而且，我还想让高原也喜欢上我呢。

2015 年 11 月 1 日写于合肥

相遇辛夷花

入住了城西蜀山脚下的这个小区，我最得意的是它的绿化。小区建得早，开工建设时，这个城市的地价还趴在地板上，没法抬头，所以开发商才有能力在小区里留出了大片的空地。所谓空地，其实也没真的空着，只是没有用于盖房子，而是用作绿化地了，种了许多树，也栽了许多花草。

小区里的花木，琳琅满目，品种繁多，小区宛若一个小小的植物园。花木当中，许多熟悉的面孔，我至今都叫不出名字。其中，离我最近，就在我窗外的一株花木，到底是一株什么花呢？在很长时间里，我都没有搞清楚。当然，没有搞清楚，还是因为自己没有认真，认起真来，还能搞不清楚吗?

其实，说它是一株花，应该是不够确切的。准确地说，它还是一棵树。虽然，它也会开花，能够开出让人惊心动魄的花，但它的花期很短，通常就只有三五天。一年四季，绝大部分时间，它都是以树的姿态出现在我的眼前。

我说它是一株花，自然也有我的理由。我最早注意到它的存在，是在它的花期里。是它的花，猛然拽住了我的目光，把我的目光拴到了它的身上。在小区里众多的花木当中，我才注意到了它的存在。于是，我以花的名义，把它储存在记忆中。

那时，还在正月里，才过了正月十五，节令上也就在雨水前后吧。虽然已经是春天了，但天气依然很冷，还在冬天里。我们这里的冬天，性格很有些黏糊，不是很干脆。冬天来的时候，有些吞吞吐吐；去的时候，却又是没完没了，不干不净。这样的冬天，曾经让我想起了学生时代遇上的某一位爱拖堂的先生，明明下课铃已经响了，下一堂课的老师都快走到教室门口了，可他就是不宣布下课，不愿意离开教室。你看，这个样子让人焦急不焦急！所有的学生，心都飞到下一节课的课堂上去了。春天来了，没有谁还愿意留在冬天里。

我最初注意到那株花的时候，它跟一般越冬的树木没有什么两样。因为是阔叶乔木，冬天到来之前，它的叶子就早早落尽了。整个冬季，它轻装上阵，不披不挂，枝枝丫丫毫不含糊地直指天空，似乎在跟冬天的寒冷较着一股劲，斗着一股子气。我发现，它根本就不怕寒冷，在那么些寒冷的日子里，那个赤身裸体的它，也不见哆嗦。也许，在它的身体内部，蕴含着一股巨大的活力呢！寒冷见了它，都觉得不是它的对手。你看，那些寒冷的风，围着它转了几圈之后，就悄悄地隐退，不声不响地躲到一边去了。

我觉得，它若是个人，它肯定是个急性子人。真要将它拟人化，说它就是个人，那它就应该变成她了，而不是他。说她是一个急性子的女人，才最为合适。你看，她的心里从来就搁不住事儿，不会藏，也不会掖，心里有了什么，就一股脑儿全说出来，一吐为快。这不，春天还没有真正到来，天气还没有真的暖和起来，去年秋冬季节落过叶子的树们，都还没有来得及长出新的叶子，枝杈上依旧是光秃秃的。你看，它就已经按捺不住了，在一个和风拂面的清晨，它便毫无征兆地在几个高处的枝头上，十分突兀地冒出了几颗白色的花蕾。那花蕾呈纺锤状，很像那些刚刚出水的白莲花，是小荷才露尖尖角的那种情状。差不多，就在第二天早上，花就开了，开出了茶碗口一般大小、白莲花般模样的花朵。雪白的花，飘逸着若有若无的中草药的淡淡香味。如果不看花枝，单看花朵，我还真的怀疑它就是莲花呢。一枝白莲，清新自然，刚刚出水的芙蓉，花苞的尖梢上还挂着几颗晶莹的水珠。

谁都不会想到，如此的娇羞美丽，白莲花一般的不知名的花朵，作为花的生命，竟是那么短暂。它让我无端地想起了“红颜薄命”那几个字，但又立即自我否定了，因为它的花色并不是红的，眼前的花色分明就是白颜色的。我这才意识到自己的狭隘，“红颜”未必真的就是“红颜色”了。这种白色，又何尝不是一种“红颜”？你看，那些开放的花朵，才见过一天的阳光，就匆匆凋零了，被夜间突如其来的寒风冷雨打了个七零八落，雪白的花瓣散落在地上，有如几个巨大的禽类刚刚在此打斗过，地上飘落着一摊凌乱的白色羽毛。实际上，倒春寒是春天里极其常见的现象。倒春寒说来就来了，来得总是那样猝不及防。或许，对于倒春寒，人们多少还有些防备的。因为，现在的天气预报尚有一定的可信度，比起一般的消息可靠多了。变天之前，天气预报通常已经先行了，人们就有了添衣御寒的准备，对于眼前的天气变故，大多能够接受和顺应，不会大惊小怪了。

至于花木，自然没有人类这么聪明、这么幸运了。它对天气的变化，事先并不知晓，没有谁告诉它。它要是提前几天就知道了，天气要变，冷空气就要过来了，那么，花枝上那些花蕾肯定会往外冒得慢一些，更不会急于开成花朵了。等着倒春寒过去，冷空气越走越远了，再来开始它的花期，让花蕾从枝尖上吐出来，继而，迎着和煦的阳光，渐渐绽放开来，该是多么美好的事情。可是，花儿毕竟是花儿，花儿不是人，它没有人的先见之明，它不懂得人类的中庸之道，也没有同类能够相互关心、相互帮助。

它就只能这样了，顺其自然，听天由命。因为，它性急了，它冒尖了，所以它终于遭到了上天的谴责，甚至遭受了灭顶之灾。一个原本精彩的花期，精彩并没有来得及呈现出来，它就匆匆宣告提前结束了。现在，花儿凋零了，它就是一棵树，它也只是一棵树，一棵还沉睡在冬天的树。因为，花落之后，树的枝头还是光秃秃的，树的新叶还未长出来呢！

唉，这就难怪了！你看它性急不性急呢！它已经违背了自然界的常理了！按照惯常的道理说，叶子总是要出现在花的前面的。所谓，红花还得绿叶配嘛，说的就是这个道理。对于花来说，叶是必不可少的。叶，可以给花作为铺垫，作为陪衬。叶，还可以对花起到保护作用，风来叶挡，雨来叶遮，叶就充当了护花使者的光荣角色呢。

可是，窗外的这株花却不懂得这个道理，在它尚未长出新叶之前，它就把一年才开一次的花儿，提前开出来了。它这样急吼吼地开出花来，或许，它只是想讨好一下或者是报答一下那个令众多的花儿竞相开放的春天呢。谁料，春天，这个阅花无数的主儿，它见过了太多的姹紫嫣红，对于花的美丽，春天有了一种疲劳感。春天见到了那株花的花容月貌时，不仅不激动，而且不领情，对那株意欲讨好春天的花儿，板起了面孔，没有给它好脸色看。这样，那株花儿才被吓得花容失色、魂飞魄散了。

看来，做一株花，也不是一件容易事呀。作为花，并不是它应该在什么时候开，就能够在什么时候开的。可是，花儿能否选择一个合适的时间来打开自己，绽放出来，实在是太重要了。花儿开错了时间，简直就是个要命的事情。

说了这些，我还是不知道，窗外那株花，到底是一株什么花。不过，不知道也不要紧，只要你想知道，总会有办法的。如今，最便捷的办法，还不是查阅字典词典，而是上网查询，去请教网络先生。你不知道的东西，兴许那位网络先生都知道呢。

上网一查，我果然就知道了，那是一株辛夷花。难怪，它那么酷似莲花呢！它有木兰等许多别名，其中一个别名就叫木莲花。其实，辛夷花并非只有白色，还有紫色呢。我记起来了，在小区里，的确还有一种紫色的花，虽然它不在我的窗前，但是我可以肯定地说，我见过它。原来，白色的、紫色的，都是辛夷花呢。

提到这“辛夷”二字，我不免想起了少年时读过的杜甫的诗句：“辛夷始花亦已落，况我与子非壮年。”轻吟了杜工部的诗句，再抬头看看窗外，光秃的树枝树丫，满地的白色花瓣。我对辛夷花就不再陌生了，心中的那个问号，突然在瞬间拉成笔直了！

下次，在春天里，在别的地方，见到这种白色的或者紫色的开在乔木枝头的“莲花”时，我就不会再问那是一株什么花了。我知道，它就是辛夷花。它就像我曾经见过的，那些简单而性急的人。

2016 年 3 月 9 日深夜写于合肥

在青海邂逅油菜花

我去过一次青海，那是在几年前的一个夏天。

七月下旬，正是江淮平原上的流火季节，天气十分炎热。在我居住的长江以北、淮河以南、巢湖之滨的这座城市，那个时节里，人们的衣着都是尽量短和少，而且，人都希望躲进空调器吐出来的冷气里面，不敢出门。突然有了一个去青海的机会，我真的非常高兴。其一，我知道青海无暑热，江淮平原上酷暑难耐时，在青海高原上却是清凉宜人的季节。虽说此行只有短短的几天时间，但也算给了我一个难得的避暑机会，能够享受几日的清凉。在青海的那几天，肯定不会整天关了门窗开空调，将会直接享用青藏高原这架巨大的纯天然原生态的空调机所带来的凉爽和惬意。因此，我便想到，去的时候还得带上一件厚外套，甚至要带毛衣裤，以备早晚天凉。其二，我之前还没有去过青藏高原，对于西藏，或者青海，心里头装满了十分浓重的神秘感，一直非常向往。所以，有了这次机会第一次而且还是在夏天里去青海，我的兴奋和激动，自然不可避免。

在青海的那几天，时间虽不长，我还是走了不少地方。只是没有想到，回来以后，我对青海却没有留下太多的记忆。让我难忘的只有两个，一个是青海湖的水，一个是门源县的油菜花。

青海湖，宛如一颗明珠镶嵌在苍茫的高原之上，它是青藏高原一颗明亮的眼睛，也是青藏高原圣洁的灵魂。青海湖的水，向来被视为圣水。我去的时候，也是怀着虔诚之心立于青海湖边。那一刻，我感受到了青海湖的水给我心灵的震撼，给我灵魂的洗礼。从青海湖边离开的时候，我突然觉得对生命的存在及其意义有了更深一层的理解。

在青海的门源县，我看到了大片的油菜花。那种熟悉的花色和花香，让我感到了格外亲切。那里的油菜花就好像我的一位亲戚，或者是邻家的一个女儿，不知道她在什么时候悄悄嫁到了远方，我和她，在这个遥远的异地他乡十分意外地相遇了。她突然出现在我的面前，让我吃惊，也让我欣喜。在青海，门源县的油菜花，让我看到了一种来之不易的美丽，一种楚楚动人，让人感动不已的风韵。

其实，我并不是一个善于赏花的人。若是善于赏花，到了青海，我一定会去欣赏格桑花，赞美格桑花了。高原上的格桑花，那才是青海大地上花草之中最美丽的精灵。在青海，我也曾见过格桑花，但印象不深。我从青海回来以后，甚至都记不得格桑花的模样了。我这么说，可能有点对不住格桑花。不过，这也没有办法。我说的是实情，在我的脑子里，当时就没有存下对格桑花的印象，我丝毫没有对格桑花的贬低和不敬之意。如今，时间已经过去好多年了，我一直忘不了青海的油菜花，我在门源县看见的那一大片金黄色的油菜花。

那天早晨，从西宁出发。坐着大巴，在海拔三四千米的高原上摇摇晃晃，忽而上天，忽而入地。就那样上上下下忽高忽低地折腾了大半天，把人折腾到头昏脑涨的地步，才终于到了那个号称万亩油菜花的门源县。那地方，是一处高原上的洼地，相对山峰而言，它的海拔低了不少。可能，正因为这一点，才有利于一些物种在高原上的存在。所以，门源县的那片油菜花，是我在青海大地上见到的最壮观、最热烈的景观了。

在门源县，我和那些远道而来的人一起，被淹没在油菜花金黄色的海洋里。当时，我有一种错觉，我感觉，我是回到了自己的家乡，回到了自己的童年。在我的家乡，在我的童年时代，一到春天，桃花开的时候，田野上就开出了大片的油菜花。油菜花开的时节，整个村庄都沉浸在一种特殊的芬芳里。那是一种充满了希望的芬芳，村人闻着花香，脸上也露出了油菜花一般灿烂的笑容。看到了油菜花的尽情绽放，村人对这个季节的信心就格外足了。那些日子里，不知道从何处突然飞来了那么多的蜜蜂，忙着在花丛间采蜜。蜜蜂们也像这个时节的村人一样，忙碌着，同时快乐着。它们飞来飞去，飞上飞下，飞飞停停，发出嗡嗡嗡嗡的鸣叫声。那种鸣叫声很好听，有如和弦，还有金属的质感，该是献给天上神仙的天籁。可是，在那种美妙的声音的背后，却又充满了人间烟火的味道，让人尝到了油的香味和糖的甜味，让人感受到一种很特别的踏实和满足。

在门源县，站在那片开满油菜花的田野里，我也同样有了一种久违的踏实感和满足感。当我听见这异乡的蜜蜂在我的耳畔嗡嗡鸣叫的时候，我甚至错把这个遥远的异乡当作自己的家乡了。低下头来，仔细一看，我才发现这里的油菜花，跟我家乡的油菜花还是有所不同的。家乡的油菜个头很大，花朵也很肥硕。这里的油菜秸秆长得挺苗条，花朵开放得也秀气多了。这就让我想到，生长在这几千米海拔之上的油菜花一定很不容易，一定是历尽了种种艰辛，克服了许多让人意想不到的困难。我从江淮平原来到这青藏高原，一落地，高原就给了我一个下马威，让我感到了心慌气短。油菜，这种娇滴滴的小花小草之类的物种，从平原来到高原，又何尝不是如此呢？在这个连空气都很稀罕的地方，生命的存在，特别是还需要在极其有限的时间内，完成生长、发育到成熟的全过程，一定是一件非常了不起的事情。那些油菜，从一粒种子被撒下土壤开始，它悄悄地发出芽来，慢慢地长出叶子，缓缓地抽出秆子，努力地打出花蕾，尽情地开出花朵，直到最后终于结出了一些细细的、圆圆的籽粒，这该是一个多么复杂漫长而又艰难辛苦的过程。

我知道，家乡的油菜花，在春天，在三月，它就盛开了。到了四月，油菜的籽粒就在那些细长细长的角荚里面悄悄长大。过了五一节，田野里的风就一天天地火辣起来。五月的热风，深情地吹拂着无边无际的油菜田，油菜们在热风中一天一副模样，一天一个成色。直到有一天，繁华落尽，油菜们只剩了光秃秃的秸秆和角荚，不见一片叶子了。风路过田野时，油菜的角荚好像无数的响铃，被风摇响，满田野都是沙沙沙沙的声音。这种声音非常激动人心，它似乎在告诉村人，油菜的收获季节已经到来了。村人走在路上，都能闻到油坊里榨油的芳香。

可是，在青海的门源县，油菜花的开放，却比我的家乡晚了不止一个季节。估计，家乡的油菜正在开花的时候，这里油菜的种子还没有发芽呢。而后，伴随着高原上姗姗来迟的春天的步伐，油菜的种子慢慢地发芽、出土，完成了生长和发育的过程，终于在春天的末尾，秋天的开头，开出了那些个头不是很大却也灿烂动人的花朵。正因为这样，才惹得许许多多的赏花人，不远千里万里，从天南海北，四面八方，来到了青海，来到了边远的门源县。这些人一定是错过了一个季节，春天的油菜花盛开的时候，很有可能，他们离春天和田野都很遥远，错过了一个美丽的花期。这些人追赶着季节的步伐来到了青藏高原，来到了门源县这块高原上的洼地目的就是为了看一眼这高原上的油菜花。

我不知道我的看法对不对，我是觉得，在青海这个地方应该是没有夏天的。春天的后面，紧跟着就是秋天了。而且，秋天也不是很长，冬天就躲藏在秋天的背后，人们稍不留神，一阵风吹来，就把冬天推到了眼前。

那次去青海，正是江淮平原上炎热的夏季，门源县的油菜花，却让我回到了春天。久久地站在油菜花丛中间，我便有一种幻觉，觉得我已经置身于春天的花海。身边的波浪随风起伏，我的心里，顿时涌起了层层波浪。心中的波浪，源于多重的推动力，除了惊讶，除了欣喜，还有敬意。我对面前的油菜花，对于那些高原上的物种，对于高原上所有的生命，心中充满了深深的敬意。

2016 年 4 月 4 日写于合肥

少不入川

在我的家乡有一句俗语，叫作少不入川，老不入广。意思是说，人在青春年少时，定力往往不够，见了美色难免把持不住，容易失态。四川多美人，年轻人去了那里，往往会乐不思归的。老年人怕冷，喜欢暖和。广东、广西的气候温暖湿润，老年人去了那里，会觉得很舒服，不想回来，回来以后反而觉得不适应了。按照家乡老话的说法，像我这样一个不老不少的人，“入广”或者“入川”，该是想去就去了，很随便的，不在那些禁忌之列了。

广东、广西我去得早了，且去过多次。唯独四川，我迟迟未去。直到前年秋天，我才有机会去了一趟四川。四川之行，也算是了结了自己的一个心愿。回来以后，再想想家乡的这句俗语，我觉得这句话也不一定对了，说得有些言不及实了。至少，前边那四个字说得没有多少道理。我从四川回来，若是有人问我，在四川都看到些什么，我肯定不会说我见到了四川的美人。实事求是地讲，此次四川之行，我还真的没有见到传说中的四川美人。一路上，养我心、润我眼的，并不是四川的美人，而是四川的水。当然，如果按照另外一种说法，女人是水，倒推过去，水就是女人了。如此说来，我在四川还真的是遇见美人了，而且，都是一些绝色的美人。因为，我在四川看见的那些水，全是这人世间最美丽的水。

那天，我是乘坐中午的飞机离开合肥到达成都的。午前，从合肥起飞。午后，到达成都。离开合肥时，合肥晴空万里。天气还很炎热，我们一行几人，一个个都还穿着短袖衬衫。飞机在成都落地时，情况大不一样了，天空低矮阴沉，秋雨霏霏绵绵。气温也比合肥低了许多，穿着短袖衫，胳膊肘子露在外面，人就很不舒服了，觉得有些冷。

坐上来接站的大巴，沿着成都外环高速公路，向北行驶了六十多公里，花费了一个多小时，到达了青城山脚下的一个小镇里。那地方属都江堰市管辖，小镇离都江堰市区很近，才十来公里。小镇所在的地方也在下雨，甚至雨下得比成都还要急，还要多。整个小镇淹没在一片灰蒙蒙的雨雾中，背后的青城山，只剩下一个美丽的传说，远在云里、雾里，看不见山的真面目。

很奇怪，我在小镇住了三天，三天里这地方一直在下雨，没有一个晴天。在我居住的江淮平原上这座城市里，秋天的雨水从来都是很金贵的。立秋过后，伏天还在，天地之间就是一个巨大的蒸笼，最难得的就是下一场透雨，这一场雨却总是姗姗来迟。所以，在江淮平原上，秋旱的年景并不少见。秋后的雨，常常被人视为喜雨。秋后的燥热，凶猛如虎，因而才有了“秋老虎”一说。在江淮平原上，立秋以后，人们期盼老天爷赶快送一场雨过来，一场秋雨一场凉啊。老天爷可能也有他的难处，这下雨的事，估计也不是他老人家说了算，说下就下，说停就停。天不下雨，人们并不怨天，人们只会去烧香求雨。自古以来，就是这样，各地都留下了有关求雨的传说。

我所居住的这座城市，真正意义上的秋天其实很短暂，好像只是一瞬间。天气一直要热到十一月份，直到某一场较强的冷空气自西伯利亚匆匆赶来时，天气说变就变，说冷就真冷了。在热和冷之间，并没有一个多长的属于凉爽的过渡地带。四川就不一样了，起码我所体验过的都江堰，乃至成都一带都是这样。我是亲眼所见的，秋天的雨水很多，一下就是三五天，甚至更长时间。秋雨过后，天气便会迅速地凉爽起来，秋天也就真的来了，让人真正享受到秋天的舒适。难怪，这个地方自古就叫作天府之国呢！它不光物产丰富、百姓富庶，还是个气候宜人的好地方。否则，与天府的美名就难以相符了。

到了都江堰，我才明白了这个地方为啥不同寻常，竟然有那么多的雨水，尤其是在其他地方容易干旱的秋季。这个地方以都江堰这座千古驰名的水利设施作为地名，时间并不是很长，才不过几十年。它曾经有一个很古朴的地名，历史悠久，来路漫长，那个名字直接与水相关，千百年来这地方就叫作灌县。“灌”，当然离不开水了，有水，才能“灌溉”嘛。当年的李冰父子修建都江堰，最根本的目的也就在于这个“灌”字了。都江堰修成之后，浇灌了成都平原的千万亩良田，也润泽了天府之国千万人口的心田和福田。至此，我终于理解了，在成都，在都江堰，怎么会有那么多的雨水？这是因为，川地多水。雨和水从来都是分不开的，有雨就会有水。反过来，有水才会有雨。雨和水，始终互为因果，相互循环转换。天上不下雨，地上哪来的水？地上没有水，天上又怎么能下雨？你让腾格里沙漠的天空下一场雨试试看！就算有雨水，那也被热浪在半空中给喝干了。在都江堰这个自古以来以“灌”为地名的地方，老天爷喜好下雨就很正常了。倘若天不下雨，这个名叫“灌”的地方，拿什么来体现“灌”的名分呢？一个原本就没有水的地方，它只能渴望被人“灌溉”，却无力去“灌溉”别处了。

离开古老的灌县时，天还在下雨。我们回到了成都，成都也是雨天。我们在成都没有停留，从双流机场起飞落到了四川西部的阿坝州。在那个海拔三四千米的川西高原上，原以为，我们可以去看山。实际上，那里的山，并不是我们想象的那样，山并不是那个地方最值得看的风景，比山更加值得一看的，还是山中的水。无论是在黄龙，还是在九寨，外地人不远千里万里而去，都是直接奔着水而去的，人们想看的都是那里的水，而不是那里的山。关于这一点，实际上，在黄龙和九寨的名字上，已经很明确地体现出来了。所谓黄龙，顾名思义，就是一条黄色的龙。有龙的地方还能没有水吗？“积水成渊，蛟龙生焉”，有水才会有龙！这条黄色的龙，其实说的就是一条河流。河水清澈透明，水中的黄色矿物质沉淀在河床，钙化以后，如同给河床披了一层金黄色的龙皮。澄明的河水，流淌在金黄色的河床上，远远望去，自然就像是一条金黄色的巨龙了。至于九寨的名字，当然直接与水相关了。因为，在“九寨”二字的后面，还应该有一个“沟”字，通常为了简洁被人省去了。完整的说法，应该是三个字，九寨沟。这三个字的中心词自然就是后面那个“沟”字了。沟里是什么？不言自明，当然是水。不过，“沟”里的水，可不是一般的水，它也许就是人世间最美的水了。它的美，美在清纯，美在洁净，没有一丝杂质。可以说，简直美得完全不懂人情世故了，根本不知道人世间还有“浑浊”二字。按照前面的思路，照着《红楼梦》上的说法，女儿是水做的。这九寨沟里的水，如果一定要说她是女人，那她就该是处子了，养在深闺人未识的二八佳人。

行走在川西高原上，路过松潘县境内的一道山岗时，一位当地的朋友告诉我，那个地方就是岷江的源头，那道山岗也就是岷江与嘉陵江的分水岭。向北的水，一路下去，流入都江堰，到达成都平原，成就了岷江。向南的水，流经重庆境内，最后汇入长江，成就了嘉陵江。这个时候，我似乎豁然开朗了。其实，这一趟到四川，我看来看去，到最后看的都是水。我好像一条水中的鱼，从水的下游，逆流而上，历尽艰难，来到了水的上游，而且还游到了水的源头。然后，又顺着水流的方向，从高处顺流而下，一直回到低处。一路上，承载我的，伴随我的，让我兴奋的，让我感动的，其实都只有一个字：水。

在四川的这几天，我看到了自天而降的雨水，看到了流淌在大地上的河水。在低处，我看到了正值壮年生命力非常旺盛的滔滔洪流。在高处，我还看到了涓涓细流，是那种年幼的天真无邪的小溪流。

从前，我没有在意四川与水的关系。这一趟去了四川，我才发现，四川这地方原本就与水结有不解之缘。或许，我的这一发现，并不稀奇，别人早就知道了，只是不说而已。也可能，人家早就说了，只是我一直没听见。果真如此，也只能怪我孤陋寡闻了。

在我看来，四川与水的渊源，在“四川”二字上已经昭然若揭了。一而再，再而三，在人们的心目中，三就是多了。一个地方如果有了三条河流，完全可以说那是一个多水的地方了。何况，四川这个地名，它的名字里面包含着四条河流呢。你说四川与水的渊源，是深还是浅呢？

从四川回来以后，仔细想想，家乡的那句老话似乎还是有道理的，少不入川。年少之时，看山看水看美人。记住的是美人，忽略的是山水。人到中年以后，看山不是山，看水不是水。没有看到美人，也没什么遗憾。或许，山水就是美人的化身。

要说遗憾，是到了四川不看水。不看水，等于没到过四川。

2016年4月2日写于合肥

长寿村的空气

在隆冬季节里，连日来的雾霾天气，让人的心里很是压抑。人的心情也像外面的天空一样，灰灰蒙蒙，十分低沉，十分晦暗。这个时候，人就特别想念阳光，想念天空的高远和深邃、澄澈和明朗。从前的人，谁也不会想到会有如此的天气，在城里呼吸一口新鲜、干净的空气，都已经成为一个时代人们最大的奢望了。

天人之间有灵犀，所以天遂人愿。多日不见的太阳，终于还继续存活着。晴朗的日子，在一个周六的早晨光芒万丈地来临了。小区里一直十分沉闷的气氛突然间活跃起来，老人和小孩纷纷倾巢而出，抓住了这难得的机会，尽情享受着这个冬日阳光的赐恩。

人多了，人气就会突然旺起来，商家们见了暗自高兴，纷纷行动起来，在小区的商业街上摆摊叫卖。有卖牛羊肉、鸡蛋、豆腐的，也有卖香菇、木耳、竹笋等干货的，对于这些干鲜食品，商家们统称为年货，而且还专门立起了一个巨大的广告牌，上面写着“年货节”三个大字。商家们在努力地制造一种气氛，让小区业主们在这个晴朗的日子里购买年货，心中产生一种过节的快乐感。这就让人想到，现在的节日比过去多了很多。其实，有些节日就是由商家们呐喊叫卖而产生出来的。正如这小区里的“年货节”。

在众多的商家当中，有一家很特别，他们在卖跟别人家不一样的几样东西。一个是粗粮，有白米，有红米，有黑米，还有金黄色的小玉米。无论是哪一种米，价格都不菲，甚至，那就根本不是米粮的价格，它比猪肉的价格都要高出很多。一个是饮用水。水是用透明塑料桶装的，有大桶装、小桶装，表面看，与普通矿泉水无异。可是，价格的差别就大了，一瓶500毫升的矿泉水，在超市里一两块钱就能买到手。在这里，没有十几块钱，这一小瓶子饮用水你是拿不到手的。这哪里是水，这分明是油呀，而且还是上等的油。或者，简直就是酒呀，而且还是优等的酒。水比油贵，水比酒贵，原以为只是一个传说，没想到在这里竟是事实了。第三个东西，比起米和水来，就有些远了，也不像米和水那样直接，那样实在，看得见，摸得着。那东西，价格倒是不贵，只有我们身边的同物类价格的一半。可惜它实在是太遥远了，遥不可及，远在千里之外，只能想象它的模样，现场却无法看得见。但是，它又是实实在在地存在、大家都能够用得上的东西，若果真到了那个千里之外的地方，那东西还是必不可少的。那东西，就是酒店的客房。

这样一说，情况就十分明白了，这个商家在卖的都是些生活必需品，有吃的，有喝的，还有旅行时住的。无论是吃的、喝的，还是住的，所有的东西都是指向了同一个主题词：长寿。

原来，这个商家所卖的就是那个举世闻名的长寿村的土特产品。现如今谁不想长寿？我一看这些来自长寿村的产品，立刻也怦然心动起来！可是，就在我准备掏钱购买的时候，又忽然想起了什么，我感觉若有所失。随即，那几张即将蹦出口袋的钞票，被按捺下来，重又归于安静。我缓缓移步，在商家的摊铺上，仔细寻找我觉得缺失的东西，找了一遍又一遍，都没有找到。实际上，我就根本不知道所缺失的东西究竟是什么。于是，我的购买欲不声不响地溜掉了，啥都不想买了。几张刚才还在蹦跳的钞票，现在已经安然入睡。我感到很失落，想转身离开。

真的一转身，那个失落的人就不再是我了，立刻变成了我身后的那个姑娘。那姑娘是商家的售货员，她见我收起了钞票转身欲走，就十分失落地问了我一句，您不买了吗？

她这一问，倒是让我突然想起来了，刚才我所寻找的那个若有所失的东西。粗粮和水，我是想买的，但我最想买的，还是另外一样东西。其实，这些日子里，那个另外一样东西，才是我……不，应该是我们，应该是我们大家最最需要的东西了。那东西是不可缺少的，缺少了那个东西，人就无法生存，非憋死不可。

于是，我十分惊喜地转过身去，问姑娘，你卖长寿村的米，也卖长寿村的水，有长寿村的空气卖吗？

姑娘扑哧一笑，以为我在逗她玩呢，便不真不假地回敬了我一句，您若是真的要，下次我到长寿村去，一定给您带一罐子回来！而且还免费！

我却很认真地回答她，怎么不是真要？只是一罐子太少了，不够用的。我也不要你免费，该多少钱，我给你多少钱，你要保证给我带回来。而且，要带，就得我带回一片天空！你带得了吗？

姑娘很机智，并没有被我的话噎住。她很轻松地回答我，天空就不需要带回来了，我只需把您带到那片天空底下去就行了。那片美丽的天空，就属于您了。您看，在那里，我们已经为您准备好了新家，就等着您拎包入住了。那姑娘非常聪明，轻轻松松顺理成章地把话题转移到她所推销的房产上去了。

听姑娘这样一说，我还真的有些动心了。据说，现在，外面有钱的人都在移民，一移，就漂洋过海，移到了澳、美、加。咱是普通老百姓，兜里没钱，也不想移民那档子事儿，咱只想搬个家，离开这个高楼林立不见天日的地方，搬到一个没有雾霾、空气清新，看得见蓝天白云的边远的乡村，甚至到那些最贫困的山区去，还不行吗？

仔细一想，还真的不行。这个想法，你能想到，别人也许早就想到了。天底下，也就这么几个“长寿村”，四面八方的人都潮水一般地涌过去了，这个所谓的长寿村子还能够继续长寿吗？

嗨，过去，人们曾经为吃饭发愁，填饱肚子才是最大的难题。现在，旧的难题解决了，新的难题又来了，人们开始为呼吸发愁。许多人甚至想到，人要是不需要呼吸该有多好，那样就不用考虑空气是什么味儿了。

蓝蓝的天空下飘着几朵白云，风吹过，白云缓缓漂移，宛如天边雪白的羊群。儿时常见的情景，现在已经成为遥远的记忆。头顶一块干净的天空，呼吸几口清洁的空气，如今真的不是一件容易事了，显得非常奢侈。

既然过去了，人们也就不再去想它了，人们想的是远方长寿村的干净空气。其实，去长寿村安家落户，颐养天年，那也只是喜欢做梦的人们又一个美好的梦想。

果真去了，又能如何？人到了哪里，哪里就不再是一块净土，包括身边的空气，也就不再洁净。

2016年1月16日写于合肥

手写的历史

在黄岭村过年那几天，有的是时间，一个人钻进书房里，对那一柜子的旧书本进行了一次比较深入的清理。

那只柜子是用樟木做成的，掀开柜盖子，就有一股好闻的樟木香味扑面而来。据说，用这种木料做成的柜子可以防蛀，虫子们对它敬而远之。所以，用这种柜子装东西，很放心，没有什么隐忧。柜子很大，足以装三四床被絮吧。它原先就是用来装被絮的，现在不装被絮了，用来装书。原先，我留在家里的书，都是放在书橱里的，那是一种敞开式的书橱，更像一个书架。估计，母亲觉得书敞开着放在那里，灰尘多，不利于保存，还容易丢失。干脆，母亲就把那只樟木柜子掏空了，用来装书，并且上锁。钥匙就掌握在这老太太自己手里，除非我找她要，别人她谁都不给。不知内情的孩子们见此情状，还以为那只大木柜子里，是不是藏着什么好吃的东西，或者藏有一些好玩的宝贝呢。

是的，樟木柜子里的这些旧书，曾经是我的“美食”，如今还是我的宝贝呢。它们都是我在二十世纪八九十年代买回的书籍，有经济、金融方面的业务书，但更多的还是文学书。那时，我是个地道的“月光族”，每月的薪水总是不够花。那些书，便是我那段时间的唯一“积蓄”了，它们见证了一个热爱读书、热爱文学的青年，是如何度过自己的青春岁月的。

其实，我留在黄岭村的私有财产，也就只有这一柜子的旧书了。平时，难得有空在家待上几天，只有过年时才能在老家住几天，这个时间，清理旧书，便是我最想做，也是最快乐的事情。

无意中翻出了一个黑色胶皮封面的笔记本。打开一看，如同开启了一段尘封的历史，一个久远的年代，重新回到了我的眼前。笔记本上记录的是学习笔记，上面写满了许多密密麻麻的文字，有用钢笔书写的，也有用圆珠笔书写的。二十五年前，我参加过武汉大学的一期文学创作与评论培训班。这个笔记本就是那个时候的课堂笔记，上面记录了每堂课的题目、授课老师的姓名、老师讲课的主要内容。应该说，当年那个年轻人还是蛮用功的，课听得认真，笔记也记得仔细。因为这样，才给自己留下了一份珍贵的资料。毕竟，它记载了一段历史，而且还是一本手写的历史。现在回头一看，真的很有意思，让人感触颇深。时间这位老人，太让人崇敬了，他真的无所不能，他足以造就一切。二十五年前，给我们上课的尚且年轻的老师们，如今都是些声名显赫的专家教授了，甚至，还有被人尊称为大师的，成为某个领域里的顶尖人物。面对那一本手写的笔记，回顾这一段手写的历史，我也曾扪心自问，这二十五年的时间，也就是老师变成大师的过程，在这个漫长的时间里，你都干了些什么？你的成就又在哪里？你不觉得有愧于当年的这些老师？有愧于珞珈山下，东湖之滨这所美丽的校园？有愧于这样曾经认真手写的这一本历史吗？我就这样一次又一次地反问自己，直至把自己问得哑口无言，面红耳赤。

过后，我忽然想到，这一段历史，之所以能够保存下来，完全是得益于那本当年我亲自手写的笔记本。如果没有这本手写的笔记本，这段历史其实早已被我淡忘，它会继续默默地为岁月的尘埃所掩埋，且越埋越深了，待到哪一天我想起来了，要去寻找它，可能费尽九牛二虎之力也不会找到了。所以，我满心的庆幸，我才倍觉手写的珍贵了。

说实话，电脑录入代替手写，的确给人们带来了太多的方便。尤其是对于写作者来说，这个方便就更大了，书写的速度快了不说，单说文稿的修改，那可是再方便不过了。写作者大都有文不厌改的体验，一部作品的诞生，往往会经历数易其稿的过程。在过去，手写的时代，一份文稿，反复修改，反复誊写，可不是一件轻松事。现在来说，有了电子版就方便多了，想怎么改都行，不费事，也不费时。

方便之余，也有了些许的遗憾。去年，我在省城的一家报纸上读到了一篇有关贾平凹先生的读书写作访谈录。我从报上看到了平凹先生的手迹，那些写在稿纸上的行书手稿，十分隽秀，我简直要直呼太美了。那种手迹，让人感觉那不是作家的文稿，那完全是一幅优秀的书法作品。之前，我只知道平凹先生是文章大家，看到先生手迹后，方知先生还是书法大家呢。先生自己都说，书法比文学给他带来了更大的收益。假如平凹先生这样的文稿，直接写在电脑上，没有留下手写的纸质底稿，那岂不太可惜了！

这事，让我想到了一个道理，不同门类的艺术，其实都是相通的。现在的文章大家当中，同时作为书法大家的，还真大有人在。老一辈作家里面，情况就更加明显了。当年，汪曾祺老先生不仅文章写得好，而且字画也很漂亮，向他索书的人多，向他求字求画的人也不少呢。

由此看来，用电脑写字，也不完全是好事了。我的体会是用电脑写字，时间久了，会导致提笔忘字现象的加剧。我对电脑已经产生了强烈的依赖，好像离开了电脑，我就什么都写不出来了。于平凹先生那般的大家们来说，用电脑写作，就会丢失一件十分珍贵的东西了，那东西将来是可以进入拍卖行的，它就是作家的手稿。我不知道平凹先生现在是否也用电脑写作，从报纸上的手迹看，平凹先生还是留有手稿的。

说到这里，我又想起了另外一位当代著名作家，他叫刘庆邦，被读者和评论界同时誉为“短篇小说之王”的一位作家。我曾经在《人民日报》上读过一篇关于他的访谈，他在访谈中说，他的作品都是手写出来的，在他手写的同时，他的夫人就在一旁用电脑录入，将纸质文稿变成了电子版。这种夫唱妇随的作业方式，令人羡慕。除了温馨和感动，还有就是让人颇受启发了。这样操作，真是一举两得，两全其美，既保留了手稿，又顺应了当下时代的数据化的便捷要求。

有次，我问作家朋友徐迅，平时写文章是手写还是用电脑写。徐迅说，也手写，也用电脑写，更多的还是偏爱于手写。手写的感觉好，有利于写作思路的铺开和推进。我相信，他说得有道理，这一定是他的切身体会了。当时，我跟他说了句玩笑话。我说，你还是应该坚持手写，少用电脑写。你是大家，应该保留手稿，将来手稿值钱呀。说完，两人莞尔一笑。

其实，保留手稿，也不单单是大家名家的事情，我们普通人，保留了自己的手写稿，也很有意思。多年以后，回过头来再看那些发黄的稿纸，一股历史感就会油然而生，觉得那些书写在纸张上的文字，就是一段手写的历史。

2016 年 3 月 14 日深夜写于合肥

我被一只鸟深深感动

原来，让人感动，并不是一件多难的事情。不是所有的感动，都需要惊天地泣鬼神，弄出很大的动静。有时候，一个不经意的小小动作，乃至一种本能的姿势，也会让人感动不已。

我说这话，绝不是信口开河，想说就说。这话可是有根有据的。而且，这种根据还不是道听途说，是我亲眼所见的。耳听还是虚，眼见方为实。只有自己亲眼见过的东西，我才能深信不疑。

感动我的，还真的就只是一种姿势。而且，这种姿势，还不是人的姿势，它只是一只鸟的姿势，是一只鸟的一种本能的姿势，非常意味深长，让人十分感动。而且，同样的鸟的姿势，我还不止见过一次。这就让我确信，我的所见，不是偶然，是一种必然了。同时，我能遇见这种必然，说明我和这种必然是有缘的。于是，我来给这种必然留下一点文字，想来，也该是理所当然了。

事情就是这样。我所居住的小区，坐落在这个城市的西郊。靠近一座山，也临近一片水。小区里空地较多，绿化尚好。邻近的山水，有树林有草地还有水面，因而有鱼有虫，便吸引了众多的鸟类前来安家落户。鸟儿们于山水间，玩得多了，待得久了，也许会腻味，像人一样会向往城市，想去看看城市是个什么模样。估计，在那些鸟儿的眼里，我所居住的小区，该是它们最邻近的“城市”了。所以，它们扇动几下翅膀，越过一道围墙，就过来了，在这里串串门、做做客，已是司空见惯的现象了。于是，我就有机会见到了城市里面难得一见的鸟们。小区里，我见得最多的鸟是喜鹊。它们大大方方的，从不把自己当外人，当客人，好像它们本来就是这个小区中的一员。我发现，栖息在小区里的鸟类，跟山野里的鸟类大不一样，它们胆子大，跟人特别亲。人来了，它们原先在地上干吗，还照样干吗，不避人，不会一见人就倏地一下飞走了。山野里的鸟可不是这样，不仅怕人，就连天上的月亮也会让它们受到惊吓。要不，诗人王维怎么会写出“月出惊山鸟，时鸣春涧中”的诗句呢？

小区里的喜鹊有两种，有花喜鹊，还有灰喜鹊。我不知道从什么时候开始，对花喜鹊的印象就不是很好了。我也说不上花喜鹊到底有什么不好，花喜鹊也从来不曾得罪过我。可能是因为读过汪曾祺的书，受了汪老先生书中某些文字的影响。这老先生在书中曾经说过一个民谣：“花喜鹊，尾巴长，娶了媳妇忘了娘！”我敢说，即便我忘记了那本书里面所有的内容，这句话，我还是记得的，始终不会忘记。再说，我在小区里经常见到的那些花喜鹊，总是蹦蹦跳跳、叽叽喳喳，从来没有安静的时候，觉得就花喜鹊的那种姿态该是略嫌轻薄了吧。这就不能不让我想起了汪老先生书中的那句话，我还真的不能不信老先生说过的那句民谣呢。

我要说的鸟，其实不是花喜鹊，是灰喜鹊。它跟花喜鹊外貌很相似，只是体型略小一点。外表的主要区别在于羽毛的颜色了，花喜鹊一身的黑白花，给人一种花哨感；灰喜鹊则是单一的瓦灰色，看起来就很庄重了。两种喜鹊外表不同的，在性情上的差距更大呢，让人不敢相信它们是同类。难怪，在我们人类世界里，常常有人感叹，同样都是人，差别咋就这么大呢！鸟类也是这样，只是我们听不见鸟类的感叹。同为喜鹊，花喜鹊同灰喜鹊的差别大着呢。

在我的眼里，灰喜鹊完全是一位城市绅士的派头。你看，它常年穿着一件干干净净、整整齐齐、色彩光鲜的灰色西装，脖子上打一个黑色的领结。说起话来轻声细语，走起路来步履沉稳大方，看到它们，总会让人想起二十世纪早期，那些民国绅士的庄重与典雅。现在的人，太过浮躁了，很少见有灰喜鹊那种模样的。倒是不少人，跟汪老先生笔下的“花喜鹊”很相像，功利得很，薄情得很。难怪，灰喜鹊还曾经被我所在的这座城市选为“市鸟”呢！在成千上万的鸟类当中，人们唯独选择了灰喜鹊作为“市鸟”，总归是有道理的，至少说明了一个城市对这种鸟的认可。如同“市花”一样，“市花”和“市鸟”都是一个城市的象征，是这个城市的形象大使。

我要说的感动，实际上，也只是灰喜鹊让我看到了它的一个习以为常的姿势。那种姿势，我到底见过了多少次，我已经记不清了。我记得很清楚的就有两次。所以，我才相信，那种姿势不是偶然的现象，那原本就是灰喜鹊的生存态势，或者说是灰喜鹊的生存理念了。

我所说的灰喜鹊那种生存姿势，很简单，就是灰喜鹊低头饮水、仰头吞咽的姿势。

两次，都是在早晨，又都是在这一个小区里面。走在小区里的道路上，我喜欢东张西望，让小区里的绿色植物，还有活跃在植物中间的那些机灵的小动物，或是飞鸟，或是蝴蝶，或是蜜蜂，来滋养一下我的有些枯涩的眼睛。无意中，我就见到了那样两次灰喜鹊饮水的姿势。两次，都是在雨后，在草坪上的小小水洼旁，灰喜鹊伸头到水洼里饮水。我发现，这位绅士先生，饮水的姿势真是优雅至极。它先是低下头去，把自己的一副小巧的喙，轻轻地插到水洼里。那种插入的动作，非常轻微和柔和，让人觉得灰喜鹊对那一洼水非常珍惜，它很担心它那副坚硬的喙插到了水里会不会把洼里的水给弄痛了。所以，灰喜鹊的动作是万分小心和轻柔了。之后，灰喜鹊慢慢地用了些吸劲，把水洼里的水抽吸到嘴巴里面来。然后，灰喜鹊抬起头来，继续抬起，进一步抬起，直至仰面朝天。这时，灰喜鹊才将他的上下两瓣小喙，轻轻地张合几下。那情景，很像饮者端起酒杯，仰首倾杯，一饮而尽，一副畅快淋漓的模样，让人感觉饮者手里的那杯酒一定好香好甜，旁边的人见了，也想同饮一杯，一饮为快。而后，灰喜鹊的嘴巴，那样翕动几下，咂摸几下，就真有些咀嚼的意味了，让人觉得，它喝的那口水肯定不是一般的水。那是琼浆，那是玉液。饮了它，总会回味无穷。至于，抬起头来，抬起，再抬起，直至仰面朝天，那完全变成一种典型的仰天长叹的姿势了。或许，灰喜鹊真的在虔诚地感叹呢！灰喜鹊在感谢上苍，是上苍给它以甘露，给它以生命！

灰喜鹊的那种情形，同时也让人看到了，是上苍的甘露，滋养了天地之间又一个美好的小小精灵！可以看出，在它那么小巧的身躯里面，包含着一个十分博大的心灵。这是一颗懂得谦卑和虔诚的心，更是一颗懂得珍惜和感恩的心。

至此，我才确信，姿势本身就是一种语言，而语言当然是一种心声了。灰喜鹊给我的感动，不仅仅是它喝水的那种姿势打动了我。姿势再优美，欣赏一下也就够了，还远远达不到感动的程度。真正让我感动的，是灰喜鹊那一颗虔诚的、感恩的心！从灰喜鹊饮水的姿势中，我读出了虔诚与感恩的意味，体悟到虔诚和感恩便是世间万物应有的生存态度！

人活在这个世界上，当以虔诚之心满怀感恩。这个世界并不欠你什么，只是于你有恩。心怀虔诚，充满感恩，哪怕你只是从地上汲取了一滴雨后的水！

2016 年 3 月 11 日深夜写于合肥

在河之源

芳菲四月，春光正美，是人们出门远行的大好时光。我正在寻思着有个机会出门踏踏青，踩一踩和煦的阳光。恰好，《金融文坛》毫无征兆地给了我一个去广东河源的机会。杂志社对2015年度优秀作品进行了评奖，我的一个中篇小说有幸获奖，杂志社通知我前往广东河源野趣沟创作基地参加颁奖会议。

此前，我还没有去过河源。说实话，我对河源这个地方是缺乏了解的，因而没有任何理由让我想起要去河源。接到会议通知后，我对河源忽然向往起来。我把这次出行机会看得很重了，心里十分珍惜着。

我是在一个傍晚时分到达河源的。进入河源市区以后，我才发现，这个城市并不大，市容市貌也不是很洋气，远没有广州、深圳、珠海那些珠三角城市的豪华和排场。还是拿人来说话吧，如果说，广、深、珠那些国际化大都市是些浓妆艳抹珠光宝气的城市女郎的话，那么，河源这座城市就是个素面朝天布衣棉裙的纯美村姑了。当晚，趁着下了长途汽车等待接站车来的空档时间，我在河源的街道上溜达了一小会子。灯光下的河源，给了我第一印象，这个城市很干净。河源的干净，不仅是地上干净，没有尘土，没有垃圾，更主要的是空气干净，有股好闻的清新味，丝毫没有一般城市空气里寻常所见的雾霾的异味。

我在市区只逗留了很短的时间，就被创作基地的接站车接走了。车子开往河源城外西北方向，目的地是距离市区约十千米的地方，那地方就是我此行的目的地——野趣沟创作基地。接站的司机姓许，他是河源本地人，家住河源市下面的东源县，他对河源的情况很熟悉，是个很健谈的中年人。一上车，我就迫不及待地跟他聊上了，向他问这问那，他不厌其烦地一一作答。我首先提出的问题是，河源为什么叫河源？许师傅不假思索地说，因为我们这个地方水多、河流多，所以叫河源呀。你看，就在河源城外，大桂山脚下，新丰江的上游有一座水库，原先叫新丰江水库，现在大家都不叫它水库了，叫它湖，它有一个非常好听的名字，万绿湖。之所以名叫万绿湖，是因为它的水面广、水质好，一望无际，几十万亩的水面上，碧波荡漾。

许师傅还说，咱河源不仅是广州的后花园，还是深圳、香港的大水缸呢。万绿湖的水从湖里流出来，经过新丰江，流向城市的东北方，在城外汇入了另外一条名叫东江的河流。万绿湖的水，通过东江，还送到了深圳和香港呢。如今的深圳人、香港人喝的水，就是咱万绿湖的水。许师傅意犹未尽，接着说，还不光深圳、香港人喝咱河源的水，甚至可以毫不夸张地说全国各地的人都有可能喝过咱河源的水呢。许师傅顺手往路的左边一指，对我说，你看，这就是某某某矿泉水公司呢。我侧脸过去一看，在沿街的院墙上，果然看见了那家大名鼎鼎的矿泉水品牌的字样。那个品牌，市场上随处可见，差不多是家喻户晓了。院墙里面有几座类似于大罐子的建筑物，那应该就是矿泉水的生产场地了。那个著名品牌的矿泉水，我是经常饮用的，身边的许多人也都在用。矿泉水的商家曾经在电视上介绍说，他们的水源为某湖泊水底几十米深处的泉水。现在，我竟然在河源见到了它的生产基地，可以想见河源的水质之优良了。新丰江的水，与千里之外的另一个水质纯净的湖水，一定是相媲美了。否则，人家也不会千里迢迢跑到河源来建厂。

车出河源市区，向西北方向行驶了一两公里，就开始进入山区了。我下意识地放下了车窗玻璃，想看一看沿途的风景。无奈，天色已晚，我所看到的无非都是一些黑乎乎的树影。虽然，看不了窗外的风景，车窗还是不想关上。因为，从窗外吹进来的风，特别沁凉，带着些许新鲜草木的清香味，还有丝丝缕缕花的馨香。这样的晚风，这样的山风，无疑是会让人陶醉的。尤其是一个久居城市、深受雾霾所害的人，陡然来到这里，呼吸到了如此清新的空气，我忽然醒悟，这不就是我寻觅多时的“世外桃源”吗？我从内心深处佩服起这家金融文学期刊的诸位来，是他们独具眼光，找到了这样一个环境纯美的地方，创办了一块创作基地，为我们这些金融界的写作者造福了。

车行不足半个小时，就到了创作基地。明亮的路灯给人引路，描绘出创作基地美丽的夜景图。在野趣沟的沟底，茂密的树林中间，星星点点，散落着几座小木屋。有的是一层平房，有的盖成了两层小楼，外观都很好看，既古朴，又大气。第二天一早，我被一些久违的声音给叫醒了。那种声音，在城市是不可能听到的，在一般的乡村也很难听得见了。那就是天籁，林中的小虫和小鸟的鸣叫。拉开窗帘，推开窗户，我顿时吃惊了。我这哪里是住在房子里呀，我简直就是露宿在原始森林了。窗外，靠墙的地方有一棵古老的松树，从窗户里伸出手去，都能触摸到那粗大、苍老、遒劲的树干了。树枝上，几只不知名的小鸟啁啾不停，那种架势，很有些旁若无人、自鸣得意的味道。人来了，鸟竟然不去，好像跟人很熟悉似的。木屋的外墙上，爬满了绿色的藤萝，巴掌大的藤叶，如同仙子的脸庞，有风吹来，叶子在窗口躲躲闪闪，忽隐忽现的样子。藤叶面上，还有几只枣红色的甲壳虫，正在悠闲自在地漫步。我被眼前的情景惊呆了。昨天晚上入住小木屋的时候，我只知道我是住在林间，却不知道我与草木虫鸟离得这么近，这些家伙竟然对我这么亲。你看，高大的植物也好，细小的动物也好，它们对我都是热情友好的。或许，它们一见面就把我当成了自己的朋友，一位来自远方的朋友。至此，我方明白，到了野趣沟，住进小木屋，这才真的回归自然了。于这个林子中的草木虫鸟而言，我这个住在小木屋里的人，也就是它们中的一员了。在草木虫鸟的眼里，这个世界上，所有的生命都是平等的，无论块头大小，无论力量强弱。

早饭前，我曾经在野趣沟的林间小道上漫步。一股潺潺流水声，忽然让我止步了。路边，有一口泉眼，碗口般大小。清澈的泉水，从泉眼里汩汩涌出，在出水口绽放成了一朵硕大的、碧绿的花朵。清清亮亮的泉水，顺着路边的小水沟潺潺流淌，从山上流向山下。这时，我忽然明白起来，这个名叫河源的地方，它为什么会选择“河源”二字为名了。这一口泉眼，不就是“河源”这个名字最直接的注脚吗？一口泉眼，其实就是一条小小的河流的源头呀！而野趣沟，乃至整个大桂山，还有河源境内的所有的山山岭岭，又该有多少这样的泉眼呀！有多少这样的泉眼，在河源就有多少条大大小小的河流！

先前，我曾问过许师傅，河源为何叫河源。许师傅只是告诉我，因为这里的水多，河流多。说实话，我对许师傅的解释不是很满意，对他的话还是心存疑虑的。因为，许师傅只说到了水，说到了河，还没有说到那个最关键的字，源。后来，站在这口泉眼的跟前，我曾经的疑惑一扫而光了，心中豁然开朗起来。为了验证自己的理解是否正确，我回到了小木屋里，上网查阅了有关河源的资料。

的确，河源这地名就是它字面的意思，就是河之源。河源，是一座水之城，一座因水而生的城市。唐朝李吉甫《元和郡县志》载：“河源，本汉龙川县之地，齐于此置河源县，以县东、北三百里有三河之源，故名也。”三河，即连平河、忠信河、新丰河。三河汇合之后，名叫新丰江。新丰江被一道大坝拦腰锁住后，便形成了华南地区最大的人工淡水湖——万绿湖。有数字介绍曰，万绿湖水域面积370平方千米，蓄水量约139亿立方米。若将这个水量分摊给13亿中国人，每人可以分得至少10个立方米呢。由此看来，这个以河之源命名的河源，就不仅仅是广东省的河源了，也不仅仅是华南的河源，它是中国的河源，乃至是世界的河源。相信全国各地的人乃至异国他乡的人，也都和我一样，曾经喝过河源的水，享受过河源的恩泽呢！

站在那口泉眼边，我认真思考过，山上的泉水究竟从何而来？抬眼一望，什么都明白了。原来，山有多高，水就会有多高。因为，山上有草，有树。正是这些繁茂的植被，把从天而降的水存了下来，也把低处的水吸到了高处。难怪河源这个地方的水就特别多了，它真是一座地地道道的水城了，是因为它拥有很好的森林植被。有资料显示，河源地区的森林覆盖率高达70%以上呢。这样一座淹没在森林深处的城市，其蓄水量自然是无比丰沛了。

第一次来到河源，由于我没有很好地规划自己的行程，导致来去匆匆，没有足够的时间来行走河源、阅读河源。在河源，我只是停留了很短的时间，从抵达到离开，中间还不到二十个小时。可是，时间虽短，河源却给我留下了深刻的印象。

在河源期间，包括去河源之前，我想得最多的一个问题，还是河源为何叫河源。在“河源”这两个字中，我思考得最多的还是后面一个字，那就是“源”字了。我向来喜欢水，更加喜欢水之源。我喜欢观看那些泉眼处，源源不断，汩汩而出的涌泉。我喜欢涌泉的状态，看见了涌泉，我常常就想起了滴水之恩，心里非常温暖，充满了感恩之情。

这次河源之行，我对“源”的认识，更加深入了一层。对于“源”这样一个充满了恩情的字眼，我在心里更加肃然起敬了。

我以为，“源”，其实也是一种“缘”。有了“源”，才有“缘”。正是因为“源”和“缘”，人才会活在世上。所以，人的一生，最重要的就是守住一份源。走到哪里，人的心里都要有那一份源。有了那一份“源”，才会拥有那一份“缘”。

这次来到河源，就是因为我与河源之间存在一份“缘”。在河之源，对“源”字有了一种新的理解，这便是我此行最大的收获了！

2016年4月22日深夜写于合肥

重庆的味道

一方水土养一方人。其实，一方水土也养出了一个地方的味道。在一方水土之上的那些养人之物，总会有一个地方的特色。所谓一个地方的特色，事实上就是一个地方的味道。

从重庆回来以后，好长一段时间，我的脑子里并没有回放出我在重庆看到的山城风光、江城夜景，我倒是时常回想起重庆菜肴的麻辣味来。我这么一说，好像又回到了从前的我不太愿意触及的某个话题上。小的时候嘴馋，不惦记着别的，专惦记着吃的，在大人眼里，这就是一个人最典型的没有出息的表现。如今，说有出息也好，说没出息也好，这点真话我还是要说出来，而且直截了当，不遮不掩。重庆留给我的印象，最深刻的还不是这个城市的美丽风光，而是重庆菜的麻辣味。

这次重庆之行是一次集体活动，整个行程有人安排。抵达重庆后，第一件事自然就是吃饭了。不仅因为到了晚饭时间，大家的肚子也是真的饿了，都觉得该去吃饭了。在北碚区西南大学东门前下车，脚一落地，我就闻到了一股味儿，是一种很明显的菜香味。以前，听说过重庆菜以麻辣为主，无论是火锅，还是家常菜，都少不了麻辣味。这回，一到重庆，呼吸到重庆城里的第一口空气，我就闻到了重庆菜的麻辣味。正是这股麻辣味，加剧了我吃饭的念想，我不禁加快了步伐，赶往指定的小饭馆。

晚餐安排在一个名叫“黄老邪”的饭馆。这个店名很奇怪，看起来觉得有些眼熟，很像金庸小说里的某个人物名。抬手搔头一想，还真是的。不就是金庸武侠小说《射雕英雄传》里那个桃花岛的岛主黄药师吗？他的外号就叫“黄老邪”。我不知道这个店主是不是一个“金迷”，饭店取了此名是否受了金庸小说的启发。我只觉得这个名字挺好，很有味道，而且还是些文化的味道。我一时并没有咂摸出这是属于哪种文化的味道，因为金庸的小说，它会让人想到遥远的宋、金时期。不过，我不愿意多想，我情愿就事论事地从饮食文化的角度，来品尝这个名字的文化味道。我更希望从这个名字中品出带有重庆地方特色的那种味道，或者说就是重庆人最爱的那股麻辣味。

从西南大学东门出发，一路向北，走过了三个红绿灯口，再向右拐进一条小巷子，在巷子的北边就能找到那个名叫“黄老邪”的饭馆。进门以后才发现，这只是一家很普通的小饭馆，好像与它的名字没有任何关系，门头和室内的装饰，完全没有《射雕英雄传》里那种年代久远的古色古香。桌上的菜，全是重庆口味的土菜，荤菜或者素菜，全是一种风味——麻辣味。原先对于麻辣，我还是比较陌生的，在这“黄老邪”的餐桌上，一顿饭吃下来，我突然明白了，所谓的麻辣其实也很简单，使用的调料再多，最关键的只有两种：花椒和辣椒。没有花椒，味道就不会麻。没有辣椒，味道就不会辣。吃过了这顿饭，我同时发现，这家饭馆还真有它的文化味道。

虽然，它没有金庸小说里的武侠文化，也没有我想象中的宋、金时期年代久远的暗淡色彩，它所体现的就是地道的重庆饮食文化，或者说那是一种麻辣文化。因为，来到这里的人，都跟我们一样，并不是为了来品味它的名字，大家都是冲着它餐桌上的麻辣味道而去的。

晚饭后，一行几人在街头徒步行走。如今，这已经是一种十分流行的生活方式了。很多人都有饭后徒步行走的习惯，我也乐于这样。有道是，饭后走一走，活到九十九。不管是真是假，走一走总归有好处，没什么坏处。何况，在重庆这样一个陌生的城市，走在陌生的街头，还能看到一些新鲜的风景。一行人这样一走，离西南大学的东门越来越远了，越来越接近北碚区的繁华商业地带。

已经走了很远的路，也过了很长的时间，我感觉鼻腔里面还留存着刚才在“黄老邪”的饭厅内吸收进来的麻辣味。说出来不怕诸君笑话，在合肥，我是极少去火锅店里吃饭的。虽然，合肥也有好几家名气不小的火锅店，甚至不乏原汁原味的重庆火锅。不去火锅店，倒不是因为我不愿意吃火锅。实际上，对于火锅我的心里是矛盾的，喜欢但又排斥。我喜欢自己动手让菜在锅里由生变熟的感觉，想吃哪一道，就涮熟哪一道。只是，我有些排斥火锅的麻辣味，觉得麻辣味太过强势了，吃过以后会在很长时间内霸占人的味觉。我不愿意去火锅店，也还不仅仅是因为这种排斥，最主要的是不太喜欢火锅店里的那股气味，那种夹杂着麻辣味的油烟和水汽的气味，直扑人的鼻孔，直钻人的肺腑。一顿饭吃下来，人的衣服上，乃至头发上，全都是火锅店里的气味，是那种很浓烈的麻辣气味。说得夸张点，就好像人跳到火锅里泡了个热水澡，浑身上下都是火锅味。味道这东西，往往就是这么奇怪，吃的时候可能会觉得很好吃，也很好闻，但吃过以后，再让人回过头来反复闻闻那种味道，估计多数人都不乐意了。

走在重庆北碚的商业街头，我很快闻到了我的衣服上，乃至头发上刚刚沾染上的麻辣味。我边走边吸溜着鼻子，好像在证明着什么。见我吸溜鼻子，同伴打趣我，是不是刚才没吃饱？还没吃够重庆的麻辣味？这一路上都在吸溜着空气中的麻辣味。吸吧，吸吧，尽情地吸。在重庆，哪里都是这样的麻辣味，你想怎么吸都可以。未来这几天，还会让你吸个够。

天啊，竟然是这样，我还以为只是自己身上才有这种气味呢。刚刚从饭馆里出来，把人家饭馆里的麻辣味揩油般地悄悄地携了出来。原来，还不是这样。虽然，从饭馆里出来，身上沾染了不少麻辣味，还是比不上重庆城里的空气中本来就弥漫着的那股浓郁的麻辣味。那晚，在北碚的街头，我走了很远，转了很久。一路走，一路闻着麻辣味。我渐渐意识到，麻辣味在重庆，几乎就是无处不在了。可以说，重庆这座城市早已整个地浸泡在麻辣味之中了。

也许，这种麻辣味，只有我们这些外来者初来的时候，才会敏锐地感觉到。本地的人，或者外来人待得久了，对于这种麻辣味，就不至于那么敏感了。关于这一点，在重庆的那几天，我就有过体验。

在重庆的街头很明显地嗅到麻辣味，那也只是在我才到重庆的一两天。后面，对于街头的麻辣味，我就有些充耳不闻视而不见了，几乎没有多少感觉。

我这个一直不爱进火锅店的人，这次在重庆，我曾经到过一家火锅店，吃过一顿很正宗的重庆火锅。重庆人说，不吃重庆火锅，不算到过重庆。这话，我信。吃过了那顿饭，对于重庆麻辣味的体验则更加深刻了。

火锅店坐落在渝北区观音桥附近。那是一家具有典型怀旧风格的火锅店，从店名，到店内装饰风格，再到工作人员的服饰及其称谓，都明显地打上了从前某个时代的烙印。在这里，我无意评价这家火锅店的经营理念，但我还是对它的怀旧风格表示不能欣赏。或许，人都有怀旧情结，但人们所怀念的通常都是曾经有过的某一段美好时光。可是，这家火锅店所怀念的那段旧时光，却不是一段美好时光，恰是人类历史上的某一段不堪回首的悲剧时光。如果换作一位“愤青”，那晚，我定会拂袖而去，再好的火锅也不会吃了。所幸我还算冷静，没有介入那种莫名的是非之中，能够做到一码归一码。因为，去那家火锅店，我是去吃饭的，完全冲着那种最正宗的重庆麻辣味而去的。我又不是去怀旧，管它什么风格不风格。

当晚的火锅，我不仅吃了，而且吃得很畅快，几乎吃到撑了。吃火锅总是这样，很容易吃多。原因有许多方面，最主要的还是因为它的味道，那种重庆特色的麻辣味。事情就是这么奇怪，对于那种麻辣火锅，明明很排斥，却又想尝试尝试。结果，就在排斥和尝试之间来来回回的“拉锯战”中，吃下了不少麻辣味。这里面可能存在着某个定律，商家们一定是摸准了消费者的这种脉搏。要不然，重庆的火锅店怎能开到那些并不爱吃麻辣味的地方去呢？而且越开越多，生意都很火爆。

那家火锅店的规模很大，有个大厅，还有不少包厢，我们坐的是大厅。偌大的餐厅里摆了几十张台子，每张台子都坐满了人，很难找到空位。这开放式的餐厅，就餐的场面十分壮观，人声喧嚣，热闹非凡。一开始，我很难适应那种环境，尤其是不能适应餐厅里面的空气。大厅的四周都没见开有窗户，只有几个换气扇在拼命地工作，即便如此，室内的空气还是几乎凝滞，不能正常流通，一进大厅就有一股浓烈的麻辣味扑面而来，让人措手不及，感到呼吸困难，眼睛难以睁开。不过，这种强烈的不适应是很短暂的，接下来很快就缓解了，我不知不觉适应了，而且吃得很欢快。

由于担心吃撑，我下定了决心，告别同桌的伙伴，提前离席。出了火锅店，坐在店门口休息，正好可以欣赏重庆街头的夜景。在夜间，室外的空气清新多了，带有一股甜丝丝的清凉味道，完全没有了火锅店里面的那种让人发愁，又让人不舍的麻辣味。

其实，说火锅店门口没有了那种麻辣味，是不客观的，那也只是我等刚刚从火锅店里出来的食客才有的感觉。在火锅店的门口，麻辣味还是存在的，而且很浓。正如我刚来到这家店门口的时候一样，进门之前，远远地就闻到了一股浓浓的麻辣味。在重庆，这种麻辣味，总是有些“不识庐山真面目，只缘身在此山中”的意思。

离开重庆回来之后，每每想起重庆、回味重庆之时，我体味到的便是这种铺天盖地的重庆麻辣味，一种笼罩和淹没了一座城市的人间烟火的味道。

如果说，一座城市必有一座城市的味道，那么，重庆的味道就是这种麻辣味了。

2016 年 5 月 26 日深夜写于合肥

追随诗意到八斗

从合肥城里出发，自西向东顺着裕溪路高架桥出城，而后朝东北方向车行三十来公里，前后不要一个小时就到了肥东县八斗镇。

原先，我对八斗镇这个地名还有些不解，放着许许多多好听的名词不用，偏偏拿了一个很少用作名字的数量词来给地方命名，委实让人好生奇怪。不过，奇怪归奇怪，我也不是太在意，并没有追根求源去深究，只是把它当成我曾经路过的许许多多普普通通的乡镇之一。

这几年，由于工作关系，我到过合肥辖内县区的许多乡镇，包括肥东县的八斗镇。其实，我到乡镇，也只是路过而已，很少在镇子上停下来，从没有真正深入地去寻访过某个镇子。前几次路过八斗镇的时候，我虽然对它的名字觉得有些奇怪，那也只是一闪而过的小小念头，并没有让我停下脚步，对自己觉得奇怪的事情做一下深入的探访。那种有关奇怪的感觉，便在我的心里时而生出，时而消隐，若隐若现地盘桓了好长时间。

之所以真正让我对八斗镇的名字产生兴趣并且给予了特别的关注，是因为一则征稿启事。大约是去年6月份，我于报纸上看到了“第二届中国·曹植诗歌奖征稿启事”。在“启事”上，我看到了活动的主办方是安徽省诗歌学会、诗歌月刊杂志社，承办方里有肥东县文联，还有肥东县八斗镇。那一刻，我这才意识到，我曾经多次路过的合肥城外东北角的八斗镇，竟然还是一个有故事的地方。而且，这个故事还必定十分久远，富于诗意。因为它与诗人曹植有关，与诗歌有关。

查阅资料后，果然证实了我的猜测。原来，八斗这个地方还真的与曹植、与诗歌存在着不解之缘，甚至，就连它的名字“八斗”二字都是直接因为曹植、因为诗歌而来。

早先，八斗这个地方还不叫八斗，曾经叫作鱼山。据《合肥县志》记载，三国时期，魏王曹操次子曹植，字子建，随父南征，曾驻扎此地。“煮豆燃豆萁，豆在釜中泣。本是同根生，相煎何太急！”曹子建因遭其兄曹丕排挤威逼有感而发，七步之内吟出了这首脍炙人口之诗作，扬名于天下。曹植死后葬于此地。后来，南朝诗人谢灵运登临鱼山时，凭吊了曹植的墓葬，发出了震惊天下的感慨：“天下才有一石，曹子建独占八斗，我得一斗，天下共分一斗。”自那以后，曹植就有了“曹八斗”之别称。后人为了纪念曹植，遂将鱼山的地名改为“八斗陵”。由于此地正好位于长江和淮河的分水岭上，“八斗陵”随后又不知不觉地演变成为“八斗岭”。

说来也怪，这个名叫分水岭的地方，既没有大山大岭，也很难见到较大的水面。甚至，在此地最稀缺的东西常常就是水。作为水的源头，水在这个地方却难以留存。水从这里出发，流向南边，先是入了巢湖，而后由巢湖进入长江，最终到达东海。流向北边，先进淮河，然后进入洪泽湖，最后通江达海。这里的水都流到了别处，别处的水却不能流到这里来，老天爷有时候就是这样不讲道理，不能把一碗水端平。这里的水远走他乡，滋润了别处的庄稼，留在此地的便是十年九旱了。一个连水都留不住的地方，人类在此生存的难度该是可想而知了。

当然，我这么说只是在讲述一段历史。随着水利设施的兴修和改善，现在的情况早已有了很大的改观，八斗岭已是合肥近郊一个十分重要的农产品生产基地，充实着合肥人的米袋子和菜篮子。尽管如此，当地的农民还是最怕天旱，最喜欢老天爷下雨。所以，在这块土地上，水一直被人看成是庄稼的灵魂。久旱不雨，地里的庄稼就会断魂。所以，千百年来，这个地方的人们，对老天爷的脸色一直盯得很紧，一点也不敢马虎。

时下，人们的目光早已从土地上、从庄稼上淡出，一场声势浩大的卖地、拆迁、造城运动，正在各地如火如荼地铺展开来。八斗，这个以农业为主的乡镇，却能忙中偷闲想到诗歌，出钱出力，具体承办起全国性的重大的诗歌活动，多么难能可贵。我想，除了诗歌本身的魅力之外，还不得不让人敬佩起八斗人的精神品位来。通过诗歌，八斗人邀请了海内外的诗人作家来到八斗，让更多的人认识八斗、了解八斗。

可以说，我也是因为诗歌，才真正走进了八斗，认识了八斗。我于去年夏天看到“第二届中国·曹植诗歌奖”征稿启事后，怀着参与心理，朝着征稿的电子邮箱投过几首诗歌稿件。投了也就了啦，时间一长就把这事给忘了。到了今年 4 月份，突然接到了大赛组委会的电话，通知我参赛稿件获奖，邀请我参加颁奖大会。

颁奖仪式是在八斗镇上文化站里举行的。实事求是地说，我有生以来还是第一次走进乡镇文化站的剧场。在那之前，我完全想象不出来一个普通的乡镇竟会有那种像模像样的剧场，里面呈阶梯式设计，跟城里的剧场绝无二致。这让我亲眼看到了一个事实，在一些地方常常被人冷落的文化事业，在八斗镇，竟然受到了特别的礼遇。

颁奖那天，适逢天降大雨，如注的雨水也没能阻止我对八斗镇的向往和追逐。下了车，穿过雨帘，我小跑几步进了八斗镇文化站的剧场。找到自己的席位，坐下来时才发现，我的发梢正在滴水，脚指头上总有一种湿湿的、凉凉的感觉。雨太急了，短短的几步路，竟让鞋子里面进了雨水。

老天爷真是开了天眼。在这个最喜欢雨水的江淮分水岭上，在这个最富于诗意的浪漫时刻，突然下起了大雨。我忽然想到，这场雨真的算是一场及时雨了。而且，这场雨还一定是为诗歌而来，它一定是为诗歌助兴而来。它的到来，为诗歌壮了行色，也为这块曾经承载过一位“才高八斗”的诗人的土地平添了一份诗意。

我想，我和所有来到八斗镇参加颁奖会议的人一样，都是冲着八斗镇的这份诗意而来。或许，大家还会有一个共同的想法，那就是对谢灵运的感慨所生出的一种引申。天下的诗才，曹植独占八斗，谢灵运占了一斗，剩下在天下人共有的那一斗里面，我辈能否分得一颗绿豆？哪怕一粒芝麻？

或许，正是为了追寻那一颗绿豆，或者一粒芝麻，五湖四海的诗人作家才不远千里万里，不辞辛苦，来到了八斗镇。其实，有没有那一颗绿豆或者一粒芝麻，这一群人都会来的。因为，对于八斗镇，对于八斗镇所承载的那一份诗意，这一群人都怀有一股深深的敬意！

2016 年 6 月 16 日夜写于当涂县甄山生态园

没有海关的海关路

每次走到海关路，我的脚步总是不由自主地慢下来。

从前，海关路上还真的有海关。不过，现在没有了，海关已经不声不响地从这里离开了，把一条徒有虚名的海关路寂寞无主地留在了原地。

其实，海关路上没有海关，也没有关系，毫不影响海关路在合肥高新区的继续存在。亦如合肥的长江路、淮河路上肯定没有长江和淮河，黄山路上也一定不会有黄山。有没有海关，在合肥城西，蜀山脚下，在这个城市美丽的一角，那条路至今依然叫海关路。

认识那条路的时候，我还真的不

知道它叫海关路，我也不知道那条路上当真还有个名叫海关的机关大楼。在我并不知晓的时候，海关大楼已然存在着，而且还是那条路上，甚至是那一带最高大的一栋楼。按照盖楼、买楼的人一种专业的说法，那栋大楼就算是“地标”了。现在，那栋大楼早已不见了。原先楼所在的地方，以及它周边的空地，全都重新利用上了。那里俨然成了这个城市“幸福”的一角，有人在那里新建了一个以“幸福”来命名的居民小区。

认识海关路，是偶然，也是必然。说偶然，那是因为我既不住在那条路上，也不是在那条路上上班。换句话说，那条路并不是我每天活动的必由之路，我完全有理由不去那条路。说是必然，也有道理。毕竟，海关路离我的居住地并不远，它与我们小区门前的那条路平行，中间只隔了另外一条路，从我居住的小区门口出发，到达海关路，直线距离不会超过一千米。何况，海关路还是我的居住地周边一带最热闹、最繁华的地方。所以，许多时候，我总是自觉不自觉地就走到海关路上去了。当然，那种热闹和繁华并不是整条海关路，只是其中的一段，在海关路最西边的那一段。

海关路不长，依我目测，不过一千五百米罢了。路是东西走向，东端起于天智路，西端止于香樟大道。中间有三条平行的南北走向的道路，从海关路上垂直穿过。东边的那一条叫作科学大道，西边的那一条现在叫天柱路，原先叫杨振宁大道，中间的那一条叫作天通路。我说的热闹和繁华，只是在天柱路和香樟大道所夹的那一段。

那一段路上的热闹和繁华，自有它的理由。一个地方要能热闹和繁华，最主要的因素还是人，人不能少，人少了就不会热闹，更谈不上繁华。人少的地方，总会显得很冷清。在城市里，尤其在新城，人特别稀少的地方，除了“冷清”，还有一个令人毛骨悚然的名字：“鬼城”。现在的“鬼城”可能并不鲜见了，是因为原先习惯于生长小麦或者稻谷的地方，往往在一夜之间忽然长出了鳞次栉比的摩天大楼。那些高楼，在很长时间里都是黑灯瞎火的。夜晚不能亮灯的地方，肯定没有人了。没有人的地方，可能就会有鬼出没。鬼，甚至还会肆意横行。很多时候都是人怕鬼。其实，鬼也是怕人的。一般情况下，人多的地方，鬼就不敢去了。只有在没有人的地方，鬼才放心大胆，畅行无阻。天下的鬼城，大概都是这样造就出来的，人还没去的时候，让鬼捷足先登了。人又迟迟不肯过去，那个地方便成了鬼的地盘。

在海关路上，最西边的那一段，人多，自有它的原因。那一段路，正好被两个很大的社区夹在中间，两个社区的大门面对面开在同一条路上，两个社区里的人进进出出都得经过门前那条路。这两个社区就好似两座水库，两个大门好似两道闸门，中间的海关路好似一条河流。两个闸门同时对这条河流开启了，河里的水还能不满吗？

除了人多这个客观的因素，海关路西段的热闹和繁华还有它自身的主观因素。那就是它能够吸引人，能够凝聚人气。因为，在那段路上，有一排沿街的商铺。那是整个海关路上仅有的一排商铺，也是周边一带商业铺面最为集中的地方。有了商铺，自然就有了各种各样的商业服务，而且，那些服务还会直接渗透到周边的每个家庭，都是些居家过日子必不可少的内容。

我最早去海关路，便是追寻着早点的香味而去的。那段路上，有好几家小吃饮食店。其中一家卖的是淮南牛肉汤，卖得很火爆。那家店门口摆了一口很大的铁锅，锅里一直在咕噜咕噜地熬汤，汤水里面还会显露出几块很大的骨头，让人看了满口生津胃口大开。那骨头应该就是传说中的牛骨头了，店家卖出的牛肉汤，就是来源于这口大铁锅。名叫牛肉汤，倒也不是一碗寡水清汤，汤水里面还会有一些实实在在的内容，除了牛肉，还有粉丝和千张。粉丝是灰黑色的，一般是由山芋粉做成的，也有少量是用绿豆粉做成的。千张当然是白色的，千张其实就是豆腐。豆腐瘦了，瘦到了极致，也就变成千张了。可是，豆腐再瘦，就算瘦成了一张薄薄的皮，它的肤色依旧是白色的。难怪，我每次去那家淮南牛肉汤店里时，总能见到一些年轻美貌的女孩子，坐在那里又优雅又畅快地吃着牛肉汤。估计，那些女孩子都是看中了汤碗里面那些白色的千张。她们当中的许多人，可能做梦都想让自己也能瘦得像千张那个样子，成为一张薄而好看的皮。谁也不想让自己长成一块水豆腐，胖乎乎的一坨，用手指一按，就能按出水来，一弹浑身便会颤颤巍巍地抖动起来。我至今都不明白，在这“牛肉汤”三个字的前边，为什么还要加上“淮南”二字，难道这店是淮南人开的？还是这种吃法来自淮南？我只知道，这“淮南”二字，再配上了“牛肉汤”，一共五个字放在一起，已经走得很远了。最远处，我是从大西北宁夏银川的街头上，见过了用“淮南牛肉汤”这五个字打出来的金色招牌。在那地方见到了，我觉得很亲切。

除了牛肉汤，那段路上还有一家包子店也很有特色。在合肥，许多人都熟悉那家包子店，因为它开了不少连锁店，我在好几条街上都曾见过那家包子店的分店。我最早关注到那家包子店，还不是因为包子，而是因为它的名字。我觉得它的名字很有味道，而且有一股文化的味道。那个给包子店取名的人，一定是读过了《红楼梦》的。我一见到那个店名，立刻就会想起《红楼梦》里的那句话，“贾不假，白玉为堂金作马”。吃起这样的包子来，自然会觉得这是在享受一顿精神大餐呢。当然，这还不光是精神享受，也有很好的物质享受。没有物质享受作为基础的精神享受，最终还是靠不住的，随时会坍塌下来。这家的包子，还算是名副其实的，好吃，吃了也叫人放心。

不光是吃的，还有用的，甚至人们在日常生活中某些应急需要的东西，都能在这段路上买到。有一次，家里的灯不亮了，打电话到物业，找了电工师傅来看。电工师傅看过后说，是灯管坏了，需买一只新灯管。一下子，我觉得有些难了。灯是从装饰市场的灯具店里买来的，灯具店负责送货上门并安装调试至灯亮。现在，如果去找灯具店来做售后服务，把灯弄亮，当然可以，但会麻烦商家，为此付出的代价自然不会小。不找灯具店吧，这灯管又从何而来？灯如何能亮？我一时没有头绪了。电工师傅似乎是看出了我的难处，主动对我说，很简单，去买一个灯管回来装上就行了，不用跑多远，前边海关路上就有卖。师傅这样一说，我立刻就想起来了，海关路西边的那一段，还真的有家五金店，卖各种五金灯具小配件，店就在一家药房的隔壁。于是，我拿着拆下来的旧灯管，到了海关路上的那家五金店，“按图索骥”，买到了同型号的灯管，回家一装，灯果然亮了。

除了吃的用的，生活中还有一些必不可少的项目，在别处难以寻觅，在海关路上却抬头可见。比如理发。理发是必须的，男女都一样。女人可能还会去得勤一些，因为女人比男人更加爱美。女人去理发店，不是去理发，而是去做头发。好好的头发还需要做吗？怎么个做法？对于这些，我是说不清楚的。我只知道做完头发之后，女人从理发店里走出来时，个个都是面带笑容满怀自信的。男人去得少，但一个月也得去理一次发，否则，一不留神他就成为“艺术家”了。海关路上有好几家理发店，给人的感觉是很密集，很拥挤。理发店开得多了，生意会好吗？其实，根本不用担心，存在就是合理。我去海关路，一些时候就是为理发而去。男人虽不似女人那般爱美，但对于“顶上功夫”也还是有些讲究为好。

海关路对我的吸引，除了这些，还有一样。那是在周围一带都没有的，只有在海关路上才可以买到的图书和报刊。图书不是天天都有卖，只有双休日才有卖。一辆流动售书车，到了双休日它就开过来，停在海关路与天柱路的交口。车上的书卖得很便宜，不按书上的定价买，大本的书一律20元，小本的书一律10元，全是整数，没有零头。偶尔，还能从车上淘到在书店里难以买到的“偏门”书。不过，那种流动售书车上的书，我买得很少，担心它的版本不实在。我到那里去，买的主要是报刊。海关路上，在小区的大门口有一个报刊亭，摆放了不少报纸和期刊。我觉得，那个小小的报刊亭，在海关路上还真是一个很大的亮点，一个不可或缺的元素。如果没有了这个报刊亭，这条路上就少掉了一种很重要的味道。我记得，有人说过这样一句话，报刊亭的有无和多少，是一座城市文明程度的一个重要标志。仔细想想，或许这话还真的有些道理。毕竟，有存在，就说明有需要。我常常为海关路上这家报刊亭的长期存在，感到欣慰，感到有幸。

在合肥的这些年，我还没有对哪一条道路像对海关路这样熟悉，说起来能够如数家珍。这是因为我去海关路去得太多了，海关路给我的印象太深了。现在的海关路已然不是一条名副其实的海关路了，因而它就不至于因为庄严肃穆而显得十分冷峻，拒人于千里之外。相反，合肥的这条海关路，它有自身的温度，它的温度几乎就是人的体温了，不冷也不烫，让人觉得很舒适，刚刚好。一个让人觉得舒适的地方，人就愿意去，愿意留下来。相反，一个让人觉得不舒适的地方，外面人的想法就是远离，里面人的梦想就是逃离了。对于这样的现象大家都已经不再陌生了，它时而会在你我的面前上演。

在合肥，这条海关路，除了温度，还有味道。它的味道其实就是人间烟火味，十分贴近人的口味。甚至，还让人无法拒绝。有了这种味道，人走到这里，常常会把脚步慢下来，甚至停下来，驻足一小会。

走在这条路上，我常常忘记了这条路的名字。

2016 年 6 月 19 日写于合肥

合欢路上真的有合欢

我有一个老习惯，每到一个地方，总喜欢留意自己所走过的路的名字。长期养成了这样一个习惯，无非是基于一个十分简单的想法，记住来路，不迷归途。此外，还有一个顺便捎带的原因，那就是不同的路名常常含有不同的味道。我很喜欢琢磨那些五花八门的路名，总是在自己的心里问出几个为什么，仔细咂摸出路名里面所包含的种种味道。

最早注意到坐落在合肥市高新区的合欢路的名字，是一次坐车从科学大道上由南往北走，在经过一个十字路口时，我看到了合欢路的路牌。我顿时眼前一亮，心里头被一个美好的名字撞击了一下。我因此记住了合欢路的名字，觉得这个路名有一种特别的味道，让人好生喜欢。

记住了合欢路的名字，我在心里无端地对合欢路产生了向往之情。我打算找一个适当的时间，以一种适当的方式，对合欢路进行一次专门的寻访。寻访的原因，就是要弄明白这条路为何叫作合欢路。寻访之前，我想做点功课，对“合欢”有所了解。在毫无了解的情况下，贸然寻访合欢路，也就毫无意义了。

从前，我对这“合欢”二字并无多少印象。甚至，对于那种名叫“合欢”的树，我还没有见过，不知道这种树长的什么样子。由于记住了合欢路的名字，我对“合欢”二字，就显得特别敏感了。今年春节期间，我在阅读李渔的《闲情偶寄》时，与“合欢”二字不期而遇。李渔在书中说：“此树朝开暮合，每至黄昏，枝叶互相交结，是名‘合欢’。”读过李渔对于合欢树的如此叙述，我对合欢树就不再陌生了，觉得似曾相识。但一时又想不起到底在哪里见过了合欢树，只是可以肯定，若是再次遇见了合欢树，我准能认得出来。于是，寻访合欢路的想法就更加迫切了。我猜想，在合欢路上，一定能够见到合欢树。

或许，人都有情不自禁的时候，心中有了念想，保不准会在某次无意中流露出来。对于“合欢”二字，我便是这样。在又一次阅读《闲情偶寄》时，我有口无心地念叨，合欢树，合欢路。霞在一旁听了，觉得有些奇怪，便问我，念叨什么呀？我说，合欢，合欢。说过，我便把手上的书递给她看。霞接过《闲情偶寄》，看了一会，又还给了我，说，这有什么稀奇？咱们小区里就有合欢树。

一语惊醒梦中人。霞的一句话，破解了我的心里面对合欢树似曾相识的疑惑。我这才十分确定，我不知多少次见过了合欢树，在我所居住的小区里面，有一棵合欢树就站在我进出小区的那条路的边上，我每天必须从那棵树底下经过。只是，从前我还不知道它叫合欢树，我曾经自作主张地把它叫作“含羞树”。我之所以叫它“含羞树”，是因为我知道有一种植物名叫“含羞草”。我隐约觉得这棵树与含羞草有某种相似之处，所以，就叫它“含羞树”。

这棵树很高大，是一种落叶乔木。叶茂之时，树冠如华盖，遮出了一大块阴凉地。在夏天，小区里的居民出门行走时，都喜欢在这棵树下驻足。每天进进出出，走到这棵树底下，我也是不知不觉地放慢了脚步。脚步一慢，就发现了原先脚步匆匆时发现不了的问题。不记得是在哪一天，我站在树下忽然发现，这棵树的叶子与其他树的叶子不同，它的叶子的形态，一日之内，早晚有变。其他树的叶子，早晨是什么样子，到了晚上还是什么样子。这棵树却不一样，早晨，它的叶子是敞开的；到了晚上，它的叶子却闭合了，两两相合，闭得紧紧，密不可分。这是我无意中的一次发现，也是我叫它“含羞树”的理由，跟含羞草一样，它的叶子也有闭合的时候。我在小区里的活动规律是早出晚归，有那么几次早晚的时间从树底下抬头望过，我发现并验证了这棵树的一个秘密。

得到了这个秘密之后，我对这棵树还有过一些更深入、更细致的观察。比如，我发现，这棵树的叶子与别的树的叶子在生长的方式上，有着很大的不同。别的树叶子，通常是直接长在树枝上的，一根叶柄上只会长出一片叶子。而且，叶子在树枝上的摆布，也不是很整齐，不会有太多、太明显的规律可循，难免有些随意。这棵树的叶子可不是这样，一根叶柄上长出了很多的叶子，足有十几、二十几片吧。而且，那些叶子还都是成双成对、相伴而生。在叶柄上，左边有了一片叶子，右边必定会有另外一片与它相对应。左右两边的叶子，大小一致，形状相同，让人感觉十分相称和相配。那些对称、并列地排在一根叶柄上的叶子，块头都不大，感觉很秀气，宛若女子的细眉。早晨，叶柄上左右两边的叶子，将身体平展地铺张开来。到了晚上，左右两片叶子都会起身，转过身去，各自折过了一个九十度的角，两片叶子就自然而然地走到了一块，由贴近，到拥抱，到闭合。整个过程，简单而又完美。面对这样一些成双成对、完全闭合到一起的树叶子，你再缺乏想象力，你的心里可能也会产生一些美好的想象。

对于小区里的那棵合欢树，我注意到的，不光是它的叶子，还有合欢树的花。它的花，也和叶一样，与众不同。合欢花最早开在暮春，但它的花期很长，会持续很长一段时间，到了仲夏时节，还能见到合欢树上依然开着花。合欢树的花，是一种酒盅形状的绒花，颜色粉红，质地轻柔，开放起来，如烟似雾，如梦似幻。它给人的感觉总是若有若无，时近时远，不像一般的花朵那么实在，那么具体。可能，主要是因为合欢树的花没有花瓣吧。或者说，在合欢树上，自花蕊里长出来的花瓣，非常精巧，细若游丝，呈绒毛状，实在不能与“花瓣”二字相提并论了。

认识了合欢树之后，我毫无由来地想起了早年读过的嵇康的一句话，是他在《养生论》里说过的那句话：“合欢蠲忿，萱草忘忧，愚智所共知也。”嵇康所言，早年我是不信的，现在我却信了。认识了合欢树，看到了合欢花，我真的相信合欢同萱草一样，都是陶冶性情之物，可以消解人的愤怒，使人忘记忧愁。

了解了合欢树，对于“合欢”这两个能让人产生美好想象的文字，又有了更深一层的理解之后，我对合欢路的向往突然加剧了，甚至难以释怀。终于，在一个夏日的傍晚，我决定专门去寻访合欢路。对于这次造访，我从内心里非常重视它，想让它显得十分正式和隆重。说它正式，因为在此之前我曾经好多次从合欢路上经过了，也算到过合欢路。不过，那些次都是坐车经过那里，合欢路上并没有留下我的足迹。这次，我是第一次专门造访合欢路，而且，我还不是坐车过去，是以“健步走”的方式徒步而去，可见我的诚意了。在我看来，这样去造访一条道路，不能说不正式了。说它隆重，似乎也有理由。造访合欢路，一般情况下，一个人过去也就够了，不必兴师动众。这次，我可不是这样，我仿照了要人出访的模式，偕了夫人一起去的，应该是给了这条道路一个至高的礼节吧，还能说不够隆重吗？

那天傍晚，吃过晚饭之后，我和霞一起出去“健步走”。出门前，我对霞说，今天我们将要去一个非常美好的地方，带你去见一位我朝思暮想的朋友。霞问，那地方可远？要见谁？我说，不远，到了地方你就知道是谁了。

我俩从小区的西门出发，沿着香樟大道由北往南走，很快走过了三个红绿灯口。到了第四个红绿灯口时，我说，不用再往前走了，目的地已经到了。我抬起手来指了指立在路边的那个绿底白字的路名牌，霞不假思索地念出了那三个字："合欢路。"她好像突然明白过来，说，你说的非常美好的地方，就在这里，合欢路？我微笑，点点头。

而后，我们左拐弯，从斑马线上穿过了香樟大道，由路的西边，来到了路的东边。我们离开了香樟大道，开始顺着合欢路由西向东走去，一路上，我时而抬头，时而侧目，边走边看。霞有些不解，问我在看啥。我说不看啥，只是看看树。我在寻找一棵树，只有找到了那棵树，对于脚底下的这条路，我才算口服心服。霞似乎又想起了什么，接着问我，你那朝思暮想的朋友就是一棵树？我点点头，继续往前走，我迫切希望早一点见到我心目中的那棵树。

没走出多远，我就在一棵树下停了下来。是它，还真的是它。我自己对自己说话，说得旁若无人。仰起脖子，向上看那棵树，我看到了树枝上那些已经紧紧闭合的细小的叶子，还看到了树冠上冷不防冒出来的星星点点的几朵绒花。不过，在路灯下，很难看出那些绒花的真实颜色了，我没有看出它那惯常的粉红色，此时我所看到的是一种粉白色。但我并不怀疑，甚至可以想见，它本来的颜色还是粉红色，与我所在小区里的那棵合欢树上的花，该是一样的颜色。

看到了这棵合欢树，还有树上的合欢花，我又有些情不自禁了，自言自语道，果真有它，真的名不虚传了！

霞见我一直叽叽咕咕，在没头没脑地说着些痴言痴语，只是愣了一小会，很快就跟了上来。看来，她已经完全明白了，知道我要见的朋友就是我面前的那棵树了。她快步走了过来，也站到了那棵树下，抬起头来看树。看过了，她轻描淡写地说了一句，这棵树有什么稀奇呀！值得你那么朝思暮想吗？咱小区里面不是也有这种树吗？你要见朋友又何必舍近而求远？我说，是的，这树并不稀奇，在我们这座城市里，在许多地方的确都有这种树。只是，它生长在这条道路的边上，就有一种特别的意思了，它就成了我朝思暮想的朋友。现在，我终于见到了它，真的非常高兴，它让我找到了我需要的一个答案。因为，它叫合欢树，这条路的名字就叫作合欢路，它让这条路显得名副其实，合欢路上真的有了合欢啊！

霞扑哧一笑，是那种孩子一般调皮的笑。笑过，她回敬我说，难道合欢路上就一定得有合欢树吗？那好，照着你的说法，在咱们小区门口的那条黄山路上，是不是也应该生出一座顶天立地的大黄山来，才算名副其实呀！

我一时哑然，无言以对了。愣了半晌之后，才嘿嘿傻笑。见我傻笑，霞也跟着傻笑。估计，傻笑如同打呵欠，会传染的。两个人就那么傻笑着离开那棵树，继续沿着合欢路朝东走，一边走一边傻笑。

从行走的轨迹看，我们选择了一条环形的路线。可能，我俩是想用自己的脚步，顺着合欢路，画一个不大不小的圆圈吧。圆圈的起点和终点在同一个地方，那个地方就是我们的家。

就在那个傍晚，如果合欢路上还有其他行人，他们一定会觉得我俩很傻了。你看，这一对老大不小的中年夫妻，傻乎乎行走在一条名叫合欢的路上，曾经小憩于一棵名叫合欢的树下。他俩一路慢行，一路傻笑。这两口子是不是悟出了人生的某种真义？要不，他俩为啥那般莫名其妙地乐和，一路上傻笑不停？

2016 年 7 月 10 日写于合肥

一个“血彪”好人

初夏时节，中国金融工会组织了中国金融作家协会的10名作家，分赴10名全国金融道德模范人物所在地，开展现场采访，创作报告文学作品。我有幸参加了这次采访创作活动，我的采访对象在辽宁大连。

在大连采访期间，我被一些人和事深深感动。写过报告文学之后，意犹未尽，又作如下随笔。

真没想到那个好人是个女人

之前，中国金融工会的彭飞老师打电话告诉我，在四月底之前，安排我去辽宁大连采访一位“大连好人”，全国金融道德模范、全国金融五一劳动奖章获得者。随后，彭飞老师还给我发来了中国金融工会的《采访通知单》，我这才知道我要采访的对象名叫谭锡博，是民生人寿保险有限公司（以下简称“民生保险”）大连分公司的一名培训讲师。

初次见到“谭锡博”这三个字，我犯了一个望文生义的错误，十分武断地认定谭锡博是一位爷们，一位豪气十足的东北大汉。可是，我猜错了。这位模范人物谭锡博，并不是一位东北爷们，倒是一朵开在渤海之滨的铿锵玫瑰！

去大连的前几天，民生保险大连分公司来电话了，确认我去大连采访的日期，以便预订酒店，安排接站。在电话里沟通了到达的时间之后，我顺便向对方提出了一项请求，希望对方能够提前给我提供一些有关采访对象的背景资料，以便我在去大连采访之前做些功课，使得现场采访能够更有针对性，能够提高采访工作效率，尽量减少在大连的逗留时间。

对方联系人是民生保险大连分公司人力资源部的负责人，名叫孙丽敏。她说一口纯正的普通话，加上她对人态度之热情，对工作的认真负责，让我感受到了一个金融人的良好素质。她对我的请求，给予了积极的响应和配合，很快就给我发来了邮件，提供了一些有关谭锡博的背景材料。其中，绝大部分是大连本地媒体的报道，有文字，也有图片。

在《大连晚报》的一篇报道上，我看到了一幅照片，是谭锡博躺在献血椅上正在献血的照片。我大吃一惊，照片上的那个人竟是个女人，并不是我想象中的男子汉。她一脸灿烂的笑容，两颊上露出了一对浅浅的小酒窝。这时，我才发现我错了，原来，我的采访对象谭锡博竟然是一位巾帼不让须眉的女将。

那天，中国金融工会的彭飞老师带领我从北京坐火车抵达大连。就在见到谭锡博本人的那一刻，我忽然想到了一个问题：先入为主，主观臆断，真是个害人的东西，这东西不排除、不阻止，会误事的。我在提醒自己，采访一个人，不能有任何的主观想象，必须真正走近这个人，感受这个人。

入住酒店时才知道，民生保险总公司还专门派了一位从事文化宣传工作的人士来到了大连，协助开展这次采访工作。她叫孙红伟，在民生保险总公司文化品牌室工作。初见孙红伟，我只当她是一位文静秀气、知书达理的小姑娘。没想到，她竟是一位资深的京城媒体人。她是国内某知名财经大学的经济学硕士，曾经在几家著名的财经杂志当过编辑和记者。

为了这次采访活动，中国金融工会的彭飞老师非常辛苦。一早从北京出发，到达民生保险大连分公司时，已是下午 3 点钟了。彭飞老师抓紧时间，当即召开了一个采访进场见面会，对采访和被采访双方交代了工作任务，明确了采访纪律和工作要求。之后，她立即乘当晚的火车返回北京。第二天通过微信联系，彭飞老师到家时都已经是子夜时分了。我估计，那一天，彭飞老师中晚两餐都没有吃饭。午餐时间，是在火车上，她没吃。晚餐时间，她还是在火车上，可能还是没吃饭。

采访谭锡博，是从她的名字开始的

因为名字，我曾经对采访对象的性别做出了错误的判断。虽无大碍，但在我的心里还是有些歉疚。采访一开始，我就向谭锡博请教了她名字的来历。这样一来，一则为我自己释疑，释放我的心理压力。毕竟，不知者，不怪罪嘛。二则也好让采访对象放松心情，不至于紧张，使得采访活动能够顺利地、深入地进行下去。

没想到，这一次我又错了。人家一接过话题就侃侃而谈，根本不存在紧张情绪。谭锡博的工作岗位可是培训讲师啊，一个常年站在讲台上给人家讲课的人，自然口才了得。

谭锡博说，她曾经有一个很好听的小名，单字“花”。“花，回家吃饭了。”“花，快把地扫扫干净。”“花，带着妹妹出去玩会儿。”小时候，她的父母总是这样使唤她。除了“花”，父母对她还有一个昵称——“懂事儿”。因为她从小就很懂事，从来不让父母操心。

到了这个“懂事儿”7 岁的时候，她的父亲觉得不能继续叫她小名“花”了，就连叫她“懂事儿”也不合适了。因为，她要上学了。是个学生，就该有个正儿八经的名字。否则，会被人笑话的，让孩子在同伴面前抬不起头来。这一年是1967年，“花”，出生于1960年。

父亲对“花”说，给你起个正儿八经的名字吧，三个字的名字。第一字，就是“谭”字，这可是老祖宗传给我们的姓氏呀！我们还得世世代代传下去，不能丢。第二字是“锡”字，这个字，最好也不要变。因为，它是辈分。在谭氏宗族里，一代一代排下来，轮到“花”这一代就是“锡”字辈。唯一可以挑选的是第三个字，这个字可以彰显你的个性。你可想好了用哪一个字？谭锡博没有答话，以摇头回答了父亲。父亲见此情景，也不为难女儿了，对女儿说，你自己不愿意挑选，我就做主了，这个字就是“博”字，你就叫“谭锡博”。喜欢吗？

“花”没有摇头，也没有立即点头。那时的“花”，还不认识这个“博”字，不知道“博”是什么意思，她睁大着眼睛，朝父亲脸上看，好像答案写在父亲脸上似的。父亲看出了女儿的心事，就开始启发女儿说，我们的祖国地大物博，这句话，你听说过吗？“花”这才点点头。从此，一个可爱少女，就开始有了一个很厚很重、掷地有声的名字：谭锡博！

我想象过，少女时期的谭锡博，叫了这样的一个大名字，是否有点小孩子穿了又长又肥的大人衣衫的那种感觉？这么大，这么重的名字，会不会让一个少女感觉很累、很辛苦呢？

如今，坐在我面前的那个谭锡博，已经是名副其实了。在大连，她可是经常在报纸、电视上露脸的大名人呢。名如其人，她有一个博大的心胸，她有一腔博大的爱。否则，那许许多多的好人好事，她是不可能做得出来的。

她是“海南丢”二代

听说过“海南丢”的说法吗？我也是第一次听说。谭锡博告诉我，她的父亲就是“海南丢”。

位于辽东半岛最南端的海滨城市大连，是一个典型的移民城市。一百年前，这地方还是一个十分荒凉的小渔村呢。

据说，在大连市现有的人口中，七成人祖籍都在山东。曾经有个大家都很熟悉的词语，叫作“闯关东”，说的就是当年一批又一批成群结队的山东人背井离乡到东北讨生活的经历。“闯关东”是山东人自己的说法，大连人不这样说，大连人说的是“海南丢”。这倒是挺形象的一个说法。山东在大连的南边，胶东半岛是山东的最北边，与大连隔海相望，距离很近，几乎一苇可渡。从海峡的南边来到海峡的北边，仿佛是从海峡的南边抛过来一样，来得特别容易特别快，来的人就特别多。

谭锡博就是“海南丢”的后代。她的祖籍在山东青岛，胶州湾的一个小渔村。她父亲 19 岁时随着闯关东的大军来到了大连，那一年是 1946 年，抗日战争刚刚结束，旅顺口到处留有日本人的痕迹，让这个来自胶州湾的年轻人感到非常陌生。这个年轻人如同一朵蒲公英的花絮，随风飘扬，飘过海峡，在大连落地生根了。谭锡博生在大连，长在大连，她的身上流淌的却是山东人的血液。她秉承了山东人性格中的善良、正直和豪爽。

谭锡博兄妹四人，她排行老三，上有两个哥哥，下面有一个妹妹。在姐妹里面，她是大姐，是老大。实际上，她这个排行老三的人，很多时候，很多场合，她都是以老大的姿态出现。

我曾经设想，假如谭锡博不是山东人的后裔，假如她的血管里流淌的不是山东人的血液，她还是现在的谭锡博吗？

这句话，我没有问过谭锡博，没有找到一个准确的答案。这只是我的一个假设。

她从小就是个“彪”子

采访时，谭锡博告诉我，别人都说她是个“彪”子。她并不生气，她也知道她自己很“彪”，从小就很“彪”。不过，她很愿意做个“彪”子，她觉得做个“彪”子也没什么不好。甚至做个“血彪”，她也乐意！

听她一口气说了许多个“彪”字，我睁大了眼睛看着她，有些不理解，我还不明白这“彪”字到底是个什么意思。

我问她，这个“彪”字是“彪形大汉”的“彪”字吗？谭锡博说，写出来是同一个字，意思却完全不是一回事了。这个“彪”字是大连方言里的说法，意思就是傻。至于“血彪”呢，那就是大傻特傻了。你想想看，都傻到见血了，那还不是傻到底了吗？傻透了，才是“血彪”。

她说，这顶“彪”的帽子，最早是她的父母给她戴上的。

一次是她8岁那年的中秋节，母亲不知道从哪里弄来了一块月饼。那年头，中秋节能吃上月饼不是一件容易事。母亲将那块不过巴掌大的月饼，平放在案板上，拿起菜刀，擦了又擦，擦得干干净净，不让其他的味道染在月饼上。然后，在月饼上切出了一个端端正正的“十”字。母亲出于公心，对四个孩子进行平均分配，四小块月饼，正好一人一块。母亲按照从小到大的顺序，依次分发那块被分切成扇形的小月饼。轮到递给谭锡博时，她没有伸手去接月饼，而是很随便地说了句我不爱吃，就转身跑了。知女莫如母，母亲当然知道女儿的心事了。擦擦眼角，母亲叹口气说，这个小“彪子”！

还有一次，那是在她18岁的时候。那年，她刚好从学校毕业。当年参加高考，因为几分之差，谭锡博没有成为天之骄子，与高等学府擦肩而过。母亲见女儿没有学上了，也没有工作，待业在家，很心疼，很着急。母亲便向单位提出了提前退休、让女儿顶替的请求。在家待业的谭锡博，面对母亲的关心，她竟然不领情，不愿意顶替，很明确地把这个难得的机会给放弃了，理由是她的二哥比她更需要这个机会。早几年，二哥随着上山下乡的潮流到了农村，在一个砖瓦厂做泥工，活儿又脏又累，她的父母一直都很心疼和挂念。只是，在父母的心里，男孩子多吃点苦，似乎是应该的。她的父母最怕的是女儿吃苦。父母没有想到女儿在顶替就业这么大的事情面前，主动做出了让步，把机会让给了在农村做泥工的二哥。在谭锡博宣布这个决定的时候，她的母亲吸溜着鼻子说，你这个死丫头，真是太“彪”了！

第三次是在她23岁那一年。那时，她在商场担任团支部书记，有人给她介绍了一个也是团支部书记的小伙子，他叫王洋，在大连市皮鞋厂工作。

见面后，谭锡博觉得没有对上眼。介绍人问她因为什么，谭锡博说，也没有什么原因，只是觉得他有些“彪”。父母都说她 “彪”了，她觉得那小伙子比她还要“彪”，两个“彪子”到了一块，日子还怎么过呢？谭锡博就不打算往下处了。谁料，后来有人又给她介绍对象，一见面，这男女双方还是谭锡博和王洋。当场，两个人都“彪”住了，觉得太巧了，难道上天非撮合他俩不可？这世上的青年男女多着呢！怎么转来转去，又是他俩给碰上了？想一想，谭锡博的心就软了下来，她不再拒绝王洋了，答应和王洋处下去。之后，却发生了一件令人意想不到的事情，王洋因为工作上失误，突然遭受挫折，深陷泥潭，不能脱身。谭锡博一打听，人家告诉她，你那个对象太“彪”了，简直是个“血彪”，他是在替别人背黑锅呢！谭锡博立刻明白是怎么回事了，她知道王洋这个人太讲义气了，遇事宁可自己扛，也不出卖朋友。她觉得没有看错人，更加坚定了要跟王洋携手走下去的信念！她完全抛却了一个年轻女性应有的矜持，自作主张，以王洋未婚妻的身份出面找人，说明事情真相，帮助王洋洗净了被人泼到身上的污泥浊水，使得王洋勉强脱身。在这个过程中，谭锡博的母亲很担心，觉得女儿太“彪”了。

她真的是个“血彪”女人

我直接听见一个人说另一个人“血彪”，是那天在谭锡博的家里，她和王洋这两口子在家里开玩笑呢。王洋用大连方言对谭锡博说：“你‘血彪’吧？”

我一听，觉得这话不像是句玩笑话，倒像一句真话。我理解的这个“彪”字，已经不完全是大连方言里的那个“彪”字了，它与《成语词典》里那个“彪形大汉”的“彪”字，在某种程度上还真有些契合呢。虽然，谭锡博并不是一条汉子，用这个词语来形容她不怎么恰当的。但是，一看到她的体形，还真的让人不免想起“彪形大汉”这个词语呢。只是，这个词不太受欢迎了，尤其不受女人欢迎。

难道谭锡博对自己的体形体重真的毫不在乎？还有，人的体重与献血会不会有关系呢？带着这些疑问，我又进一步采访了谭锡博。

我问谭锡博，一共献过多少血？谭锡博说，要回答这个问题，还需要换算一下。因为，献血又分为献全血和献血小板两种情况。献一次全血，一般是在200ml~400ml，献血小板就不是这样，它不是按容积来计量，而是按治疗量来计量的，一般每次可以献一个治疗量，最多可以献两个治疗量，每个治疗量，大约相当于250ml的全血。谭锡博说，她捐献的主要是血小板，如果换算成全血，她累计捐献了200多次，而且多是两个治疗量，一共该有80000ml吧。

这下子，我彻底惊呆了。80000ml是什么概念？就算是水，也是80千克啊，不是说血浓于水吗？血的浓度肯定比水大了！这么说来，你这体重也才160斤，你等于把你自己整个地捐献了出去呀。谭锡博笑笑说，我还不止160斤呢，我可有160多斤呢。

她在那个“多”字上，明显地加重了语气。我明白她的意思，她是说，她还能捐献，还有很大的捐献空间，她今后还会继续捐献的。

我忍不住了，直截了当地问谭锡博，您现在的身体看起来已经很胖了，与献血有关系吗？是不是献血多了造成现在这样？

谭锡博摇摇头说，不是这个原因。献血不会导致发胖，但体重大的人，倒是对献血有好处。因为，人体里的血液量是跟人的体重成正比例的，体重越大，人的血液量就越大。血站在接受献血时，首先得测量献血者的体重，体重不足50千克的人，就不准献血。

她这样一说，我立刻明白了，她之所以放任自己的体重，那是有原因的。原因就是她希望自己每次能够多献一些血，能够献得频率更快一些，次数更多一些。这样一来，她就能献出更多的血液，能够帮助更多的人！

估计，这样的事情，也只有谭锡博能够想到，能够做到。于女人而言，谁不在乎自己的身材？谁不追求身材的苗条？甚至是魔鬼的身材！那才是女人的最爱呢！

中午吃饭的时候，谭锡博坐在我的身边。谭锡博吃得很少，而且很讲究，荤菜完全不吃，甚至带有荤馅的饺子她都不肯吃。她只吃了几个素馅的饺子，外加几片黑木耳。她说，吃点黑木耳对身体好，能够补血。

显然，在吃饭的时候，她心里想的还是献血的事情。

献血者，首先必须保持健康的身体，必须有良好的生活方式。到了血站，你能够把血献出去，那就应该恭喜你，你身体健康。谭锡博这样告诉我，她的语气当中没少携带骄傲和自豪。

第一次献血竟然是被逼无奈

“其实，我走上了无偿献血志愿者的道路，纯属偶然。第一次献血，在很大程度上，还是被逼无奈呢。”谭锡博这样告诉我。

她第一次献血，是在1984年初，那一年，她才24岁，在大连市商业局下属的一个商场工作，担任了团支部书记。那年代，献血是有任务的，会下达到各个单位。那次，谭锡博单位的献血任务难以完成，大家对献血都很害怕，担心献了血，会伤了元气，会使人体免疫力下降，以后经常生病。偌大的商场，几十号职工，竟然没有一个人敢去献血，大家都躲得远远的。

谭锡博从来就是个以大局为重的人，别人不去，她去了。在血站，卷起了自己的衣袖，露出了自己的胳膊弯子，让抽血的针头扎进了她那年轻的血管。

谭锡博第一次献血，献了200ml的血液。后来，她才知道，她献的那叫全血。原先，她只知道那是血，从人体里出来的血液。还有一点是谭锡博事先并不知道的，那时候的献血，并不是无偿献血，国家还是给予了一定的补偿的。她第一次献血，拿到了32元钱的补偿，同时单位还补贴了几十个鸡蛋，加上一些猪肝等副食品。为了确保献血者身体快速恢复，单位一般会给献血者半个月左右时间，让其在家休息。

谭锡博献血以后，对于国家和单位给予的三样补偿，接受起来都很困难，第一次献血她是瞒着父母的。首先，半个月的假期，她根本不能休，一旦休假在家，就会直接告诉了她父母，她献血了。那是她不愿意做的事情。

其次，那年头，32元钱，可不是小数目，足足一个月的工资啊，许多人一个月的工资还没有32元呢。拿到这些钱，谭锡博慌了神，一时不知道怎么办。那时的谭锡博，还是个很单纯的乖乖女，很听话，非常体贴父母，每个月发了工资，她都是如数上交给母亲，需要零花钱时，再向母亲要。这次，这32元钱让她犯难了，交给母亲吧，献血的事情必然会“败露”，不上交给母亲吧，她的心里又难受，总觉得对不起母亲，很不是滋味。再次，单位给的那些鸡蛋等副食品，就更不知道怎么处理了，一旦拿回家了，想编个理由都编不圆满。

想来想去，谭锡博最后一咬牙，干脆做一次“坏孩子”，对父母来一次善意的隐瞒，什么都不跟他们说了。32元钱，自己“截留”下来，不上交给母亲了，至于那些鸡蛋等副食品，她就毫不可惜地送给同事了，给了那个家里有小孩、生活比较困难的一个姐妹。

也就是从那次献血之后，谭锡博有了一笔“私房钱”。那32元钱，谭锡博花了很长时间，买了她最喜爱的发卡，还有丝巾，更多的她是用于买书了，高等教育自学考试教材。那些年，谭锡博正在刻苦用功，参加高等教育自学考试呢。高考失败，未能走进高等学府，她想通过自学考试来弥补，工作之余坚持自己学习大学课程，争取拿到大学学历。

她说，200ml血让她父亲多活了21年

谭锡博做梦都没有想到，就因为她的第一次献血，让她的父亲整整多活了21年。使她父母的人生能够圆满，有了一个幸福的晚年。

事情发生在1984年的秋天，大约在10月份的某一天，她的父亲突然病倒，昏迷不醒。救护车把他拉到了医院，医生检查过后说，病人胃部大出血，失血过多，急需补血。当医生知道了谭锡博父亲的单位后，就去查阅资料，看他所在的单位献血任务完成没有。那年头，卫生部门是有规定的，但凡单位完成了献血任务的，有单位职工需要输血的，可以免费输血，若是没有完成任务的，单位有人需要输血，可就困难了，需要层层审批，才

能从血库里调出血来。

谭锡博父亲的单位恰好没有完成献血任务，这下子他要输血，可就困难了。没有过硬的理由，医院很难从血库里调出血液来。怎么办？一边是急需输血，一边是因为单位没有完成献血任务，而调不出血液。治病救人，争分夺秒，时间就是生命。当班的医生急得浑身冒汗。

听医生说她父亲单位没有完成献血任务时，站在一旁的谭锡博，想都没想，脱口而出说，我们单位完成了献血任务！医生根本不在意她说的话，轻描淡写地说，你们单位完成了任务有什么用呢？又不是你自己个人去献血完成的。听见医生这样一说，谭锡博突然兴奋起来，几乎是尖叫着回答医生说，真是我个人去献血完成的，我还有献血证呢！

医生这才扭过头来看着她，两只眼睛里闪出了亮光。医生说，真的？赶快把献血证拿过来！

那一刻，谭锡博家里的人全傻掉了，一时分不清谭锡博说的是真话，还是假话，因为在那之前大家都不知道谭锡博曾经献过血，更没有见过谭锡博还有什么献血证。一家人的目光全落在谭锡博的脸上，有惊异，有疑问，有欣喜，有期待。甚至，还有担心，担心这个一向诚实的孩子，因为救自己的父亲向医生撒谎。

谭锡博转身就跑，冲出病房，冲出了医院，在大街上奔跑。

谭锡博拿到献血证回到医院病房的时候，医生已经为她的父亲做好所有的输血前的准备工作。真的是万事俱备，只欠东风了。现在，东风已经来了，东风就是她，患者的女儿，一个曾经的献血者，谭锡博。那张小纸片，从谭锡博的手上递到医生的手上时，谭锡博母亲的眼泪止不住唰地一下流了下来。母亲嗔怨她："你这个'彪子'！献过血了，怎么不跟我说一声呢？我知道了也好给你加加餐，补补身子呀！"

谭锡博的父亲输血以后，立即转危为安，很快康复出院。从那以后，老人家就没有生过什么大病，轻轻松松地活过了21年。

父亲转危为安，安享了晚年，使这一家人对谭锡博格外刮目相看了，在母亲和兄妹的心目中，谭锡博是这个大家庭的功臣。

从那以后，这一家人，不仅没有人反对谭锡博献血，其他几个兄妹，也都先后加入无偿献血志愿者的队伍当中来了。

她的家庭是一个献血者之家

谭锡博献血，不仅带动了娘家的几个兄妹，她还带动她的丈夫和儿子，甚至还带动了儿媳妇，以及儿媳妇的娘家人。与谭锡博相关的人，亲戚或者朋友，很多人都先后成为献血志愿者。

说实话，当初，对于谭锡博的献血，她的丈夫王洋，还是颇有微词的。王洋担心谭锡博持续献血，身体会吃不消的，生怕她倒了下来。

王洋曾经不止一次对谭锡博说，孩他妈，这献血救人性命的事，肯定是好人好事，我也肯定是支持你的。只是，凡事总得有个度啊，过了这个度，就会出问题的。你看，你献血吧，也献得不少了，可不能把自己给掏空了！你要是倒下了，我和儿子可怎么办？

谭锡博发现，丈夫对她献血的担心，还是因为对献血缺乏了解。她就耐心地告诉丈夫说，你知道吗？我献出的绝大多数都是血小板。献出了血小板，不仅不会对身体有害，反而还有益于身体健康呢，尤其是对于心脑血管有好处，不会因为血黏度高，出现高血压、高血脂病，不会出现心脑血管阻塞的现象。再说了，人体里的血液，也是有生存周期的，不献出来，它也会被自动代谢掉。尤其是血小板，它的新陈代谢非常快，它在人体里的生存期只有八天，不献出来，到了时间，它自己也会自动消亡。献出了适量的血小板，48小时后，就会恢复如前，15天后还可以再次捐献血小板呢。我觉得，趁着你现在年纪不大、身体尚好的时候，也去血站献献血，这样对你的身体有好处，老来不会得上“三高”的毛病。

王洋对谭锡博的话，半信半疑。他无法理解，把人身上的血液抽掉了竟然还会对人体有好处。但他还是听明白了谭锡博的意思，减少了人体血液内的血小板，也就降低了人体血液的血黏度。他知道，血黏度高了对人不好，血黏度降下来了，对人体是有好处的。

王洋没有告诉谭锡博，一个人悄悄地去了血站。他先是认真阅读了宣传展板上的介绍文字，然后，坐在了专家的对面，向专家仔细询问有关献血的情况。专家告诉王洋，献血是一件非常严肃认真的事情，不是谁想来献血都可以献的。献血之前，需要做严格的身体检查。检查合格了，才准许献血，献多献少，不由自己做主，得看你的血液指标，能献一个，就只准献一个，可以献两个，才准许献两个。

专家这样一说，王洋的心里似乎踏实了一些。原来，他的妻子谭锡博来血站献血，并不是她自己想献就能献出去，想献多少就能献出多少，能不能献，献多献少，都是经过体检以后才能决定的。一颗曾经悬着的心，这会子终于放了下来，稳稳地落在了实处。

当场，王洋申请献血。血站在对王洋进行了认真的体检后，工作人员对王洋说，恭喜你！你体检合格了！王洋第一次献出了一个治疗量的血小板。

从那以后，王洋时常跟他的妻子谭锡博一起去血站献血。我在谭锡博的家里，还看到了大连的报纸刊发的王洋和谭锡博夫妻二人去血站献血的图片报道呢。

至于他们的儿子王景一去参加无偿献血，谭锡博就根本没有做什么动员工作。这个80后的大学生，原先也很担心妈妈献血，怕妈妈献血过度。年轻人接触新生事物快，他上网查了查有关献血的规定和献血的操作流程，小伙子就放心了。他不仅理解了妈妈，而且也想找机会跟着妈妈一起去献血。2007年元旦那一天，机会来了。谭锡博突然接到血站的一个电话，有人急需A型血，谭锡博就是A型血。当时，儿子王景一正在上大四，课程已经学完了，处在实习期。谭锡博接到电话后，把儿子叫到身边，问儿子，愿不愿意去做一件有意义的事情？儿子说，只要是有意义的事情，当然愿意了。妈妈扬起右手，跟儿子来了一个击掌。意思是说，一言为定，不许反悔。

就这样，王景一第一次走进了大连血站。毫无疑问，一检查，他的各项指标正常，完全可以献血。其实，对于这个结果，他的妈妈谭锡博一点都不意外，她早就心里有数的。王景一从此跟上了他父母的步伐，时常来血站献血。后来，他大学毕业了，在郑州市工作，节假日回到大连，总不忘到大连血站来献一次血。至今，谭锡博的丈夫王洋累计献血近 10000ml，他的儿子王景一也已经累计献出了 3000ml 血液。

谭锡博的儿媳妇，一位郑州姑娘，见王景一一家人都在献血，曾经主动向婆婆提出她也要去献血。婆婆知道儿媳妇那时已经怀孕，只好阻止了她。告诉儿媳妇，你现在是一个人造血两个人用，暂时不能献血，等你生过小孩以后再去献吧。后来，在郑州，王景一去血站献血，也经常是成双成对的。

这事,叫谭锡博的亲家公知道了,这位家住郑州的亲家公心里很不踏实。在谭锡博一次去郑州走亲戚的时候，亲家公忍不住把话挑明了。他说，亲家公，亲家母，你们一家都是好人，都在做好事，我很敬佩。只是，你们这事做得有些过头了，你们俩做做也就罢了，现在这小两口也跟上了。这要是有什么闪失可怎么得了，我可只有这么一个闺女，你们也只有这么一个儿子呀！

谭锡博淡淡一笑说，亲家公，您过虑了。其实，能够献血是个好事，说明身体健康。献血前是要体检的，身体合格才能献血。身体不合格，你想献血，人家还不要呢。献过血，不仅对身体无害，还会有好处呢。你看，现在人动不动就得心脑血管病，原因之一就是血液有问题，血黏度过高。献血，尤其是献出血小板，恰恰是能够降低血黏度的。不说别人，就说我自己，你看我够胖了吧，但我血压血脂都不高，一个很重要的原因，那就是我长期坚持献出血小板，把血黏度降了下来。

这么一说，那位亲家公有些动心了。因为他很胖，体重足有一百七八十斤吧，他最担心的就是将来心脑血管会出问题。谭锡博离开郑州以后，那位亲家悄悄地去了郑州血站，向专家了解了情况，结果，情况果然像他亲家母谭锡博所说的那样，献血，尤其献出血小板，的确会降低血黏度，能够保护心脑血管。当场，他就要求血站给他体检，希望献出血小板。幸好，他体检合格了，能够如愿以偿，开始捐献血小板。

她是义务献血宣传员

谭锡博不仅自己几十年如一日坚持义务献血，她还是义务献血的宣传员。不光动员她的家人、亲戚朋友加入义务献血的队伍，她走到哪里，就把义务献血的宣传工作做到了哪里。

这事，现在还真成了她的分内工作呢！因为，她在作为民生保险大连分公司的培训讲师之外，还担任着大连市无偿献血志愿者服务队的队长呢。

她所在的工作单位民生保险大连分公司，对谭锡博从事的义务献血志愿者活动，向来都是鼎力支持的。这种支持，既有无形的支持，也有有形的支持。无形的支持，是给她的志愿者活动营造了良好的氛围，提供了存在和发展的空间。有形的支持，那就是直接的投入了，公司投入了相当多的人力和财力。

在民生保险大连分公司，专门成立了一个献血志愿者服务小分队，由谭锡博领导，定期不定期开展义务献血志愿宣传活动。公司的许多员工都曾经有过无偿献血，甚至长期坚持，他们都是谭锡博的“粉丝”。

在大连采访期间，正好赶上了谭锡博去血站献血。那天，谭锡博不是一个人去的，民生保险大连分公司行政部负责人李义明也去了，他可是谭锡博的铁杆“粉丝”了，谭锡博外出开展献血志愿者活动，总能见到李义明的身影。我能看出来，这位军人出身的公司中层领导，对谭锡博怀有一股崇敬之情，对于谭锡博，开口闭口，都是“谭老师”。

李义明是一个很阳光、很帅气的男子。他的长相很显年轻，隐藏了他的真实年龄。初次见面的时候，我还以为他是70后，甚至80后呢，一聊，才知道他和我一样，也是60后，而且，还出生于同一年。谭锡博说，因为坚持献血，长期保持了良好的生活方式，才导致身体健康，状态年轻。这话，我是相信的。

那天，李义明也和谭锡博一样，献出的也是血小板。

在民生保险大连分公司，谭锡博的铁杆“粉丝”远不止李义明一个人，公司人力资源部的负责人孙丽敏，同样是谭锡博无偿献血志愿活动的坚定支持者和追随者，她也是坚持了长期献血。只是，谭锡博献血这一天，她因公务不能脱身，未能一同去献血。

晚上吃饭的时候，孙丽敏似乎是自言自语地说了一句，她的献血时间也到了，该去献血了。孙丽敏说得那么自然，就好像是吃饭的时间到了，肚子饿了，她该去吃饭了一样。

在民生保险大连分公司采访期间，我有一种感受，无偿献血，这项与保险业务风马牛不相及的公益活动，竟然成了公司里许许多多人生活中一项很重要的内容，成为公司活动的一个新常态。

这一切，正是源于民生保险大连分公司有个“大连好人”谭锡博。

她是一名“终身荣誉员工”

我是第一次听到还有“荣誉员工”这一说法。在称谓之前加上“荣誉”二字的，并不少见，比如“荣誉会长”“荣誉主席”等就很常见，这“荣誉”二字一般都是加在规格比较高又比较虚的称谓之前。在“员工”这样实实在在、普普通通的称谓之前加上“荣誉”二字，而且还是“终身”的，实属罕见。

原来，谭锡博现在并不是民生保险大连分公司的在职员工，她是一名退休员工，早在五年前她就退休了。由于她工作敬业、成绩显著，公司仍然需要她，在办理退休的同时，公司返聘了她，让她留在原来的工作岗位上，继续从事培训讲师工作。

2012 年，谭锡博长期无偿献血的先进事迹在《中国保险报》公开报道之后，引起了民生保险最高领导层的极度重视，当即，民生保险总公司授予谭锡博“民生使命先锋奖”。年底，民生保险总公司又授予谭锡博“民生保险终生荣誉员工”荣誉称号。

在采访过程中，我曾经问过谭锡博，“终身荣誉员工”仅仅是一个荣誉称号吗？谭锡博告诉我，最重要的是一个荣誉称号，她本人最看重的也正是这样一个对她来说至高无上的荣誉称号。有了这样一个荣誉称号，谭锡博就认为，她的人生就已经获得了最大的成就感和归属感！她觉得她这辈子没有白混，她已经获得了公司的极高认可，民生保险已经成为她谭锡博永远的精神家园！谭锡博只顾说荣誉称号，忽略了我想知道的另外一层意思。趁着谭锡博换了一口气的空档，我又追问了一句，在这个荣誉称号之外，有某些实质性内容吗？谭锡博睁大了眼睛，双眼闪烁出一种含有幸福和感恩色彩的光芒，十分诚恳地说，有，内容实在得很呢！我现在享受的就是在职员工待遇，而不是退休员工待遇，差别大着呢。

我忽然明白了，公司为什么要授予她“荣誉员工”这样一个光荣称号，而且还在“荣誉员工”之前加上了一个重要定语：“终身”！这就意味着谭锡博的员工身份终身不变了。今后，谭锡博不会第二次从民生保险“退休”了，只要她愿意，只要她的健康状况允许她继续工作，她就可以一直工作在岗位上！

对于一名退休员工来说，对于谭锡博这样一个闲不住的人，认为工作便是最大的幸福的人，这是一件多么幸福的事情！

采访过程中，民生保险总公司文化品牌室孙红伟女士告诉我，谭锡博是民生保险的第一位“终身荣誉员工”，到目前为止，也是唯一的“终身荣誉员工”，还没有第二位。

我立刻明白过来，这项荣誉称号是民生保险总公司专门为谭锡博量身打造的。看到了民生保险对好人谭锡博的义举如此支持、鼓励与关爱，我忽然想到了一句话，一个好的人，必定是存在于一个好的组织之中！

母亲躺在手术台上，她却走开了

作为一个好人，孝敬父母是必须的。被誉为“大连好人”的谭锡博，一向孝顺父母，但在某个关键时刻，她竟然开起了“小差”。

提起这事，坐在我面前的谭锡博，低下头去，掏出纸巾擦眼泪。

谭锡博想起了一件伤心事。大约在十年前的一天，谭锡博的母亲因为要更换膝盖的“半月板”，住了医院做手术。由于谭锡博长期坚持义务献血，这老太太做手术时需要输入的800ml血液，按照规定，就免费了。谭锡博知道这个情况后，深受感动，感恩之情，油然而生。

在等候母亲做手术的时候，她的手机忽然响了。谭锡博有个坚持了好多年的习惯，她的手机从不关机，每天24小时开机。那一刻，在肃静的手术室门外，她的手机毫无征兆地响起来，而且声音很大，显得非常不合时宜。来得不是时候的手机铃声，立即招来了在场的所有亲友不解的目光。谭锡博像个做错了事的孩子，一时手足无措，不知道是接听手机好，还是摁掉手机好，任由手机响了半天。最后，还是大哥发话了，快到一边去接听吧，这地方要保持安静。

谭锡博这才离开手术室的门口，找到了一个相对僻静的地方接听了电话。原来，那个电话是血站打来的，有个因车祸受伤的人，情况十分危急，急需输入A型血，而血库里A型血已经告急，只好找志愿者现场采取了。

救人胜于救火。谭锡博连招呼都来不及打了，下楼打车直奔那个伤者所在的医院，检验之后，献出了400ml的全血。有了这份血液，那个伤者转危为安，得救了。

谭锡博献完血，拖着疲惫的身子回到母亲所在医院的时候，母亲已经从手术台上下来了，被哥哥妹妹们推进了病房。当谭锡博找到病房，站在哥哥妹妹们面前的时候，迎接她的是一些不屑乃至鄙夷的目光。那些异样的目光，就像一把把锋利的刀子一样，使劲地剜着谭锡博的心，让谭锡博感觉到心在滴血。

还好，那天王洋也在场，他知道谭锡博不会无缘无故地从医院走开，而且一去那么久。王洋走上前去，什么话都没有说，就直接把谭锡博的右手臂上的袖子挽了上去，让她的右胳膊弯子露了出来。立刻，真相大白。谭锡博的右胳膊弯子上，还有一小块胶布，固定着一团止血棉球呢。

在场的亲友们唏嘘不止。谭锡博一转身就离开了，又躲到了刚才那个僻静处。

这次离开，她不再是接听电话，她是在悄悄地擦眼泪。

她说，她就是为献血而生

谭锡博今年56岁，工作了三十多年，献血就献了三十二年。她曾经获得了多少荣誉，她自己都说不清楚，光是国家卫生部等几个部委联合颁发的“国家无偿献血奉献奖银奖、金奖”，就先后达十余次。可以这样说，谭锡博所有的荣誉，都不是轻而易举得来的，都与“血”有关，都是她的鲜血凝成的。

谭锡博说，她这辈子早已跟血结缘了，是血帮她实现了人生价值。她用鲜血书写了她美丽人生之篇章。

谭锡博刚开始献血的时候，对献血知道得不是很多。直到1998年国家出台了《献血法》，谭锡博大吃一惊，她这才知道，原来，在这个世界上还有个“国际献血日”，而且，这一天，又恰好是她的生日。这就不能不让她产生一些既浪漫又合乎情理的联想。

所以，坐在我面前的谭锡博，在谈到她的生日时，她腮帮上那两个小酒窝立刻变得明显起来，脸色也比先前红润了许多。

她说，我就是为献血而生的！这辈子，我的使命就是献血！要不，我怎么就偏偏出生在“国际献血日”那天！

她的声音很低，有些怯生生的，像个小女生。说过，她就低下头去，然后，又抬起头来，看着我的眼睛，好像很在乎我的反应，生怕她自己说错了。

她在抬头看着我的眼睛的时候，我已经不由自主地在朝她点头。其实，她说出的那句话，正是我想说的。

这辈子，这个人，她就是为献血而生，为献血而活，为献血而忙。她因为献血而快乐！

好人终有好报

谭锡博十分神秘地告诉我，做个好人不吃亏，好人终有好报。

我说，你能说得具体一些吗？

她说，当然可以，都是我亲身经历的事情，我又不敢瞎说。

谭锡博就向我大概叙述了她亲身经历的两件事。一件，是她经历的一次车祸。另外一件，是她经历的一次手术。

车祸发生在几年前。那天中午，她陪同一个同事去拜访一位客户，并约了客户共进午餐。午饭后，她打车回单位。出了酒店，没走多远，她所乘坐的那辆出租车跟另外一辆小汽车迎面相撞了。顿时，一股巨大的冲击力，让她在车厢内像被踢的足球一样，来来回回打了几个滚，然后，她什么都不知道了，被送到了医院。醒来后，她吵闹着要回单位，不愿意住院。医生给她全面检查后，发现只是轻微的脑震荡，并无大碍，准许她不住院，回家休息。

在那次车祸中，两车头部对撞，车辆几乎都要报废了，破碎的玻璃和汽车零部件散落一地。打过几个滚的谭锡博，除了头部被撞昏迷过一阵外，身上没受一处外伤，没破一块皮，没流一滴血。

事后，谭锡博逢人就说，苍天有眼，老天爷照顾她，看她平时把血都输给了别人，这次本该她流血的时候，老天爷却没让她流血了。

她说的手术，是在去年秋天。谭锡博老早就发现颈脖子上不够顺溜，有些细小的结块。她根本就没有在意。因为，在大连这样一个海滨城市里，人们的食物中总是少不了海产品。海产品营养丰富，味道鲜美，但吃多了也不是什么好事，至少会让人的甲状腺负担重起来。后来，谭锡博发现那些皮下的结块变成包块了，而且包块越来越大，已经把皮肤撑出了一个半个鸡蛋大的鼓包。谭锡博这才紧张起来，赶紧去医院做检查。医生一看就明确告诉她，你得做最坏打算，那东西不是好东西，必须尽快做手术，越快越好。医生这么一说，谭锡博立刻就明白了，所谓最坏的打算，也就是一死了！那东西不是好东西，那一定就是恶性的东西了，是癌。

提起癌症,谁能不怕？许多人简直谈“癌”色变。谭锡博一听到检查结果，也曾有过一些惊慌。好日子才刚刚开始，她还有许多事情要去做，她不能这么早就死去，绝对不能。她转而一想，是福不是祸，是祸躲不过。干脆，听医生的，抓紧做手术。在等待做手术的那几天，谭锡博彻底放松下来了，她把左右几个病房里的女病友召集起来，在一起又是唱歌，又是跳舞。不知情的人还以为这些女人有多开心呢，知情的人都知道，她们患的都是同一类毛病，只是病在不同的部位，有的在乳房，有的在宫颈，病名都是癌。那种强作欢颜苦中作乐，不是开心，而是一种悲壮！

万幸的是，医生误判了。不过，仔细想一想，医生说得还是没错，凡事都有风险，都得做最坏打算。那东西当然不是好东西，就算是良性的也不是好东西。

医生在给谭锡博做手术时发现，她颈脖子上的那个包块，并不是恶性，只是个良性的肿瘤，切除了就可以解决问题。在场的医护人员全都松了一口气。谭锡博手术后恢复很好，很快。过了规定的五个月后，她去了血站做了一次体检，结果，她的各项指标完全合格，她又重新开始献血了。

原以为是癌症了，后来竟然又不是。她都去鬼门关前走了一遭，又折返了回来。事后，谭锡博不免想到，这就是苍天有眼，照顾了她这个愿意把自己的血液献出去的人。一定是老天爷觉得这个人还不错，把她谭锡博留在人世间还能有点用处，在别人急需血液的时候，她能够慷慨捐献，能够救人性命！

谭锡博对我讲了这样两个故事，我听了暗暗吃惊。难道果真有天意存在？姑且不说谭锡博的联想是否合理，我觉得至少合情。我更愿意相信那是善良的人们一个善良的愿望，我也相信好人终有好报！

她说，她的身体已不再属于她自己

采访即将结束的时候，谭锡博悄悄递给我一张小卡片，想让我看看。一开始，我没有太在意，以为是她的身份证，或者医院里的就诊卡什么的。

谭锡博继续往我面前递，并且说，你仔细看看。拿到手一看，这还真的不是一张普通的卡片，我有生以来第一次见到这样的卡片，它的名字叫《中国人体器官捐献志愿登记卡》。看明白之后，我心头一颤。原来，这个被人称为“血彪”女人的谭锡博，她不仅一直在捐献生命中的精华——血液，甚至，她把自己的身后都已经安排好了，做出了最后的捐献计划！

说实话，那一刻，我的心头一颤，心里除了肃然起敬，还有一种别样的悲凉。

谭锡博似乎看出了我的情绪变化，自我解嘲般地说，我的身体已经不再属于我自己了。

此刻，我的眼窝子已经悄悄湿润了。我强忍着就要涌出的泪水，决意不让它流出来。我不敢正视谭锡博的眼睛，怕让她看出我的脆弱，会笑话我的。我只好侧过脸去，静静地沉默了一会，然后低声对她说，谭大姐，我并不支持你的这一想法，我希望您这最后的捐献计划不会成功！

谭锡博看着我，有点不明白我说的是什么意思。我解释说，现在的人高寿的多了，百岁老人随处可见的。像你这么一个大好人，活一百岁还嫌不够，怎么说也该活到一百二十岁吧。到那时，你想捐出去，人家不会要了。

谭锡博一脸的严肃认真，她有点急了似的说，那也要捐，还可以捐出去用于科学研究嘛！

看来，谭锡博是铁了心了，她要把她的身前和身后都完完全全地捐献给这个世界！

面对这么一个“血彪”的好人，我还有什么话好说呢！我只是对她说，谭大姐，其实，您并不是一个“彪子”，您恰恰是一个“标子”！准确地说，您就是一把“标尺”！您就是一根“标杆”！您就是一个可以用作“标尺”、可以立作“标杆”的大好人！

2016 年 5 月 21 日写于合肥

第 三 辑

品味乡愁

乡贤张恨水

生于黄岭村，作为现代小说大家张恨水先生同村人，我一直觉得这是一种莫大的荣幸。在潜山县黄岭村，我家的老宅与张恨水先生的故居，相去也不过一里路吧，那可是上学时，每天直接用脚步丈量出来的距离。只是，我比先生差不多晚了两辈的年岁，我在那块土地上蹒跚学步的时候，先生早已离开了村子，远在京城了。虽然我与先生无缘谋面，但是，在我们的家乡黄岭村，我还是处处感受到了先生的存在，感觉先生离家乡很近，甚至就在乡亲们中间，仿佛先生一直就住在那口清水池塘北岸的张家老屋里。在我的心目中，先生就是我的一位同乡前辈，是我所尊敬的乡贤。

黄土书屋

提起黄土书屋，我就感到非常亲切。黄土书屋，又名“恨水老书房”，它是张恨水的祖居地。那地方，我太熟悉了。

熟悉那地方，是因为那地方也是我的家乡，我的出生地就在那个村子里，我在那块土地上生活了整整十六年。当年的潜山县岭头乡黄土岭村，又称黄岭村，后来随着行政区划的调整，岭头乡没有了，黄岭村却一直保留着。撤乡并村的时候，家乡黄岭村能够幸存下来，会不会与张家那间老房子多少有点关系呢？关于这个问题，我倒没有请教过别人，只是在心里面暗自思忖，我至今仍怀疑会有这个方面的因素。如今的黄岭村，已是余井镇的黄岭村了。

熟悉黄土书屋，还因为在黄土书屋的旁边曾经有我的母校。我七岁开始，在坐落于黄岭大队黄岭生产队的黄岭小学读书。那时的黄岭小学，校舍原本是一座破旧的祠堂，人说是查家祠堂。在学校的对门，有几户张姓人家，房子很老，坐落在学校墙外的清水塘边。房子在北，池塘在南。房子的背后是山，山的后面还有更大的山。那些大大小小的山峰，就是连绵起伏的大别山脉了。

多年以后，我在潜山县城西北角一个名叫漳法山的地方，参观了张恨水纪念馆，看到了一幅照片，题为《黄土书屋》。就在前不久，我在合肥市滨湖新区新落成的安徽名人馆里，又一次看到了同一幅照片。我很惊喜，也感到很亲切。因为，我对那幅图片上的内容太熟悉了。那座黄土泥墙的老房子，那口用麻石块砌岸的清水池塘，就是早年我上学时天天见到的景观了。学校在池塘的东岸，隔着一条街道，与张姓人家的老宅子面对面。我至今记忆犹新，街道是用大块的鹅卵石铺就，鹅卵石呈鸡蛋壳的黄色，被人的脚底板磨得光滑发亮。我还记得，我的启蒙老师张田野先生，就居住在池塘北岸的老房子里。他家房子的西边，就是后来我在照片上见到的那个“黄土书屋”了。上小学时，我就听其他老师说过，这位张田野先生与张恨水先生是未出五服的同宗兄弟。

再后来，我又在张恨水的自传体作品《写作生涯回忆录》里得到了印证，方才确信那地方真的就是黄土书屋，也就是后来所谓的“恨水老书房”了。只是，我又对我就读的小学校的校舍是查家祠堂的说法产生疑问了。因为，张恨水在他的《写作生涯回忆录》里也提到了一座祠堂，他说的是离他家不远的地方有一座储家祠堂，但他没有提到查家祠堂。那座储家祠堂就是张恨水小时候念私塾的地方，教私塾的先生就是储家人。究竟，我记忆中的查家祠堂原本就是储家祠堂，还是在原先的张家老宅附近，或者说在现在的黄岭村民组附近，曾经另有一座储家祠堂呢？我目前还不得而知，我从小就没有听说过在当年的黄岭生产队附近还有个储家祠堂。关于这个问题，只有等下次回到黄岭村找机会去请教村子里的年长者了。我只知道在张家老宅附近有余店、刘大屋、储大屋，还有金庄、银庄和李庄，这些自然村落里都有不少储姓的人家。所以，恨水先生说的储家祠堂我是信的。过去，在某个地方，同姓同宗的人口众多，此地便有可能有一座宗族祠堂。

其实，黄土岭那地方，还只是张恨水的祖居地，并不是张恨水的出生地。张恨水出生在江西广信，他的父亲年轻时在江西南昌那一带当差做事。黄土岭这个祖居地，在张恨水的《写作生涯回忆录》里一直被称作“原籍”。但是，从张恨水的回忆录上看，青少年时期的张恨水，至少有三段时间，他曾经在“原籍”生活过，居住在黄土岭的老宅子里。那些时日，张恨水就把自己关在清水池塘边那间黄泥土坯老房子里，双耳不闻窗外事，一心只读圣贤书。在那间屋子里，张恨水开始了读书、写作的生涯。

一次，是在张恨水十一岁半的时候，他从南昌回到了原籍安徽潜山黄岭村，跟着乡村私塾先生读书。张恨水曾在回忆录里说，他当时的读书环境很好，学堂是祠堂附设的圣庙。这个祠堂便是储家祠堂。在课堂上，张恨水仅用半年时间，除了《礼记》，他把《五经》念完了。从学堂回到家里，又一头钻进书房，张恨水如饥似渴地阅读了《三国演义》《海国春秋》《西厢记》《七国演义》，还有《左传》等古代名著。

另外一次，是在张恨水十九岁、二十岁之间，因为父亲突然去世，家境贫困而废学，从南昌退居原籍，由寡母带着一家老小住在黄土岭的老宅子里。那段时间，是张恨水一生中最灰暗的时光，他的心情十分抑郁。张恨水后来回忆说，年少的人，总是醉心于物质文明的。那时让他住在（黄土岭）那个依山靠水的乡下祖居老宅里，终日与农夫为伍，他十分牢骚。于是，“终日疯疯癫癫作些歪诗。还作诗之外，还作笔记作小说”。应该说，张恨水后来能够走上文学创作的道路，成为名噪一时的小说大家，与在原籍生活的那段时间的历练，应该有很大关系。至少，那段时间为张恨水后来的创作打下了必要的基础。

还有一次，是在张恨水二十一岁的冬季，在他离开家乡外出流浪了将近一年之后，重又回到了家乡黄土岭。当时，乡党们都已经认为他是个不可教的青年。乡党们的鄙视，让他伤心极了。于是，他发奋用功，希望在学业上有所成就。他摒弃了年轻人的玩性，静下心来，“终日坐在一间黄泥砖墙的书房里，只是看书作稿”。后来，他在回忆录里说：“我的木格窗外，有一株极大的桂花树，终年是青的，树下便是一院青苔，绝无人到，因此增长了我的不少文思。”那段时间，就在这间“黄土书屋”里，张恨水作了好几部小说，有《青衫泪》《紫玉成烟》《未婚妻》，还有一篇笔记叫作《桂窗零草》。此外，张恨水还下了不少功夫，学习近体诗。以诗言志，借诗消愁，可能是张恨水那段时间最好的精神寄托了。

二十四岁那年，张恨水真的从黄土岭的老宅子里走了出去。他先是乘坐竹筏，顺着皖河漂流至长江，来到安庆。而后，搭乘江轮，沿着长江顺流而下到了芜湖。在族人和朋友的帮助下，张恨水入职《皖江报》，做了总编辑。由此，开始了他漫长的报人生涯，步步走向他的人生之辉煌。

我最近一次回到家乡黄岭村时，专门去了一趟当年的黄岭生产队，现在叫作黄岭村民组了。在黄岭村民组，我看到的是一派美好乡村的景象。一条水泥马路，作为村村通公路，从 105 国道上分支出来，一直修到了黄岭村民组的村口，与村街相连。当年的小学校和满街的老宅子都不见了，先前的鹅卵石街道，变成了水泥路面。村街两边都是一些两层三层的小楼，很漂亮的白墙红顶，好像统一修饰过。在楼房与楼房之间，我终于找到了一幢土墙灰瓦的平房。相对于周围的楼房，这幢瓦屋显得低矮而陈旧。我怀疑，它就是修缮后的“黄土书屋”。问了旁边的--位居民，他有点暧昧地点了点头，又接着说，那地方只是张家的老宅基地，房子已经不是张家的了，是一户丁姓人家后来盖的。张家的老宅早被拆除了。

哎呀，怎么会这样？听那位村民如此一说，我觉得非常遗憾。才不过几十年的时间，这里的变化实在太大了，跟我上学时比，已经面目全非了。我的心里觉得不是滋味，但又说不出什么。不过，坏事往往也会变成好事。在张恨水故居被拆除几十年后的今天，修建张恨水故居，已经作为文化项目提上了当地政府的议事日程。目前，正在紧锣密鼓地运行。相信，在不久的将来，在黄土岭的那口清水池塘边，张恨水故居会以崭新的姿态展现在世人的面前。

在村口的水泥马路边，两桩物件吸引了我的眼球。一桩是一块淡红色的花岗岩原石，石头上雕刻着“张恨水故乡”五个行书大字。另一桩是一块高大的广告牌，上面专门介绍了张恨水的生平事迹。

来到了黄岭村民组，看到了这些有关张恨水的物事，我对张恨水更加肃然起敬了。当年这位著作等身的小说大家，他的文学创作，竟然就起步于我少年时代曾经熟视无睹的那幢老宅子。当年那间黄土泥墙的老宅里，曾经孕育了一个有志少年的文学梦想。张恨水，其实就是从这间黄土书屋里走出去的一位誉满民国的小说大师。

张恨水的处女作

研究作家的作品，人们常常发现，有些作家的成名作往往就是他的处女作。这几乎成了一条规律。可是，这一规律，对于张恨水来说却不适用了。当年曾经家喻户晓、妇孺皆知、红极一时的张恨水，一生著述恢宏，写了一百多部中长篇小说，洋洋洒洒几千万字的书稿，堆积起来，也该似一座小山峰了。对于张恨水，当下的人们可以轻轻松松地对他的著作开出长长的一列清单，却没有人说得清楚他的处女作是什么。甚至，就连张恨水本人后期也不完全说得清楚了。张恨水曾经说过，他也不记得那篇处女作的名字究竟叫什么，他只记得他写的第一个小说的故事梗概。

张恨水从小就是个小说迷。十三岁以前，就已经读过了《红楼梦》《西游记》《三国演义》《水浒传》《儒林外史》《聊斋志异》等几百种小说。在他的亲戚朋友家中，大家都知道他读的小说多，大人孩子都特别喜欢听他讲故事。张恨水也很乐意把自己看过的小说讲给他们听，用他自己当年的话说，他想卖弄一下自己的“腹笥”。他知道，他的弟弟妹妹们最爱听的，不外是神怪和武侠一类的故事。关于这类故事，张恨水自然是俯拾即是。他在给别人讲故事的时候，并不是“照本宣科”地讲着从书上捡来的故事，实际上，他在讲故事的同时，自己也在试着编故事。他就那么信口开河地讲着故事，不动声色地加进了许多自己想象的穿插。而且，他加入的那些穿插，还非常合情合理，让人信以为真，每每都博得了听众们的赞许。如此一来，就极大地增加了张恨水“编故事”的兴趣。张恨水给别人讲故事越讲越多，越编越多。某一天，张恨水正在编故事讲给别人听的时候，他突然不讲了，停了下来。那一刻，张恨水有了一个重大的发现。他心想，既然我的“穿插”能够滴水不漏，把故事编得很圆满，“我何不由我的意思，也来写一篇小说”？

于是，那个毫无顾忌的少年，说干就干，立即动起手来，认认真真、像模像样地写起了小说。张恨水的第一篇小说，是为他的弟弟妹妹们写的。他心里明白弟弟妹妹们喜欢什么样的故事，他就给他们写了什么故事，第一次写出了他的弟弟妹妹们最喜欢的武侠故事。这篇小说到底叫什么名字，张恨水本人后来也说不清楚了，现在已经无从考证。张恨水生前在写他的《写作生涯回忆录》时曾经说过：“这篇小说叫什么名字，我已经忘了，反正有个侠字吧。”

张恨水只记得，小说里的主人公是个十四岁的少年。那个少年力大无穷，手持两柄一百八十斤重的铜锤，却毫不费劲，在手里翻来调去，犹如玩弄弹丸一般。当然，这个少年玩弄两柄铜锤，并不是闹着玩的，也不是要在同伴面前显露身手，少年的这个行为，完全是一种英雄之举。因为有一只老虎时常在村庄附近出没，严重地威胁了村庄里的人畜安全。关键时刻，英雄人物总是应运而生。这个身手非凡的少年挺身而出，凭借着自己高强的武功征服了那只该死的老虎。那篇小说并不长。张恨水后来回忆说，小说开始的一幕也就是完结的一幕，那只老虎完蛋了，这个小英雄的使命也就完成了。通过写这篇小说，张恨水发现了一个问题，他埋头伏案写了两三天，拿来给弟弟妹妹们讲故事时，还不到一个小时就讲完了。他觉得，靠自己写小说来给弟弟妹妹们讲故事，这是一个供不应求的艰巨工作，不是一个好办法。于是，他便放弃了，不想持续往下做，不再靠自己写小说来给弟弟妹妹们讲故事了。倘若从那次开始，张恨水不放弃，坚持写下来了，那么，张恨水的小说创作就会提早五年了。

张恨水后来还想起，他那篇处女作的稿本，“是竹纸小本，约有五寸见方”。他还说，他是用了极不工整的蝇头小楷，一笔一画地往白纸上填塞。或许，他是觉得自己的文字叙述还不够酣畅淋漓，并没有把心中的某些意思准确完整地表达出来，所以，他特意在文字里面插上了两幅图画，作为补充。至于，他当时所画的那位小英雄，是个什么样子，后来他的印象也不是很清晰了。他只记得，那两柄铜锤很夸张地被画得特别大，大概相当于人体的二分之一了。若干年后，张恨水曾经回忆说，那只老虎画得实在不像，他拿给弟弟妹妹们看时，那帮孩子一下子全乐了，童言无忌地说，这哪里是老虎呀，分明就是一只狗嘛。张恨水自我解嘲地说，当年处女作上的那幅插图，真的应了“画虎类犬”的古老典故了。

张恨水的那篇处女作，是在他十三岁的时候，写于南昌。那时，有位曾经教过他八股文的储姓先生，也从老家黄土岭跟随张家到了南昌，给张恨水的弟弟妹妹们教书授课。某一天，那位储先生突然发现张恨水很有诗才，力劝张恨水学习作诗，说他可以从旁指点。于是，张恨水欣然从命，跟着储先生学习作诗填词。后来，张恨水在撰写他的《写作生涯回忆录》时，还记得当年被储先生圈点过的一句诗：“枝横长岸北，树影小桥西。”张恨水遂将这段趣事写进了回忆录中有关他的无名处女作那个章节里面。

张恨水在回忆他的小说处女作的时候，顺便提起了他早年习诗时作的这样一个诗句，无意之间，是不是在告诉人们，这个诗句，也就是张恨水的诗歌处女作了？

张恨水第一次投稿

在张恨水的家乡，当然，也是我的家乡，在人们的心目中，张恨水是一位传奇式人物。我从小就听了乡邻们对张恨水很多的谈论。人们谈论他早慧的童年，读书一目十行，过目竟能不忘。谈论他那一段十分憋屈的青春年少的时光，父亲去世后，他跟着寡母从南昌退居老家黄土岭时，长时间只做两件事，要么把自己关在书房里读书写作，要么是跟着族人朋友浪迹天涯，寻求人生出路。乡邻们谈得更多的，还是张恨水后来人生的辉煌，仅凭自己一支笔，他从大别山东麓家乡的小村庄写到了芜湖、南京、重庆，最终定居北京，凭着稿费在北京城里买下了一所很大的宅院，供养了十几口人的一个大家庭。当时的乡党们都知道，张恨水的家，就是他用一支笔给撑起来的。

如今，在张恨水的故乡黄岭村读过几年书的人都会知道，张恨水著作等身，一生写了四千万字。因为，村子里有好几处公益广告牌，上面介绍了张恨水的生平事迹、著作成就。可是，谁都不会想到，就是这样一位赫赫有名的大作家，当年的第一次投稿，竟也曾遭遇了十分不堪和无奈。

张恨水第一次投稿是在他十九岁时。那年，他刚刚考上孙中山先生创办的蒙藏垦殖学校，校址在苏州。由于父亲的早逝，张恨水的家境急转直下，由一个富裕之家一下子变成了一个贫困之家。张恨水在苏州上学期间深感手头之拮据，经常是囊中羞涩，他真真切切地尝到了一分钱难倒英雄汉的滋味。后来，张恨水曾在他的写作生涯回忆录里说，“由于我穷，我也就开始自找出路”。穷则思变。张恨水希望通过写作来改善生活，甚至改变命运。

学生时代的张恨水很喜欢看《小说月报》，每月总要从有限的生活费里抠出两角钱，去学校门口的书摊上买一本《小说月报》，几乎期期不落，到手之后，他都如饥似渴地阅读。常常是读了一遍又一遍，一本《小说月报》他要读上好几遍。读得多了，他就开始有了写作的欲望，并且这种欲望越来越强烈。有一次，张恨水意外地发现，在某期《小说月报》的封底上，刊有一则征稿启事，约定稿费每千字三元。看过之后，张恨水非常兴奋，如同哥伦布发现了新大陆，他一时欣喜若狂。张恨水立即非常大胆地做出决定，他要在这里试一试，做一做自己从小就喜欢做的事情。同时，他几乎认定，他已经为自己的生计找到了一条很好的路径。正是因为《小说月报》上的那则征稿启事，让张恨水的写作欲望终于找到了一个突破口，从那天开始，张恨水就在讲堂上偷偷地作起应征小说来。为什么要偷偷的呢？自然是害怕让旁人看见，担心旁人会笑他不自量力。张恨水后来在他的《写作生涯回忆录》里说过，在苏州的蒙藏垦殖学校里，张恨水上课的讲堂是一幢小洋楼，楼下是花圃，楼外是苏州的名胜留园，风景很好。当时，张恨水坐在一扇玻璃窗下，心无旁骛，猛写文章。待休息时抬起头来眺望远方时，他陡然发现，窗外竹木依依，绿荫婆娑，一阵阵花香扑鼻而来，沁人心脾，让人十分惬意，好像是象征了他所做出的选择无比正确，前景无限美好，他的心情十分乐观。由此，张恨水信心百倍，更加兴奋地投入了小说写作。

在短短的三天时间里，张恨水写出了两个短篇小说。一篇是文言小说，题为《旧新娘》，三千多字。另外一篇是白话小说，题为《桃花劫》，四千余字。前一篇，戏说了一对青年男女的罗曼史，是个喜剧。后一篇，写了个孀妇自杀的故事，是个悲剧。三天的工夫，张恨水就写出了两篇小说，而且是一个文言一个白话，一个喜剧一个悲剧，足见那位青年恨水的卓越才情了。

稿子写好以后，张恨水就悄悄地去了学校旁边的邮局，将稿件寄往上海的商务印书馆《小说月报》编辑部。稿子寄走了，张恨水的心愿也就了了。当时，他并没有做出能够发表刊用的幻想。因为，在张恨水的心目中，《小说月报》的作者一律都是大文豪，那上面没有见到一个无名之辈。张恨水很有自知之明，他一个垦殖学校的穷学生，实在是太渺小了，怎么能做着挤进文豪队伍里的梦呢?我想,后来,张恨水能够梦想成真,成为民国年间家喻户晓的通俗小说大家,也许,在很大程度上还是得益于他的这种自谦自谨的人生态度吧。

人世间的许多事情往往出人意料。在投稿过后没有多久,有个商务印书馆的信封,被人放在了张恨水寝室的桌子上。张恨水一看,估计是退稿了,便在无人处悄悄地将信封拆开。一看,信封里面并没有退回来的稿子,只有《小说月报》的编辑恽铁樵先生的一封回信。恽先生在信上说,"稿子很好,意思尤可敬佩,容缓选载"。青年恨水看了一遍又一遍,把那封简短的回信看了个字真句切,生怕自己看错了一个字。噫!太好了!他终于喜极而狂了。心想,他居然可以在《小说月报》这样的大杂志上写稿,自己的学问一定是很不错了!

可惜,当年那个满腔热情的青年恨水没想到,他焦急地等待了一月又一月,一年又一年,直到那位恽铁樵先生将《小说月报》交给了沈雁冰先生的那一年,总共是十个年头过去了,张恨水的那两篇小说稿子,硬是没有露面。谁也不知道,是在哪年哪月,那两篇稿子就被扔进字纸篓里去了。

张恨水的第一次投稿,在经过十年的等待和失望之后,便是这样无疾而终了。若干年后,张恨水在撰写《写作生涯回忆录》时,提到了当年给《小说月报》投稿这件事,多少还觉得有些无奈和遗憾。

可是,在家乡,在众多的有关张恨水的传说中,我从来就没有听见乡亲们谈论张恨水第一次投稿的经历。也许,乡党们看到的只是张恨水后来的光鲜,却没有人看到他那光鲜背后的艰辛。

关于张恨水的第一次投稿,我有自己的看法。虽然当时的《小说月报》编辑恽铁樵先生留了张恨水的小说稿子,后来并没有刊用,给了张恨水一个很大的遗憾。但是,我猜测,张恨水对于恽铁樵先生还是心存感激的,就因为恽铁樵先生给他回信的那句话:"稿子很好,意思尤可敬佩。"

编辑先生的这样一句话,对处于刚刚起步阶段的作家而言,这个鼓舞无疑是巨大的。甚至,对一名作家的脱颖而出,往往会起到至关重要的作用。

心远何以恨水

作为张恨水的同乡人，了解乡贤张恨水，我是从他的名字“恨水”二字开始的。在我的家乡黄岭村，从我这一代往上连续三代，几乎很少有人不知道张恨水。再往下数去，我就不敢说了，虽然我是告诉了我的孩子张恨水是谁。乡人都知道张恨水是个二十世纪的大作家，一个武门后裔的书生，一生写过很多书。村子里也有很多人，读过张恨水的书，觉得他写的都是外面世界里的人和事，与黄岭村的生活隔得太远了，所以很难引起共鸣。更多的村里人，并没有读过张恨水的书，对张恨水自然说不出个子丑寅卯来。尽管如此，村子里一些上了年纪的人，对张恨水的名字还是挺感兴趣，大家津津乐道。

我在读张恨水的书之前，是先熟悉张恨水的名字的。最早听说张恨水的名字，是我的小学老师告诉我的。小学校就跟张恨水老宅子隔街相望，学校的旁边住的大部分都是张姓的人家，从血缘关系上讲，他们与张恨水都是宗亲，有些还未出五服。小学校的老师们天天路过张家老宅子，自然而然会想到张恨水，免不了也会在课堂上跟学生们提起张恨水。从老师们的口中，我听到了张恨水曾经的小名，“小混沌”。一个聪慧过人的“小混沌”，读书过目不忘，倒背如流，令后来的老师们艳羡不已。

那时候，我以为张恨水就是他的正名。其实，张恨水并不是他的正名，只是他的一个笔名。他的正名叫张心远，挺有品位的一个名字。张心远这个名字，不仅后来的家乡人不知道，就连当年张恨水那些众星捧月的读者，也很少有人知道他们心目中的“男神”还有这样一个名字。“张迷”们都只知道他叫张恨水。原来，张恨水是一个不愿意虚度年华的人。当年，张恨水坐在“黄土书屋”里读书，看到窗外的花开花落，他不免想起南唐李后主《乌夜啼》词句：“林花谢了春红，太匆匆，无奈朝来寒雨晚来风。胭脂泪，相留醉，几时重，自是人生长恨水长东。”张恨水非常喜欢这首词，他对这首词感触太深了，觉得词人简直就是为他所作。张恨水对这首词念念不忘，经常吟咏。1914 年，在给汉口的一家报纸投稿时，张恨水突然想到了李后主的词句，于“自是人生长恨水长东”中取了“恨水”二字，作为笔名。他自己非常喜欢这个笔名，此后对外投稿时大都使用这个笔名。张恨水声名大噪之后，人们都只知道他叫张恨水，却不知道他还有个张心远的名字。笔名，竟然把他的正名张心远给湮没了。

张恨水对于自己笔名的来历，曾经做过如是的解释。世人却不领情，不愿意相信他说的是真话，总觉得这笔名里面必定有故事。原本心远，又何以恨水？这个话题已经争论了好几十年了，差不多接近一百年了，口水已经湿了一地。我从小在我的家乡听到的一种说法，应该是世人最愿意接受的一种说法。那种说法竟然还做到了引经据典，拿《红楼梦》作为佐证。因为《红楼梦》里说过，女人是水做的。这个名叫恨水的人，他为何要恨水？他一定是曾经为水所伤了。人们根本不相信，恨水所恨的竟是子在川上曰逝者如斯夫昼夜不停的那个流水。人们宁可相信，恨水恨的其实是人，如水般柔情却又无情的人。这个人，当然就是自古以来千夫所爱又是千夫所指的红颜“祸水”了。当时的人，乃至后来的人，估计更多的都是这样想的，完全出于自己的主观推测和臆想。不过，也难怪人们会这样想，毕竟自古以来书上都是这样说的，在人们的心目中，女人就是水，水就是女人。何况在事关男女的问题上，人的想象力又从来都是丰富至极，还能有什么情况让人想象不出来的！

那些一直在尽情想象的人，总想把那一“滴”被恨水所恨的“水”从汪洋大海中找出来。似乎谁先找到了那滴“水”，就算谁最有本事了。如此一找，便有人要躺着中枪了。当时的文坛上，还真的有个女士名字就与水直接相关，虽然那也只是笔名。而且，她那名字当中的水，还不是平常的水、普通的水，那是一种让人感觉寒冷的水，一种让人感到锋利的水，冷得钻心，锋利如刀。这水是如此之冷峻之无情，也难怪就有人要“恨”了。你看，这位女士的名字，不偏不倚，于冥冥之中高度配合了世人极其丰富的想象，她还能不躺着中枪吗？

就在世人的想象风起云涌的时候，二位男女主人公分别站出来澄清了。二人口径完全一致，都说根本没有那回事。先生说，哪有那回事！人家是大家闺秀，我可是出身寒门，岂敢有如此之奢望！先生的话，符合先生的个性，谦逊、低调，尽量护卫着对方，宁可伤了自己，也不殃及对方。女士说得更直接、更干脆，她说完全没有那回事，我都不认识那个人！女士的话，说得也得体，符合女士的身份。依我看，事情本身就该真的这样了，正如先生和女士所言，从来没有那么回事。即便他俩的名字里都有一个“水”字，那也只是巧合，纯属偶然。

按理说，“当事人”双方口径罕见地一致，世人就没有了不予“采信”的理由，这宗“口水官司”早就该了结了。可是，偏偏还是有人不愿意采信。几十年来，在我的家乡，乡党们还是乐于这样认为，并且一直这样谈论。甚至，在安徽名人馆里，那些年轻的解说员在介绍张恨水时，也少不了有这样一说。

当初，关于“恨水”的由来，我也难辨真伪，听过，只是一笑，不置一词。如今，我似乎有些理解了。人性当中总有难以摆脱的那一份自私。乡人曾经以先生为骄傲，在观赏先生的“花边”时，当然希望先生的“花边”上能够配有一朵高贵而鲜艳的“红玫瑰”了。先生是当时的文学舞台上当红“小生”，女士却是那个舞台上的当红“花旦”，世人遂将此二者使劲撮合，相提并论，也不管人家当事人双方愿意不愿意了。后来，在我的家乡，乡人们之所以乐于这样说，除了朴素而善良的“成人之美”外，可能还真的有些一厢情愿的自私意味呢。

不管别人信不信，我还是宁可相信“自是人生长恨水长东”的说法了，因为这是恨水本人的说法。况且，唯有这样的说法，才能体现“恨水”的人格品位，与那个名字叫作“心远”的人，才能名副其实。果真，他就如同世人想象的“恨铁不成钢”那般去“恨”那一滴“水”，去恨某一个似水柔情又似水无情的人，这未免让那个名叫“心远”的人，有些失之肤浅、失之轻薄了。那个本名叫作“心远”的人，他的心，还真的远吗？

作为张恨水同乡后辈人，我是不信的。

婚姻里的张恨水

小时候，我在家乡黄岭村，经常听到老辈人谈论张恨水，都说张恨水真有本事，娶过三房太太，养了十几个子女。谈到这个话题，无论是男人还是女人，无论是说者还是听者，都带着明显的赏识的口吻和表情。虽然我是张恨水的同乡晚辈人，但在那个时候，我对张恨水并不了解。其实，村里的老辈人，对张恨水也只能说个大概，还都是源于道听途说。后来，读过张恨水的书，包括读过张恨水的后人纪念张恨水的一些文章，才对生活中的张恨水，尤其是婚姻里的张恨水有了一定的了解。正如张家后人所言，张恨水的小说有些半新半旧，他本人的思想也有些半新半旧，他的婚姻同样也有些半新半旧了。

有一点，乡人说得还真没错。的确，张恨水有过三房太太，而且还都是堂堂正正公开嫁娶的。这在今天似乎不可理解，但在当年，这样的情况该是不足为奇了。如今谈起这件事，张家的后人好像也并不避讳。他们当中曾经有人说过，他们的父亲原本反对一夫多妻制，但他自己却又实践着一夫多妻，这或许就是他们父亲的爱情悲剧吧。

在张家后人的心目中，张恨水与第一位妻子的结合，那是一场封建礼教的悲剧。民国三年，十八岁的张恨水与乡村姑娘徐文淑结婚。对张恨水来说，这次婚姻，在很大程度上是出于尽孝。头一年，张恨水原本打算出国留学，可就在那年秋天，张恨水的父亲因患急病在南昌去世。父亲去世后，家里断了经济来源，张恨水只得中途辍学，出国留学之事随即化为泡影。不久，张恨水即跟随他那年仅三十六岁的寡母，举家从南昌迁回原籍安徽潜山黄岭村，仅靠着数亩薄田艰难度日。父亲不在了，这个家庭里突然没有了顶梁柱，一家老小的日子非常难过，张恨水母亲的肩上担起了她难以承受的压力。母亲期待子女们早些长大成人，早点有人出头挑起家庭的重担。那年，十八岁的张恨水，作为家中长子，在他母亲的眼里他已经是个大人了，到了该成家立业养家糊口的时候了。于是，母亲便托了媒人四处为张恨水寻亲，媒人为张恨水在离黄土岭几里开外的徐家牌楼村子里，寻到了一位姓徐名文淑的姑娘。那时的张恨水虽然困守乡野，但他依然做着求学梦，心在远方，根本无意这么早就在家乡与一个村姑成亲。只是，面对着寡母期待的眼神，看着母亲眼角上噙着的泪花，张恨水一肚子想说的话却又无从开口，话到了嘴边还是一一咽了下去，他只得无声地点点头。

那次，在张恨水的相亲过程中，还有一个小插曲。那个年代的少男少女在相亲时，一般很难直接见面，通常会由媒人制造一个间接的照面机会。媒人给张恨水制造的照面机会是看戏，约了张恨水去邻村看戏，同时，那位徐姑娘也去看戏。可是，张恨水做梦都没有想到，他在与徐家姑娘在“相亲”的过程中，却傻傻地中了人家的“调包计”。张恨水原来看中的是在戏台下看戏的那个俊俏的“表妹”，后来娶回来的却是那个“表妹”的“表姐”了。洞房中，张恨水揭开了新娘子的红盖头之后，他的才子佳人的梦想瞬间灰飞烟灭。婚后，在相当长的时间里，张恨水与妻子徐文淑并未圆房。张恨水的母亲看在眼里，急在心里。作为婆婆，她与这个相貌不扬但是心地善良为人贤惠的儿媳妇相处了数载，感情渐深，心中很不落忍，便向儿子张恨水求情，说了徐文淑的不少好话。作为孝子，张恨水再一次随了母亲的心愿。不久，徐文淑产下一女，但不幸夭折。此后，张恨水的这位徐氏夫人便不再生养，没有为张家添丁加口。

民国十三年，已经供职于北平《世界晚报》的张恨水迎娶了他的第二位妻子胡秋霞。胡秋霞的名字是张恨水后来给取的，她的原名叫胡招弟。年轻漂亮的招弟一进张家的门，立刻给张恨水寂寞冷清的旅居生活平添了欢乐，张恨水颇具寓意地在新房内悬挂起这样一副著名的对联：“落霞与孤鹜齐飞，秋水共长天一色。”到访张家的朋友，对这副对联都能心领神会。“落霞”寓意落难中的胡秋霞，她是个孤儿，张恨水和她第一次见面的地方就是孤儿院。“孤鹜”自然就是指张恨水本人了，他在北平讨生活，单枪匹马，无依无靠，他时常感到心灵上的孤寂。当秋霞遇上了恨水，那不就形成一泓“秋水”了吗？秋水长天，水天一色，让人想到地老天荒。一段诗情画意的婚姻生活，便从张恨水墙上的这副对联开始。

自张恨水与胡秋霞完婚之后，张恨水的文学创作便进入了一个高峰期。

这段时间，张恨水不仅有《春明外史》《金粉世家》《啼笑因缘》等一批代表作问世，还相继发表了《荆棘山河》《交际明星》等十余部中长篇力作。那段时间的胡秋霞俨然成了张恨水稳定可靠的大后方，她出色地承担了张恨水的后勤保障工作，才使得张恨水有条件做到文思泉涌、奋笔疾书了。

七年后，在民国二十年春天的一次游艺会上，三十七岁的张恨水偶然认识了一个名叫周淑云的女孩子，那时她才十六岁，还是个学生。张恨水和那个女孩皆可谓是一见钟情。那次游艺会之后，女孩在舞台上那轻歌曼舞窈窕婀娜的身影，在张恨水的眼前始终挥之不去。于是，他俩频频约会。没过多久，这个十六岁的女孩子放弃了未竟的学业，穿上了嫁衣，成为张恨水的第三次婚礼也是最后一次婚礼上的女主角。她就是张恨水的第三位妻子周南。婚后，与周淑云朝夕相处，张恨水总是无端地联想到《诗经·国风》中的“周南”二字，他非常喜欢这两个字。他总觉得他的年轻的妻子身上有一种古典的美，有一股诗意的韵味。某一天，张恨水在书房写作，不知道因为什么事，在喊他妻子的时候，没有喊出周淑云，却喊成了“周南”。当即，张恨水灵机一动，遂让周淑云易名为周南。此后，张恨水的身边就只有周南，没有周淑云了。张恨水又一段诗意的婚姻，便是从这一声“周南”的口误开始的。

因为周南是一个有文化的新式女子，张恨水后来的文学创作活动就有些夫唱妇随的味道了。妻子周南成了张恨水作品的第一个读者，她对张恨水的许多小说看了又看，真的做到了“好书不厌千回读”。不仅看，周南看过之后，还会发表自己的感慨，做出自己的点评。张恨水写于客居重庆时期的《夜深沉》，便是周南的最爱，她反反复复读过七八遍，并告诉张恨水，一打开这本书，她就像眼见了北平的社会一般，书里面的许多人物，她似乎都曾见过，都知道他们住在哪里，是如何生存的。在重庆期间，是张恨水成名之后生活最艰难的一个阶段。国家八年抗战，张恨水也没懈怠，八年时间里，张恨水写下了八百万字的作品，《牛马走》《八十一梦》《水浒新传》《傲霜花》等一批鸿篇巨制，都在重庆乡下那间破旧的土房子里写成。那段时间，熟悉张恨水的人都知道，在张恨水巨大的成就的背后，默默地站着周南这个纤弱而又坚强的身影。

如今，说到婚姻的变故，人们很容易联想到在男人身上常用的这样两个词语：喜新厌旧，或者始乱终弃。反观张恨水的婚姻生活，虽然变故不少，但与这两个词语还真的关联不上。在这一点上，张恨水虽也热衷于才子佳人，一生都在追求浪漫爱情，但终究与民国年间那些多情的才子，尚不同流，存有泾渭之分。

在与徐文淑结婚以后，张恨水虽然又在北平城里娶了胡秋霞，但他并没有遗弃那个远在老家黄土岭的村妇徐文淑。待他在北平站稳了脚跟之后，立即就把徐文淑从安徽老家接了过来，让她在北平度过了婚后最快乐的十年时光。直到抗日战争爆发，徐文淑不得不陪着婆婆回到乡下老家躲避战乱。虽然后来徐文淑和张恨水并不住在一地，但徐文淑生是张家的人，死后也是张家的鬼。张恨水从来都没有对她不管不顾，一直十分关心她的冷暖，按时给她寄送生活费，在张恨水最困难的时候都没有间断。徐文淑没有亲生子女来给她养老送终，张恨水与胡秋霞的儿子却视“大妈”徐文淑为生身母亲，对她尽孝善后。徐文淑死后，被埋葬在黄土岭西北边一个名叫双河口的张家祖坟地上，张家后人还一起以徐文淑后人的名义给她立了一块墓碑。

在张恨水娶了周南以后，胡秋霞很恼火，吵闹了一阵子，并在一气之下带着孩子搬出了张恨水在北平的四合院，另外居住。对此，张恨水并没有顺风挂帆、借坡下驴，任其离去，他还是每月定时去看望胡秋霞母子。去了，张恨水就带着胡秋霞母子下馆子，让胡秋霞吃上她最爱吃的饭食。饭桌上，张恨水总是吃得很少，倒是常常伸出微微颤抖的手，给妻子儿女们布菜。哪怕是在三年困难时期，张恨水依然月月去看望胡秋霞母子，尽管囊中羞涩，带着妻儿下饭馆却是不可省略的规定动作。每次吃饭，张恨水总是请胡秋霞点菜，胡秋霞一到点菜时就会非常高兴地说：“老头子请客，我就不客气了。”

在周南的身后，张恨水的表现尤其感人。周南因患癌症英年早逝，死后被安葬在北京八宝山公墓。张恨水给周南立了一块墓碑，碑文曰：“故妻周南之墓”，立碑人是张恨水及子女、儿媳和孙子共计十六人。周南的死，对张恨水打击很大，他长时间沉湎于丧妻的痛苦中，久久不能自拔。那段时间，他曾为亡妻周南写下了近百首情真意切的悼亡诗。他还常常独自一人乘坐三轮车去往八宝山墓地，在周南的墓前默默地坐着，隔着黄土，跟周南做着无语的交流。在墓地，他一坐就是好几个钟头。

关于张恨水的婚姻和爱情，我记得，张家的后人曾经说过这样一句话，作为子女，我们不愿意用世俗的尺子去衡量父亲更爱他的哪一个妻子，我们只能说，父亲的人性是丰满的、仁慈的，充满了温情和善良。

借用张家后人的这句话，来点评婚姻里的张恨水，我想应该是比较合适的。从他的婚姻生活里，我看到了一个仁慈、敦厚、温和、善良的张恨水。

张恨水其实就是一座山

我的家乡在大别山的东麓。那儿，是一个开门见山的地方。那儿的山山岭岭非常多，有的有名字，有的没名字，它们都是大别山的余脉。

作为张恨水的同乡晚辈，在我的家乡大山脚下的黄岭村，少不了经常听到乡亲们谈论当年的张恨水。听到最多的，除了张恨水青少年时代的逸闻趣事，就是有关张恨水的为人之忠义了。

好几次听到年长的乡亲们谈到张恨水，说他的为人非常好，对于乡人尤其仁厚。无论是当年在芜湖，在重庆，还是后来在北京，乡人在外有难处时，只要找到了张恨水，他总是热情相待，替人解难。帮人办完了事情之后，除了好饭好菜招待之外，常常还会送给人家来回的路费，除非那段时间他自己的腰包真的空了，实在掏不出来了，他才会连连对客人说，对不起，实在对不起。好像他真的欠了人家似的。

我于学生时代，第一次在现代文学课堂上接触到“鸳鸯蝴蝶派”这个文学流派的名称，挺感兴趣，觉得亲近。不是因为我喜欢“鸳鸯蝴蝶”这个带有脂粉气味的词语，而是因为这个词语似乎总是跟我的乡贤张恨水关联在一起。于是，因为张恨水，我便去熟悉“鸳鸯蝴蝶派”。因为“鸳鸯蝴蝶派”，我又想到张恨水的作品里面去得到印证。真的读过张恨水的作品后，我才知道，拿一顶“鸳鸯蝴蝶派”的帽子罩在张恨水的头上，似乎不太合适，有失客观公正。姑且不说这顶帽子的“颜色”如何，“美观度”有几分。

实际上，张恨水绝不是一些人想象的那样，只是沉湎于才子佳人风花雪月的言情叙述，事情并非那么简单。虽然，张恨水的确写过《啼笑因缘》《金粉世家》《纸醉金迷》等被人争相传阅曾经红极一时的社会言情小说。但这仅仅只是张恨水创作的一个方面，另外一个方面，张恨水又具有非常浓重的现实主义精神，尤其是具有极为强烈的爱国情怀。真的走近张恨水，我不仅认真了解到了他的前一个方面，同样也深入地了解到了他的后一个方面。张恨水的后一个方面，最集中地体现在他的抗战题材作品里。

九一八事变爆发后，张恨水曾经振臂疾呼“国如用我何妨死”。一个文人，无缚鸡之力的手，挥得了笔，却持不了枪。可他却偏偏发出了以死报国的呼声，这声音自是源于他的一腔澎湃激荡的热血了。于是，他以手中之笔当作刀枪，于激情的疆场上奋力拼搏着。张恨水曾经在短短的两个月内创作了大量鼓舞抗日的小说、电影剧本、笔记、诗词等，并取名为《弯弓集》结集出版，这个集子是现代文学史上迄今为止人们发现得最早的抗日题材的文学作品集了。估计，当时的人乃至后来的人都不会想到，曾经致使“洛阳纸贵”，大红大紫被誉为“民国第一写手”“中国的大仲马”的小说家张恨水先生的这一本《弯弓集》，竟然还是自费出版的。个中原因，只有张恨水本人最清楚了。他之所以要自费出版这本书，目的就是要赶时间。他已经实在按捺不住了，一刻也等不及了，他巴不得他的呼声早一点让更多的民众听到。而且，他的这本书的名字也不是随意取的，颇具匠心，含义深刻，意图明显。简简单单的“弯弓”二字，看似“弯弓”成“张”，实际上绝不仅仅指的“弯弓张”，并不是预示作者的姓氏那么简单。应该说书名中暗藏玄机，这个“弯弓”，也就是“挽弓”，很容易把人带到那个古老的神话传说——后羿射日里面去。当然，此“日”还非彼“日”也。此“日”系觊觎我领土、残害我同胞，渡海而来的东洋鬼子。奋力“弯弓”，猛烈“射日”，这便是张恨水在书中吹响的一种振聋发聩的抗日号角了。正如张恨水本人在《弯弓集》的序言中所说：“今国难临头，必兴语言，唤醒国人……以不才之为其先驱，则抛砖引玉，将来有足为民族争光之小说也出……”

七七事变后，张恨水几经辗转到了重庆，受了陈铭德之聘，担任《新民报》主笔兼主编。张恨水一直是一位勤奋的报人，正如他的女儿张明明后来所说：“我总是看到父亲的背影，埋头在那里写东西。”从1937年到1945年，八年抗战期间，张恨水一家住在重庆乡下，就在那盏昏暗的菜油灯下，张恨水以每年一百万字的速度，八年时间写下了八百万字。那些作品的内容，大多是宣传抗日、鼓励斗志的。《八十一梦》《蜀道难》《秦淮人家》《潜山血》《大江东去》《巴山夜雨》《水浒新传》等一批优秀作品，都是出自那个时期。

应该说，抗战时期的作品，标志着张恨水文学艺术成就登上了另外一个高峰。张恨水本人也是最喜爱、最看重抗战时期的作品了。据说，有一次，张恨水的女儿张明明拿着《啼笑因缘》，向父亲请教书中的某个问题。张恨水十分严肃地对女儿说，你先别看这个，要看，你就去看看《八十一梦》，或者《巴山夜雨》，看一遍还不行，你要连看三遍，看完了有什么问题你再来问我！

几十年后，张恨水的女儿张明明已是古稀老人，有记者问她：“有些学者认为，您父亲的社会言情小说比后来的抗日小说要更加精彩一些，您怎么认为？”张恨水的女儿张明明，那个满头银发的老人很平和地说，谁要是这么说，就让他去读读我父亲的《巴山夜雨》吧，他一定会觉得《巴山夜雨》比起先前的那些书好了很多。

至此，我才明白过来，在我的家乡那个多山的地方，张恨水其实就是一座山。这座山的南边是一派草木葳蕤、花团锦簇、莺歌燕舞的情景，山的北边则是另外一种风景，悬崖峭壁、古木森然、铁骨铮铮。其实，真正去读懂一座山，绝非一目了然那么简单。需要你环绕这座山来来回回走上几圈，边走边看，你的眼里的山，才是一座完整的山。而且还要从不同的侧面、不同的角度，寻找到进山的路径，不畏艰难险阻，不怕吃苦流汗，毅然攀登一座山。人在山中，才能真正看清山的本来面目，才能真正理解一座山。

每次走在家乡崎岖的山路上，抬头仰望巍巍的大别山时，我总是不免想到，巍巍的群山当中，哪一座山，才是张恨水的那座山呢?

家乡最高的那座山，名叫天柱山。张恨水一定是非常喜欢天柱山了。所以，他的笔名除了“恨水”之外，还有一个“天柱山人”。估计这个笔名如今知道的人不是很多了。因而，我有意在此一提。

虽然，我的家乡在对外宣传的“名片”里，并没有把张恨水列为“一山”，而是把张恨水列为与天柱山并驾齐驱的“一水”。家乡对外打出的宣传牌就是“一山一水”，“山”，就是天柱山；“水”，就是张恨水。但是，我还是习惯于把张恨水这道“水”看成另外一座山。

从这个角度看，我的家乡就有两座高山了，天柱山是其中的一座，张恨水便是另外一座山!

写到这里，我忽然想起，虽然张恨水先生从黄岭村走出去已经将近一百年了，再过一年，也就是张恨水先生逝世五十周年了。但是，在先生的家乡，在我们曾经生活过的黄岭村，一百年来，一代又一代的乡亲们，一直没有忘记这位曾经从黄岭村走出去的乡贤，张恨水始终是家乡黄岭村的骄傲和荣耀，至今仍然是家乡后来人励志成才的学习楷模!

我很早就想写一篇有关张恨水先生的文字。只是苦于担心自己笔力不够，勾画不出先生的神韵，才迟迟不敢动笔。最近一段时间，我一坐到书桌边，就会想起在家乡有关张恨水的所闻和所见，心潮暗涌难平。想到家乡的一句老话，丑媳妇早晚要见公婆。我就觉得，不用等了，我该写了，不写不快。写得好坏，是另外一回事。因为，我无力也无意对先生做出一个全面的评介，所以，我就没有挂一漏万之虞。

谨以此文，表达一个同乡晚辈人对张恨水先生的崇敬和缅怀!

2015 年 11 月 8 日写于合肥

诗心依旧

——读徐迅诗集《失眠者》

我一直认为，作家徐迅虽以散文著称，但他的诗歌创作不能不提。因为从本质上讲，作为散文家的徐迅还是一个诗人，他一直有着诗人的情怀，几十年来，诗心依旧。

读徐迅的诗集《失眠者》，惊喜之余，我更加坚定了我之前的认知——这次他新出版的诗集《失眠者》，收录了他新近创作的诗歌作品六十余首。反复阅读，使我对书中的内容非常熟知。甚至，我还能背诵其中一些篇目中的某些段落。通过诗集，我对他不改的诗心有了一层新认识。

他至今保持了一颗不泯的童心。在许多时候，在许多地方，人果真能摆脱世俗的眼光，怀着儿童的心理，用一种儿童式纯净的目光看待世界，这个世界就会诗意盎然了。那个用童眼看世界的人，写不写诗，都是个诗人。徐迅看待世界，用了他的一颗童心，用了那种澄澈透明的目光，写出了自己独特的生活感受。在《春天》里，诗人一口气铺陈了春天的种种意象："那么多的嫩芽 / 春天的嘴巴""那么多的乌鸦 / 春天的耳朵""那么多的雨水 / 春天的泪花""那么多的种子 / 春天的乳牙""那么多的阳光 / 在春天浣纱"。在诗人的眼里，"嫩芽"就是"嘴巴"，"乌鸦"就是"耳朵"，"雨水"就是"泪花"，"种子"就是"乳牙"，"阳光"如水可以"浣纱"。没有童心的人，是无法从"春天"的身上发现这些意象的。

他一直保持了一颗独有的匠心。在诗集中，诗人花了大量的笔墨写"煤"，写"铁"，写"铁匠"……这并非偶然，而是必然。原因就在于诗人有着一颗独自具有的匠心。这颗匠心来之不易，又可以说是得来全不费功夫。因为，那是一种潜藏在血液里面、与生俱来的东西。我知道，徐迅的父亲就是一位手艺精良的铁匠。在《我所认识的煤》中，他说："作为铁匠的儿子，我来到煤矿 / 像一块煤寻找到它的兄弟。"所以，他对于打铁十分熟稔，说起来如数家珍。在《煤与铁》中，他写道，"是铁就要锻打 / 是煤就要燃烧""掌管铁与煤的司炉 / 开口即说破一生"。在《打铁的人》中，他说，"走遍千山万水 / 打铁的人一锤定音"。在《铁匠》中，他说，"生铁在父亲巨大的铁钳里 / 徒劳地挣扎，父亲的铁锤 / 执着地捶打某一个信念"。这样的诗句，对于徐迅来说，不是写出来的，而是吟出来的，是徐迅真心、真情、真理念的一次自然流露。他的父亲，一生燃烧的是煤，锻打的是铁。到了他呢，他燃烧的是激情，是梦想，锻打的是充满了才情和智慧的文字。写到这里，我忽然想起，读他的作品，无论是诗歌，还是散文或者小说，我几乎没有发现他的文章中有过可有可无的文字。原来，他是从父亲身上继承了锻打、锤炼的真功夫。

他始终保持着一颗火热的赤子之心。赤子之心里盛满了爱。爱，是一切文学艺术作品的灵魂，没有爱的作品便没有生命力。他的作品中处处洋溢着对人生、对生活深厚的爱。这一点，在他的诗歌中表现得尤为直接和明显。如在《不懂爱的人多么叫人忧伤》一诗中，诗人写道："麦子黄黄 / 镰刀雪亮 / 丰收的日子无人收割 / 懂它的人背井离乡。"麦子熟了，却无人收割，这该是一种多大的忧伤！"懂它的人"都去了哪里？"背井离乡"在城里打工呢。诗人没有惊呼村庄"沦陷"。读过这些诗句，谁都能感受到诗人对于乡情"空心"的忧伤。这种忧伤何尝不是爱？完全是出自一颗赤子之心、事关家国情怀的大爱。在一首题为《泪》的诗中，他这样写道，"有时，泪像一盏灯 / 照亮了你 / 照亮春天般的喜悦"，"在黑夜中前行，有时 / 你的泪就是这样一盏灯 / 洞彻心扉"。读到这样的诗句，很容易想起诗人艾青的名句："为什么我的眼里常含泪水？因为我对这土地爱得深沉！"泪是爱的结晶，诗人写泪，就是写爱。

反复诵读《失眠者》，我在心里十分肯定地认为，徐迅一直保持着诗人本色，初心不忘，诗心不改。他的诗歌不追时尚，不媚世俗，保持自我，自成一家。正如他在题为《我的诗》的诗中所言："我的诗就是我的一次燃烧 / 是每一次燃烧后 / 鲜花的通红的枝柯！"

这，差不多就可以理解为他的诗歌宣言了。

2016 年 8 月 7 日写于合肥

闲情逸致一笠翁

——再读李渔的《闲情偶寄》

李渔的《闲情偶寄》，年轻的时候我就读过。初次阅读，我还是一名中文专业的在校学生，《闲情偶寄》于我来说，只是当作古代文学作品来读的。有限的人生阅历，使得我早年在《闲情偶寄》的阅读上浅尝辄止，无法深入，只能停留在欣赏文字的层面上。

猴年春节，媒体倡导而且社会流行“带一本好书回家过年”，我还真的做到了。我带上的一本好书便是李渔的《闲情偶寄》。在家过年，难得有闲了，就想找点情趣。阅读李渔的《闲情偶寄》，自以为便是最为恰当的选择了。

再次阅读《闲情偶寄》，我力图透过文字读懂文字背后那个人的心境。开卷之后，我惊愕了。那位后来自称笠翁的李渔，真可谓旷达当世，雄视千古。他的《闲情偶寄》不仅展现了十七世纪日常生活和世俗风仪的图像，而且以滔滔行文、连珠妙语，抒发了自己对生活、人生的感知和领悟。如今，在我的眼里，《闲情偶寄》已经不再是一部普通的文学作品了，它完全是一部文学性、艺术性和知识性相融合，书写人生经验类似百科全书的全文化作品了。

笠翁在《闲情偶寄》中，以《词曲部》开篇。身为文人，他三句话不离本行，动辄教人如何作文。在阅读中，我所学习的远不仅仅是作文了，更多的我还是学习笠翁说的做人的道理。我钦佩笠翁在“戒讽刺”篇里说的那段话：“凡作传世之文者，必先有可以传世之心，而后鬼神效灵，予以生花之笔，撰为倒峡之词，使人赞美，百世流芳。传非文字之传，一念之正气使传也。《五经》《四书》《左》《国》《史》《汉》诸书，与大地山河同其不朽，试问当年作者有一不肖之人、轻薄之子厕于其间乎？”笠翁说得再明白不过了，文如其人，欲作好文，必先存好心、做好人！

笠翁一生闲适，生活状态、心理状态都很放松，因而，这个人富有闲情逸致，有机会也有兴趣去深入细致地观察、体验生活，从而获得了十分深刻的生活感悟。我很喜欢笠翁在《闲情偶寄》的《声容部·修容第二》篇中说的那段话：“‘楚王好细腰，宫中皆饿死；楚王好高髻，宫中皆一尺；楚王好大袖，宫中皆全帛。’细腰非不可爱，高髻大袖非不美观，然至饿死，则人而鬼矣。髻至一尺，袖至全帛，非但不美观，直与魑魅魍魉无别矣。此非好细腰、好高髻大袖者之过，乃自为饿死、自为一尺、自为全帛者之过。亦非自为饿死、自为一尺、自为全帛者之过，无一人痛惩其失，著为章程，谓止当如此，不可太过，不可不及，使有遵守者之过也。”这段话，说在三百年前，如今读来，还是会令人掩卷深思的。个中道理，绝非止于女子“修容”这一细节上，也远不止于审美情趣这个层面了。古往今来多少大小事，无不悉数落入了祖先们早已设置好的俗套里。关于“细腰”以及“饿死”，关于“高髻”以及“一尺”，关于“大袖”以及“全帛”，古人有过反思，今人也不该忘记。

还是《声容部》，在《熏陶》篇里，笠翁说："名花美女，气味相同，有国色者，必有天香。天香结自胞胎，非由熏染，佳人身上实实有此一种，非饰美之词也。此种香气，亦有姿貌不甚较艳，而能偶擅其奇者。总之，一有此种，即是夭折摧残之兆，红颜薄命未有捷于此者。""人问：'沁口之香，为美人设乎？为伴美人者设乎？'予曰：'伴者居多。若论美人，则五官四体皆为人设，奚止口内之香。'"现在的人动辄就说某个女子是个灵魂有香气的女子，让人难以置信。读过《闲情偶寄》，才知道这话很有可能还是真的呢。早在几百年前，明末清初的时候，笠翁早就发现了这个世界上存在着身体有香气的女子。笠翁是个心细的男人，女子身体上的香气他是闻得见的。而今，传说中女子灵魂里的香气，用鼻孔是闻不到的，只有用心去"闻"了。一般人可能"闻"不出来，但笠翁会"闻"得出来的。只是，当年的笠翁对于国色，对于天香，看得太过通透了，真的有了"香"味，反倒不是什么好事。在笠翁的眼里，国色和天香的身上始终笼罩着一层悲哀的宿命的薄纱。

在读到《闲情偶寄》的《居室部》时，我哑然失笑了。笠翁这个人，实在有些好为人师了。不仅教人如何填词作曲，如何登台演戏，如何穿衣打扮，如何闻香识人，他还能如同一位能工巧匠一样，教人家如何盖房子呢。在"向背"篇里，笠翁说："屋以面南为正向。然不可必得，则面北者宜虚其后，以受南熏；面东者虚左，亦犹是也。如东、西、北皆无余地，则开窗借天以补之。"这些话，可谓是经验之谈了，浅显易懂，让人一看就明白。今人买房置业，首选还是南边的朝向。在"取景在借"篇里，笠翁又说："开窗莫妙于借景，而借景之法，予能得其三昧。向犹私之，乃今嗜痂者众，将来必多依样葫芦，不若公之海内，使物物尽效其灵，人人均有其乐。但期于得意酣歌之顷，高叫笠翁数声，使梦魂得以相傍，是人乐而我亦与乐焉，为愿足矣。"笠翁得到了"开窗借景"的真谛，本来是保密的，拥有"知识产权"，一想到会有许多人来模仿他，他觉得还不如索性将真谛公诸天下，使物尽其用，让所有需要的人都享受到其中乐趣。自私当是人的本性，大度则是人的美德。原本有些自私的笠翁，性情豁然开朗，人就变得大度起来了，把自己的“秘籍”大白于天下。虽然，其间多少还夹杂着几分无奈，但还是体现了笠翁的豁达和率真。让人觉着这个名叫笠翁的人，很可爱。

就是这么一个轻松自在的笠翁，也有严肃认真、一本正经的时候。还是《居室部》，在“墙壁第三”篇里，笠翁说：“然国之宜固者城池，城池固而国始固；家之宜坚者墙壁，墙壁坚而家始坚。其实为人即是为己，人能以治墙壁之一念治其身心，则无往而不利矣。”笠翁由墙壁的坚固言及家国的坚固，由砌墙延伸到人的修治身心，自是小中见大、平中见奇了。这样，就很容易让人感觉到，在《闲情偶寄》里，其实，“闲情”并不一定真是闲情，都是闲情。笠翁的话题，多数轻松。当然，他总是该轻松的时候，他让话题很轻松，该沉重的时候，也是足够沉重的。

不过，总体上说，笠翁的文字还是闲适的，他于闲适之中制造着自己的趣味。在《饮馔部》“笋”篇里，笠翁说：“《本草》中所载诸食物，益人者不尽可口，可口者未必益人，求能两擅其长者，莫过于此。东坡云：‘宁可食无肉，不可居无竹。无肉令人瘦，无竹令人俗。’不知能医俗者，亦能医瘦，但有已成竹未成竹之分耳。”笠翁由竹笋联想到了苏东坡咏竹的诗，笑话东坡这个大文豪，竟然不知道他眼前这个能够医治“俗病”的东西，其实也可以医治“瘦病”的。二者的区分就是看这东西是否已经长大。长大了，它已经成了能够医治“俗病”的竹子；幼小时，它还是被埋藏在土壤里的竹笋，这幼小的竹子若与十分世俗的猪肉为伍，它就能够医治“瘦病”。因为笠翁发现，在诸多食物中，又可口又对人有益的食物，再也没有比竹笋更好的了。由此看来，这个笠翁不光闲适，而且还是个好吃、会吃的美食家呢。不过，他这个美食家吃的不仅仅是一些人间美味，他从美食当中竟然吃出了文化的味道。

还是说吃。在《饮馔部》“萝卜”篇里，笠翁说：“生萝卜切丝作小菜，伴以醋及他物，用之下粥最宜。但恨其食后打嗳，嗳必秽气。予尝受此厄于人，知人之厌我，亦若是也，故亦欲绝而弗食。然见此物大异葱蒜，生则臭，熟则不臭，是与初见似小人，而卒为君子者等也。虽有微过，亦当恕之，仍食勿禁。”笠翁既是美食家，自然就懂得养生了，会养生也就会养身，会养身必然会养心。于是，笠翁从吃萝卜说起，于粗茶淡饭当中，悟出了人生在世识人交友的道理。

闲散的笠翁，笔下定然少不了一些轻松诙谐之语，读后令人莞尔。在《种植部》“杏”篇里，笠翁说：“种杏不实者，以处子常系之裙系树上，便结子累累。予初不信，而试之果然。是树性喜淫者，莫过于杏，予尝名为‘风流树’。”原本不结果实的杏树，用处女穿过的裙子系上去，它就开始果实累累了。笠翁此言，你信吗？怕你不信，笠翁还特别强调，他曾经尝试过，果然如此。在笠翁笔下，这棵杏树就是风流树了。其实，树，本不风流，真正风流的还是人。这应该就是笠翁文字的妙处所在了。

无独有偶，还是《种植部》，在“合欢”篇里，笠翁说：“灌勿太肥，常以男女同浴之水，隔一宿而浇其根，则花之芳妍，较常加倍。此予既验之法，以无心偶试而得之。如其不信，请同觅二本，一植庭外，一植闺中，一浇肥水，一浇浴汤，验其孰盛孰衰，即知予言谬不谬矣。”给合欢树浇水，不浇过于肥沃的水，只浇清淡的水，才有益于合欢树的生长。这样说，我是相信的。至于，要用洗澡水来浇，而且还必须用男女同浴的浴汤来浇，才有益于合欢树的生长，这话我是不信的。尽管笠翁先生言之凿凿，说他已经验证过，我还是不信的，只是一哂。觉得笠翁这老先生是否有些望文生义了，认为只有“合欢汤”才能浇合欢树吧。

在这次阅读《闲情偶寄》过程中，我有过深思，但更多的还是哑然失笑。阅读的全过程，非常轻松，非常愉快。看来，在闲暇时读一读《闲情偶寄》，还真是一件闲而有情、情而有趣的事情呢。

2016年2月9日写于黄岭村

男人心中的女神

——读《浮生六记》

认识那个名叫芸的女子，是在一本名叫《浮生六记》的书中。

《浮生六记》，写于清朝嘉庆年间。它的作者是个苏州人，据说，他是一个名不见经传的画家。他姓沈，名复，字三白。用现在的目光看，这本书应该是一本非虚构性质的自传体文字了。在“六记”当中，写到了很多人，除了沈复自称的“余”之外，“芸”就是一个主要人物了，“芸”是“余”之妻。

读过《浮生六记》，或许记不得书中众多的其他人，但一定不会不记得芸。八十多年前，民国时代的文学大师林语堂曾经说过：“芸，我想，是中国文学史中最可爱的女人。她并非最美丽，因为这本书（《浮生六记》）的作者，她的丈夫，并没有这样推崇。但是，谁能否认她是一个可爱的女人？她只是在我们朋友家中有时遇见有风韵的丽人，因与其夫伉俪情笃，令人尽绝倾慕之念。”“也许古今各代都有这种女人，不过在芸身上，我们似乎看见这样贤达的美德特别齐全，一生中不可多得。”我读《浮生六记》，对于林语堂关于芸的这种说法，心中信然。

芸，是一个能让人一见倾心的女子。实际上，芸是沈复同年长月的表姐，是沈复舅舅的女儿。如此近亲结婚，在今天看来不可思议，也不会被允许。但在当时确属习以为常的事了，人们认为这样的姻亲是“亲上加亲”，更牢靠，更放心。至于别的，比如，这样的婚姻对于后代的影响，人们或许还不知道，也或许不管不顾了。所以，那年头婴儿的成活率不高，天生的残疾人也随处可见。大概，在一定程度上就是这“亲上加亲”惹的祸。

沈复第一次在自己的舅舅家遇见了芸，顿时怦然心动。回家之后，他抛开了一个少年应有的羞涩，十分大胆地向自己的母亲表示，他已经爱上了芸，今生今世非芸不娶了。正如书中所记：“余年十三，随母归宁，两小无嫌，得见所作，虽叹其才思隽秀，窃恐其福泽不深，然心注不能释，告母曰：‘若为儿择妇，非淑姊不娶。’母亦爱其柔和，即脱金约指缔姻焉。”书中的淑姊就是沈复的表姐芸了，芸姓陈，字淑珍。十三岁的少年，大多十分羞怯，沈复能够对母亲如此大胆而直白地提出自己的请求，可见，芸当时对这个少年的心理冲击有多强，这个少年心里的勇气和底气该有多足了。幸好，他的母亲也同时看上了芸，觉得芸是个非常懂事的女孩，她很愿意让芸做儿媳。于是，沈复的母亲立即“脱金”定下了娃娃亲，成全了这一对一见钟情的少男少女。

不过，沈复的勇气绝不是空穴来风，出自一个懵懂少年的盲目冲动。这个少年的勇气，自有它的来头。年幼的沈复第一次见到了这位同年的表姐，他就已经惊讶于表姐的聪明伶俐了，同时暗暗心疼表姐的楚楚可怜。三十多年后，在中年沈复的笔下，芸给人留下了这样的形象：“生而颖慧，学语时，口授《琵琶行》，即能成诵。”“其形削肩长项，瘦不露骨，眉弯目秀，顾盼神飞。”当然，芸非完美，不是以美人的形象呈现于世，芸有明显缺憾，如芸“两齿微露”，就连沈复也曾觉得“似非佳相”。但是，沈复后来转而一想，又觉得芸“一直缠绵之态，令人之意也消”。

芸是一个“下得了厨房”的女子。她是一个居家过日子的普通女人，勤俭朴实，布衣素食，她的身上沾满了人间烟火味。读过《浮生六记》，关于沈复和芸的人生际遇，我有了自己的理解。是不是可以这样说，沈复和芸的婚姻是从一碗粥开始，到最后又是在一碗粥上结束的呢？我是这样认为的。沈复第一次被人称为是芸之“婿”，那是沈复饥饿难忍时，在芸的闺房里偷吃了芸给他藏的一碗粥，结果被芸的堂兄撞见并由此喊出了一个“婿”字。那天，适逢芸的“堂姊出阁”，前来恭贺的沈复，因为客人太多，他迟迟没能吃上晚饭，致使深夜“腹饥索饵”，被芸暗牵衣袖，跟随芸来到了她的闺房。芸端出了她暗藏的一碗热乎乎的白米粥，还有一些下饭的小菜。饥饿中的沈复顾不得斯文礼节了，端起碗来就吃。就在沈复狼吞虎咽大快朵颐的时候，芸的堂兄闯了进来，见状，立刻笑话芸说，刚才我进来找你要粥吃，你说没有了，全吃完了，原来你在骗我，藏在这里专门等着招待你的新婿呀！一时间，场面十分尴尬，这对少男少女无话可说，只恨地上无缝，要不，他俩都会一头钻进地缝里去。随即，“芸大窘避去，上下哗笑之”。“人小鬼大”的芸，真是一个有心之人，在那样一个宾客满堂热热闹闹的环境下，她竟然能想起来悄悄地藏了一碗粥，真有先见之明。其实，最重要的还不是先见之明，是那一颗温暖的、细腻的爱心。有了那颗心，她才能记得沈复，她才会想得起来藏一碗粥。在《浮生六记》中，读到这个地方，我赞成芸的堂兄所言，虽然这位“老兄”的言语有些刻薄。我还是愿意相信，这碗粥，应该是为“婿”所藏的。

芸与沈复定亲，五年后结婚，那一年他俩都是十八岁。人说，春宵一刻值千金。新婚的小夫妻大概没有不恋床的，但是芸例外。“芸作新妇”，“每见朝暾上窗，即披衣急起，如有人呼促者然”。新郎沈复见此情景，心中当然不乐意，但又说不出芸的不是，就跟芸开了个玩笑说，现在又不是当初“吃粥”时那样偷偷摸摸了，起那么早干吗？难道还怕被人看见，让人笑话吗？芸说，当初我藏粥招待你，被人看见，的确落下了笑柄。现在，我可不是怕人笑话了，我只是担心我起晚了会让公公婆婆怪罪的，认为我这个儿媳妇很懒惰呢。芸的这句话，恰巧印证了那句关于新媳妇难做人的老话，起早了会得罪丈夫，起晚了会得罪公婆。芸一定是想过了，她不能得罪她的公婆。至于，要是得罪了她的丈夫，那也是没有办法的事情。其实，从书上看，芸并没有得罪夫君。这两口子真心相爱，情深意笃，这点子事，夫君对她理解了。

大约是从婚后十五年开始，芸就贫病交加了，过着颠沛流离的日子。夫妇俩抛下了一双未成年的儿女，外出谋求生计活路。临行前，“将交五更，暖粥共啜之”。芸强颜笑曰：“昔一粥而聚，今一粥而散，若作传奇，可名《吃粥记》矣。”真是一语成谶，那一碗粥吃完之后，这个原本恩爱之家果真就散伙了。芸走后，便没能回到苏州，再未见到她的一双小儿女。在她结婚二十三年、患病八年之后死了，葬在异乡扬州，享年才四十一岁。

芸，同时也是一个“上得了厅堂”的女人。应该说，芸还是一个知书达理、蕙质兰心的女子，她与沈复婚后的那几年，曾经琴瑟和合，红袖添香，其乐融融。当初，沈复对芸一见钟情的时候，在很大程度上，是看中了芸的才情。芸原本是不识字的，通过口授，她竟然背熟了白居易的《琵琶行》。一日，芸偶然得到一本《琵琶行》抄本，芸“挨字而认，始识字”。而后，“刺绣之暇，渐通吟咏”，她爱上了作诗对联，曾经随口吟出过“秋侵人影瘦，霜染菊花肥”的佳句。

沈复度完新婚蜜月后，受父亲安排，告别新婚妻子芸，来到了会稽府，“受业于武林赵省斋先生门下”。那段时间，沈复“居三月如十年之隔”，“每当风生竹院，月上蕉窗，对景怀人，梦魂颠倒”。赵先生善解人意，知其情后，告知其父，出了十道题，遣其暂归。沈复喜同遇赦。归家后，于六月间携芸外出避暑，居住在苏州沧浪亭爱莲居“我取轩”。芸因当时天气暑热，停止了手中的刺绣，遂有时间“终日伴余课书论古，品月评花而已”。小夫妻二人，除了读书、作文、观月、赏花之外，也常常饮酒作乐。虽“芸不善饮”，但“强之可三杯”。沧浪亭的那个夏天，当是芸和夫君沈复一起度过的最快乐的时光了。

在读书习文的过程中，沈复和芸有过轻松活泼开心愉快的交流。有次，沈复曾经问芸，对于唐代的李白、杜甫两位大诗人，你更推崇哪一位？芸曰："杜诗锤炼精纯，李诗激洒落拓。与其学杜诗之森严，不如学李诗之活泼。"芸生性活泼，活泼之人自然选择活泼之诗。芸的夫君沈复借机开了她的一个玩笑说："异哉！李太白是知己，白乐天是启蒙师，余适字三白为卿婿，卿与'白'字何其有缘耶？"芸乐了，扑哧一笑说："白字有缘，将来恐白字连篇耳（吴音呼别字为白字）。"芸对沈复的回答，由"白"字偷换概念成"白字"，自然而然，了无踪迹，足见芸的机智巧妙、活泼顽皮了，而且，芸的自谑之语，还有一股自谦的味道在里面，让人听了非常舒服。这大概就叫会说话吧，会说让人一笑，不会说让人一跳。

芸，也是一个脑筋灵活、有情趣、有情调的女子。生活中，她的看似不经意的一个小点子，往往恰到好处，会给夫君制造一个惊喜。多少年后，沈复还一直记得那样一壶香飘四溢、沁人心脾的荷叶茶。"夏月荷花初开时，晚含而晓放。芸用小纱囊撮茶叶少许，置花心。明早取出，烹天泉水泡之，香韵尤绝。"实事求是地说，今日的女子比起两百多年前的清朝女子来，该是聪明多了，生活中她们也常常会有惊人之举。但是，我还没有听说身边的哪个女子，为了夫君的一壶茶，竟然想出了这样一个奇妙的鬼主意。我猜想，沈复难忘的远不是那样一股茶香，难忘的是一种情趣、一种情调。

芸，甚至还可以说，是一个能够让男人当作挚友或者兄弟的女人。用现在的眼光看，芸对夫君沈复，应该不光是夫妻之情了，还会有些朋友、兄弟之谊。拿现在的话来说，或许有不少男人愿意视这样的女人为"知己"了，而且，还会在"知己"的前面加上"红颜"二字。

芸在外面结识了一位"一泓秋水照人寒"的妙龄女子，她的名字叫憨园。芸一回到家里就对沈复说："今日得见美而韵者，顷已约憨园，明日过我，当为子图之。"芸见到了憨园以后，内心很激动，她直感叹，总算遇上了一位美丽又有韵味的女子了。可见，芸的用心良苦，她已经为此努力好久了。

芸当即约了憨园第二天到家里来玩耍，她将想办法为夫君图谋，让夫君纳憨园为妾。第二天，憨园果真上门来了，芸热情款待，且与憨园结拜为姊妹了。之后一段时间，芸和夫君无日不谈憨园，似乎憨园已经成为这个家庭中的一员了。可是，世事难料，年轻美貌的憨园最终被一个有钱又有势力的人夺走了。憨园背弃了她与芸的约定，这让芸很伤心，芸为夫君纳妾的计划就此成了泡影。而后，正是因为这件事，芸，竟抑郁成疾，一病不起，以致香消玉殒，带着无限的幽怨和遗憾离开了人世。

替别人穿针引线，帮忙纳妾，这事若是发生在朋友、兄弟之间，倒是情有可原。发生在夫妻之间，而且还是妻子主动，就很奇怪了，甚至让人不解。难免让人发问，难道芸不是一个女子？若是女子，芸又该有一副怎样的胸怀？

妻主动为夫纳妾，不成，竟因此而病，而死。如今，这样的事想想都觉荒唐，除了荒唐，剩下就只有悲哀了。现在的人听了这样的故事，难免会感叹，多么糊涂的女子，头脑里除了贤惠，装的大概就是愚昧了。可是，这个故事在当时还偏偏就是事实，它不仅感动了沈复本人，还曾经，并且一直感动着许许多多的后来人。

所以，读过《浮生六记》，便不能忘记芸是怎样一个女子了。相信，未读《浮生六记》者，后来去读《浮生六记》，多半该是因芸而起了。实际上，几百年来，芸，可能就不再是阡陌红尘里那个满身烟火味的女子，她俨然成为如梦浮生当中许多男人心目中的女神了。

《浮生六记》因为芸，得以流传至今。后人以为它能与《红楼梦》相媲美。在许多人眼里，《浮生六记》就是一部浓缩的微型《红楼梦》了。

喜欢《浮生六记》的人，莫不喜欢芸了。

2016 年 2 月 27 日写于合肥

书香相伴又一年

白驹过隙虽是老话，但我还要重提。现在的人，谁不感叹时间过得太快？

何况，日子有了书香味，过起来就更加快了。这一年，我感觉时光像是风中的一枚羽毛，仅仅在眼前飘忽一下就不见了。想看的书，还没有看完，想写的文字也没有写完，这一年眼看着就要过去，仅仅剩下一小截越来越细的“黄鳝尾子”了，光滑溜溜的，想捋也是捋不住的，很快就会溜去。

不过，回头来看，一年来，还算是读过一些书的。只是，我读得非常随心所欲，没有条理，毫无计划。有些书，过去读过，今年又读了，比如

《红楼梦》，比如《金瓶梅》。有些人，也是，过去读过，今年又读了，比如沈从文，比如汪曾祺，比如钱钟书，还有张爱玲，还有萧红。当然，也有更近的人，比如陈忠实，比如贾平凹，还有王蒙、苏童、格非，包括李佩甫。其实这几位“茅奖”新贵的作品，我还都是在“茅奖”公布之前读过的，“茅奖”公布之后，反而没有去读。看着别人获奖，我也跟着高兴。因为，这些获奖作品我都事先读过了，就觉得我对所读书目的选择还是对路的。

2015年，还读过几本外国书，印象最深的要数两本。一本是美国人亨利·戴维·梭罗的《瓦尔登湖》，另一本还是美国人的，欧内斯特·米勒尔·海明威的《太阳照常升起》。

《瓦尔登湖》是梭罗在瓦尔登湖畔独居生活的记录，描绘了他离群索居的两年多时间里的所见、所闻和所思。大到四季交替造成的湖光天色的变化，小到地上两只蚂蚁为了一点可怜的食物而发生的争斗，无不栩栩如生地再现于梭罗的生花妙笔之下。他在小木屋旁开荒种地，春种秋收，自给自足。他成为一个自然之子，他崇尚自然，与自然交朋友，与湖水、森林和飞鸟对话，在林中观察动物和植物，在船上吹笛自娱，在湖边钓鱼，晚上，在小木屋中记下自己的观察和思考。他追求精神生活，关注灵魂的成长，他骄傲地宣称：“每个人都是自己王国的国王，与这个王国相比，沙皇帝国也不过是一个卑微小国，犹如冰天雪地中的小雪团。”梭罗以其实际行动说明了一个让人大吃一惊的简单道理。原来，人们所追求的大部分奢侈品，大部分的所谓生活的舒适，非但没有必要，而且对人类进步大有障碍。梭罗在瓦尔登湖的生活实践中，在他的《瓦尔登湖》这部纪实作品里，有一个贯穿始终的主张，那就是人类应当回归自然。

瓦尔登湖是醉人的。同样，《瓦尔登湖》也很醉人。《瓦尔登湖》的语言文字，如同瓦尔登湖里的水一样澄澈透明。读过，如饮甘露，润泽心肺，滋养人的灵魂。正如梭罗所说：“我愿意深深地扎入生活，吮吸生活的骨髓，过得扎实，简单，把一切不属于生活的内容剔除得干净利落，把生活逼到绝处，简单是最基本的形式，简单，简单，再简单。”还有“知道自己知道什么，也知道自己不知道什么，这就是真正的知识”，以及“一个人越是有许多事情能够放得下，他越是富有”。这些话，无不让人过目不忘。

《太阳照常升起》是海明威于1926年出版的长篇小说。作者借此成为“迷惘的一代”的代言人，并以此书开创了海明威式的独特文风。小说以1924年至1925年这一历史时段和世界名城巴黎为背景，围绕一群在感情或爱情上遭受过严重创伤，或者在战争中落下了严重心理或生理机能障碍的英美男女青年，他们放浪形骸的生活以及发生在他们之间的情感纠葛而展开，反映了这代人意识觉醒后却又感到无路可走的痛苦、悲哀的心境。

《太阳照常升起》是一部涉及多主题的现代小说。首要的主题，无疑是战争在生理、心理、伦理等方面，对“迷惘的一代”所造成的严重损害。其次，泛性主义和西班牙斗牛是这部小说主题结构中并行不悖的两个组成部分。另外，回归自然、呼唤脱胎换骨的新生是这部小说的另一主题。大自然在海明威的笔下风光旖旎，生机盎然，充满画面感的山川原野犹如人间天堂。

在《太阳照常升起》中，海明威假借主人公巴恩斯之口说出了他对生活、对爱情的一套人生哲学：“我并不在乎这个世界怎么样，我一心只想弄明白究竟该如何生活在其中。假如你果真弄懂了如何在这个世界上生活，你说不定也就能由此而得知这个世界到底是怎么回事了。”

在《太阳照常升起》的卷首，海明威同时引用了两个题铭。第一个题铭是美籍旅法女作家格特鲁德·斯泰因说过的一句话，“你们统统都是迷惘的一代”。这句话，后来便成为指称这一代人思想情绪的标记语。第二个题铭来自《圣经·旧约全书·传道书》：“一代过去，一代又来；地却永远长存……日头出来，日头落下，急归所出之地……风往南刮，又向北转；不住地旋转，而且返回转行原道……江河都往海里流，海却不满；江河从何处流，仍归还何处。”意在说明，不管这纷扰的世界如何风云变幻，不管人世间有多少纠结纷争，一切都如过眼烟云，大自然会照常按其自己的规律运转。至此，书名的寓意也就不言自明了。

读书如交友。一本好书就是一位好朋友，书和人彼此心领神会，在交流中产生共鸣。2015年，我最大的收获是读了一些好书，交了一帮好友。

在此，期盼来年，继续读好书、交好友。

阅读如饮食。人不可一日不饮食，也不可一日不读书。美食养身，好书养神。在此，期盼来年，餐饮美食，日读好书。

2015 年 12 月 20 日写于合肥

我的几次搬家

参加工作三十多年，由于工作地点频繁变动，我曾经多次搬家。每次搬家，总要丢弃不少家什，大到家具家电，小到锅碗瓢盆。唯独不丢的是书。

我的第一次搬家，是从家乡县里的一所中学搬出来，去小镇上一家银行营业所。我在那所学校待了六年，临走时，同事们开我的玩笑说，你这六年过得不亏，收获还挺大。是的，从师范学校毕业那年，我是只身一人背着一只军绿色的帆布书包，步行了二十余华里，找到这所学校来的。离开的时候，我不再是背着一只黄书包了，我的肩上已经有了一副担子，而且还是一副不轻的担子。同事们所谓的收获挺大，估计还不是专指肩挑的担子，那些家什之类，更主要的可能还是指来的时候是我只身一人，离开的时候，却已经是一家三口了。

我还记得，那天，我挑着所有的家当走在前面，霞跟着走在后面，她的怀里抱着幼小的女儿。我们一家三口在同事们送别的目光中渐行渐远，走到学校门前那条河的对岸。那里，是这个小镇的班车停靠站。每天的上午和下午，各有一趟班车沿着崎岖的山路，从县城开到这里来。班车到站以后，经过短暂的下客、上客，很快掉头返回县城。我们那天是赶着上午的班车去县城，而后，再从县城里转车赶往新的工作地点。

现在回想起来，第一次搬家，我几乎没有丢弃任何东西。所有的家当，被我一肩挑了。不过，当时的家当，也没有多少东西，凭我当年的年轻体壮，根本没有感觉到肩挑的劳累。唯独让我有些为难的是担子两头搭配不平衡，我一直在扁担上找不到平衡点，所以，肩上的担子怎么挑都觉得不合适。在担子的两头，一头体积大，一头体积小，一头很重，一头很轻。体积大的那头，是床上的被褥，加上衣物及其他用具。这包东西，看起来很大，其实却不重。体积小的那一头，没有别的东西，只有一条白色的蛇皮袋子，里面装的全是书。这只袋子看起来体积不大，比另外一头小多了。其实，这一头却比那一头重多了。一路上，我不断地移动着肩上的扁担，让肩膀不断地靠近那只白色的蛇皮袋，到最后，差不多是把那只白色的蛇皮袋子抱在怀里了。似乎只有这样，肩上的担子才能平稳。正是因为这次搬家，我才真切地感受到了书的沉重。难怪，在我的家乡自古以来就有“书铁”一说。意思是说，别看书是纸做的，看起来轻飘，它却很沉的，沉得像铁。从这次搬家以后，我对“书铁”二字，印象更深了。多少年来，在我的心里，书，一直就是一个沉甸甸的东西，从来就没有轻飘过。

我的第二次搬家，是从一个县城搬到另外一个县城。这一次搬家，算是一次像样的搬家了。因为，需要搬运的家什，已经远不能靠我一肩挑了。那天，我雇了一辆小货车，把几年来先后购置的桌椅、木床、木柜等家具用品全部装车。家当里面最值钱的东西，可能要数那台十四英寸的彩色电视机了，那可是我竭尽全力购置的最大的一桩家产啊。不过，在家什当中，数量最多的东西还是书。像上次那样，书还是用那白色蛇皮袋子装的，整整装了四只袋子。那次搬家，虽然有车，还是丢弃了不少东西。至今，我还记得，当时丢弃的是一些坛坛罐罐。那些瓦坛瓦罐，在那个年代里，都是必需的生活用具，人家过日子似乎必不可少。那些家伙既粗糙笨重，又娇气金贵，放在车上不好弄，弄得不好就碎了，所以司机师傅一见了那些黑不溜秋的泥瓦家伙，就不知不觉地皱起了眉头。我立刻明白了师傅的想法，心想就不为难人家了，扔掉吧，自己也落得个轻松。于是，将摆在地上的那一溜子坛坛罐罐，就给前来送行的邻居们东家一个西家一个地派送完了，使得送别的气氛一下子热烈起来，在场的所有人都很开心，皆大欢喜了。这一次搬家，虽然丢了些坛坛罐罐，书却没丢掉一本，甚至没丢一张纸。

我的第三次搬家，是从县城搬到了省会合肥。这一次搬家，很有点像第一次，搬的只有衣被、日用品，外加两袋子书。不同于第一次的是这次用车子搬运的，不用自己肩挑。车子还是自己开的，想搬什么就搬什么，想几时启程就几时启程，不必像上次那样看别人脸色行事。另外，这次所搬的东西也只是家当中的一部分，只是日常生活中的必需品，而不是我的全部家当。虽然搬家了，但是县城里的房子还留着在，没人住了，让“铁将军”把门，长年累月将它锁着。这门一锁就是几年，后来，为了凑钱交首付，在合肥买房子，还是把县城里的房子给卖了。现在回想起来，我们两口子在抛售县城里那套房子的时候，算是够爽快、够大气的，所有的家具家电，全送给了买主。唯独没有送给人家的是书房里的书。在家乡县城里的那套房子里，我已经有了一间不小的书房，书房里靠墙打了两组书柜，书柜里已经摆满了各种各样的书。向买主交房的时候，我把书柜里的书一本不少地搬出来了，而后，对着那两组空出来的书柜暗自神伤，半天回不过神来。我很想把那两组书柜带走，因为书柜是书的家园。人有了新家，书搬到新的地方，我还没有来得及给它安排新家呢。只是苦于那些书柜是固定在墙上的，想搬也搬不走的，这才让那些书离开了家园，去往一个陌生的地方安家落户。

现在仔细回想起来，我所经历的搬家其实还不止这三次。起码，在家乡县城里面，我曾经住过了三个地方，应该还有另外两次搬家。在省会合肥，我也先后住过两个地方，也还应该有过另外一次搬家。这些年，搬来搬去，家什没有少丢，旧东西越搬越少了。唯独没有丢过的是书，我的书总是越搬越多。过去的、现在的、远处的、近处的，汇集到一起就显得很多了。闲暇无事的时候，我喜欢翻翻自己的旧书本，发现在我的书柜里，安然存放着不少二十世纪七八十年代的期刊。甚至，还有某些珍贵版本的收藏呢。譬如，在我的书橱里至今还藏有一本大型文学期刊《清明》出版于 1979 年的创刊号。虽然纸张发黄，但封面上茅盾题写的刊名两个遒劲有力的大字，依然清晰如昨。因为是创刊号，我就觉得很珍贵，一直珍藏着。

这些年，人的身子渐渐地重了，没事的时候，懒得出门闲逛，特别不喜欢无味的走动。有空了，我就喜欢宅在家里，翻阅那些纸张渐渐发黄的书刊，难免在心中生出一些伤感来。多少年来，这些书一直默默地陪伴着我。现在，书都旧了，人似乎也该老了。伤感之余，也会生出一种很自足的想法。活在当下这样一个人们如饥似渴追逐财富、抬眼可见物欲横流的时代，我自然没有值得一炫的身家，但我觉得我也有我自己独特的财富。比如，我的这些书，陪伴着我一路走来，始终不离不弃，如今，可谓是书老纸黄了。

我的这些老伙计，看似其貌不扬，很不起眼，让人不屑，其实，它们就是我此生此世最宝贵的财富了。

2016 年 1 月 5 日深夜写于合肥

我的一场“早恋”

在人的成长过程中，早恋该是一道十分纯美的风景了。没有早恋的人生，也许算不上完美。幸好，在十八岁之前，我曾经有过一场“早恋”。

现在说起早恋，大家都似乎习以为常了。因为，如今的早恋现象几乎随处可见了，谁也不会大惊小怪，社会和家庭对早恋都给予了极大的理解和宽容。我要说的那个年代，可就不一样了，早恋常常被人视为异端，简直如同洪水猛兽，让人恐惧。那年头，早恋的孩子必然付出代价，而且会是沉重的、惨痛的代价，甚至由此改变他一生的命运。

不过，我所说的我的一场“早恋”，

与上述所言的早恋，还不是一回事，它们只是同理，却不同事。

“早恋”发生时，我正在一所师范学校上学，年仅十六七岁吧。我们那帮师范学生都是初中毕业直接考上了中专，用当年的社会评价说，都是从全县初中毕业生里掐了尖子过来的。进入师范以后，第一学期期终考试，我的数学课考了全班第一名，得了全班唯一的100分。公布考试成绩时，那位慈眉善目、身材胖胖的，我最尊敬的数学老师，用我很喜欢听的、他那浓重的太湖县的方言读了我的名字。之后，他停顿了好一会，让下面的学生全都屏住呼吸，抬起头来，大家一起做翘首以待状。接着，他才加重了语气，一字一顿地说：“100分。”老师再次停顿下来，目光对着我，脸上挂着很开心的笑容。那一刻，出于一个少年的羞涩，我唰地一下红了脸，深深地埋下了头，不敢继续跟老师对视了。

只是，非常可惜，这样的荣耀，我并没有保持住。第二次期终考试数学课的第一名，已经花落别人家了，公布成绩时，我感觉到老师的目光只是从我的脸上轻轻地扫过一下，没有停留。我知道，我的这位数学老师是一位待人宽容的仁厚长者，他当时一定是拿了一个“天下没有常胜将军”的理由，说服了他自己，也谅解了我，给了我一次很大的宽恕。到了第三学期期终考试后公布成绩时，老师的目光再一次落到了我的脸上，这次不是快速地扫过，而是默默无声地停留了好长时间。我能明显地感受到，老师这次的目光与上次是截然不同的，其中包含了许多的不满、疑虑和担忧，甚至还有些恨铁不成钢的意味在里面。老师的目光很像火焰，从我的脸上移开以后，我的脸上还有一股很强烈的灼痛感。原来，在这次考试中，我的数学成绩落到了全班的倒数第一名，仅仅考了63分，差一点就不及格了。

仅仅一年半的时间，一个学生的数学成绩从第一名落到了最后一名，从满分滑到了差点不及格。面对这样一个残酷的现实，一位有着几十年教龄的老教师绝不会相信这个变化无缘无故，他认定其中必有原委。我的这位数学老师是一位对工作非常负责的老师，对于学生他是特别关心和爱护，要求严格，但又从不会轻易伤害一个学生的自尊心。那次，老师心中显然很不满，但他还是克制住了，并没有当堂训斥我。他也只是那样不满地看了我一眼，连一句话都没有说。老师涵养好，十分注意策略。课后，他也没有直接找我谈话，而是找到了一个同学，他是我的同桌，老师想从他那里侧面了解我的情况。老师问了我的同桌某同学，那谁谁谁究竟是怎么一回事？数学成绩竟然一落千丈！他是不是在和谁谈恋爱了？那年头，学生谈恋爱真可谓大逆不道，最让老师担心了。遇上学生早恋，老师可能比学生本人还要紧张，简直如临大敌。因为，太多的事实证明，在校期间，学生一旦早恋，后果不堪设想，往往就会毁了自己的前程，还会糟蹋学校的声誉。老师很纳闷。老师在心里面反复排查，怎么也排查不出我早恋的对象。可是，老师又总觉得我当时那个表现，几乎就是早恋的“症状”。我那同桌某同学面对老师的询问，只是嘿嘿地傻笑，半天不回话。他是个厚道人，不愿意“出卖”同学，不想将我的“真相”告诉老师，所以只好嘿嘿傻笑。老师急了，问他到底是怎么回事，别光傻笑不说话呀！其实，我那同学还是想错了。他越是嘿嘿傻笑，老师的疑心就更重了，老师甚至确信他所担心的事情，果然是现实，已经被他不幸而言中了。只是，师者，父母心，老师还是不愿意相信学生真有这事。见老师真的急了，我那同学这才开口说话，挤牙膏似的说，某人其实没有谈恋爱。不过，也可以说他正在谈着恋爱呢！老师追问，此话怎讲？你别吞吞吐吐了！我那同学终于道出实情，那谁谁谁已经被缪斯女神撞了一下腰，他现在正在迷恋文学呢！听他这样一说，老师终于松了一口气，但还是有些不甘心地说，那也不能耽误功课呀！

的确，我从第二学期开始，对文学产生了浓厚的兴趣。几乎是一门心思全都用在对文学作品的阅读上，其他事情都已经置之度外了。也正是因为这个，我才放弃了师范学校毕业参加工作后还可以参加的大考——以社会青年的身份参加的高考。在我们那帮同学里，还真有几个从师范学校毕业参加工作后，又以社会青年的身份去参加了高考，结果获得了继续上学、第二次选择工作的机会。

那是一个缺书的年代，学生要想读点“闲书”是很不容易的，很难找到像样的“闲书”。我们所在的师范学校，是恢复高考后因陋就简新办的学校，条件非常有限，学校里基本上没有什么图书。我所阅读的“闲书”，主要来自两个渠道，一个是从三十华里之外的县城里那个唯一的新华书店买来的文学书籍，另外一个就是从学校旁边的邮政所里订购的文学期刊。

除了阅读，我也开始尝试着写作，并将写出的稿子悄悄对外投寄，竟也一次次地在一些报刊上刊登了出来。这就极大地增强了我的文学习作的信心，使我的文学阅读与习作，渐渐地由地下走到了地上。

三十多年后的今天，因为要配合一家报纸做一次有关读书与写作的访谈，让我想起了十八岁之前的那场“早恋”，心中顿时涌起一片苦涩而又温暖的情怀。这场“早恋”的确来得有点早，甚至早得让我自己都有些措手不及，自己都觉得还没有做好必要的准备，但那场“恋爱”却实实在在地发生了，而且，来得刻骨铭心，旷日持久。

甚至，直到今天，我也没有真正从那场“早恋”中走出来。这场“早恋”就像一盏灯，在我的人生路上，一直引领着我一步一步向前走。

2016年1月10日写于合肥

缺书的少年

去年年底，在安徽省散文随笔学会换届会议上，听著名散文家、汪曾祺研究专家苏北先生说过这样一句话，十八岁以前，没有很好地读书。

我听着，怎么都觉着苏北的这句话好像是替我说的，说出了我的心里话。苏北的这句话，陡然勾起了我对遥远的少年往事的回忆。实事求是地说，我在十六岁之前，的确没有很好地读书。

在那个最适宜读书的年纪，却没有很好地读书，实在是一个人在其成长的过程中所犯下的一个天大的过错。不过，这个过错，却不该完全算在我个人的头上。应该说，那是一个时代的特色，或者说，那也是我们这一代人的共同命运。十六岁之前，我所读的书，除了课本，还是课本。那时的课本很特殊，至今我还记得，我的第一个课本，前三篇课文都只有一句话，而且全是口号，是那种能让人一喊就会情不自禁地举起右手的口号。好像我们这代人来到这个世界上，首先就必须学会喊口号，不会喊口号，你就不能生存。于是，喊口号，便成为我们一代人人生的第一课。

现在回过头来看，十六岁那年，已经成为我人生的一个重要的分水岭了。

十六岁以前，我一直生活在家乡，我的童年和少年的记忆全都留在了家乡。我在家乡黄岭村，上过小学，上过初中。小学阶段我完全还是一个懵懵懂懂的孩童，那时最开心的事情是吃饱了饭，然后和小伙伴一起去疯疯傻傻地玩耍，不玩到天黑不知道回家。至于读书，总是被放在耳朵背后的。到了初中，情况就不一样了。最根本的变化，是国家的招生制度发生了重大改变，曾经停止了十年的高考，重又恢复了。亲眼所见，有不少身边人通过那么一次神圣的考试，就将农村户口转成了商品粮户口，很快离开了家乡，走出了农村，走进了城市，在外面有了一份体面的工作，成为全村人艳羡的对象。

榜样就在身边。榜样的力量真的是无穷的，非常强大。榜样就成了我人生的第一个目标。自从有了榜样，有了人生所追求的目标，我忽然发现自己是一个已经懂事的小大人了。那个懵懂少年仿佛在一夜之间突然开窍，他已经明白自己需要什么，也知道自己应该如何去获得自己所需要的东西。再加上我还曾经遇上了几位非常尽职的老师，他们对学生的管理非常严格，近乎严酷。现在回想起来，那种严，完全是来自一种强烈的职业责任心，还有一种无私的爱心。那几位老师用了自己的严与勤，这两个用心血熬成的字眼，一下子就完全占领了学生的思想领地。这便让人想起了那个年头一句非常流行的说法，那就是，人的思想这块领地，无产阶级不去占领，资产阶级就会占领。我想，我的那几位严师，他们一定是悟透了这个道理的。他们从自己的每天二十四个小时里边，拿出了十六七个小时的时间，与我们这班学生的十六七个小时重叠在一起，把一群十四五岁的少年，管控得严严实实。虽然少年天性中总也少不了的那一个“玩”字，也终于被我的那几位严师给抛到了九霄云外。

那一段时间，我们这班少年，几乎把所有的时间、全部的精力，都花费在读书上。如果说得更准确一些，那还不能叫作读书，只能叫作学习。能读的书，无非就是课本，除了课本还是课本。与课本无关的闲书，严师是不准读的，学生也无心去读。在那种紧张的气氛里，谁还能有心思读闲书？除非他真的没心没肺了！老师发现了这样的学生，非揪扯他的耳朵不可。打是疼，骂是爱，先生打人没人拉开，见者都会说，活该！真是活该！

不过，少年毕竟还是少年，哪怕老师再严厉，只要瞅准了机会，猫捉老鼠的游戏还是时有发生的。只是，那个年头，谁想读到闲书，并不是一件容易事。在我们的身边，根本没有闲书。就算谁家之前有过闲书，那些闲书，也早已被悄悄地扔进了灶膛里，变成一缕青烟一堆灰烬了，免得别人看见，节外生枝，惹出什么不必要的麻烦来。我曾经在家里翻箱倒柜地找过闲书，结果，没有找到闲书，倒是找到了两样“宝书”。那是两种截然不同的“宝书”，一种是母亲保存的“宝书”，那种红色塑料封面的“宝书”，在那个年代里就简称为“红宝书”了。“红宝书”被母亲用红绸布包裹起来，存放在衣柜里面，放在那个至高无上的位置上，不容易被人发现，更不容易让人拿到。很显然，母亲有了提防心，她很担心被哪个“细鬼”轻而易举地把“宝书”拿出来了，拿到外面去显摆。显摆得不好，撕毁了或者污损了“宝书”，那可不得了的，就会惹出很大麻烦。那次，我很意外地得手了，翻开“红宝书”，试图去阅读，但苦于自己学识浅薄，难以理解“红宝书”里的深刻含义，自然也就知难而退了。另外一种是奶奶藏着的“宝书”，跟母亲保存的“宝书”相比，朴拙多了，很像一件老古董。这是一种宽大的线装书，纸料很薄，很软，有点类似宣纸，但不是真正的宣纸，应该属于草纸之类。字体是黑色的，当是刻了字模，活版印刷上去的。书上的文字多是一些人名和地名，好些字还是繁体字，当时的我根本认不周全。就算认得的，读起来也是索然无味。因为，那不是一本平常的书，它是一本族谱。祖母却把它当成了宝贝，束之高阁，藏在了楼板上的一只樟木柜子里，从来不予示人，更不会让家里的几个调皮的“细鬼”轻易得手。后来，我才知道，族谱那东西藏在家里很危险，因为它属“四旧”之列，正是被破除的对象。

除了在自己家里寻找闲书，我还曾到亲戚家里去找过。只要见亲戚家有过读书人，我就会厚着脸皮问人家，家里可有好书，能否借来一看？乡里人实诚，不会说假话，若有好书，他一定会说有的，而且会毫无保留地拿出来。其实，他们又怎么可能藏有好书？倒是有两位本家叔叔，上过“文革”前的中学，他们曾小心翼翼地收藏着当年的课本。这些早先的课本，让我如获至宝，我便当作“闲书”，如饥似渴地阅读起来。读过之后，我有一种十分奇怪的感觉，总觉得自己已经比同龄的孩子们多吃了一顿饭，多吸收了一份难得的营养了，好长时间心里都是美滋滋的。

现在回想起来，我的少年时代，其实就是一个缺书的年代。那个时候，我们能读的书，只能是课本。课外时间，悄悄读到的“闲书”，其实也还是课本，只不过它与我手上的课本内容大相径庭，因为那是以前年代的课本。它曾经让我感到很惊喜，原来还有这样的课本！

十六岁那年，我如愿以偿，沿着我身边的榜样们走过的那条路，通过一次考试离开了家乡。因此，那个少年方才告别了那个缺书的年代，在一个山清水秀、风景如画的地方，开始了他真正的读书生涯。

2016年1月4日夜写于合肥

好男人的标准

“三八妇女节”那天，在单位组织的座谈会上，我曾经跟姐妹们开了个玩笑。我说，有幸和姐妹们一起过节，我想给姐妹们送上一份节日礼物，没有别的，只是给姐妹们一个良好的祝愿，祝愿姐妹们都有一个好男人相伴身边，成天围着你转，把你奉为“女皇”。已婚的姐妹要好好珍惜你所拥有的“女皇”地位，善待身边相伴的好男人。未婚的女孩得攥紧缘分，大胆牵手属于你的好男人，早日登上“女皇”的宝座。

座谈会上的气氛一下子活跃了起来。平日里，大家都忙于工作，神经绷得紧紧的，难得轻松一下。在会场上，突然出现了与工作毫无关系，纯粹生活化的话题，一开始，姐妹们很有些惊讶，颇感意外。紧接着，个个喜笑颜开，人人开心快乐起来。只是，谁都没有料到，我的话并没有说完，后面还有一个问题需要姐妹们来回答。确认了大家对我说的话题不仅不反感，反而感兴趣，我便紧跟着问了一句，在姐妹们的心目中，什么样的男人才是好男人？会场突然安静下来，人们面面相觑，大家都不说话了。我明白，不说话，并不代表人家不知道。其实，在每个人的心里，对于好男人都会有自己的一个标准。只是，谁也不肯带头说出来。要么觉得这是个人隐私，不愿意与他人分享。要么认为一己之见，过于私人化的理解，说出来会不会让人见笑。所以，刚才的热闹场面，突然间迅速冷却了下来。

无奈，我自己提出的问题，别人不回答，就只有我自己来回答了。我说，好男人必须具备以下三个条件：一是努力挣钱，回家交给老婆去买裙子。二是老婆逛商场买裙子时，男人必须在场陪同。三是老婆换上了刚刚买回来的新裙子，在穿衣镜前反复比试，在屋子里来回走动，男人站在一边要有欣赏的目光，还要有赞美的语言。

我这么一说，大家乐了，场面几乎开锅，有的嘻嘻哈哈直乐和，有的交头接耳窃窃私语。还有人公开质疑，为什么买的必须是裙子？对此，我没有回答。其实，也不是必须买裙子。裙子只是个具象，代表了女人所喜爱的一切东西。我觉得这个问题无须我来回答，还留给人家去思考吧。那一刻，眼前的氛围突然如此嘈杂，我猜想，极有可能是因为姐妹们误会我了，觉得我在调侃，说话太离谱了，有些老不正经的味道。于是，我赶紧声明一句，我说这话可不是我的原创，我只是借用一下而已。它还不是一般人随便说说的，是一位文学大师所言，并且写在了书本里。这位大师是谁呢？许多人的眼睛越睁越大了。我说，这位大师就是民国时期的林语堂先生，大家知道吗？提到了林语堂，一个让人又熟悉又陌生的名字，很快，会场复又安静下来。

我接着说，我所说的关于好男人这个话题，听起来是一个玩笑。其实，玩笑只是一个外表，实质还是非常严肃认真的。除了想活跃一下气氛，让大家稍微放松一下精神之外，我还在玩笑的背后，安放着一个十分庄重的话题，那就是：读书！接着，我又说，姐妹们，平时工作再忙，也不能忽略了读书，要养成爱读书的好习惯，保证每天都有一定的时间来读书。你看，如果不读书，就不会知道刚才我所说的那段话的来历了。就不会知道那是林语堂所言，或许还以为是我信口开河说的玩笑话呢。不读书，甚至，都不知道林语堂是谁，还以为他就是我们身边的某一位林姓的人士呢。

当然，我说的玩笑话，不仅仅是给姐妹们听的，我也是说给在场的男同胞听的，包括我自己。希望男同胞，都能成为一个如林语堂所说的好男人。只是，好男人，是一定要读书的。只有认真读书了，男人才有可能知道林语堂曾经说过的那段话，男人才会了解到民国的一位文学大师，给好男人曾经制定过一个什么样的标准。明白了好男人的标准，男人，才会有奋斗的目标，才会朝着那个目标去努力，争取做个好男人。

所以，临了，我又补充了一句话。我说，好男人的标准，除了林语堂所说的那三条，我还想加上一条，那就是，好男人，须读书！

2016年4月19日深夜写于合肥

好书总在路上

古人说过，行万里路，读万卷书。这句话说得真好，既说到了行路，又说到了读书，而且还把行路和读书莫名其妙地联系在一起。只是，在古代，这的确是一个很高的标准，一般的人实在难以做得到。

首先，行万里路，就不是平常人能够做到的。古人说的行，那可是真正的行，是行走的行，是步行的行，是真要运动自己的腿脚。用腿脚一步一步来行走，丈量出万里路程，谈何容易？

其次，读万卷书，更加难以做到。古时候的万卷书该有多少呢？不要说竹简了，就算后来有了纸张，有了活字印刷技术之后的线装书，依然不可小觑。早先，印在书面上文字的个头特别大，书的块头肯定不会小了，万卷书可谓是堆积如山汗牛充栋了。所以，在古代，夸奖那些书读得很多的人，就说他学富五车了。还有，就算读书的人有时间，有兴趣，有耐心，有毅力，能够读得完那么多的书，那些书的来源却还是个问题。

现在来说，买书是一件太容易的事了，只要你想要，就能够买得到。甚至，在手机上只是轻轻一摁，足不出户，很快就有人把书给你送上门来了。但是，在古时候，想获得一本书绝不是一件容易事。甚至，不要说在古代了，就说当代吧，仅仅把时间倒回去三十年、四十年，最多五十年，想想看吧，那个时候跟现在能是一回事吗？谁要想获得一本心仪的书可真的不是一件容易事呢！要不，当年怎么会有那么多的"手抄书"悄悄流行呢！我曾经不止一次听到身边的朋友们说过，年轻的时候，偷偷"手抄"过《红楼梦》。如今，还见有谁亲自动手抄录整整一本书吗？我想肯定是没有了。坚持提笔蘸墨写字的人，都已经很少见了，何况动手抄书？若真的还有人动笔墨抄书，那他抄书的真正目的根本就不是为了抄书，最大的可能他是在练习书法，或者是在表演书法了。

我记不清从什么时候开始，"行万里路，读万卷书"，这句话就一直存在于我的脑海里。的确，我很喜欢这句话。因为这句话，它给人明确了人生的一个重要目标。人的一生要行路，要读书。而且，路要行得很远，书要读得很多。这句话，同时也明示了人生的一种存在态势。人的一生，永远在路上，一直在读书。它告诉每个人，都应该让行路和读书伴随你的一生。这句话，实际上还暗示了人生的一种智慧。行路和读书，如同人的一双手、两条腿，始终在一起，相依相伴，密不可分，缺一不可。行路也是读书，那是在读一本地理的大书、历史的大书，读一本自然的大书、社会的大书。读书也是行路，是一种更加快捷的行路，是一种不走弯路的行路，是一种不步前人后尘的行路。譬如，徐霞客穷尽一生所走过的路程，也许，在书中你仅用十天、半个月就走完了。读书不光是行走，还可以"穿越"。读到书中，你完全可以做到"随心所欲"，一会儿你在民国，一会你又是在唐朝了。

现在的人，行万里路，真是太容易了，仅仅出一趟远门，或许就能够超过一万里路了。但是，现在的人，真要读万卷书，却不像行万里路那么简单。虽然现在的书，来得太容易了，太方便了，你想要的书，都能来到你的手上。而且，书的形式也越来越多，特别是无形的书时刻都在你的身边，让你触手可及。随便走到一个地方，你会发现总有许多人的眼睛无时无刻不盯在一些电子媒质的文字上。或许，那还不是真正的读书。真正的读书，是要静下心来，读到书里面去，人和书融为一体。常听人说，现在的人读书之难，难的不是缺书，难就难在缺少读书所需要的那一份时间。因为，现在的人，要做的事情，可以做的事情，实在太多了，真的顾不上读书了。或许，缺少读书的时间，这也只是一个冠冕堂皇的借口。实际上，人们缺少的根本就不是读书的时间，缺的是读书所需要的那一份心境。那是一份十分安静的心境，有了心灵的安静，才会有适合读书的心境。

人，生于浮世，见得最多的就是浮与躁了。与浮躁相处日久，人生就是浮生了。于浮游而生的状态中，让自己沉静下来，是一件非常必要又难以做到的事情。唯有沉下去，方能静下来。能沉，又能静，可以说浮躁就对你不感兴趣了，它会悄悄地离你而去。沉静的心境，最适宜读书。反过来，读书，又最能驱离浮躁，让人归于沉静。这么一说，似乎有点绕了，其实也很简单。就是说，读书这件事，越是坚持读下去，就越是能够读得进去。越是长时间不读书，也就越来越读不进去了。这似乎又应了一句老话，世间的事，难者不会，会者不难。

所以说，在读书这件事上，贵在坚持。唯有持之以恒，才可以保持读书的心境，读书的状态。才能够让读书如同迈步行走，成为人生存的常态。

这大概是我自少时以来一直追求的一种状态吧。年轻时，有两大爱好，一是行走，一是读书。时至今日，要说爱好，无非还是这两样。有机会出行，绝不轻易错过。坐家或者出行，书本都是我最好的伙伴。坐家的时候，常常是茶和书相伴，书和人相伴。坐在一起，也就三位，一位是茶，一位是书，一位是人。有这三位先生在，既不孤单，也不喧闹。出行的时候，没有其他伙伴，也会有这样一位伙伴，书。出行之前，首先想到的总会是书。在打点行囊的时候，总不会忘记将一本或者几本书纳入行囊之中。所备的书，必定通过精选，优中选优，好中选好，必是对上自己口味的。这就有点类似于某些体己的人，出门之前，总是会想到自己的胃，先把胃的难处想在了前面，备有一些零食随身携带，在胃最需要的时候就拿出来给它填补一下，使胃不至于因心愿落空而难过。这样给自己备的零食，必定是自己最喜欢吃的东西了，肯定最对自己的味，或者是胃。

如此一来，出行的时候，好书就和人一起出门了，好书真的很像一位贴心的朋友，甚至，似乎还是一位异性的朋友，不是红色的就是蓝色的朋友。这位朋友与人不离左右，全程陪伴着人。在整个行程当中，人在路上，好书也总是在路上。

不只是这样。路上的好书，不仅仅只是陪着你一起出门的那些朋友，还有在路上偶遇的朋友，那是你意外的收获。邂逅之后，那些好书就如朋友一般和你结伴而行，如亲人一般十分温顺地与你牵手挽臂，让你给带了回家。

现在的车站或者机场的候车（机）大厅，环境和条件都很好了，且有不少配套的商家存在，除了卖吃的卖喝的商店、饮食店，一般还有卖书的小店。这些场所的书店，看起来花花绿绿，摆在醒目处的都是一些时尚书刊，似乎不会有什么好书可买。其实，真的走进去了，沉下心来，你才发现还真不是原先想象的那样，极有可能就有一本或者几本让你惊喜的书，出现在你的面前，你拿起了就不会放下，担心放下了就再也拿不到手了。

我于出行途中，就曾经多次遇见过这样的事情。我现在的枕边书，有好几本就是这样来的。钱穆的《湖上闲思录》、木心的《素履之往》、高诵芬的《山居杂记》，还有梁启超、王国维、胡适等一帮民国名士“围坐圆桌”的《文化的盛宴》，都是于旅途中偶遇，而后结伴而行，携手归来的。

好书总在路上。这句话，不知道算不算我的首创？我只是还没有听谁这样说过，也还没有见谁曾经这样写过，希望是我的首创吧。

自从我有了这样一个发现，我对出行就多了一份期盼。除了期盼一次新的行走，阅读一次新的行程，我还期盼途中还有一次偶遇。因为偶遇，就会有一本或者几本新书乖乖跟我回家。

说句实在话，有些行程，在很大程度上，我就是奔着这个期盼而去的。

因为，不管别人信不信，反正我是已经相信了，好书总是在路上。

2016 年 5 月 22 日写于合肥

在一本书里遇见乡音

夜读高诵芬的《山居杂记》。书中的一句杭州方言让我眼睛一亮，思维立即活跃起来，一段过往的岁月似乎就浮现在我的眼前，让我顿时生出幻觉，不知道我是在读书，还是在回忆一段历史。

在我的眼里，《山居杂记》是一本好书。看起来，它只是一本散文、随笔集，读起来，觉得它更像一部史志。难怪，它被人称为一个大家闺秀眼中的百年家族往事，一部另类的《巨流河》，中国特定时代的教科书，一部现代的《红楼梦》。的确，可以把它看成一本活的历史书，因为它记录了以一个江南家族为中心、从清朝末年到“文化大革命”结束、改革开放早期大约一百年时间的中国社会变革史。

高诵芬在回忆家族往事的时候，写到了她家里曾经的一个女用人，她一直叫她“叶妈”。这个“叶妈”十四岁时逃婚出来，之后一直没有成家，后来引了一个侄子过来作为继子。“叶妈”在高家做了四十多年的用人，来高家之前，曾经在戴家做过一年多的用人。因为一件事情，那个年轻的“叶妈”不开心了，一气之下，“叶妈”炒掉东家，离开了戴家，找到了新的东家——高家。

其实，惹得“叶妈”不开心的，也只是一件很小的事情，小到只是一句话。事情往往就是这样，有时候，一句话不对光，两个原本走在一起的人，可能就会分道扬镳了。“叶妈”跟戴家真的就是这样，因为东家的一句话引起了“叶妈”的不快活，“叶妈”干脆甩手不干了。

我对高诵芬文章里叙述的这件往事本身并不怎么感兴趣。她出身于贵族，我出身于平民，况且她早我将近半个世纪来到这个世界，我和她的生活经历没有半点交集，她叙述的往事很难引起我的共鸣。我感兴趣的是导致东家与用人分手的那句话，甚至只是那句话里面的几个字。因为东家嫌“叶妈”晚上长时间点灯费油了，就说了一句话:“以后早点睡，别熬夜做生活。”吸引我眼球的就是这句话里的最后三个字，“做生活”。作者在文中解释说，这是杭州的方言，意思是“做工作”。

高诵芬在那篇文章中回忆说，那个年代的用人，白天是不能做自己的事情的，白天时间都得给东家干活。只有到了晚上，东家的活儿都干完了，用人才能干点自己的私活儿。这就是东家所说的熬夜“做生活”。其实，那时的“叶妈”，只是单身一人，不拖家，不带口，也没有多少“生活”可做，无非就是为自己缝缝补补做些针线活。

说到这里，对于“做生活”这三个字，已经不言自明了，也就是“干活”的意思。高诵芬在书中的那个解释，可能更加符合她写作的那个年代，二十世纪九十年代，或者更切合她的生活环境，她那时已经离开上海移居到澳洲。所以，她解释为“做工作”，我认为对，但又不全对，至少与当下我们的语言习惯不完全吻合了。现在说到“做工作”，人们首先想到的可能还不是“干活”，而是“准备”或者“劝说”之类的意思。比如说，“这事还得提前做做工作”，这里的“做工作”意思就是“做准备”。还有，“你得做做他的工作”，这里所说的做工作，指的是对人家进行“劝说”了。

我之所以对“做生活”这三个字感兴趣，是因为它并不是像高诵芬所说的那样，只是杭州的方言。其实，它也是我家乡的方言。在我的家乡皖西南一带，也有“做生活”的说法。我小的时候，身边有很多年纪大的人说干活就叫“做生活”。只是，由于我的家乡方言的发音习惯，我所听到的“做生活”三个字，并不完完全全就是这样三个字，中间还有一点细微的差距。我那时所听到的应该是“做松活”这样三个字的读音。

也就是昨夜在阅读《山居杂记》的时候，我才真正弄明白，我小的时候，在我的家乡，我所听到的“做松活”那三个字，原来竟是“做生活”这样三个字。我对家乡的方言没有做过深入的研究，过去只觉得方言中的那些话全是“土话”，而且“土”得没有多少道理，只有本地人知道它是什么意思，外面的人根本听不明白，就像这“做松活”三个字，该怎么理解？仅凭字面简直无法理解。其实，还真的不是那么回事，家乡的方言本身是没有错的，错的只是我自己的听觉，是自己听了家乡的方言却没能准确地“翻译”过来，与“官话”准确地对接。

我过去也曾把家乡人说的“做松活”这三个字，与“干活”的意思对应上了。意思是对的，三个字的音与形却不完全对了。不应该把它听成“做松活”，而应该把它听成“做生活”。

在二十世纪七十年代，我对“做松活”的说法听了很多。乡亲们下地干活，都说去地里“做松活”。匠人们上门到人家去干活，也说上门去“做松活”。如果谁手头的活儿很多，急需干完，人们会说“松活紧”。如果活儿很重，那就直接说“松活重”了。我还记得，“做松活”这种说法，我爷爷奶奶那一辈的人说得比较多，往下来父辈的人说得就不多了，到我们这一代根本就不这样说了。若是问起我们的下一代，估计十有八九他们不会明白“做松活”是个什么意思了。

如果不读《山居杂记》，我至今还不会知道我耳朵里的那个不知所云的

“做松活”三个字，其实就是“做生活”这样清楚明白的三个字。随着时间的推移，流行和时尚的因素正在浪潮一般吞噬着地域文化，地方方言中的一些口头语就这么不声不响地消失了。不读《山居杂记》，我对“做松活”那句家乡的方言，也就早已忘得一干二净了。

大概，这就是阅读的魅力了。阅读，能够让人减少遗忘。阅读，能够让人回到过去。阅读《山居杂记》时，我无意中遇见了我的乡音，想起了那一段历史。

2016年6月5日写于合肥

书如伊人

买书的人，总喜欢长时间地把自己浸泡在书店里，浮游或者潜行于茫茫书海的深水之中。买书的人，常常在不经意间会有一次和书的不期而遇。买书的人，多半很挑剔，一般不会随随便便买回一本书。买回来的，一定是他自己最喜欢的书。

买书的人，一直在等待那本书，那本书待在高高的书架上，翘首以盼，也一直在等买书的人。书和人一样，彼此都在等待，等待就成了一个完美的理由。正如当年一位睿智的老者对一个聪明而美丽的小姑娘说的那样，你必须等！于是，等待，成了一种必然，成了一种时尚。那姑娘听话了，她在等。似乎也就是从那个时候开始，这个世界上许许多多人正在坚守的一种生存态势，就是这样的等待。

你可能就是那个买书的人。你和书都很有耐心，已经等待好久了，在某个偶然的时刻，你和书狭路相逢。你在看书，书也在看你。你的目光与书的目光紧紧相拥，目光对目光说，不用等了，就是你了。然后，买书的人满意而归，书也跟着他一起回家。

买书的快乐，大抵如此，买来的书就成了你身边的一伴。有一本书来到了身边，你就不再感到孤单。你静坐时，书就在你的身边。你喝茶时，书的里面好像还给你备有茶点，让你有喝也有吃，津津有味。你想聊天时，书会陪你说话。这样一来,什么时候你都不会觉得孤单。什么时候,你的身边总有一个陪伴你的人。

书,就是那个一心陪伴你、让你不会孤单的人。书,听你倾诉,与你对话。书，跟你对视，时而与你相视一笑。书，就是那个和你心有灵犀的人。书，知道你正在想什么，知道你心中的快乐和苦闷。

把一本书买回来，而后束之高阁，置之不理，不闻不问。久而久之，书会忘了你，你也会忘记了书的存在。这不是你应该做的事情，它实实在在是一种残忍。残忍的程度，一点不亚于人们平常所说的家庭冷暴力。这正是应了世人常说的那句老话，你若真的不爱她，却又何必娶了她？天下的女人，大概最不能忍受的就是家庭冷暴力了。书，也是这样。书，最怕被人冷落了。被冷落的书，不施粉黛，时常一副蓬头垢面的样子，时刻打不起精神，仿佛一直未睡醒。若是被冷落得久了，书如人一样，人老珠黄，书老面黄，鲜亮不再，香气也全无。

明白了这个道理，你就知道把书买回来以后该怎样去做了。还是把你的时间多分配一点给你的书吧，别让书日夜为你独守空房。你要知道，书，每天等你，在书房中。你看，书在盼望你的归来，盼得都把自己消瘦成一张薄薄的白纸了，你若是再不归来，那张白纸还会发黄的。

读书人知足。手捧好书，愁绪皆去，乐在书中，此生足矣。书中自有黄金屋，书中自有颜如玉。好书在手，夫复何求？

2016 年 6 月 6 日夜写于合肥

俗中藏着雅

从前，我总以为乡间俚语难以脱俗。后来，我发现事情还真的不是那么简单。其实，乡野之中也有文化，俗中竟然有雅，甚至还是大雅。

话题源自喷嚏。在我的家乡皖西南一带，若是谁在人多的场合“阿嚏阿嚏”接连打出了几个喷嚏，一定会招来众人的戏谑，顷刻间，大伙儿你一言我一语，共同营造出一种简单的快乐。先是那个打喷嚏的人有点不好意思，开始没话找话自我解嘲。通常都会这么说，啊呸，活见鬼了，有人在背后咒我骂我呢！旁边的人，就会嬉笑着，把话茬接了过去说，那可不是人家咒你骂你，是人家在念你、在想你呢！仅仅到此为止，话好像也还不至于那么俗气。如果玩笑继续开下去，话就多起来了，那条很俗的狐狸尾巴渐渐地露了出来。话就可能越说越俗，一直俗到不可耐时为止。

有关这个话题的演绎，一般都是按照如下的套路进行。先还是打喷嚏者自找原因，想撇清自己的某些“嫌疑”。通常都会这样说，你看，我白天走在路上，夜晚睡在床上，又没做什么见不得人的事，没去招谁惹谁，怎么会有人在背后咒我骂我呢？我要是知道了谁在背后胡言乱语地骂我，我可饶不了他，非把他的嘴巴给撕烂不可。说完，旁人未笑，他本人倒是哈哈哈哈地先笑了起来。本人笑了，现场气氛更加活跃了，甚至有些乱，这个有关打喷嚏的笑话被众人步步深入。旁边的人纷纷出动，开始七嘴八舌地打趣他。有人说，做没做坏事，你自己心里最清楚了，这还要别人说吗？有人说，谁知道呢！你到底招惹了谁，或许因为你的头绪太多了，什么时候招惹了谁，你自己却全然不知了。说过，那人就会一脸坏笑。那种坏笑，是在告诉人，他可是话中有话哦。也有人说，不会的，怎么可能？像他这么一个好人，人见人爱，花见花开，水若见了渠都不请自来了。他怎么会招惹谁呢？一定是他平时做了许多好事，多得自己数也数不清，记也记不得了。虽然他自己记不得，别人可都记着在呢！时刻念叨着他的好。这不，直念叨得他鼻孔里痒痒了。这人说着，一点都不笑，一副十分真诚的模样。

乡人平常爱讲这样一句话，会说的惹人一笑，不会说的惹人一跳。在这个玩笑过程中，虽然都是打趣取乐，但会不会说话，效果还是不一样的。有人说话，话音未落，别人脸色就一沉了。有人说话，话一出口，还未说完，别人脸上就开花了。此刻，那个打喷嚏者笑出了一脸的褶子。因为心里乐和，他便出言无忌地说上一句，哪个念我人情在，哪个骂我可要绝后代哟！说完，自己又是哈哈笑了，众人也跟着哈哈哈地笑了起来，现场的气氛陡然到达了高潮。一个有关打喷嚏的玩笑，终在众人嘻嘻哈哈的乐呵之中画上了一个句号。

这样的玩笑，我小的时候在村子里见得多了。那时，我也曾站在一旁跟着别人后面嘿嘿嘿地傻笑过。不过，后来随着年岁渐长，我渐渐觉着这个玩笑开得有些俗气了。尤其是打喷嚏者最后那句话，虽是玩笑，但怎么听着都有些咒骂人的味道。不仅觉其俗，简直就是恶俗了。

若干年后，我在一本书中读到了有关打喷嚏的说法，我顿时惊呆了。这才发现乡人有关打喷嚏的那些玩笑语，我以为俗，其实，还真的不俗呢。

书是宋人洪迈的《容斋随笔》。书中有一篇专门写到了打喷嚏，题目就叫《喷嚏》。文章说，今人喷嚏不止者，必吐唾沫祝告说："有人说我。"妇人尤甚。我考查《诗经·邶风·终风》中说："寤言不寐，愿言则嚏。"郑玄注释说："我其忧悼而不能寐，女思我心如是，我则嚏也。今俗人嚏，云人道我，此古之遗语也。"乃知此风自古以来有之。

原来，我的乡人关于打喷嚏的玩笑之语，并不是信口开河，空穴来风。那些出自乡人之口的俗言俚语，居然有根有据。而且，照着宋人洪迈的说法，这个根据尚可以追溯到《诗经》当中，真可谓源远流长了。既是《诗经》里的说法，自然就已经脱俗了，理所当然地属于雅的范畴。而且，这个雅还不是小雅，它是当之无愧的大雅了。

真没想到，我的那些大字不识几个的乡人，随口说的那么几句有关打喷嚏的玩笑话，看似低俗，实则高雅。可以肯定，说出此类玩笑语的乡人们，从来没有读过《诗经》，甚至有可能不知《诗经》为何物。然，乡人却得到了《诗经》之真传，于无意中传承了《诗经》之神韵。

这正是应了乡间的一句老话，泥巴田里沤死了秀才。好在对于乡人，我从来不曾小视过。我总觉得，他们读没读书，或许都是吾师。

2016 年 7 月 23 日写于合肥

雨天最宜读诗词

地处江淮之间，坐落在巢湖之滨的这座城市，雨水十分丰沛。下雨，是很寻常的事情。

天一下雨，人们的出行计划往往作罢。雨天不宜看山看水，去公园里遛弯也不适宜了。甚至，就连朋友聚会都避开了雨天。下雨时，如果不是事出无奈，人们都情愿待在家里。哪儿都不去了，就在家里静静地待着，享受着一种幸福和安宁。雨天待在家里，如果不找点儿事情做做，人被关在屋里，也许会傻傻地发呆了。偶尔地发发呆倒也不坏，甚至还是一件好事，因为发呆能让人思考一些问题。

长时间发呆可不一定是好事。久

而久之，发呆的人可能真的有些痴呆了。下雨天，在短暂的发呆之后，还是应该找点儿事情做做。依我看，最适宜的事情，可能就是读读诗词了。尤其可以找一些与下雨相关的诗词来读，或许更能排遣雨天给人带来的压抑和沉闷，会让人的心情顿时明亮和开朗。

春天的某个早晨，你被叽叽喳喳的小鸟叫醒。揉着惺忪的眼睛，走到窗前，拉开窗帘，推开窗户。这时，你才发现，昨夜下过一场雨。窗外的银杏树，那些柔软如绸的叶子上，浮尘已被洗净了，叶子光洁发亮，绿得直逼人的眼睛。在那些尖尖的叶梢上，挂着一颗颗透亮的小水珠，都是将滴未滴的样子。银杏树旁边是一棵辛夷树，树上还没有生出叶子来，枝头上就开出了碗口大的花朵，花瓣是紫红色的。昨夜，刚刚开放的辛夷花在风雨中遭遇了凋零，地上落红无数。这样的早晨，你一定会有一些惊讶和惆怅。彼时彼刻，你最想做的事情，可能就是吟诵一首诗词了。

不读别的，就读孟浩然那首《春晓》吧，它已家喻户晓了，你也根本不用翻书，张口便能成诵："春眠不觉晓，处处闻啼鸟。夜来风雨声，花落知多少。"吟诵过后，或许，你便生出一些伤春惜春的情绪来了，心情有些沉重。不妨接着再读一首，换一首轻快一些的。还是不用翻找，你会记得杜甫的《春夜喜雨》，是那首欢畅欣喜的五言律诗："好雨知时节，当春乃发生。随风潜入夜，润物细无声。野径云俱黑，江船火独明。晓看红湿处，花重锦官城。"伤感由此变成喜悦了。

在夏天，有一段时间，这个城市里会一次次地上演着"东边日出西边雨"的故事。天如孩童的脸，说变就变。雨说来就来，说去就去。明明天上挂着太阳，却又从云缝里漏出几滴晶亮的雨点来。这个季节的特点是潮湿和黏糊，不干脆，不爽快，万物容易长出"毫毛"，人的心情也不例外。平时再光滑整洁的东西，在这个季节里都很容易生出霉斑来，古人就把这个季节叫作"霉天"。由于这个时节，在长江流域正好赶上了梅子成熟。雨后的阳光下，绿叶婆娑的梅子树上挂满了黄澄澄的果子。所以，这段时间也叫"梅天"。这个时节的雨水，就叫作"梅子黄时雨"。午后，坐在书房里，看着窗外小雨初歇，梅树枝头，金黄色的果实如同点点繁星。或许，你此刻的心情有些悠远了，你非常想读一首诗词。不妨读读宋词吧，贺铸的《青玉案》，直截了当地写到了这个季节的雨："凌波不过横塘路，但目送、芳尘去。锦瑟华年谁与渡？月桥花院，琐窗朱户，只有春知处。飞云冉冉蘅皋暮，彩笔新题断肠句。试问闲情都几许？一川烟草，满城风絮，梅子黄时雨。"

或者，天将暮时，你刚刚送走了一位冒雨前来向你告别即将远行的朋友。客人离去，雨还下着，你的心里顿时生出一股惜别之思、不舍之情。不妨，你来读一读韦应物的《赋得暮雨送李胄》："楚江微雨里，建邺暮钟时。漠漠帆来重，冥冥鸟去迟。海门深不见，浦树远含滋。相送情无限，沾襟比散丝。"

或者，你客居异地他乡，夜间下雨，你临窗而坐，久不能寐。你在想念家乡，想念亲人和朋友。你不妨来读一读李商隐的《夜雨寄北》："君问归期未有期，巴山夜雨涨秋池。何当共剪西窗烛，却话巴山夜雨时。"

或者，你人在旅途，途中遇雨。你有闲情逸致，一路上处变不惊，此刻你不妨读一首诗词。不用找了，读读苏轼的诗吧，这老先生的诗向来豁达自由、雄奇奔放，读后会让你感到精神振奋。比如苏轼的《望湖楼醉书》，写到了雨中的山和水，雨中的船和楼，很容易让你想到"人在途中"。就读这首吧："黑云翻墨未遮山，白雨跳珠乱入船。卷地风来忽吹散，望湖楼下水如天。"或许，你本人就在那艘船上，正在经过望湖楼，你有幸看见了"黑云翻墨""白雨跳珠"的精彩场面，你还觉得没有看够呢！正待再看一会，眼前已是风来雨去"水如天"了。

看来，雨天真的是一种最富于诗意的时光。不管你在家，还是在外，只要天一下雨，你就可能想读一首诗了。也许，一到雨天，你就想读读戴望舒的《雨巷》，那可是一种十分美好的享受："撑着油纸伞，独自／彷徨在悠长，悠长／又寂寥的雨巷／我希望逢着／一个丁香一样的／结着愁怨的姑娘。"这个丁香一样愁怨的姑娘，走在雨天的街巷里，留给了后来人一个美丽的背影。多少人一直在追寻这个背影，几乎追寻了一个世纪吧。也不知道，是不是有人曾经如诗人那般幸运，真的遇见了这个丁香一样的姑娘。

不过，最好还是读一读古诗词吧。或许，在下雨的日子里，人最能体味古诗词的意境之美了。

2016 年 7 月 24 日写于合肥

合肥有个刘政屏

我和刘政屏先生相识的时间并不是很长，可我觉得和他太熟了，完全是相识多年的老朋友。

未识政屏的时候，我已经从《新安晚报》《合肥晚报》等省内外多家报刊上见识了政屏的文字，认识了他的名字。在安徽图书城，我还先后几次认识了政屏的几本书，比如，他的散文随笔集《月明风清》《让记忆有个落脚的地方》《倾听合肥》《享受合肥方言》《就这么简单》，还有他的长篇纪实文学《就这样，我们赢了》，他与许春樵、赵昂、苏北等几位虎年出生的著名作家合集《五虎出列》，以及他主持策划、编纂的《阅读合肥》

和《以书的名义聚会》等多部系列丛书。书如其人。有了这些书，认真阅读之后，我对政屏就有了一个比较深刻的印象。那时，我已经知道，合肥的诸多文友习惯称呼他为“合肥绅士”。

真正走近刘政屏，我才发现，果然名不虚传，他的确是一位颇具绅士风度的作家。一开始听到人家对刘政屏以绅士相称的时候，我还不以为然，以为不过是朋友间的调侃而已。后来，听得多了，才知道那还不是调侃，人家说的都是真话。语言这东西随着社会的发展而发展，它的变化很快，字典词典的更新，远远跟不上语言发展变化的步伐。现在要知道某个词语的最新解释，上网查询可能是最便捷的途径了。为了慎重起见，看看人家对政屏的称呼里面到底包含了哪方面的内容，我曾经上网查询，寻求有关“绅士”的信息。关于“绅士风度”，我找到了这样几条主要标准：彬彬有礼，待人谦和，衣冠得体，尊重女性，谈吐高雅，知识渊博，见多识广。拿了这些标准来观照我面前的刘政屏，我发现这些元素，在刘政屏身上还真的都能找到影子呢。

政屏出生在文墨世家，他的父亲刘定九先生是合肥知名的文化学者。多年从事文化工作，在戏曲创作和研究方面造诣很深。前年，这位耄耋老人还出版了他的有关戏曲创作和研究的专著《戏语》，在安徽文艺界引起了极大的反响，合肥的多家报纸都跟踪做出了专题报道。这个家庭崇尚文墨的家风，在政屏的手上，已经发扬光大，真正实现了青出于蓝而胜于蓝。政屏的儿子，90后的刘爱克，是一位很有个性和想法的文学青年，已经写出了不少很好的作品。至于政屏自己，就更不必说了。朋友们称他绅士作家，这四个字可不是随便说的，叫着玩的。人们不喊张三，不喊李四，偏偏喊了刘政屏，他这“绅士作家”的称呼，总归是有来由的。

拿现在的时尚语言来说，政屏这个人，肯定属于“帅哥”的系列了，且是一位资深的“帅哥”。虽年过五旬，他对自己的身材还是约束得很好，根本不让它无原则地扩张。仅说这一点，在当下，许多同龄人就难以做到了，包括我自己。他依然满头的黑发，鬓角上就连一点零星的霜花都找不到。这不免让我想起了家乡的一句老话，家宽出少年。当然，这个“宽”字，不单单是指家境的宽裕了，更多的还是指家学的深厚与丰富。在政屏身上还有一桩“秘密武器”，估计不会有很多人知道。那就是他的眼神。他那一双大眼睛，很深邃，常常闪烁出一种非常特别的光芒。那种光芒，或者直接说他的眼神吧，是一种跨越了性别的眼神，既有十足的男性的阳刚，也有一种别样的女性的阴柔。那种眼神，会让女人觉得高深莫测，会让男人觉得恍若明媚。政屏十分在意自己的仪表，他从不胡乱穿戴，从头到脚，每个细节，他都会一一关照到位，不留点滴遗憾。给我印象最深的是，政屏在冬天喜欢围一条咖啡色的方格围巾，那模样，真有些民国年代的文人雅士的风范。若是再让他换上一件蓝色或者青色的长袍，戴上一副圆形的金边眼镜，腋下夹一把枣红色的油纸伞，缓步走过赤阑桥，漫步在包河公园的林荫小道上，他就与民国时期的文化名士毫无二致了。

难怪，在合肥，政屏一直拥有大批的铁杆“粉丝”，而且还是“女粉”居多。眼下，在合肥活跃着一个名叫“合肥文字”的作家群体，在这个群体里，身为“合肥姐妹”的女作家占了多数，政屏差不多就是这个群体的轴心了。我想，对于诸多“粉丝”而言，无论是“男粉”还是“女粉”，政屏的魅力，肯定不会只是因为他的阳光帅气及绅士风度吧。但是，我还是愿意相信，当中，或多或少会存在这个方面的因素。毕竟，魅力这玩意从来就是自然而然的，不是你想有就有、想没就没的。对于魅力，人本身难以吝啬，他人可能也难以拒绝。

当然，对于男人来说，他的魅力或者气度，绝不仅仅来自人的外表，更多的还是来自人的内在。政屏外在的那些精彩，一定不是他的刻意所为，真刻意了可能也很难为，那一定是一种由内而外的自然流露。对于政屏而言，我发现，他的内在比外在更加精彩纷呈。丰富而深刻的内涵，注定了政屏的多才多艺，注定他是个多面手。他干啥，都像模像样，完全就是那么回事。他的主业是新华书店的中层管理工作，负责营销策划。他把图书营销工作做得生动活泼、风生水起，年年获得极好的销售业绩。他在业余时间一直坚持开展文学创作，写出了大量的散文、随笔作品，累计发表、出版了几百万字。他还是一位十分优秀的文学、文化活动的组织策划者。

近几年来，他一直在组织策划文学、文化活动，每年几十场次，累计百余场次。诸如，各种各样的读书会，作家新书发布会，作家作品研讨会。不仅在幕后组织策划，他常常还会走上前台。他是一位十分出色的主持人，拿起麦克风，站在舞台上，亮相聚光灯下，面对观众和媒体，他不慌不忙，侃侃而谈，常常妙语连珠，赢得满堂喝彩，那架势，还真有些专业主持人的风范呢。

我总觉得，政屏的脑子好使，“鬼点子”特别多。当然，我说的“鬼点子”，倒不是指某些歪点子，我说的都是些正经八百的事情。也就是说，一般人想不到的事情，或者说得更客观更准确一些，那就是我想不到的事情，政屏却能想到，我拿不准的事情，他总能拿得准。所以，什么活儿一到了他的手下，立刻就会出色、出彩。举个例子吧，去年，我打算出一个散文随笔集，正在为书名踌躇的时候，我想到了政屏。我知道他是行家，得向他请教。我请他看看我的稿件，并请他为我想个书名。他很认真地看过我的稿件，待看到了序言《祖母的村庄》时，他眼睛一亮，十分激动地说，不用想了，有现成的，就是它了，多好的名字！序言是我的同乡好友、著名作家徐迅为我写的，用他的篇名作为书名，肯定没有问题，但我还是第一时间和徐迅进行了沟通，在得到了徐迅的首肯后，我就告诉出版社，决定书名就叫《祖母的村庄》了。这本书出来之后，我曾经不止一次听到朋友说，这个书名真的很好。为此，我一直在心里感激着这两个人，一个徐迅，一个政屏，是徐迅为我写出了这个很好的标题，是政屏发现并帮助我选定了这个很好的书名。

平时待人接物，和朋友相处的时候，政屏都是个极其随和的人。可是，政屏的随和绝不是随便，他还是看事论事的。一旦面对文字，政屏可就不再随和了，他是极其顶真的，哪怕是对一个细节、一个字，他也不会轻易放过。他的认真，我是领教过的。去年年底，我的《一个人的乡音》诗歌、小说和散文系列作品出版后，安徽省作家协会、清明杂志社、安徽文学杂志社及合工大出版社联合为我主办了一次作品研讨会。政屏应主办方之邀参加了会议，他在会前认真地审读了新书，并就我的一个中篇小说中的一处细节的合理性提出了质疑，给我的启发很大，使我深切地意识到，作品中的每一个细节，乃至每一个字都必须经得起推敲。那次研讨会上，众多的表扬、肯定和鼓励的话语，我倒不一定都能记得住。但是，政屏提出的质疑，我是记住了，而且记得很牢固，会在以后的写作中多加注意，认真改进。

政屏挚爱文学，他有着一股非常强烈的文学情怀。平时，他的手头上各种事务非常多，非常杂，但他考虑最多的还是“文事”。而且，他所组织策划的“文事”，每每深思熟虑，一经出手，就注定不凡。远的不说，只说最近的一件事。去年年底，在合肥作家朋友圈里的一次小型聚会时，政屏突然提出了一个大胆的设想，在2016年，他将牵头组织以《合肥文字》为名，每个季度出一本书。每本书确立一个大的主题，书的容量不少于20万字，作者队伍相对固定，体裁只能是散文或者随笔。这个想法一说出口，立即引起在场作家朋友的强烈响应，众人的意见一边倒，只有赞成，没有人反对。出书是一项艰苦细致的工作，从收集稿件，到审查、编辑稿件，全程都是政屏亲力亲为，他承担了很大的工作量，且没有任何报酬。现在，第一本书出来了，主题是《我们的莎士比亚》，已于4月23日莎士比亚纪念日，也就是世界读书日，在合肥成功首发。书中既有名家力作，又有文坛新秀的佳作，从某个层面上说，这本书已经具备了很好的代表性。甚至，我曾经想过，政屏的这个创意是个壮举，说不定将来还会被后人写进某个史志呢。

刘政屏就是这样，充满激情，充满梦想。多年来，他一直活跃在图书发行和文学创作的两个舞台上，而且在这两个方面取得了骄人的成绩。其实，在朋友们看来，政屏身上最大的亮点还不是这些，是他的为人。熟悉刘政屏的人，都知道他有一种很特别的气场，正是这个气场一直在产生着一股巨大的向心力。

在合肥，有一支庞大的写作者队伍。在写作者人群里，一提起刘政屏，谁都知道，他就是那个被人称为“合肥绅士”或者“绅士作家”的人。

2016年5月1日写于合肥

感谢文学

——在王张应作品研讨会上的致辞

尊敬的各位领导、各位老师，亲爱的朋友们：

大家上午好！

今天是个好日子！虽然它平平常常、普普通通，在当今节日众多的情况下，它没能撞上任何一个节日。但是，对于我个人来说，今天却是一个十分特别的日子，一个非常重要的日子，是我人生当中一个重大的节日！

从上学开始，一直到今天，几十年来，我曾经端坐在课堂里，聆听过许许多多老师的教诲。但是，像今天这样庄严得近乎神圣、令人无比敬畏的课堂，我还是第一次走进来。像今天这样，几十位老师来共同辅导一个学生，对同一个学生进行传道授业，指点迷津，这更是我人生的第一次。我深知，这样的机会，来之不易，不可多得，弥足珍贵！能够得到这样一次难得的学习机会，我深感荣幸！我的心里充满了感激之情！

首先，我要感谢各位领导、各位老师和朋友们，特别是著名作家、省文联名誉主席季宇先生，还有著名作家、省作协秘书长兼副主席《安徽文学》主编潘小平女士，在百忙之中抽出了宝贵的时间，莅临了今天的活动，给今天的活动增添了极大的光彩！在这个寒冷的冬季里，辛苦了各位，占用了大家的休息时间，审阅了我的文字，并对我的文字进行了认真的分析与评判。刚才，大家给了我许多热情的鼓励，还有一些十分难得的非常精准的批评。无论是鼓励还是批评，都是对我极大的关心和爱护！对此，我非常感激，我谨向各位领导、各位老师和朋友们表示由衷的感谢！

其次，承蒙省作家协会、清明杂志社、安徽文学杂志社，以及合工大出版社的关怀和厚爱，为我搭建了这样一个很好的平台，给我提供了这样一次珍贵的学习机会。这次活动的主办方的牵头人著名作家、清明杂志的主编舟扬帆先生，以及他的同事们，对本次活动的筹备，花费了大量的精力，承担了组织策划、安排落实等全部的具体细致的工作，使本次活动得以顺利实施，并获得圆满成功。对此，我非常感激，我谨向舟扬帆老师以及所有参与本次活动筹备工作的各位老师表示由衷的感谢！

再次，这次活动能够有幸在安徽省委党校读书会这样一个充满着书香气息、洋溢着学术氛围的美好环境里进行，完全得益于著名作家刘政屏先生的鼎力支持。对此，我非常感激，我谨向政屏先生表示我衷心的感谢！

同时，我还要感谢两位今天不在现场的朋友，一位是著名作家、中国散文学会副会长徐迅先生，一位是合肥工业大学出版社副社长朱移山博士，没有二位的关心和支持，就不会这么快拿到新书，也就没今天的这样一次以文学为话题的聚会。对此，我非常感激，我谨向徐迅先生和朱移山先生表示由衷的感谢！

另外，还有《合肥晚报》《新安晚报》《安徽商报》《市场星报》《江淮晨报》以及中安在线等几家媒体的朋友，牺牲了宝贵的休息日时间，高度重视和关注了今天的活动，并自始至终参加了今天的会议。对此，我非常感激，我谨向各位记者朋友表示由衷的感谢！

我出生于皖西南潜山县的一个农民家庭，我的家乡黄岭村是一个贫瘠而又美丽的小山村。我从小目睹并且体验过乡亲们的生存状态。我的乡邻们平生最看重的是两个字是“耕读”。“耕”是为了生存，“读”是为了不再“耕”，也就是为了更好地生存。大约在一百年前，从我们村子里走出了一个读书人。他从家乡黄岭村走到了芜湖、南京、重庆，最后定居北京，他就是当年被称为“民国第一写手”“中国的大仲马”的张恨水先生。在我们村子里，张恨水就是大家引以为豪的乡贤，常常作为典范，被老师们用来教育学生，被家长们用来教育孩子。我上的小学名叫黄土岭小学，就坐落在张恨水故居的对门。我的启蒙老师张田野先生，就是张恨水的堂弟。那时，我每天上学、放学，必须从张恨水故居，也就是后来所说的“黄土书屋”的门前经过。我很早就知道，那间土坯砖瓦房里，曾经走出了一位了非常不起的读书人，一位著作等身的大作家。

实际上，在我的童年、少年时代，在家乡那样一段艰苦而又幸福的生活中，文学的种子，就已经不知不觉地播种在我的心里了。黄岭村，那一块富于灵性的乡土，给了我文学的基因。在我的文字当中，家乡的印记，几乎随处可见，如影随形。

所以，今天我呈送在各位领导、各位老师和朋友们面前的这套集子，就命名为《一个人的乡音》。《一个人的乡音》的出版十分顺利，我非常感激合肥工业大学出版社。他们以最快的速度，以优良的品质，把书给出了出来。

我从二十世纪八十年代开始业余文学创作，至今已经三十余年了。三十余年的时间，在别人，原本可以做成许许多多的事情，可以写出许许多多的作品，可以取得很大的成就。可是，由于我的愚钝，加上慵懒和懈怠，在学习和创作上一曝十寒，未能做到持之以恒。所以，这些年来，我在文学创作上乏善可陈，深感歉疚。

我热爱文学，而且敬畏文学，但是我对文学欠账太多。几十年来，文学却给了我许多意想不到的恩泽。当初，我只是一个初中毕业考上中专的师范生，当过几年中学语文教师，后来入职金融行业，直至走上金融机构高管岗位。我一直认为，保持了强烈的文学情怀，受到文学艺术潜移默化的影响，对于我追求人生梦想、走好人生道路来说，功不可没！文学于我恩重如山！

知恩图报，是人之常情，是理所当然的。在我不再年轻的今天，我已经深深地意识到，不能继续懈怠了，应该拿出实际行动来弥补我对文学的欠账，努力写出较多的且让自己满意的作品来。当然，我很清楚，在我的面前的这条路，走起来绝非轻而易举，会很艰难。唯有勤勉，唯有坚韧，才有可能走得比较远一些，才有可能接近自己心中的那个目标。

所以，未来，我唯有努力，努力，再努力！只有这样，我才有可能不至于辜负在座的各位领导、各位老师和朋友们的殷切期望和厚爱！

最后，我想说一句，感谢文学！因为文学，我才有幸结识了在座的各位领导、各位老师和朋友们！因为文学，才有了今天这样一次令我终生不忘的聚会！因为文学，在这样一个寒冷的冬日里，我的心中暖意融融，春意盎然！

谢谢大家！

2015 年 12 月 13 日于安徽省委党校

后记 如影随形的乡愁

大约是在2014年的春天，我于默默无闻地沉寂了二十年之后，不知不觉地重新开始了文学创作。这次起身，我写出的第一件作品是一首诗，题为《寻找故乡》，发表在《经济日报》旗下的一份全国性报纸副刊上。现在，我是否可以这样认为，这首诗的创作及其公开发表，标志着我在文学创作上“二次创业”的开始。创作那首诗的时候，我只是一吐为快，根本没有想过这些。谁知道，也就是从那首诗开始，一写就停不下来了，竟然一口气写出了诗歌、散文、报告文学和小说作品，共一百多万字。我这才发觉这首诗的诞生，的确是我人生当中又一次新的开始。

那时，我之所以要写这首诗，是因为我已经明显地感觉到，随着城镇化进程的加快，农村的空心化和日渐衰落已经呈现出一种不可逆转的趋势。于一些人而言，故乡，物已不是，人也非了，甚至，故乡已经在遥不可及的地方悄然土崩瓦解。许多人的故乡和童年一样，已经成为过去，永不可回。于是，在那首诗里，我写下了这样的诗句：“回不去的是童年，找不到的是故乡！”字里行间洋溢着一种莫名的哀愁和伤感的情绪。后来，我才意识到，那种情绪大概就是传说中的乡愁了。可能，正是因为我是在这种浓郁的哀愁和伤感的情绪里面开始了新的一轮文学创作，我的这个时期的文学作品就难免染上乡愁的色彩，甚至，我就干脆直接以乡愁来作为我的最近一个时期的文学作品的底色了。

或许，于冥冥之中，一切皆有定数。我在开始这一轮文学创作之前，心里面并没有给自己做出定位，定出一个久远的规划。这个阶段，我写了一些散文和随笔，也写过一些诗歌和小说，但写得最多的还是散文和随笔。我从来没有预先想过，我必须写什么样的题材，或者说，我只写什么样的题材。我只是有感而发，跟着自己的感觉走，觉得已经到了不吐不快的时候我才动笔，写出来了即是一种情绪的宣泄和释放。之后，待回头自我检视的时候，我才发现无论是散文和随笔，还是诗歌和小说，我的创作活动轨迹十分明晰，大致都是在乡土、乡情的轨道上不紧不慢地平稳运行。

正因为这样，2015年，出版诗歌、散文和小说三个作品集之前，我想找一个共同的话题来作为三本书的总体书名时，我几乎毫不费劲地想到了这样一句话：一个人的乡音。于是，那三本作品集就有了这样一个共同的书名《一个人的乡音》。

在《一个人的乡音》出版以后，我似乎意犹未尽，思维空前活跃，情绪十分亢奋，继续有感而发，随感随写，一直没有松劲。除了写过几组诗歌和几部中短篇小说之外，我又陆陆续续地写下了一系列的散文和随笔，其中的一些篇目，已经先后在北京、福建、河南、甘肃及安徽等地的报刊上发表出来。前段时间，我对手头的散文、随笔稿件做了一次整理，一看，竟有了六十多篇，将近四十万字，便萌生了再出一本散文、随笔作品集的想法。

出书之前，先得给书想个名字。如同孩子尚未降生，名字就得事先备好。给书取名，跟给人取名还不一样，人的名字可以无中生有，书的名字则要名副其实。所以，给书命名是一项技术活，需要人有灵性，有灵感，有顿悟。否则，想取个好名字还真不容易。起先，我从作品的内容出发，一直在乡土、乡情等字眼上打转，始终没有找到一个能够让自己满意的书名。后来，我想到了"借智"，求助于朋友，向精于此道的行家们请教。朋友侯卫东先生是著名诗人、小说家，长篇历史小说《黄的海》的作者，他同时又是一位资深的媒体策划人，我想到了请他帮忙。卫东先生在看过我的大部分书稿以后，给了我一个明确的思路。他告诉我，最好是沿着“寂静乡愁路”，去“寻找乡愁的原点”。卫东先生的思路给了我很大的启发，让我顿时发现除了“乡音”，还有“乡愁”这个重要元素赫然存在于我的视野。

在我回过头来，重新审视自己的书稿时，我才确认，其实，我手头上这六十多篇散文和随笔，绝大多数篇目都与乡愁有关，正面或者侧面，直接或者间接，几乎都已经触碰到了乡愁那根敏感的神经。这便促使我下定了决心，决定直接以“乡愁”来给新书命名。那一刻，我忽然发现，这种“乡愁”，不是别人的“乡愁”，只是我自己的“乡愁”，它只属于我“一个人”，它始终跟随着我，如影随形，挥之不去。就这样，这本书的名字终于诞生了，《一个人的乡愁》。这个书名简洁而有弹性，直白而又隽永，且与上一次的书名做到了遥相呼应、一脉相承，非常贴近我的创作思路和语言风格。

根据内容，书分为三辑：

第一辑，“回望乡愁”，直接书写家乡和亲人。写了家乡的人，写了家乡的物，写了家乡的事。现在回过头来看，当时，支持我写出这一类文章的力量，是一股强烈的亲情，是一股浓浓的乡情。

第二辑，“邂逅乡愁”，写的是所感所悟。多半是写行走，写途中。在我看来，人生就是一次较长距离的行走，行走的轨迹呈圆形。即从家乡出发，绕过一个大圈子，最后还是回到了家乡。人这一生，永远在路上。其实，乡愁也是这样。乡愁会一直陪伴着人，行走他的人生路，乡愁也是永远在路上。一不留神，在某一个时刻，在某一个地方，你一抬头可能就跟乡愁不期而遇了。

第三辑，“品味乡愁”，写的是书人和书事。表面看来，那些书人和书事，似乎与“乡愁”无关，其实不然。在我看来，书就是一面镜子，你是什么样的人，你来读书，你就会读出属于你的那一种滋味。一个心怀乡愁的人，他的阅读，注定了他是一直都在阅读乡愁、品味乡愁。

《一个人的乡愁》的出版，十分顺利。其间，得到了安徽文学界著名作家舟扬帆、刘政屏、侯卫东等诸位朋友的关心、鼓励和帮助。安徽文艺出版社副总编辑岑杰先生对这本书的出版，给予了高度重视和鼎力支持，于烦冗的编务中腾出手来，亲自担任责任编辑，从选题策划、版式设计到内容审订，整个过程中倾注了他大量的心血。同时，另一位责任编辑宋晓津女士承担了具体的编务，付出了艰辛的劳动。另外，中国金融作家协会主席、中国金融文联副主席、中国作家协会全国委员会委员、著名作家阎雪君先生，于百忙之中抽出了宝贵时间认真审阅我的书稿，写出了精美的序言，给这本书增添了一个极大的亮点！

在此，对于各位朋友的关心、支持和帮助，我谨表示最诚挚的谢意！

是为后记。

王张应

2016 年 8 月 30 日写于合肥